KATHARINA EIGNER

Johann Strauss
Walzertod

KATHARINA EIGNER

Johann Strauss
Walzertod

Kriminalroman

Die automatisierte Analyse des Werkes, um daraus Informationen insbesondere über Muster, Trends und Korrelationen gemäß § 44b UrhG (»Text und Data Mining«) zu gewinnen, ist untersagt.

Bei Fragen zur Produktsicherheit gemäß der Verordnung über die allgemeine Produktsicherheit (GPSR) wenden Sie sich bitte an den Verlag.

Immer informiert

Spannung pur – mit unserem Newsletter informieren wir Sie regelmäßig über Wissenswertes aus unserer Bücherwelt.

Gefällt mir!

Facebook: @Gmeiner.Verlag
Instagram: @gmeinerverlag

Besuchen Sie uns im Internet:
www.gmeiner-verlag.de

© 2025 – Gmeiner-Verlag GmbH
Im Ehnried 5, 88605 Meßkirch
Telefon 07575 / 2095 - 0
info@gmeiner-verlag.de
Alle Rechte vorbehalten
1. Auflage 2025

Lektorat: Claudia Senghaas, Kirchardt
Satz: Mirjam Hecht
Umschlaggestaltung: U.O.R.G. Lutz Eberle, Stuttgart
unter Verwendung eines Bildes von: © Stephansdom in Wien (1832), von Rudolf von Alt; https://commons.wikimedia.org/wiki/File:Rudolf_Ritter_von_Alt_001.jpg; Silhouette nach einer Zeichnung von Hans Schliessmann
Abdruck einer Annonce aus der Wiener Zeitung vom Oktober 1844 mit freundlicher Genehmigung der Österreichischen Nationalbibliothek
Druck: GGP Media GmbH, Pößneck
Printed in Germany
ISBN 978-3-8392-0746-8

[13768] So eben ist erschienen, und bei [2]
Carl Gerold & Sohn,
Buchhändler in Wien, am Stephansplatze, am linken Eck der Goldschmidgasse Nr. 625, zu haben, so wie auch durch G. I. Manz, Buchhändler in Trieft (Börseplatz Nr. 717), zu beziehen:

Chemische Briefe
von
Dr. Justus Liebig.
8. elegant cartonirt. Preis 3 fl. C. M.

Die Naturwissenschaften, namentlich die Chemie, üben unermeßlichen Einfluß auf das geistige und materielle Leben der Völker, wie der einzelnen Individuen aus; die wichtigsten Bedingungen des Handels, der Gewerbe, der Landwirthschaft, ja des körperlichen Wohlbefindens, beruhen auf chemischen Gesetzen und Erscheinungen. Dennoch war für das größere Publicum bis vor Kurzem die Chemie ein sast unbekanntes Gebiet; erst neuerdings ist das Bedürfniß, einer Wissenschaft nicht länger ganz fremd zu bleiben, welche mit so mächtigen Zeitfragen, mit der materiellen Wohlfahrt unserer Nation in so engem Zusammenhange steht, von den Gebildeten aller Stände innigst gefühlt worden.

Diesem Wunsche und Bedürfniß entgegen zu kommen und einzuführen in das Verständniß der Aufgaben und Leistungen einer der schönsten Wissenschaften, ihren Einfluß auf unser Leben, unsere Industrie anzudeuten, das ist der Zweck dieser chemischen Briefe.

In England wie in Amerika, wo es richtig zu beurtheilen weiß, was für das Gesammtwohl, wie für den Einzelnen vom Wichtigkeit ist, ist diese Büchlein überaus günstig aufgenommen und in vielen Tausenden von Exemplaren verbreitet worden. Wir dürfen voraussetzen, daß es in Deutschland die gleiche Aufnahme und gleiche Wirkung haben werde.

Nur dem Meister gelingt es, allgemein verständlich über seinen Gegenstand zu sprechen; dies bestätigen auch diese Briefe, welche populär in der schönsten Bedeutung des Worts geschrieben sind.

Heidelberg, im August 1844.
Akademische Verlagshandlung von C. F. Winter.

[14004] Bei A. Pichler's sel. Witwe [2]
Verlagsbuchhandlung in Wien, Stadt, Plankengaße
Nr. 1061, ist so eben erschienen:

Erzählungen
für meine Söhne.
Von
I. S. Ebersberg,
fürstl. Rath, Redacteur des Oesterr. Mitglied mehrerer gelehrten Gesellschaften ec. ec.

Dritte wohlfeilere Ausgabe
in 3 Bänden, mit 6 lithographirten Abbildungen, gr.12. (820 Seiten). In Umschlag broschirt 3 fl. 12 kr. C. M.

Der Verfasser, in dessen Schrift seine eigenen Söhne vor Augen hatte, wollte in der freimüthigsten Erzählung wirklicher Begebenheiten aus dem Leben und in scharf gezeichneten Darstellungen der Menschen, wie sie jetzt sind, Jünglingen einen Führer in der gefahrlichsten Zeit, einen Freund an der Seite geben, der wirksamen Einfluß auf das Herz, auf die Richtung ihrer Einbildungskraft, auf ihre Lebensanschauung, ihre Thätigkeit, — ja, auf ihre ganze künftige Stellung nimmt.

Um diesem gediegenen Werke abermal eine große Verbreitung zu sichern, wird der Preis dieser dritten Ausgabe bedeutend billig gestellt.

[14077] Bei [2]
Carl Gerold und Sohn,
Buchhändler in Wien, am Stephansplatze, am linken Eck der Goldschmiedgasse Nr. 625, zu haben, so wie auch durch G. I. Manz, Buchhändler in Trieft (Börseplatz Nr. 717), zu beziehen:

Dr. Sam. Hahnemann's
Heilung und Verhütung
des
Scharlachfiebers
und des
Purpurfriesels.
Mit einigen Zusätzen
von
Dr. I. Buchner.
In München 1844. 15 kr. C. M.

[14240] Morgen Sonntag [1]
(so wie alle folgenden Sonntage)
(mit Ausnahme im Saloin des

Universum
Tanz-Unterhaltung.
Eintritt für Herren 20 kr. C. M. Damen frei.
Tanz-Beginn 20 kr. C. M.
Anfang 2 Uhr. — Ende 11 Uhr.

2094

[4051] ## Bestes böhmisches Wörterbuch. [2]
So eben ist erschienen, und bei
KAULFUSS WITWE PRANDEL & COMP.
in Wien, am Kohlmarkt Nr. 1150, so wie bey Gustav Heckenast in Pesth, zu haben:

Vollständiges
deutsch-böhmisches Wörterbuch
von
Joseph Franta Szumavsky.
Erster Band. A—J.
gr8. geh. 8 fl. C. M.

Der zweite Band die Buchstaben K bis Z enthaltend, wird im Jahre 1845 beendet werden. Die ersten Hefte desselben sind bereits à 1 fl. 20 kr. C. M. zu haben.

[13998] Heute Samstag ist [3]
grosse Soirée des Herrn Capellmeisters **Johann Strauss**
im Sperl.

[14161] Einladung [2]
zur
Soirée dansante
welche Dinstag am **15. October 1844**,
selbst bey ungünstiger Witterung in
Dommayer's Casino
in Hietzing Statt finden wird.

Johann Strauss
(Sohn)
wird die Ehre haben, zum ersten Mahle sein eigenes Orchester-Personale zu dirigiren, und nebst verschiedenen Ouverturen und Opern-Stücken, auch mehrere seiner eigenen Compositionen vorzutragen.

Der Genuß und Huld des hochverehrten Publicums ermuntert ihn ergebenst
Johann Strauss jun.

Eintrittskarten zu 30 kr. C. M. sind in der k. k. Hof-Musikalienhandlung des Pietro Mechetti und Comp., in Stöckel's Kaffeehaus in der Jägerzeil, in Badelon's und in Paly's Restaurateuren in Mariahilf zu bekommen.
— Eintrittspreis an der Cassa 30 kr. C. M. Anfang um 5 Uhr.

[14154] Morgen Sonntag [1]
ist grosse Soirée
in Lindenbauer's
Casino in Simmering.
Das Orchester-Personale wird I. Lanner unter der persönlichen Leitung des Herrn I. Schröder mit die neuesten Compositionen vorzutragen die Ehre haben.

Anfang um 4 Uhr. Eintritt 5 kr. C. M.
Andreas Lindenbauer.

[14316] ## Letztes grosses Fest, [1]
welches Sonntag den 13. d. M.
im Landgut vor der Favoriten-Linie,
als zum gänzlichen Schluße dieser Belustigung stattfinden, unter der Begleitung:
Letztes Abschieds-Ständchen, verbunden mit einem glänzenden Ballfest
abgehalten wird.

Herr **Ludwig Morelly**
wird hierbei die Musik dirigiren, und die neuesten und beliebtesten Compositionen zur Aufführung bringen.
Küche und Keller sind bestens bestellt.

Eintritt für die Person 6 kr. C. M. Das Tanz-Billet 24 kr. C. M. Anfang um 3 Uhr.

Der Gefertigte stattet hiermit an einem hohen Abel und den geehrtesten Publicum seinen wärmsten und innigsten Dank dafür ab, daß er in diesem Etablissement gediegenen gnädigen und zahlreichen Zuspruches sich erfreuete, und empfiehlt sich Ihrem ferneren gnädigen Wohlwollen erstaunst
Leander Praß.

[14314] **Schröder's Benefice!** [1]
Montag den 14. October findet bey außergewöhnlicher Beleuchtung in der
Bier-Halle zu Fünfhaus,
als am Jahrestage ihrer Eröffnung und Vorfeyer des Theresientages,
zur Benefice des Unterzeichneten,
ausserordentliche Soirée
Statt, wobey der Gefertigte nebst seinen beliebtesten Compositionen, auch neue, eigens für diesen Abend componirte Walzer, dirigiret.

Freut Euch des Lebens!
Neuestes großes Potpourri;
Walzer-Fluth, von Joseph Lanner,
vorzutragen die Ehre haben wird.

Eintritt 10 kr. C. M. Anfang um 6 Uhr Abends. *Franz Schröder.*

1

Die Pflastersteine glänzten nass. Auf einen nebligen Tag war ein regnerischer Abend gefolgt. Der Fleischmarkt war längst von Stille und Finsternis umgeben. Wien schlief.

Hahnreiter lehnte im Lichtkegel einer Gaslaterne an einer Hausmauer. Seine beiden Rösser und den Wagen mit der Nummer 52 hatte er stets im Blick. Etwas abseits, im Dunkeln, hatte sein Kollege mit Fuhrwerk und Pferden Aufstellung genommen.

»Von mir aus hätten sie die alten Laternen ruhig noch stehen lassen können.«

Der Kollege, der wegen seiner unsanften Fahrweise den Spitznamen »Rumpelumseck« erhalten hatte, fischte eine Tabakdose aus der Manteltasche. »Was soll das bringen, wenn die Nacht so taghell erleuchtet wird? Die alten Laternen waren doch noch gut.« Er stopfte umständlich seine Meerschaumpfeife. Dass Rauchen in der Inneren Stadt nicht gern gesehen wurde, kümmerte ihn wenig.

»Das würde ich auch sagen, wenn ich mit so verschlissenem Zeug unterwegs sein müsste wie du!«

Hahnreiter grinste und deutete auf den uralten Wagen und die betagten Pferde des anderen.

»Deine Rösser haben ihre besten Zeiten schon lange hinter sich. Die sind so mager, dass man ihr Alter an den Rippen abzählen kann.« Er schlug den Mantelkragen hoch, um sich vor Wind und Kälte zu schützen. »Und dein Wagen ist uralt und wackelig. Bei Tageslicht steigt nicht einmal mehr ein blinder Bettler in so eine Kutsche ein.«

»Ich weiß selbst, wie marod ich unterwegs bin.« Rumpelumseck blies Rauch in die Nachtluft. »Eigentlich müsste ich bei jeder Fahrt einem Schusterbuben sechs Kreuzer zahlen, damit er sich an den Wagen klammert und ihn zusammenhält. Was glaubst du, warum ich am liebsten in der Nacht fahre? Je dunkler, desto weniger sieht man, in welchem Zustand mein Zeug ist. Ich sag ja: Das schlechte Licht hat mir einen Gefallen getan.«

Hahnreiter schüttelte den Kopf. »Dann werden die nächsten Jahre hart für dich: Bald soll es in ganz Wien nur mehr Gaslaternen geben statt der alten Lampen mit Schweinefett.«

Rumpelumseck winkte ab. »Werde ich nicht erleben, so lange spielt meine Blase nicht mehr mit.« Er klopfte sich mit der Hand sachte auf den Unterbauch. »Alles voller Geschwüre da drinnen. Außerdem plagt mich ein Katarrh nach dem anderen. Vom Sitzen in der kalten Luft, hat der Arzt gesagt.«

Hahnreiter schwieg betroffen. Das Fiakerleben hinterließ mit den Jahren Spuren am Körper. Er selbst war von den typischen Berufskrankheiten bislang verschont geblieben. »Hast du jemanden, der sich um dich kümmert?«, fragte er.

Rumpelumseck knurrte missmutig. »Ich brauch niemanden. Ist mir lieber, sonst werde ich am Ende vergiftet wie der alte Pilnatschek.«

»Der Pilnatschek ist tot?« Hahnreiter riss die Augen auf. Er kannte den Mann; ein gutmütiger Kerl, der nach langer Krankheit endlich wieder auf die Beine gekommen war. Bis vor ein paar Jahren hatte er sein Geld als Leichenkutscher verdient.

»Eben nicht. Seine Schwiegertochter hat ihm Schwefelsäure in den Kaffee gekippt, aber er hat ihn nicht getrunken. Hat nur dran genippt.«

»Der Pilnatschek war doch ein kommoder Kerl. Warum sollte seine Schwiegertochter ihn umbringen wollen?«

Rumpelumseck schüttelte den Kopf und paffte wieder. »Wollte sie ja gar nicht. Sie hat ihn jahrelang gepflegt und während dieser Zeit sein Geld ausgegeben. Seit er gesund ist, hat er alles wieder selber verbraucht. Aus war's mit der Marie. Also wollte sie ihn krank machen. Klein halten quasi, damit sie wieder flüssig ist. Weiber!« Er schnaubte verächtlich und zog eine Flasche Branntwein aus der Innentasche seines Mantels. »Dafür landet sie am Strang, wenn alles gerecht zugeht.«

Hahnreiter fand die Todesstrafe menschenverachtend.

»Warum soll sie am Strang landen, wenn der Pilnatschek ...« Mitten im Satz hielt er inne. Schritte näherten sich. Vom Ende der Gasse klapperten Damenschuhe über die Pflastersteine. Hahnreiter stieß sich von der Hausmauer ab, straffte sich und griff nach den Zügeln seines Gespanns. Um diese Uhrzeit waren Kunden rar in der Inneren Stadt. Der Verdienst des heutigen Tages reichte bei Weitem nicht aus, um sein Überleben zu sichern. Diese Fuhre durfte er sich nicht entgehen lassen. Je schneller er fahrbereit war, desto besser. Die Schritte wurden wieder leiser, offenbar entfernten sie sich. Hahnreiter seufzte. Die Dame hatte es sich entweder anders überlegt oder war in eine Seitengasse abgebogen. Das Geklapper der Absätze verhallte, dann fiel eine schwere Haustür ins Schloss. Hahnreiter ließ die Zügel los, lehnte sich erneut an die Mauer und starrte missmutig in die neblige Nacht. Seine Gedanken schweiften ab zu seiner Frau. Ob sie wartete, bis er nach Hause kam? Sekunden später zerriss ein Schrei die Stille. Hahnreiter zuckte zusammen. »Hast du das gehört?«

Rumpelumseck schwieg und stocherte gleichgültig in seiner Pfeife.

»Das war ganz in der Nähe!« Hahnreiter schlich zum nächsten Mauereck und lugte in die quer verlaufende Köllnerhofgasse.

Sein Kollege hob die Schultern und paffte. »Mach dir nicht ins Hemd, das war eine Katze!«

Hahnreiter schüttelte den Kopf. »Die Viecher schreien anders.« Er sah sich um, entdeckte aber niemanden. »Das war ein Mensch!«

»Das war eine Katze, sag ich dir«, blieb Rumpelumseck dabei. »Sauviecher, elendige! Und selbst wenn nicht: Mir reicht's schon, wenn ich mir um meine Rösser Gedanken machen muss. Soll ich mir jetzt auch noch über alles andere den Kopf zerbrechen, das in der Stadt passiert?« Er raffte sich auf und kam doch zu Hahnreiter an das Hauseck. Außer einem beleuchteten Fenster war nichts zu sehen; die Köllnerhofgasse lag totenstill da.

»Außerdem«, fing Rumpelumseck wieder an, »was soll schon sein? Der Nachtwächter hat gerade seine Runde gedreht. Und selbst wenn von denen keiner etwas bemerkt hat, gibt's immer noch die Zivil-Polizeiwache und die Militär-Polizeiwache – hier wimmelt's vor Aufpassern! Der alte Metternich hat ein Auge drauf, dass uns nichts passiert!« Seine Stimme triefte vor Sarkasmus. Fürst Clemens Metternich hatte Wiens Bürger fest im Griff; die Stadt wimmelte vor Sicherheitsbeamten und Spitzeln, die das Leben in der Hauptstadt streng kontrollierten. Das kleinste Anzeichen für Ungehorsam oder Verrat am System wurde geahndet und den Behörden gemeldet. »In Wien kannst nicht einmal einen Schas lassen, ohne dass es der Metternich mitkriegt!«

Wieder fiel eine Tür ins Schloss. Schritte hallten auf den Pflastersteinen und klapperten eilig in Richtung Fleischmarkt. Hahnreiter kniff die Augen zusammen. Der Mond war von Wolken bedeckt, und auf der nassen Straße spiegelte sich das fahle Licht der Laternen. Dennoch erkannte er eine Gestalt, die aus einem Arkadengang trat. Sie hielt inne und stützte sich an eine Hausmauer. Ein paar Sekunden lang starrte sie in Richtung der Fiaker. Sie beugte sich nach vorn – krümmte sie sich etwa? Hahnreiter stieß Rumpelumseck mit dem Ellbogen in die Seite und zeigte mit dem Kinn auf die Silhouette. »Ich sag doch, da stimmt etwas nicht!«

Die Gestalt richtete sich halb auf und schleppte sich weiter. Sie steuerte die wartenden Wagen an. Der Abstand wurde geringer; jetzt erkannte Hahnreiter, dass es sich um eine Frau handelte. Sie beschleunigte ihre Schritte, blieb wieder stehen und krümmte sich, eine Hand auf den Leib gepresst. Nur mehr wenige Meter trennten sie jetzt von den Kutschen. Ein dunkler Schleier bedeckte ihr Gesicht, unter ihrem Mantel schimmerte der Saum eines hellen Seidenkleides. Ein gequältes Ächzen war zu vernehmen, sie wankte und taumelte zu einem der Wagenräder.

»Guter Gott«, flüsterte Hahnreiter und eilte zu der Frau.

Ihr rechter Arm umfasste die Leibesmitte. Rumpelumseck paffte an seiner Meerschaumpfeife und feixte.

»Wo brennt's denn, Gnädigste?«

Sie nahm ihn nicht wahr. Der Schleier verbarg Augen und Mimik, dennoch war ihre Angst unverkennbar. Sie atmete flach und schnell, Schweißgeruch hing in der Luft.

»Wohin soll's denn gehen, Gnädigste?«

Hahnreiter reichte ihr die Hand, um sie zu stützen. Die wenigen Schritte vom Wagenrad bis zur Kabinentür kosteten sie übermäßige Anstrengung. Sie bewegte sich jetzt so langsam, als steckte sie in tiefem Morast fest. Dennoch drehte sie den Kopf erst nach links, dann nach rechts und sah sich um. Ein Wimmern drang unter dem Schleier hervor.

»Ist Ihnen nicht gut, Gnädigste?« Hahnreiter musterte die Frau besorgt.

Sie schüttelte den Kopf. Immer wieder sah sie sich suchend um. Hahnreiter runzelte die Stirn und spähte ebenfalls nach allen Seiten. Die Berichte in den Zeitungen fielen ihm ein. Metternich hatte zwar ein dichtes Überwachungsnetz gewebt, dennoch waren in den letzten Wochen einige Frauen in der Stadt spurlos verschwunden. Die Polizei schloss Gewaltverbrechen nicht aus, tappte aber im Dunkeln. Der Täter lief frei herum – war ihm heute Nacht ein Opfer entkommen?

»Wurden Sie belästigt, Gnädigste? Wollte Ihnen jemand etwas Böses?«

Statt einer Antwort war nur ein heiseres Röcheln zu vernehmen. Die Frau nahm einen tiefen Atemzug. Dann stieg sie, auf Hahnreiters Arm gestützt, in die Fiakerkabine.

»Alservorstadt!«, presste sie tonlos hervor. »Zur Gasse zwischen Krankenhaus und Kaserne!«

Hahnreiter nickte und schloss die Tür. Das Gässchen quer zur Alserstraße war namenlos und dennoch weitum bekannt. Von dort erreichte man einen der drei Eingänge in das k.u.k. Gebärhaus. An diesem Ort waren Sicherheit, Verschwiegenheit, Hoffnung und Trauer vereint. Baronessen und Dienstmädchen, Hofdamen und Krapfenbäckerinnen: Frauen jedes Gesellschaftsstandes suchten die Adresse auf, um anonym zu entbinden.

»Gebärfuhre«, raunte Hahnreiter und schwang sich auf den Kutschbock. »Daher der schwarze Schleier.«

Er warf Rumpelumseck einen vielsagenden Blick zu. Der lotste seine Rösser einen Platz weiter nach vorn und brachte sie gleich darauf wieder zum Stehen. »Und wenn schon.« Er zuckte die Schultern. »Hauptsache, du hast eine Fuhre, der Rest kann dir egal sein.«

Hahnreiter brummte etwas Zustimmendes. Gebärfuhren bedeuteten sichere Bezahlung; die Frauen – häufig aus der Oberschicht, die um ihren guten Ruf bangten – waren froh, schnellstmöglich zum k.u.k. Allgemeinen Krankenhaus zu gelangen, ohne von jemandem gesehen oder erkannt zu werden. Bei solchen Fahrten wurden keine Gepäckstücke verladen und fielen keine Wartezeiten an; man musste nur bis zum Eingangstor des Gebärhauses fahren und die Glocke läuten, damit die Schwangere in Empfang genommen wurde. Rumpelumseck hatte recht: Befindlichkeiten der Kundschaft waren nicht von Bedeutung. Es ging nur darum, sie sicher ans Ziel zu bringen. Hahnreiter schwang sich auf den Kutschbock, griff nach den Zügeln und schnalzte mit der Zunge.

»Na dann, fahr ma, Euer Gnaden!«, rief er und winkte seinem Kollegen. Die Blutspur von den Arkaden bis zu seiner Kutsche sah er nicht.

2

Kaunitz erreichte die Stadt durch das Burgtor. Er lenkte seinen Wagen an der Augustiner Bastei vorbei zur Kärntner Straße und steuerte auf den Stephansdom zu. Die Glocke schlug 9 Uhr. Kutschen und Stellwägen rumpelten über das Pflaster, vom Neuen Markt strömten Dienstboten, die Mehl, Getreide und Butter erstanden hatten in die umliegenden Straßen und Geschäfte. Am Vormittag vereinnahmten Marktschreier und Dienstpersonal Wiens Innere Stadt. Um von seiner Unterkunft in der westlichen Vorstadt Mariahilf in die Leopoldstadt im Osten zu gelangen, musste Kaunitz das gesamte Areal innerhalb der Stadtmauer durchqueren. Vor ein paar Tagen war er in der *Wiener Zeitung* auf eine Annonce gestoßen:

»*Stallung für vier Pferde mit Wagenremise in der Josefsgasse zu vermieten, Wohnung angrenzend. Auskunft in der Shawl-Handlung Nr. 619 am Graben, vis-à-vis vom Lommerischen Hause.*«

Die Auskunftsstelle am Graben lag zwar auf dem Weg, aber er würde das Haus in der Josefsgasse zuvor auf eigene Faust besichtigen. Erst danach wollte er mit dem Besitzer Kontakt aufnehmen. Seit Jahren war Kaunitz auf der Suche nach einer größeren Unterkunft. Er und Elisabeth hatten etliche Objekte besichtigt. Die Dachkammer war längst zu eng für sie beide geworden; spätestens nach der Geburt des Kindes hätten sie eine andere Bleibe gesucht. Doch dazu war es nie gekommen.

»Extrablatt!« Der Schrei eines Zeitungsjungen riss ihn aus seinen Erinnerungen. »Großbritannien führt die Factory Bill ein! Keine Fabrikarbeit mehr für Kinder unter acht Jahren!«

»Die werden sich noch wundern, die Briten!«

Ein Mann mit Spazierstock blieb bei dem Jungen stehen und kramte in seiner Tasche. Er fischte ein paar Münzen hervor und kaufte eine Zeitung.

»Wohin soll das führen, wenn alles sich ändert?« Er begann sofort zu lesen. Im Vorbeifahren sah Kaunitz ihn den Kopf schütteln.

Mittlerweile lag die Rotenturmstraße hinter ihm. Kaunitz war bei der Ferdinandsbrücke angelangt, die über den Donaukanal führte und die Innere Stadt mit der Leopoldstadt verband. Elisabeth hatte diese Vorstadt geliebt. Das trubelige Gemisch aus Gasthöfen, kleinen Geschäften und Handwerksbetrieben hatte es ihr angetan.

»Wenn unser Kind erst einmal da ist, gehen wir sonntags im Augarten oder Prater spazieren«, hatte sie geschwärmt. Der Gedanke an sie schnürte Kaunitz die Luft ab. Aus seiner Manteltasche zog er das Taschentuch hervor, das Elisabeth mit seinen Initialen bestickt hatte. Er rieb sich die Augen damit trocken und steckte das Stück Stoff tief in die Tasche zurück. Um ein Haar hätte er zwei Köchinnen übersehen, die vom Fischmarkt am Donaukanal die Brücke erreichten. Er riss den Wagen zur Seite, um auszuweichen. Die beiden Frauen erschraken und riefen ihm derbe Flüche hinterher, Kaunitz hob entschuldigend die Hand. Er atmete tief durch, schnalzte mit der Zunge und nahm die Zügel straffer. Das Leben musste weitergehen.

3

Der prunkvolle Ballsaal im Herzen Wiens war zum Bersten voll. Unter monströsen Lustern, die von der stuckverzierten Decke hingen, kreischte und tobte das Publikum vor Begeisterung. Hunderte Füße stampften auf dem Parkett, Paare wirbelten im Kreis zur Musik durch den Saal. Aufgebauschte Kleider, nass geschwitzte Hemden und zerzauste Haare überall. Arme wurden um Taillen gelegt, Leiber aneinander gepresst. Schneller und immer schneller jagte die Kapelle die Massen vor sich her, trieb sie von der Polka zum Galopp, zur Quadrille, von einem Walzer zum nächsten. Die Fensterscheiben waren beschlagen vom Atem der erhitzten Menschen, Wien war im Tanzfieber.

Im Epizentrum der schnellen Takte stand er. Sie nannten ihn Melodien-Hexer, Zauberkünstler, Walzerkönig.

Er stachelte seine Musiker zur Höchstform an, preschte mit ihnen von einer Komposition zur nächsten:

Kettenbrückenwalzer, Brüsseler-Spitzen, Paris-Walzer. Niemand stand still, alles drehte sich, schaukelte, stolperte, suchte Halt und nahm Schwung.

Er dirigierte und geigte abwechselnd, das Publikum verlangte mehr und mehr. Sie waren süchtig nach seiner Musik. Mit Spannung hatten sie seine neuesten Werke erwartet und wollten ihn nicht gehen lassen, als er sich verbeugte. Das Bad im Applaus war kurz, aber intensiv. Es gab ihm Sicherheit und Wärme. Ein letzte tiefe Verneigung vor den Tanzenden, ein Kopfnicken zu den Musikern. Dann stürmte er aus dem Saal, hinaus in die Nacht. Eine Kutsche stand bereit, die Tür zur Kabine war offen. Sobald der Meister eingestiegen war, stob der Wagen in westlicher Richtung aus der Stadt. Die Nacht war noch jung, in Döbling erwarteten zwei weitere Lokale die Ankunft des Walzerkönigs.

Johann Strauss lehnte den Kopf ans Fenster und starrte in die Dunkelheit. Er hatte es geschafft: Die *Redoutensäle*, das *Sperl*, *Dommayers Casino* oder das *Finger*; erfahrene Wirte wussten, wonach ihre Gäste verlangten. Wer etwas auf sich hielt, engagierte Johann Strauss. Das Wiener Publikum verlangte Unterhaltung auf höchstem Niveau; er konnte sie Abend für Abend bieten. Die Nachfrage nach exquisiter Tanzmusik war enorm. Täglich prasselten Anfragen und Engagements auf ihn ein, mehr als er bewältigen konnte. Für Außenstehende schien es unmöglich, dass ein und derselbe Mann drei oder vier Bühnen pro Abend bespielte. Dennoch erteilte er keine einzige Absage. Sein Orchester war das beste weit und breit. Universell einsetzbar und kultiviert. Jeder von ihnen spielte mindestens zwei Instrumente; das war der Schlüssel zum Erfolg. Er hatte eine Möglichkeit gefunden, alle Termine wahrzunehmen: er teilte sein Orchester durch vier. Jede Gruppe spielte auf einer anderen Bühne. Johann Strauss konnte seine Männer beliebig zusammenwürfeln; die Qualität der Konzerte war gleichbleibend hoch. Violinen, Flöten, Bass oder Posaune; er konnte stets aus dem Vollen schöpfen. Er selbst raste von Termin zu Termin; kurzes Vorstellen der neuen Piècen, Dirigieren der Gassenhauer, ein kurzes Bad im tosenden Applaus – und mit dem Fiaker weiter ins nächste Lokal. Die Musiker spielten unter der Leitung des Primgeigers den ganzen Abend lang weiter.

Dass Wien den Aufstieg zur Walzerhauptstadt geschafft hatte, war sein Verdienst. Komponieren, Proben, Dirigieren im Akkord. Die reinste Knochenarbeit. Dennoch hätte er sich nie für einen anderen Beruf entschieden.

Die Kutsche raste durch die stockfinstere Nacht. Johann Strauss tastete auf der Holzbank nach dem Bündel, in dem sich ein Tuch, ein frisches Hemd und eine zartgelbe Halsbinde befanden. Das Dirigieren hatte ihm alles abverlangt; sein Gewand klebte ihm am Leib. Er schälte sich aus seinem Frack, streifte die nassen Sachen ab und rieb sich den Oberkörper mit dem Tuch trocken. Der Wagen rumpelte; er schlüpfte in die Ärmel, tastete nach Knöpfen und Knopflöchern. Dann lehnte er seinen Kopf an die Kabinenwand und schloss die Augen. Er würde nicht vor 2 Uhr früh daheim sein. Würde sie auf ihn warten? Er sehnte sich nach ihren rosigen Lippen und den weichen Locken, rief sich den Duft ihrer Haut in Erinnerung. Der Wagen jagte durch die Nacht, immer noch saß Johann Strauss mit geschlossenen Augen in der Kabine. Dies waren die einzigen Momente des Tages, in denen er sich Ruhe erlaubte. Die Ruhe vor dem Sturm.

4

Beißender Rauch und Flammen, wohin er sich wandte. Brandgeruch überlagerte jeden Duft, rot züngelndes Feuer verfolgte ihn bis in die Träume. Das gierige Lodern und Knistern hielt ihn seit Wochen gefangen.

Heinrich Kaunitz, Fahrer des Fiakers mit der Nummer 25, öffnete die Augen. Krampfhaft versuchte er, sich alle schönen Erinnerungen aus der Zeit vor jener Nacht ins Gedächtnis zu rufen. Elisabeths sanfte Stimme, ihre zarten Schultern, den Duft von frisch gebackenem Gugelhupf. Das Vogelgezwitscher, dem sie jeden Morgen gemeinsam gelauscht hatten, ein Wiesenblumenstrauß, den er ihr gepflückt hatte, die gemeinsamen Spaziergänge im Prater. Jene Nacht hatte sein Leben für immer verändert und ließ ihn keine Ruhe mehr finden. Er hörte Elisabeths Hilferufe, sah die Bilder vor seinem geistigen Auge. Wie sie verzweifelt versuchte, dem dichten Qualm zu entkommen. Wie sie die schmale Holztreppe fand und nach unten lief, eine Hand schützend auf den Bauch gelegt. Wie sie strauchelte und fiel. Er hörte das dumpfe Geräusch ihres Körpers, der gegen die Stiegen prallte, und seine eigenen Schreie. Er hatte sie ins Freie getragen und auf die Straße gelegt. Wie lange war er neben ihr gekauert? Minuten? Stunden? Das Blut aus ihrer Wunde war verkrustet, der Brustkorb hob und senkte sich nicht mehr. Elisabeths Hand in der seinen war erkaltet – er hatte sie verloren. Sie und das ungeborene Kind.

Kaunitz öffnete die Augen und setzte sich ruckartig auf. Sein Herzschlag galoppierte. Der Rücken war schweißnass, sein Mund trocken. Wie jeden Morgen fiel es ihm schwer, die Qualen der Nacht abzuschütteln. Er fuhr sich mit der Hand über das Gesicht und atmete tief durch. Das Zwitschern eines Rotkehlchens drang an sein Ohr; Kaunitz blickte zum Fenster, vor dem ein alter Kastanienbaum stand. Nur mehr wenige Blätter waren grün, die meisten hatten sich bereits herbstlich verfärbt. Im dichten Blattwerk war der kleine Vogel kaum sichtbar. Mit einem Ruck schlug Kaunitz die grobe Wolldecke zurück, schwang die Füße aus dem Bett, trat ans Fenster und öffnete es. Morgendliche Kühle strömte ihm entgegen. Er genoss den Lufthauch auf seiner verschwitzten Haut und atmete tief ein. Über ihm war der Himmel rötlich gefärbt, auf der Straße unter seinem Fenster herrschte hektische Betriebsamkeit. Dienstmädchen eilten zum Markt und Arbeiterinnen zur Fabrik, ein Milchwagen fuhr scheppernd über das Straßenpflaster. Mariahilf erwachte. Normalerweise war er Teil dieses Getriebes.

Die Taschenuhr auf dem wackeligen Tischchen neben dem Bett zeigte fünf Uhr an. Um diese Zeit sollten die Rösser längst angespannt sein und er auf dem Kutschbock sitzen.

Kaunitz griff nach Hemd und Hose, die über der Stuhllehne hingen, und zog sich an. Heute. Heute würde er das Haus des alten Sterz verlassen, mit Sack und Pack. Er würde seine Pferde und die beiden Wagen zum neuen Stall in die Leopoldstadt bringen. Vier Rösser und zwei Fiaker; mehr war ihm nach dem Brand nicht geblieben. Bis auf die Kleidung, die er an jenem Abend getragen hatte, war alles den Flammen zum Opfer gefallen. Kaunitz knöpfte eines der Hemden zu, die Sterz ihm überlassen hatte, und sah an sich hinab. Der Stoff war abgetragen und kratzte, außerdem waren die Kleidungsstücke zu weit. Der alte Stallknecht war einen Kopf größer und doppelt so schwer wie er selbst. Ein rechtschaffener Kerl, der das Herz am rechten Fleck hatte. Kein Mann der großen Worte. Ohne seine Hilfe wäre Kaunitz im Versorgungshaus Sankt Marx gelandet, wo verarmte, kränkelnde und abgelebte Bürger versorgt wurden. Er hätte sich mit elf anderen eines der 32 Zimmer teilen und sich mit seinem Schicksal abfinden müssen, denn für Opfer von Wohnungsbränden gab es keine finanzielle Unterstützung. Sterz hatte Kaunitz bei sich aufgenommen, als der ohne Dach über dem Kopf vor dem Nichts gestanden war. Er hatte Kaunitz seine Kammer überlassen und war selbst in den Stall übersiedelt, wo er auf einem Strohballen neben den Pferden schlief. Die Tiere nahmen es gleichmütig hin. Sie waren seit Jahren beim alten Sterz untergebracht; er fütterte sie und mistete den Stall aus, holte den Hufschmied, wenn die Hufe beschlagen werden mussten, und mischte Tinkturen nach alten Rezepten, um Koliken zu lindern. Die Tiere waren hier in besten Händen. Jeden Morgen legten Sterz und Kaunitz den Pferden die Geschirre an und spannten sie vor den Wagen. In letzter Zeit jedoch wurde Sterz von der Gicht geplagt; es bereitete ihm Schmerzen, die Finger zu strecken oder zu krümmen. Sie Stallarbeit war mühselig für ihn geworden.

Kaunitz trat zum Tisch, auf dem die Waschschüssel stand, und wusch sich das Gesicht. Wieder rumpelte ein Wagen über das Pflaster, das Rotkehlchen zwitscherte tapfer gegen Straßenlärm und Stimmengewirr an. Kaunitz trocknete sich mit einem Tuch ab und warf einen Blick ins Freie. Erste Sonnenstrahlen leuchteten durch die verfärbten Blätter. Er versuchte, sich die kommenden Tage auszumalen. Er würde allein sein. Sofort trübte sich seine Stimmung wieder. An ein Leben ohne Elisabeth zu denken, fühlte sich wie Verrat an. Er vergrub das Gesicht im feuchten Leinentuch und verharrte einen Moment.

Tiefe Trauer wogte über ihn hinweg und trieb ihm Tränen in die Augen. Wie sehr er seine Frau vermisste!

Wenn er nicht bald einen Weg fand, mit seinem Schicksal fertig zu werden, würde er daran zerbrechen. Kaunitz zerknüllte das Tuch und warf es zurück auf den Tisch. Er würde denjenigen finden, der ihm das Liebste genommen hatte!

5

Kaffeeduft strömte in das winzige Vorhaus. Kaunitz öffnete die Tür zur Küche. Warme Luft schlug ihm entgegen, vermischt mit dem Duft von Seife und Pferdegeruch. Der Geruch seiner Kindheit. Kaunitz sog die Luft ein und verharrte einen Moment im Türrahmen. Obwohl er kleiner war als Sterz, musste er den Kopf einziehen, um sich nicht am Türrahmen zu stoßen. Neben der Schlafkammer war die Küche der einzige Raum in Sterz' Unterkunft. Es waren kleine Zimmer, spärlich möbliert und mit uralten knarrenden Holzdielen ausgelegt, aber alles war sauber und ordentlich. Ein Tisch aus schwerem Buchenholz, den der alte Stallmeister selbst gezimmert hatte, nahm den meisten Platz in der Küche ein. Das restliche Mobiliar bestand aus zwei altersschwachen Stühlen, einer Kredenz für Teller und Besteck sowie einem Ofen samt Kochstelle, der wohlige Wärme ausstrahlte.

Die Nächte waren kühl geworden. Der Herbst hatte sich mit Kälte und Feuchtigkeit in Wien und den Vorstädten angekündigt. Sterz öffnete die Ofentür und stocherte mit einem Schürhaken in der Glut. Dann nahm er den Kaffee-Perkolator von der Feuerstelle und goss das dampfende Gebräu in zwei Tassen. Er drehte sich kurz um und murmelte etwas Unverständliches, als er seinen Mitbewohner hinter sich bemerkte. Das stumme Kopfnicken Richtung der beiden Tassen war seine Einladung zum Frühstück. Kaunitz murmelte ein Danke, trat näher und griff nach dem alten Porzellangefäß, an dessen Rand ein Stück ausgebrochen war. Dann setzte er sich an den Tisch und betrachtete das karge Mahl. Sterz hatte den letzten Rest Brot aufgeschnitten und den Teller zu Kaunitz' Platz gestellt. Kaunitz nahm eine der Scheiben und unterdrückte ein Seufzen. Sterz kam mehr schlecht als recht finanziell über die Runden. Vor dem Brand hatte er seinem alten Stallknecht mehr bezahlen können, aber seit er selbst nichts mehr besaß, war das Leben für beide schwieriger geworden. Sicher, Sterz hatte ihn ohne zu zögern aufgenommen, hatte ihm Essen und Quartier gegeben. Aber Kaunitz ertrug es nicht, jemandem auf der Tasche zu liegen, der selbst kaum genug zum Leben hatte. Immer öfter war Sterz mit leerem Magen zu Bett gegangen, und Kaunitz wusste, dass das nur seinetwegen geschah.

»Kaffee stillt den Hunger.« Der alte Stallknecht schien Kaunitz' Gedanken erraten zu haben. Er griff in den Korb neben der Feuerstelle und legte ein Scheit Buchenholz nach. Dann schloss er die Ofentür, ächzte leise und setzte sich zu Kaunitz an den Tisch.

Es bereitete ihm sichtlich Schmerzen, mit den gichtgekrümmten Fingern die Tasse zu halten.

Kaunitz nahm den ersten Schluck und verzog das Gesicht. Sterz hatte viele Fähigkeiten; Kaffeekochen zählte nicht dazu. Das Gebräu war dünn und bitter. Vielleicht war der Geschmack auch den Zichorienwurzeln geschuldet, mit denen der Kaffee gestreckt war.

Sterz strich mit der schwieligen Hand über die raue Tischplatte. Seine Haltung war gebückt und die Haut wettergegerbt, aber die Augen blickten wach und interessiert in die Welt.

»Mit dem heutigen Tage verlässt du mich also endgültig?« Es hätte scherzhaft klingen sollen, aber in der Stimme des alten Mannes schwang Wehmut mit. Kaunitz schluckte den Kloß hinunter, der sich in seinem Hals bildete.

»Ich ziehe nur in eine andere Vorstadt«, versuchte er sich zu rechtfertigen. »Statt in Mariahilf werde ich in der Leopoldstadt leben, sonst ändert sich nichts.«

»Alles ändert sich.« Sterz machte eine müde Handbewegung. »Aber dagegen kommt man nicht an. So ist das Leben.« Fanny, die alte dreifarbige Katze, sprang dem Stallknecht auf den Schoß und schnurrte. Eine Zeit lang sagte niemand etwas. »Eine Schnapsidee, von Mariahilf in die Leopoldstadt zu ziehen!«, polterte Sterz.

Kaunitz schwieg betreten. Seit er denken konnte, waren er und Sterz einer Meinung gewesen. Keine Entscheidung, die sie nicht im Gleichklang getroffen hatten. Es war das erste Mal, dass dem Alten sein Entschluss missfiel.

»Familie Strauss beauftragt mich immer öfter mit Fahrten, da ist es einfacher, wenn ich in ihrer Nähe …«, erklärte Kaunitz, aber Sterz unterbrach ihn unwirsch.

»Die Familie Strauss!« Er schnaubte verächtlich. »Jetzt bist du ihnen gut genug, weil du nach ihrer Pfeife tanzt! Aber wenn sie erst einmal in höhere Kreise aufsteigen, wollen sie bestimmt nicht mehr mit einem einfachen Fiaker wie dir fahren! Dann suchen sie sich einen vornehmen Kutscher und lassen dich fallen wie eine heiße Kartoffel!« Er schüttelte den Kopf. »Du hast vier Pferde zu ernähren, das kostet Geld! Was, wenn die Quelle plötzlich versiegt?« Er reckte sein Kinn und sah Kaunitz direkt in die Augen. »Man macht sich nicht von einer einzigen Kundschaft abhängig. Habe ich dir das etwa nicht beigebracht?«

»Vom neuen Stall«, fuhr Kaunitz fort, »ist es nur ein Katzensprung zum *Hirschenhaus* in die Taborstraße. Und die Standplätze für Fiaker liegen in der Stadtmitte. Es macht also keinen Unterschied, ob ich von Mariahilf im Osten oder von der Leopoldstadt im Westen Wiens dorthin fahre.«

Sterz schwieg und strich Fanny zärtlich über den Rücken, ohne Kaunitz anzusehen.

»Wenn ich Kundschaft in der Taborstraße absetze und nach einer Fuhre zurück zum Stall nach Mariahilf fahre, bin ich um ein Vielfaches länger unterwegs. Die Pferde haben weniger Zeit, sich zu erholen. Ich muss sie öfter auswechseln und verdiene weniger. Hast du daran schon einmal gedacht?« Er suchte Sterz' Blick, aber der hatte nur Augen für seine Katze.

»Im Übrigen«, redete Kaunitz weiter und schwenkte seine Tasse, »befinden sich der Nordbahnhof, der Fischmarkt und ein Krankenhaus in der Leopoldstadt, vom Prater ganz zu schweigen. Also genügend Ziele, zu denen ich Kundschaften fahren kann, selbst wenn die Familie Strauss mich hängen lässt.« Er starrte in seine Tasse. »Außerdem«, fügte er leiser hinzu, »wollte Elisabeth immer schon in die Leopoldstadt ziehen. Wir wollten uns dort ein Heim schaffen. Eine Familie gründen und dann …« Tränen brannten ihm in den Augen. Er wischte sie mit dem Handrücken fort und verstummte.

»Aber Elisabeth ist tot!« In der Stimme des Alten schwang Wehmut mit. »Niemand zwingt dich, ans andere Ende Wiens zu ziehen, nur weil sie es so haben wollte.«

Kaunitz nickte. Der Stallmeister hatte recht. Trotzdem wusste er, dass er nicht länger hier bleiben konnte. Als er nichts erwiderte, winkte Sterz ab und schüttelte matt den Kopf.

»Reisende soll man nicht aufhalten.«

Kaunitz fühlte sich elend. Solange er sich erinnern konnte, war Sterz ein Teil seines Lebens gewesen. Er hatte sich schon um die Pferde seines Vaters gekümmert, als er selbst gerade erst gehen gelernt hatte. Sterz hatte Wagen gelenkt und Schäden an den Rädern oder Kabinen ausgebessert, er konnte Pferde beschlagen und wusste, was zu tun war, wenn eines der Tiere an Koliken litt. Kaunitz senior war wie sein Sohn Fiakerfahrer gewesen, aber ihm hatte es an Geschick im Umgang mit den Tieren gemangelt. Viel zu oft hatte er die

Geduld verloren und nach den Rössern getreten, wenn sie nicht schnell genug auf Kommandos reagierten. Schon früh hatte Heinrich Kaunitz begriffen, dass der Stallknecht wesentlich besser mit Pferden zurechtkam als sein Vater. Weder schlug Sterz die Tiere noch schrie er sie an. Es war ein unsichtbares Band, das den wortkargen Mann und die Rösser zusammenhielt. Alles, was er über Pferde und Fuhrwerke wusste, hatte Kaunitz vom alten Stallknecht gelernt. Sterz' umfassendes Wissen und seine Erfahrung waren auch bei den Kollegen bekannt. Er war eine Legende in der Fiakerszene; niemand kannte sich mit Pferden besser aus als er. Immer wieder standen Fahrer vor seiner Tür und baten ihn um Rat, wenn ein Pferd erkrankt war oder sich nicht mehr lenken lassen wollte.

Sterz hatte jeden Abschnitt in Kaunitz' Leben mitbekommen: seine Kindheit und den frühen Tod der Mutter. Die Verzweiflung und tiefe Trauer des Vaters, der Trost im Kartenspiel und im Alkohol suchte. Sterz war ihm zur Seite gestanden, als Kaunitz senior ins Wasser gegangen war, weil er seine Schulden nicht mehr bezahlen konnte. Er hatte an ihn geglaubt, als er sich, blutjung und unerfahren, gegen alteingesessene Fiaker behaupten musste, um das Geschäft zu retten. Und schließlich hatte ihm der alte Sterz Elisabeth vorgestellt, seine Nichte.

»Ich verlasse dich nicht.« Es hätte überzeugend klingen sollen. Kaunitz starrte auf seine Brotscheibe und zupfte sie in mundgerechte Brocken. »Aber du weißt selbst«, begann er sich zu rechtfertigen, »dass es auf die Dauer hier für uns beide zu eng ist.« Er ließ seinen Blick durch den Raum schweifen. Eines der Pferde wieherte im Stall. In Kaunitz stieg das schlechte Gewissen auf. Noch vor wenigen Wochen war das winzige Haus mit dem angrenzenden Stall seine Rettung gewesen; es hatte ihn davor bewahrt, im Freien oder mit anderen Obdachlosen in ein Zimmer gepfercht schlafen zu müssen. Jetzt war es zu einem Zuhause geworden. Trotzdem spürte Kaunitz, dass er nicht hierher gehörte. Er musste wieder auf eigenen Beinen stehen. Sein Leben in den Griff bekommen und sich ein Zuhause schaffen. So wie er es immer geplant hatte. Schweigend ließ er die Brotbrocken in den Kaffee fallen. Sterz winkte ab und starrte in seine Tasse, in der ebenfalls Brocken alten Brotes schwammen.

»Verlasst mich nur alle«, murrte er und griff nach einem Löffel, »es wird schon seinen Grund haben, warum es niemand bei mir aushält. Ein Stallknecht mit kaputten Knochen ist wohl zu nichts mehr zu gebrauchen.« Er löffelte den Brei aus Kaffee und Brot bedächtig in sich hinein.

Kaunitz' Kehle schnürte sich zu. Er hatte sich davor gefürchtet, Abschied von Sterz zu nehmen. Schlimmer noch: Das schlechte Gewissen fraß ihn beinahe auf. Im neuen Stall würde sich ein junger Knecht um die Tiere kümmern. Er verstand, dass es Sterz verletzte, wenn jemand anderer seine Aufgaben übernahm. Aber er wusste ebenso, wie schwer das Heben der Futtertröge dem alten Mann mittlerweile fiel. Die Stallarbeit setzte Sterz mehr und mehr zu und bereitete ihm Schmerzen.

»Die Rösser sind mein Leben«, presste Sterz hervor und kraulte Fanny am Kopf. »Soll ich den ganzen Tag allein herumsitzen und nichts tun, wenn der Stall leer ist?« Mittlerweile war seine Stimme brüchig.

Kaunitz legte den Löffel beiseite. »Dann komm mit mir mit!« Er sah Sterz auffordernd an. »Pack deine Sachen und Fanny und zieh mit mir in die Leopoldstadt!«

Kaunitz schüttelte den Kopf.

»Einen alten Baum verpflanzt man nicht. Ich bin in Mariahilf zur Welt gekommen.« Er blickte Kaunitz direkt in die Augen. »Dieses Haus ist winzig und windschief. Für dich mag es nichts Besonderes sein. Für mich ist es der einzige Ort, wo ich leben will. Ich bin hier zu Hause.«

»Aber du bist allein, Michael. Einsamkeit tut niemandem gut. Und«, Kaunitz versuchte ein Lächeln, »die Leopoldstadt ist nicht aus der Welt. Die neue Wohnung ist groß genug für uns beide.« Er hatte schon mehrfach versucht, den alten Stallknecht für einen Ortswechsel zu gewinnen. Er hatte sich geschworen, für Sterz da zu sein, wenn der sich nicht mehr alleine versorgen konnte. Jetzt war der Zeitpunkt gekommen, das spürte er.

»Du hättest mehr Platz, könntest bei den Rössern sein und ich werde für dich sorgen, wenn du …«

»Ich brauche keine Almosen!« Michael Sterz schlug mit der flachen Hand auf den Tisch und erhob sich so abrupt, dass Fanny empört maunzte und mit einem Satz davonstob.

»Von dir schon gar nicht! Ich hab dir geholfen, das Geld zusammenzuhalten, als sich dein Vater nicht einmal mehr Futter für die Tiere leisten konnte, hast du das schon vergessen?«

Hatte er nicht. Kaunitz senkte den Kopf und bereute seine Worte bitter. Er hatte Sterz in seinem Stolz gekränkt. Auch ohne ihn anzusehen, spürte er den Zorn des alten Mannes.

»Mein ganzes Leben lang habe ich mich um dich und die Rösser gekümmert. Jetzt, wo ich alt und nutzlos geworden bin, nimmst du Reißaus! Ausgerechnet ans andere Ende der Stadt willst du ziehen! Gar nicht weit genug weg kann es sein!«

Kaunitz schüttelte entschieden den Kopf. »So ist es auf gar keinen Fall!« Er schob die Tasse zur Seite und stand auf.

»Ich lasse dich nicht fallen! Und ich werde nie vergessen, was du für mich und meinen Vater getan hast, Michael!«

Als er einen Schritt auf Sterz zu machte, drehte der sich weg. Sterz starrte aus dem Fenster und schnaubte.

Kaunitz suchte nach den richtigen Worten, um Sterz nicht noch mehr zu verletzen. »Du wirst nicht immer für mich da sein können. Ich muss lernen, alleine zurechtzukommen, verstehst du das?«

»Ganz was Neues.« Sterz lachte bitter auf. »Nach Elisabeths Tod hat es für dich nichts Schlimmeres gegeben als die Einsamkeit. Jetzt scheint es das einzig Erstrebenswerte zu sein.«

Statt einer Erklärung stand Kaunitz auf und wandte sich zum Gehen. Es hatte keinen Sinn; vielleicht würde er ein anderes Mal mit Sterz reden. Besser, er bereitete die Pferde auf den Umzug vor. Er verließ die Küche ohne ein weiteres Wort.

»Und dann?«, rief Sterz ihm hinterher. »Was hast du dann vor, wenn du gelernt hast, alleine zurechtzukommen?« Er spuckte Kaunitz die Worte förmlich entgegen.

Kaunitz blieb in der Tür stehen, mit dem Rücken zu Sterz. Seine Kiefer mahlten aufeinander. »Dann werde ich denjenigen finden, der mir Elisabeth genommen hat.«

6

Der Geruch von geschmortem Rindfleisch waberte durch das *Hirschenhaus*. Aus der Küche im hinteren Teil der Wohnung war geschäftiges Klappern zu hören. Soeben platzierte Eliska, das Hausmädchen, die Suppenterrine auf ein Tablett und machte sich durch den langen Gang auf den Weg zum Speisezimmer.

Anna Strauss und ihre Kinder Johann, Josef, Eduard und Therese saßen um den Tisch verteilt. Auch Annas Schwester Josefine und ihre Eltern, das Ehepaar Streim, hatten sich zum Abendessen eingefunden. Familie Strauss war vollständig zum Abendessen erschienen – beinahe. Über den verwaisten Platz des Vaters wunderte sich seit Jahren niemand mehr, aber eines der Mädchen fehlte: Anna. Die 15-Jährige, die den gleichen Namen wie ihre Mutter trug, verspätete sich in letzter Zeit auffallend oft zu den Mahlzeiten.

Mutter Strauss zog ihre rechte Augenbraue hoch und sah ihre Familienmitglieder reihum eingehend an. Ihr Blick blieb an der jüngeren Tochter hängen, die sofort errötete und den Blick senkte. »Therese, wo ist deine Schwester?«

Die 13-Jährige griff nach ihrer Serviette. »Ich weiß nicht.« Sie entfaltete das Stück Stoff, breitete es über ihren Schoß und strich es glatt.

»Anna hat sich bestimmt wieder verplaudert.« Großmutter Streim lächelte ihrer Tochter milde zu. »Sei froh, wenn sie Kontakte pflegt. Sie wird langsam eine junge Dame.«

Anna Strauss' Miene war eisig. »Das kommt ganz darauf an, *welche* Kontakte sie ...«

»So!« Eliska betrat das Speisezimmer, die Hausherrin verstummte und sah zu, wie ihre Bedienstete Tablett samt Terrine in der Tischmitte absetzte.

»Mechten Sie Suppe als Vorspeise?«, fragte sie mit starkem böhmischen Akzent. Ihr rosiges Gesicht glänzte wie eine Speckschwarte. Die Hände in die Hüften gestemmt, wartete sie auf Zuspruch.

Großvater Streim nickte erfreut. »Welche ist es denn heute?«

Eliska griff nach dem Schöpfer und füllte den Teller des Ältesten am Tisch. »Grießnockerlsuppe!«

»Schon wieder!« Eduard, der Jüngste, verdrehte die Augen. Tante Josefine gab ihm einen Klaps auf den Hinterkopf.

»Sei froh, dass du überhaupt etwas zu essen hast, du verwöhnter Bankert!«

Eduards Blick war finster. Er presste die Lippen aufeinander.

»Es sind auch Karotten und Frittaten in der Suppe, Eduard!«, machte Anna Strauss ihrem Jüngsten das Mahl schmackhaft.

»Sind noch vom Vortag.« Eliska schöpfte ungerührt Suppe in die aufgedeckten Teller. »Muss man kochen ginstig, wenn der gnädige Herr schickt kein Geld«, rechtfertigte sie die Menüwahl.

Tante Josefine richtete sich an Eliska: »Bitte richten Sie Klara in der Küche mein großes Lob aus! Es ist eine tägliche Herausforderung, mit so wenig Haushaltsgeld derart schmackhafte Mahlzeiten zu zaubern!«

Eliska nickte und schöpfte weiter Suppe in die Teller. Beim letzten Gedeck stutzte sie. »Fehlt eine Medchen?«

»Danke, Eliska.« Statt einer Antwort entließ Anna Strauss

das Hausmädchen aus dem Speisezimmer. Ihr Ton war unmissverständlich. Eliska verließ mit gekränkter Miene den Raum.

»Du bist zu streng.« Großvater Streim nahm die Brille ab und putzte sie mit seiner Stoffserviette. »Strenger als ein Feldwebel. Und immer hast du diesen Kommandoton. Vielleicht ist das der Grund, warum deine Ehe …«

»Untersteh' dich, mir die Schuld an meiner zerrütteten Ehe zu geben!« Annas Gesicht war vor Zorn rot angelaufen. »Du müsstest doch am besten wissen, was in dieser Familie schiefläuft!«, zischte sie. »Du erlebst es täglich hautnah!« Auf ihrer Stirn trat eine Ader hervor. Eduard fischte mit seinem Löffel Karottenstücke aus der Suppe und schubste sie an den Tellerrand. Tante Josefine schlürfte ungerührt und stupste ihren Neffen unter dem Tisch mit dem Fuß an. »Iss!«

»Johann Strauss, der Walzerkönig, zieht es vor, in der Kumpfgasse zu nächtigen anstatt bei seiner Ehefrau und seiner Familie.« Anna Strauss atmete tief ein und aus. »Er zeugt ein Kind nach dem anderen, pflanzt sich fort mit dieser …«, sie suchte nach dem richtigen Wort, »dieser geldgierigen Schlampe. Dabei ist sein Platz hier!« Sie schlug mit der flachen Hand auf den Tisch. Die Gläser klirrten leise. »Hier an *meiner* Seite!«

»Anna, bitte«, flüsterte ihre Mutter, »denk an die Kinder! Das ist eine Angelegenheit zwischen deinem Mann und dir!«

»Die Kinder?« Annas Stimme wurde schrill. »Ich weiß gar nicht, wann die Kinder ihren Vater zuletzt gesehen haben!« Sie griff nach ihrem Löffel, legte ihn aber ungenutzt wieder beiseite. »Halb Wien sieht ihn jeden Abend, er kassiert Applaus, lässt sich feiern und bejubeln! Mein Mann nimmt täglich ein Bad in der Menge und vergisst dabei seine eigenen Kinder!«

Sie hob ihr Glas und prostete sich selbst zu. »Von seiner rechtlich angetrauten Ehefrau ganz zu schweigen.«

Großvater Streim schüttelte unbeeindruckt das Haupt und polierte weiter seine Brille. »Natürlich wird er von den Weibern angehimmelt, Kind. Er ist ein Musikant, was hast du dir erwartet? Er spielt jeden Abend in einem anderen Etablissement, wo ihm eine nach der anderen schöne Augen macht. Diese Trampusch ist doch nicht die Erste, in deren Bett er sich fallen lässt! Er ist der Liebling der Unterhaltungsbranche, ein Filou obendrein! Ich hab dir damals schon gesagt, dass das nicht gut gehen wird.«

Er kniff die Augen zusammen und prüfte das Ergebnis seiner Putzerei. »Aber du wolltest ja nicht hören und hast dir ein Kind von ihm anhängen lassen.«

»*Anhängen?*«, presste Anna Strauss hervor, um Contenance bemüht. Auf ihren Wangen breiteten sich rote Flecken aus. Sie griff nach der Hand ihres Ältesten und drückte sie. »Ohne meinen Schani wäre diese Familie finanziell am Abgrund!« Dann sah sie über den Tisch zu Josef, ihrem Zweitältesten. »Auch Josef bleibt nichts erspart.« Sie wandte sich an Großmutter Streim. »Die Angelegenheit betrifft längst uns alle, Mutter! Die Buben müssen sich als Chorsänger verdingen, damit wir etwas zu essen haben! Der Walzerkönig verprasst sein Geld im *Café Sperl* und schenkt der Trampusch Kleider aus Samt und Seide! Wir essen Reste vom Vortag, weil mein Mann kein Geld für seine rechtmäßige Familie auslässt! Um nichts in der Welt würde ich meine Buben missen wollen.«

»Das hat ja auch niemand von dir verlangt, mein Kind.« Großvater Streim war die Ruhe selbst. Er setzte die Brille wieder auf. »Im Gegenteil: Sei froh, dass du die beiden hast. Sie sind deine stärkste Waffe im Kampf gegen den Feind.« Er zwinkerte seinem ältesten Enkel zu. »Aber so wie dir ergeht es eben Hunderten anderen Frauen auch: Alle wollen den Walzerkönig.«

»Na, ganz so einfach ist es wohl nicht!«, fuhr Josefine dazwischen. »Immerhin hat er Anna das Ja-Wort gegeben, nicht dieser Emilie und auch keiner anderen. Ist denn das Wort eines erwachsenen Mannes nichts wert?«

Großmutter Streim wollte die Wogen glätten, verstummte aber. Mit einem Mal richteten sich alle Blicke zur Tür: Anna, die älteste Tochter, war erschienen und lächelte arglos in die Runde.

»Guten Abend.« Sie näherte sich ihrer Mutter und drückte ihr einen Kuss auf die Wange. Ihr Haar war zu einer kunstvollen Flechtfrisur gesteckt, auf der ein keckes Hütchen thronte.

»Wo warst du?« Anna Strauss' Blick haftete auf der Kopfbedeckung ihrer Tochter. Ihre Stimme war frostig wie ein Wiener Jännertag.

»In der Schule.« Das Mädchen setzte sich zu Tisch und sah in die Teller ihrer Familienmitglieder. »Schon wieder Grießnockerlsuppe?« Sie rümpfte die Nase.

»Die Bildungsanstalt für Hausfrauen befindet sich in Währing. Eine Fahrt mit dem Fiaker dorthin dauert keine halbe Stunde. Wenn es stimmt, was du sagst, hättest du längst zu Hause sein müssen.« Mutter Strauss spuckte ihrer Tochter die Worte entgegen, als wären sie giftige Insekten.

Und noch bevor diese antworten konnte, legte sie nach: »Ich frage dich ein letztes Mal: wo warst du?«

Therese sah ihre Schwester eindringlich an und deutete auf das Hütchen. Anna seufzte. »Also gut, ich war danach noch in der Kumpfgasse bei Vater und Millie.«

Mutter Strauss schloss für einen Moment die Augen. »Du warst bei der Trampusch?«, zischte sie dann. »Und hast dir von ihr die Haare richten lassen?« Sie deutete mit dem Kinn auf die Frisur ihrer Tochter.

»Ganz genau.« Anna verzog trotzig den Mund. »Und einen Hut hat sie mir obendrein geschenkt. Millie versteht etwas von Mode, ob es dir gefällt oder nicht.«

»Du redest dich um Kopf und Kragen, Mädchen!« Tante Josefine schüttelte den Kopf und griff nach ihrem Weinglas.

Anna wandte sich an ihre Tante. »Tu ich nicht!« Ihre Stimme war laut. »Wenn ich Vater sehen will, bleibt mir nichts anderes übrig, als ihn zu besuchen. Hierher kommt er ja nicht mehr, und ehrlich gesagt«, sie funkelte ihre Mutter an, »kann man es ihm nicht verdenken!«

Therese begann zu schluchzen. Eduard hörte auf, unter dem Tisch mit den Füßen zu strampeln. Erschrocken blickte er zwischen seiner älteren Schwester und der Mutter hin und her.

»Dass du mir das antust!«, presste Mutter Strauss hervor.

»Was denn?«, fauchte ihre Tochter. »Was tu ich dir an? Die Schmach, dass ich meinen Vater sehen will, deinen schlimmsten Feind? Du hast ihn dir selber ausgesucht, als du jung warst! Und nur, weil du ihn nicht mehr liebst, verbietest du mir den Umgang mit ihm?«

»Ich habe eine Verräterin im Haus!«

»Anna!« Großvater Streim wies seine Tochter scharf zurecht.

Diese schnappte nach Luft. »Mein eigenes Kind fällt mir in den Rücken!«

»Johann ist ihr Vater! Du kannst deinen Kindern nicht untersagen, ihn zu sehen!«

»Und ob ich das kann! Er hat keinen guten Einfluss auf sie! Aber das Allerschlimmste ist die Trampusch! Die Schlampe wickelt meine Kinder ein und beschenkt sie auch noch!« Mutter Strauss deutete auf das Hütchen ihrer Tochter. »Abspenstig will sie sie mir machen!«

»Ich bitte dich, Anna, komm zur Vernunft!« Großmutter Streim legte ihre Hand auf die ihrer Enkelin und redete auf ihre Tochter ein. »Das Mädchen weiß doch gar nicht mehr, wo ihm der Kopf steht!«

»Genau das ist das Problem!«, fauchte Mutter Strauss, »die Trampusch hat es fertiggebracht, sich in das Leben meiner Kinder einzumischen!« Auf ihrer Stirn trat eine Ader hervor. »Ich dachte, meine Familie steht hinter mir! Ich dachte, auf euch alle wäre Verlass!« Sie funkelte ihre Mutter an.

»Schani! Josef!«, wandte sich die junge Anna an ihre Brüder, »sagt doch auch etwas!« Ihre Stimme war brüchig geworden, ihre Augen glänzten feucht.

»Darf ich servieren nechste Gang?« Eliskas forsche Stimme durchbrach das Schweigen. Niemand hatte sie kommen hören. »Wird sonst alles kalt.« Niemand antwortete. Erst nach einer Weile nickte Tante Josefine und bedeutete Eliska, mit dem Servieren zu beginnen.

Mutter Strauss schleuderte ihre Serviette neben den Teller, in dem nun kalte Grießnockerl schwammen. »Mir ist der Appetit vergangen.« Sie stand abrupt auf und verließ den Raum. Beim Hinausgehen beugte sie sich zu ihrer Tochter Anna: »Wir beide sprechen uns noch!«

7

Johann Strauss junior verließ das *Hirschenhaus* durch das breite Holztor. Hinter ihm lag eine schlaflose Nacht; die Ungewissheit über seine Zukunft hatte ihn wach gehalten. Er hatte sich hin und her gewälzt, war aufgestanden, um ein paar Ideen für einen Walzer zu notieren und dann doch wieder zu verwerfen. Lange bevor seine Mutter und Tante Josefine ihr Frühstück einnahmen, hatte er das Haus verlassen.

Strauss trat auf die Taborstraße, schloss die Augen und genoss die herbstliche Kühle. Es war ein Morgen wie alle in der Leopoldstadt: erfüllt von geschäftiger Betriebsamkeit. Die Züge am Nordbahnhof nahe der Praterallee spien wie jeden Tag Reisende und Waren aus den Kronländern Mähren und Schlesien aus. Reiselustige nutzten die bereit stehenden Gesellschaftswägen und Fiaker, um vom Bahnhof in die Innere Stadt zu gelangen. Lagerarbeiter und Händler schafften die in Empfang genommenen Waren mit Karren und Wägen in alle Himmelsrichtungen. Vor den nahen Gaststätten wurden Wein- und Bierfässer abgeladen, Männer und Frauen waren auf dem Weg zur Arbeit in der Mack'schen Zuckerraffinerie. Die Leopoldstadt war aufgrund der günstigen Lage am Donaukanal, dank Nordbahnhof und der Mischung aus Industrie, Gewerbe und Wirtshäusern, eine der betriebsamsten Vorstädte Wiens. Alles war wie immer.

Und doch war dieser Morgen anders als sonst. Strauss verspürte ein Flattern im Magen, Nervosität durchströmte seinen Körper. Er öffnete die Augen, löste sich aus dem Eingang des *Hirschenhauses* und steuerte mit raschen Schritten auf den Donaukanal zu. Er hoffte, das schnelle Gehen würde ihn auf andere Gedanken bringen. Die täglichen Streitereien zwischen Mutter und seiner Schwester Anna setzten ihm zu. Es fiel ihm schwer, sich aufs Komponieren zu konzentrieren. Strauss verstand einerseits Annas Bewunderung für Emilie Trampusch; junge Mädchen liebten es, sich mit Kleidern und modischem Tand zu schmücken. Als gelernte Modistin hatte die Trampusch einiges auf Lager, um das junge Mädchen zu beeindrucken. Dass sich seine Schwester mehr und mehr von der Mutter abwandte, konnte Strauss jedoch nicht nachvollziehen. Hatte sie denn vergessen, dass die Trampusch schuld am Elend der Familie war? Kam es ihr nicht in den Sinn, wie sehr ihr Verhalten die Mutter kränkte?

Tatsächlich war es eine Wohltat, der drückenden Stimmung im *Hirschenhaus* zu entfliehen. Mit jedem Schritt in der kühlen Morgenluft ebbte die Nervosität ab, normalisierte sich sein Puls. Am Beginn der Ferdinandsbrücke saß ein Harfenist auf der Straße und gab ein Lied zum Besten. Wiens Straßen und Plätze waren überschwemmt mit Harfenisten. Einige von ihnen hatten sich mit ihren Spottversen einen Namen gemacht, andere entlarvten sich als Bettler, die sich als Musiker tarnten. Beim Anblick des alten Mannes, der barfuß in zerlumpten Kleidern vor seinem Instrument hockte, krochen die Ängste wieder in Strauss hoch. Stand ihm das gleiche Schicksal bevor? Würde er dereinst auf der Straße klimpern und um jeden Groschen betteln müssen, nur um nicht zu verhungern? Mit dem heutigen Tage entschied sich, ob er seinen Lebensunterhalt als ernst zu nehmender Musiker bestreiten würde oder doch die Beamtenlaufbahn einschlagen musste, um sich sein Auskommen zu sichern. Schon der Gedanke an endlose Stunden in einer Schreibstube war ermüdend. Nichts lag ihm ferner, als hinter staubigen Fenstern Aktenberge zu bearbeiten. Nichts lag ihm ferner, als dem Wunsch des Vaters zu entsprechen.

Der amtierende Walzerkönig hatte die berufliche Laufbahn für seine drei Söhne früh festgelegt. Keiner seiner Sprösslinge sollte den Beruf des Musikers ergreifen. Johann und sein Bruder Josef erhielten eine solide Ausbildung, um ihren Lebensunterhalt anständig zu verdienen. Auch Eduard, der jetzt erst neun Jahre alt war, sollte später einen ordentlichen Beruf erlernen.

Johann Strauss' Söhnen sollte es besser ergehen als ihm selbst, der von Lokal zu Lokal durch die Wiener Nächte tingelte und zum Tanz aufgeigte. Bis mittags schlafen, hastig ein spätes Frühstück in sich hineinschlingen, anschließend mit dem Orchester probieren bis zum nächsten Auftritt, dazwischen komponieren oder Verlagsgeschäfte erledigen. Musiker zu sein bedeutete, keine Zeit für die Familie zu haben, das hatte Strauss früh gelernt. Aber nicht die Musik allein hatte seinen Vater abtrünnig gemacht. Strauss hielt inne und genoss den Ausblick von der Ferdinandsbrücke auf den Donaukanal. Das Wasser glitzerte im Morgenlicht, am nahe gelegenen Fischmarkt priesen die Händler Fische und Krebse zum Verkauf an. Strauss beobachtete einen Buben, der seinem Vater half, die Fische auszunehmen. Er konnte sich ein Lächeln nicht verkneifen, als der Bub mit bewunderndem Blick zu seinem Vorbild aufsah und dessen Bewegungen imitierte. Sicher wäre der Knirps schulpflichtig und sollte in einem Klassenzimmer sitzen. Aber anstatt Lesen und Schreiben zu lernen, betrieb er mit seinem Vater einen Stand auf dem Fischmarkt. Bei dem Gedanken wurde ihm eng um die Brust. Was hatten er und sein Vater zusammen erlebt? Nichts! Sie hatten nie gemeinsam musiziert. Musik war alles im Leben der Familie Strauss: Glück und Unglück, Gedeih und Verderben. Sie einte und zerriss sie zugleich. Anstatt sich über die Begabungen seiner Söhne zu freuen, hatte der Vater seinen Sprösslingen Musikunterricht untersagt. Dennoch war er, Strauss, selig um die aufgestellten Instrumente herumgeschlichen, hatte an den Saiten gezupft und sich am Klavier versucht. »Verdammter Mistbub!«, war die einzige Reaktion seines Vaters gewesen, als er davon erfahren hatte. Mehr als einen Fluch hatte er für seinen Sohn nicht übrig gehabt. Was, wenn er sich über das Talent seines Ältesten gefreut, ihn vielleicht sogar unterrichtet hätte? Sie hätten als Familie Neues schaffen und das tanzwütige Publikum gemeinsam aufputschen können. Strauss' Magen krampfte sich zusammen. Daraus war nie etwas geworden. Der Walzerkönig war nur mehr auf dem Papier Teil dieser Familie. Seine Frau Anna und die fünf gemeinsamen Kinder waren für ihn bedeutungslos. Lästige Personen, die ihm Zeit und Geld stahlen.

Strauss setzte seinen Weg Richtung Innere Stadt fort. Trotz der herbstlichen Kühle war ihm jetzt heiß unter dem Gehrock. Seit Jahren war er von einem einzigen Wunsch erfüllt: ein eigenes Orchester zu gründen und wie der Vater zu Wiens Erstem Musiker aufzusteigen. Nein, verbesserte sich Strauss in Gedanken: Er würde *anstelle des Vaters* zu Wiens erstem Musiker aufsteigen. Als Bub hatte er ihn bewundert und zu ihm aufgesehen. Jetzt verachtete er ihn.

Er würde den Alten vom Thron stoßen, ihm den Rang ablaufen. Johann Strauss Vater, der amtierende Walzerkönig, hatte seine Familie mit Füßen getreten. Er würde dafür büßen.

8

Strauss dachte an die Worte seiner Mutter vom Vorabend. Er war zu ihr an den Schreibsekretär getreten, an dem sie ihre Korrespondenzen erledigte. Seit Jahren saß Anna Strauss täglich mehrere Stunden an diesem Möbelstück, das ursprünglich Männern vorbehalten war. Damen benötigten für Näharbeiten oder Toilette zierliche Tischchen mit Spiegeln; die typischen Herren-Schreibtische dagegen wiesen Laden und abschließbare Geheimfächer auf, um delikate Schriftstücke oder kleine persönliche Dinge zu verstecken.

Die Zeit, sich vor Spiegeln zurechtzumachen, war für Anna Strauss längst vorbei.

»Ohne mich wäre dein Vater finanziell ruiniert!«

Der Spruch stammte aus den Zeiten, als Anna noch die Finanzen ihres Mannes verwaltete und seine Auftritte koordinierte. Längst hatte Strauss senior Emilie Trampusch das Zepter übergeben. Anna steckte den Brief, an dem sie gerade geschrieben hatte, in eines der Fächer im Schreibtisch. Dann griff sie nach dem kleinen Schlüssel, der an einer Kette um ihren Hals baumelte. »Er hat es noch nie geschafft, sein erwirtschaftetes Geld zusammenzuhalten.« Anna Strauss schloss das Fach ab und streckte energisch den Rücken durch. »Das bisschen, das er nicht verprasst, knöpft ihm die Schlampe ab.« Sie erhob sich.

Jahre der Demütigungen, Eifersucht und Not hatten ihre Spuren hinterlassen; aus dem einst schönen Mädchen Anna

Streim war im Laufe der Zeit eine verhärmte Frau Strauss geworden. Die Bittgesuche um Zahlungen für sich selbst und die Kinder waren entwürdigend. Während sie als legitime Ehefrau des Walzerkönigs kaum Geld hatte, stellte Millie Trampusch ihre exklusive Garderobe zur Schau, trug teuren Schmuck und ließ keine Gelegenheit aus, um zu zeigen, an wen Strauss senior sein Herz verschenkt hatte. Im Hause Trampusch herrschte finanzielle Sorglosigkeit. Anna und die gemeinsamen fünf Kinder dagegen saßen auf dem Trockenen; oft konnte Anna nicht einmal die Miete für den Vormonat zusammenkratzen. Es war an der Zeit, zum Gegenschlag auszuholen und dem Gatten die Stirn zu bieten.

»Der ist für dich.« Strauss überreichte seiner Mutter einen Umschlag. Mit einem zierlichen Brieföffner schlitzte sie das Kuvert auf und entnahm ihm einen Briefbogen. Ihre tief liegenden Augen überflogen die Zeilen. Ein paar Worte murmelte sie halblaut mit und nickte mehrmals. Dann verzog sich ihr Mund zu einem Lächeln.

»Mit dem heutigen Tage ist es offiziell. Das Amt hat die eingereichte Scheidung akzeptiert«, sagte sie und steckte den Brief zurück in den Umschlag. »Das Verfahren läuft.«

Strauss griff nach dem Papier und las die Zeilen selbst. Als wollte er sichergehen, dass sich der Inhalt während der letzten Minute nicht verändert habe. Seine Mutter hatte die Scheidung eingereicht. Der endgültige, längst überfällige Schnitt war nun gemacht.

Anna nickte zufrieden und erhob sich. »Ich möchte, dass du eines weißt, Schani. Die Scheidung bringt uns nur bedingt finanzielle Vorteile.« Sie nahm ihm den Brief aus der Hand, steckte ihn in eine der Laden ihres Sekretärs und verschloss sie mit einem Schlüssel. »Aber sie ist eine Chance für dich.« Sie blickte ihrem Sohn fest in die Augen. »Solange du nicht volljährig bist, unterstehst du der Vormundschaft deines

Vaters. Unter keinen Umständen wird er deinem Antrag, Kapellmeister zu werden, zustimmen. Sobald jedoch die Scheidung ausgesprochen ist, gilt sein Wort nicht mehr.«

»Sobald die Scheidung ausgesprochen ist?« Strauss seufzte gequält. »Das kann Jahre dauern, Mutter. Zumindest Monate!«

Sie schloss kurz die Augen und atmete tief durch. »Wir werden beten und hoffen, dass sich Wiens Beamten dieses eine Mal beeilen.« Sie umarmte ihren Sohn und strich über sein schwarzes Haar. »Egal, wie die Behörde entscheidet: Hürden sind dazu da, um aus dem Weg geräumt zu werden, mein Sohn!«

Dann hielt sie ihn auf Armlänge von sich weg und musterte ihn scharf. »Auf keinen Fall darfst du dein Ziel aus den Augen verlieren!«

»Du meinst den Abend beim *Dommayer*? Die *Soireé Dansante*?«

Sie nickte. »Das muss gut geplant werden! Du brauchst fähige Musiker, sorgfältig ausgewählte Stücke und vor allem«, sie stupste ihn mit dem Zeigefinger an, »genügend Publikum! Das *Dommayer* muss bis auf den letzten Platz belegt sein!«

»Ich werde Ouvertüren und einige Opernpiècen vortragen«, sinnierte Strauss, »außerdem meine eigenen Kompositionen.«

»Je eher wir mit der Planung beginnen, desto besser!«

Anna Strauss ließ sich an ihrem Sekretär nieder, nahm ein Blatt Papier und machte sich Notizen.

»Dieser Abend wird deinen Vater vernichten!«

Ihm graute vor dem Weg zum Rathaus in der Wipplingerstraße 385. Er hatte ihn bereits unzählige Male zurückgelegt. Im vergangenen Jahr hatte er erstmals beim Magistrat eine Konzession als Kapellmeister beantragt; es war die einzige Möglichkeit, ein eigenes Orchester zu gründen und damit aufzutreten. Strauss wusste, dass die Chancen, Kapellmeister zu werden, für einen jungen Mann von kaum 18 Jahren denkbar schlecht standen. Trotz sämtlichen Ausbildungen zum ordentlichen Musiker und allen Empfehlungen, die er vorlegte, wurde der Antrag abgelehnt. Strauss war zum Zeitpunkt der Antragstellung nicht majorenn, volljährig, stand also noch unter väterlicher Gewalt. Der Vater müsse zum Sachverhalt einvernommen werden und sein Einverständnis geben, hieß es. Ein unüberwindbares Hindernis, das wusste Strauss sofort. Niemals hätte der Vater gebilligt, dass er, der »Mistbub«, sich mit eigener Kapelle selbstständig machte und somit zum Konkurrenten entwickelte. Jetzt, da das Scheidungsverfahren seiner Eltern lief, würde sich das Blatt vielleicht wenden.

Strauss überquerte den Donaukanal auf der Ferdinandsbrücke und bog in die Rotenturmstraße ab. Obwohl er dem Amt bereits im vergangenen Jahr alle Papiere vorgelegt hatte, trug er das wichtigste in einer Ledermappe bei sich: sein Zeugnis aus der Handelsschule sowie die Beurteilungen seiner Musiklehrer. Aus einem der Hinterhöfe waren Gesang und Harfenspiel zu hören. Wien war überschwemmt mit Harfenisten, die in Wirtshäusern derbe Texte schmetterten und die Gäste unterhielten. Die Stadt hatte eine eigene Vorgehensweise entwickelt, um die Zahl der Harfenspieler einzudämmen: Wer auftreten wollte, musste sich seit dem Jahr 1835 eine Produktionslizenz einholen. Über die Texte wachte die Sittenpolizei.

Er hätte nie Musiker werden sollen. Für ihn und seine Brüder hatten die Eltern normale Berufe vorgesehen. Ein Leben abseits vom nächtlichen Umherziehen mit Kapellen, vom familienfeindlichen Alltag der Unterhaltungsbranche, von finanzieller Unsicherheit. Johann, Joseph und Eduard sollten ehrbare Männer werden, die bürgerlichen Berufen nachgingen. Das zumindest war die Abmachung, die seine Eltern getroffen hatten. Bis zu jenem Tag, seit dem das Familienleben auf dem Kopf stand. Strauss hatte den Tag nie vergessen. Er war mit Großmutter Streim und Tante Josefine bei Tisch gesessen. Die beiden Frauen auf ihre Handarbeit konzentriert, er selbst ein Blatt Papier mit Notenzeilen vor sich, auf dem er emsig kritzelte. Seit seinem achten Lebensjahr dominierte ein Name den Alltag: Millie. Millie war »die andere«. Die Mutter nannte sie »Schlampe«. Die, in deren Bett sich der Vater nach den anstrengenden Konzertabenden fallen ließ. Die, die sich 19-jährig in eine Familie hineingedrängt hatte.

Emilie Trampusch war das süße Geheimnis, von dem alle wussten. Sie war Tochter eines Wundarztes, eine gelernte Modistin, wohnhaft in der Inneren Stadt. Emilie war zwar nur eine von Hunderten Frauen, die den Kapellmeister Strauss vom Rand des Tanzbodens aus anschmachteten und Tücher schwenkten, um ihre Begeisterung auszudrücken. Aber Wien tuschelte nur über sie. Über das blonde Mädel, das den Teufelsgeiger verhext hatte. Wie und wo die Geschichte zwischen seinem Vater und Millie ihren Anfang genommen hatte, wusste Strauss nicht; es kursierten zig Versionen. Die Fischverkäuferin vom Markt behauptete, alles habe bei einer *Soireé Dansante* begonnen. In den Bänken der Malteserkirche flüsterte man über eine Fiakerkabine, in die die beiden zugleich einsteigen wollten. Im Grunde war es unwichtig, was davon stimmte und was nicht. Für Johann zählten nur die Demütigungen, die seine Mutter ertragen musste. Die Nächte, in denen er sie weinen gehört hatte.

Das Wissen um die Nebenbuhlerin Millie war erst der Anfang; Anna Strauss schluckte seit Jahren Schmerz und Gram tapfer hinunter und hielt die Fassade der makellosen Familie Strauss so lange wie möglich aufrecht. Sie war lange Zeit beherrscht genug, die zahlreichen Seitensprünge ihres

Mannes zu ertragen. Bis zu einem gewissen Punkt: Als sie erfuhr, dass Emilie Trampusch und sie selbst zur gleichen Zeit von Johann Strauss schwanger waren, schlug die Stimmung in der Hirschengasse um. Der Walzerkönig schien es ernst mit der Trampusch zu meinen. Ab diesem Zeitpunkt setzte Anna Strauss alles daran, ihre Söhne zu ordentlichen Musikern ausbilden zu lassen. Hinter dem Rücken des Vaters. Sie schärfte das Talent ihrer Buben wie eine Klinge, die sie dem einst so innig geliebten Mann ins Herz rammen würde, wenn der Zeitpunkt gekommen war.

Strauss spürte früh, dass seine Mutter gekränkt bis ins Mark war. Sein Vater hatte jetzt zwei Familien; eine in der Hirschengasse, eine in der Kumpfgasse. Er pendelte zwischen seinem großen Musikzimmer in der Vorstadt und der beengten Wohnung in der Stadtmitte. Den Großteil seiner kargen Freizeit verbrachte er bei Millie und der wachsenden Kinderschar. Wenn Johann und seine Geschwister ihn überhaupt zu Gesicht bekamen, war er unausgeschlafen und übellaunig.

Viel zu spät verkündete der Vater seiner Familie, worüber ganz Wien längst tratschte.

»Ich ziehe zu Millie!«

Seit diesem Satz war alles anders. Nein, korrigierte sich Strauss, das Familienleben war zu diesem Zeitpunkt längst aus den Fugen.

9

Seine Musik ist für die Ewigkeit gemacht. Er weiß es selbst nicht, noch nicht. Aber eines Tages wird die Welt zu nichts anderem tanzen als zu seinen Walzern. Schon heute versetzen seine Töne, seine Grazie und Genialität die Massen in Begeisterung. Ganze Säle voller Tanzbegeisterter vermag er aufzuputschen; das Volk kreischt und stampft wie in Ekstase, wenn er den Stock hebt, um zu dirigieren. Wie blind sie alle sind! Wie einfältig! Sie geben sich mit allem zufrieden, das aus seiner Feder stammt. Viel mehr noch könnte er leisten, wenn man ihn ließe. Wenn er nicht gehetzt würde von Menschen, die ihm Böses wollen. Wenn nicht ständig ein Weib ihn von der Arbeit abhielte oder Kindergeschrei ihn störte. Zwei Weiber sind es, die ihn zugrunde richten. Zwei Frauen, die sein Leben zerstören, peu à peu, und sein Talent ersticken. Sie nehmen ihm die Luft zum Atmen mit dem, was sie Liebe nennen. Aber ich weiß es besser. Selbstsüchtige Kreaturen sind sie, die ihm eine Horde Kinder anhängen, eine schlimmer als die andere. Sie hassen einander, und doch wollen beide das Gleiche: sich sonnen in seinem Glanz und ihre Eitelkeit befriedigen. Es ist ihr Unwissen, das ihm schadet. Sie haben keine Ahnung, dass sein Talent gehegt und gepflegt werden muss wie eine seltene Blume. Nur dann kann jede Note, jeder Takt sich den Weg in die Freiheit bahnen und zu Papier gebracht werden. Ich muss es ihnen begreiflich machen.

10

Diesmal spannte Kaunitz die Pferde alleine an. Sterz war unter dem Vorwand, die Achse eines Wagens reparieren zu müssen, aus dem Haus gegangen.

Kaunitz zog seinen Ulster an, einen Mantel aus derbem, dicht gewebtem Stoff. Das wetterfeste und sehr strapazierfähige Kleidungsstück war beliebt unter den Fiakerfahrern. Außerdem nahm er seinen Zylinder; er wollte einen guten Eindruck auf seine künftigen Vermieter machen. Es gab genügend Fiakerfahrer, die wenig Wert auf ihre Erscheinung legten; er selbst bevorzugte ordentliches Auftreten. Ohne sich von Sterz zu verabschieden, machte er sich auf den Weg.

Kaunitz lenkte seine Pferde durch das Kärntner Tor in die Innere Stadt. Er fuhr die Kärntner Straße entlang bis zum Stock-im-Eisen-Platz und bog links in die Grabengasse ab, die in einen der größten Plätze in Wien mündete.

Der Graben hatte sich vom ehemaligen Marktplatz und Standplatz für Prostituierte, den sogenannten Graben-Nymphen, zu einer der ersten Adressen Wiens gemausert. Gemüsestände waren ebenso verdrängt worden wie der Christkindlmarkt; stattdessen war der Graben jetzt Wohnadresse und Flaniermeile der Reichen und Schönen. Nicht nur Adelige sicherten sich Residenzen nahe der Hofburg, auch aufstrebende Bürger schafften den Sprung an die Nobeladresse. Der *Buchdrucker Trattner* war eines der besten Beispiele für den Erfolg von Fleiß und Unternehmergeist: Aus ärmlichsten Verhältnissen stammend, hatte er sich zum wohlhabenden Geschäftsmann hochgearbeitet und den Trattnerhof am Graben gebaut.

Der Graben war auch einer der Plätze Wiens, an dem Fiaker ihre Wagen in Reihen aufstellten und auf Kundschaft warteten. Kaunitz erkannte die Wagen von Hallamitschek, der wegen seiner Vorliebe für selbst angesetzten Rosmarinschnaps von allen nur »Rosmarein« genannt wurde, und Hahnreiter. Sie standen etwas abseits, neben ihnen Rumpelumseck und zwei andere, deren Namen Kaunitz nicht kannte. Einige pafften an ihren Meerschaumpfeifen, Hahnreiter nickte zum Gruß. Kaunitz lenkte seinen Wagen zu den anderen und reihte sich am Ende der Schlange ein. Dann sprang er vom Kutschbock.

»Na, da schau ich aber!« Rosmarein lüftete seinen zerbeulten Zylinder und deutete eine Verbeugung an, als er Kaunitz erkannte. »Der Herr Staatskanzler höchstpersönlich!«

Kaunitz' Namensgleichheit mit dem hochrangigen Diplomaten aus dem vorigen Jahrhundert sorgte immer wieder für Lacher unter seinen Kollegen. Einige der Umstehenden grinsten und lüfteten ihre Hüte.

Kaunitz tippte ebenfalls an die Krempe seines Zylinders.

»Glaub mir, wenn ich tatsächlich mit dem Staatskanzler von Kaiserin Maria Theresia verwandt wäre, würde ich nicht bei Wind und Wetter auf dem Kutschbock sitzen!«

»Was verschafft uns die Ehre?« Rosmarein zog ein kleines Fläschchen aus der Manteltasche und hielt es Kaunitz hin.

»Schluckerl gefällig?«

Kaunitz schüttelte den Kopf. »Ist mir noch zu früh.« Er vertrug keinen Schnaps in den Morgenstunden.

Rosmarein nahm einen Schluck und wischte sich mit dem Handrücken über den Mund. »Tafelspitz wär' mir auch lieber, und hinterher eine Giraffentorte.« Er verschloss die Flasche und steckte sie zurück in den Mantel. »Aber ohne Fuhren keine Marie!« Rosmarein rieb Daumen und Zeigefinger aneinander. Er beobachtete Kaunitz, der die zusammengerollte Zeitung aus der Tasche seines Ulsters zog.

»Du stehst doch sonst immer bei der Ferdinandsbrücke. Hat dir das Amt einen anderen Standplatz eingetragen?«

Tatsächlich standen die Fiakerfahrer an bestimmten Plätzen der Stadt, ihre nummerierten Wägen unterstanden der Polizei-Oberkommission. Seit ein paar Jahren waren Lizenzen notwendig, um den Beruf auszuüben. Gingen Beschwerden gegen einzelne Fahrer bei der Behörde ein, konnten die Lizenzen wieder entzogen werden.

»Keine Sorge, ich nehm euch schon keine Fuhren weg.« Kaunitz schüttelte den Kopf. »Ich muss ins *Elefantenhaus*.« Er deutete mit der Zeitung auf das Gebäude zwischen Grabengasse und Schlossergässchen, das sich am Ostende des Platzes befand. Im Erdgeschoss war die *Shawl-Handlung* untergebracht, in der er laut Zeitungsannonce Auskunft über die Wohnung erhalten würde.

»Oho, da will wohl jemand einen teuren Fetzen für seine Frau kaufen?« Einer der Fahrer, den die anderen »Grammelsterz« nannten, weil er sich hauptsächlich von der deftigen Speise aus Schmalz und Mehl ernährte, lachte dröhnend.

»Hast wohl zu viel Marie?«

»Halt doch dein Maul, du Depp!« Rumpelumseck brachte Grammelsterz mit einem Ellbogenstoß zum Schweigen. »Weiß doch eh ein jeder, dass er seine Frau und sein Kind verloren hat, der Staatskanzler!«

Grammelsterz murmelte ein paar entschuldigende Worte und zuckte mit den Schultern. Kaunitz tat, als habe er nichts gehört, schlug die Zeitung auf und las die Anzeige noch einmal. War er an der richtigen Adresse? Mehrere Geschäfte in der Inneren Stadt boten Shawls und Wintertücher an; einer der bekanntesten Läden war der von *Rudolf Arthaber* am Stephansplatz. Aber auch das *Lommer'sche Haus* am Graben 1095 führte die beliebten Accessoires im Sortiment.

Kaunitz vergewisserte sich, dass er an der richtigen Adresse war, und umrundete den Häuserblock, zu dem das *Elefantenhaus* gehörte. Dabei geriet er von der Grabengasse zum Stock-im-Eisen-Platz. Gerade als er sich umdrehen wollte, fiel sein Blick auf ein Geschäft für Damenkleider.

»Zur Schönen Wienerin«, stand in eleganten Buchstaben auf einem kunstvoll gestalteten Schild über der Eingangstür. Kaunitz zuckte zusammen, als er sah, wer in der Auslage des Geschäftes stand: seine geliebte Elisabeth. Regungslos starrte sie auf die Flaneure und auf ihn selbst. Ihr kalter Blick und die eisige Miene ließen Kaunitz schaudern, sein Herz setzte einige Takte aus. »Elisabeth«, flüsterte er und musterte ungläubig ihr elegantes Kleid. Das musste ein Traum sein! Ein grausamer Albtraum, der ihn quälte. Elisabeth stand leibhaftig vor ihm; zierlich und wunderschön. Ihr Kleid entsprach der neuesten Mode. Beigefarbene Seide mit kaffeebraunen Streifen schmiegte sich eng an ihre Taille und ging in einen weiten Rock über. Unter dem Saum blitzten Schuhe aus schwarzem Samt hervor. Kaunitz schloss die Augen und öffnete sie wieder. Elisabeths haselnussbraune Locken waren zu einem lockeren Knoten im Nacken gebunden, an den Schläfen umrahmten Korkenzieherlocken ihr Gesicht.

Er legte eine Hand an die Fensterscheibe und atmete schwer. Wie war das möglich? In seinen Augen brannten Tränen. Täuschten ihn seine Sinne? Elisabeth war in seinen Armen gestorben, hochschwanger, und jetzt stand sie hier, elegant gekleidet, mitten im Trubel der Inneren Stadt, und starrte ihn an. Erkannte sie ihn etwa nicht?

»Ich sehe, unsere Auslagenpuppe macht Eindruck auf Sie!« Eine elegante Dame trat aus dem Geschäft und blieb neben Kaunitz stehen. Ihre Haare waren ähnlich frisiert wie Elisabeths, nur dass sich bereits silbrige Strähnen unter das Braun gemischt hatten.

»Was wir hier präsentieren, ist das neueste Modell aus Paris: feinste Seide im aktuellen Streifenmuster, dazu ...« Sie unterbrach sich selbst, als sie Kaunitz' Gesichtsausdruck bemerkte.

»Ist Ihnen nicht wohl?«

Kaunitz schluckte und sammelte sich. »Auslagenpuppe?«

Er deutete auf die Gestalt, die ihn so schmerzlich an Elisabeth erinnerte.

Die Dame nickte. »Aus Wachs. So etwas gibt es nur bei der *Schönen Wienerin*.« Sie betrachtete Kaunitz eingehend. Fiakerfahrer zählten nicht zu ihren Kunden, daran ließ ihr Blick keinen Zweifel. Genauso wie am Umstand, dass sich daran so schnell nichts ändern würde.

»Verzeihung«, murmelte Kaunitz und trat zurück in die Grabengasse.

»Du bist blass wie eine Leichentuch!«, rief Rosmarein ihm entgegen, als er zurück zum Graben kam. »Bist du sicher, dass du keinen Schnaps willst?« Er schwenkte erneut die Flasche, und diesmal griff Kaunitz dankbar danach und nahm einen großen Schluck. Die Flüssigkeit brannte seine Kehle hinunter und wärmte von innen. Kaunitz atmete tief durch und verscheuchte die Geister der Vergangenheit. Dann sah er sich um. Grammelsterz und Rumpelumseck hatten offenbar eine Fuhre ergattert; sie und ihre Wägen waren nicht mehr am Platz. Er vergewisserte sich, dass seine Pferde an Ort und Stelle waren und reichte Rosmarein die Flasche zurück. Der wischte mit einer Hand über die Öffnung und genehmigte sich selbst etwas von dem Hochprozentigen.

»Was willst du denn im *Elefantenhaus*?« Er verzog kurz das Gesicht und legte eine Hand auf seinen Unterbauch. »Doch nicht etwa modischen Tand?«

»Besser«, entgegnete Kaunitz und trat zum Eingang des Geschäftes, »eine neue Bleibe.«

11

Wiens Einwohner nannten das dreistöckige Gebäude an der Ostseite des Grabens »Elefantenhaus«. Mit seinen hohen gotischen Giebeldächern und der behäbigen Bauweise wirkte es, verglichen zum neu errichteten eleganten Sparkassenhaus am gegenüberliegenden Ende des Platzes, wie aus der Zeit gefallen. Der Kunsthändler Jeremias Bermann betrieb hier einen Antiquitätenladen, daneben gehörten exquisite Neujahrsbilletts und Visitenkarten zu seinem Sortiment. Schon mehrmals hatte Kaunitz Damen und Herren zu dieser noblen Adresse am Graben kutschiert und, um Wartezeit zu überbrücken, die Fassade des Gebäudes betrachtet. Das Relief an der Hauswand längs zur Grabengasse stellte einen Elefanten dar; den ersten, der in Wien angekommen war.

Die *Shawl-Handlung* befand sich im Erdgeschoss des Hauses. Hinter den großen Auslagenfenstern waren prächtige Stoffe dekoriert. Über dem Eingang prangte ein kunstvoll verziertes Schild: »Anton Karasek, feinste Tücher«.

Kaunitz betrat das Geschäft. Ein länglicher Raum, den links und rechts Regale aus dunklem Holz säumten. Hier stapelten sich bis unter die Decke Stoffe und Tücher in allen nur erdenklichen Farben und Mustern. Es roch nach Bohnerwachs und Lavendel. Ein langer Verkaufstisch, dessen Platte kunstvoll mit Intarsien verziert war, stand in der Mitte des Raumes. Soeben breitete eine junge Frau große Wintertücher darauf aus, faltete einige davon sorgsam zu kleinen Paketen und stapelte sie in die Regale. Neben der massiven Einrichtung wirkte sie zerbrechlich; ihr hellgraues Kleid und das aschblonde Haar ließen sie untergehen in diesem Meer aus leuchtenden Stoffen. Das leise gehauchte »Grüß Gott« in Richtung der Eingangstür war kaum wahrnehmbar.

»Der Herr wünschen?« Eine weitere Frau kam auf Kaunitz zu. Sie war gleich groß und vermutlich gleicht alt wie die andere, nahm aber wesentlich mehr Raum ein. Mit kerzengerader Haltung und fester Stimme verschaffte sie sich Aufmerksamkeit.

»Für den kommenden Winter kann ich Ihnen die neuesten Tücher empfehlen. Sie wurden erst gestern angeliefert und sind von feinster Qualität. Franziska ist gerade dabei, sie einzusortieren.« Sie wies auf ihre Kollegin, die sofort errötete und verlegen lächelte. »Ich nehme an, Sie suchen etwas für die werte Frau Gemahlin?«, fuhr sie lebhaft fort, und als Kaunitz nicht antwortete: »Favorisieren Sie ein bestimmtes Muster? Oder gibt es einen besonderen Wunsch, den es zu erfüllen gilt?« Sie blickte Kaunitz erwartungsvoll an. »Wenn ich eine Empfehlung aussprechen darf«, sie trat näher an ihn heran, »wählen Sie das karierte Dessin!« Sie nickte vertraulich und griff nach einem Tuch im Schottenmuster, das in dezenten Blau- und Grauschattierungen gehalten war.

»Bei Hofe trägt man jetzt ...«

»Eigentlich bin ich wegen der Annonce hier«, unterbrach Kaunitz sie und hielt die zusammengerollte Zeitung in die Höhe. »An wen kann ich mich diesbezüglich wenden?«

»Welche Annonce?«, erkundigte sich die Verkäuferin freundlich.

»In der *Wiener Zeitung* wurde eine Wohnung mit angrenzender Stallung in der Josefsgasse 3 inseriert.«

Franziska wurde hellhörig und musterte verstohlen ihre Kollegin. Kaunitz rollte die Zeitung ein Stück weit auf.

»Nähere Auskunft in der *Shawl-Handlung* Nr. 619 am Graben, vis-à-vis dem *Lommer'schen Hause*«, las er vor. »Ich bin doch hier richtig, oder?«

Die Verkäuferin zog eine Augenbraue hoch und spitzte die Lippen. Sie musterte Kaunitz scharf und schwieg.

»Ich werde dem Eigentümer der Liegenschaft ausrichten, dass Sie hier waren«, sagte sie und deutete einen Knicks zum Abschied an. »Bei Interesse wird er sich mit Ihnen in Verbindung setzen.«

Kaunitz rührte sich nicht vom Fleck und schüttelte den Kopf. »Sie missverstehen mich, Fräulein …«

»Pauline«, antwortete die Verkäuferin kühl.

»Sehen Sie, Fräulein Pauline. In der Zeitung steht, dass man hier nähere Auskunft zur Wohnung und der Stallung erhält. Deshalb bin ich hier.« Er schenkte ihr ein gewinnendes Lächeln.

»Herr Bermann ist beschäftigt.« Pauline wandte sich ab. Wie ihre Kollegin Franziska schlichtete sie jetzt Stoffpakete in die Regale ein. »Er hat Dringendes zu erledigen; erst danach hat er Zeit für Besucher und Bittsteller.« Sie musterte Kaunitz abfällig aus dem Augenwinkel.

Kaunitz warf einen Blick aus dem Auslagenfenster und vergewisserte sich, dass Wagen und Rösser noch an Ort und Stelle waren. Eines der Rösser kaute gelangweilt an seiner Trense, das zweite trat von einem Bein auf das andere.

»Gut, ich warte solange.« Er nahm seinen Zylinder ab und legte ihn auf den Verkaufstisch. Über Franziskas Gesicht huschte ein Grinsen. Entnervt fegte Pauline einen Packen Tücher zur Seite und bedachte ihre Kollegin mit wütendem Blick.

»Warten Sie hier!«, rief sie Kaunitz über die Schulter zu und begab sich in den hintersten Teil des Geschäftslokals. Die dunkle Möblierung und das wenige Tageslicht verwandelten das Ende des Zimmers in ein finsteres Loch. Vom Eingangsbereich aus waren nur vage Umrisse erkennbar. Den Geräuschen nach zu urteilen war Pauline zu einer Treppe gegangen. Kaunitz hörte, wie sie wütend ins Obergeschoss stampfte. Franziska führte mit stoischem Gesichtsausdruck ihre Arbeit fort, Kaunitz stand reglos und lauschte. Dielen ächzten unter Schritten, eine Tür wurde geöffnet und ein paar Worte leise gemurmelt. Wenige Augenblicke später kam Pauline wieder ins Erdgeschoss zurück.

»Herr Bermann empfängt Sie jetzt.«

12

Strauss versuchte, sich zu erinnern, wie oft er in den letzten Monaten das Rathaus betreten hatte. Seit seinem ersten Amtsbesuch in der Wipplingerstraße hatte sich nichts geändert: Er fand das Gebäude immer noch einschüchternd, kalt und abstoßend. Dasselbe empfand er für die Menschen, die darin arbeiteten. Die Wiener Verwaltung war ein aufgeblähter Beamtenapparat; ein Sammelbecken kaisertreuer Paragrafenreiter, die um ihre Macht wussten.

Strauss starrte auf die Fassade; sie war viel zu üppig für seinen Geschmack. Am wuchtigen Portal blickten überlebensgroße Plastiken auf alle Eintretenden herab. Man konnte gar nicht anders, als sich wie ein unbedeutender Wurm zu fühlen. Dass die Figuren Gerechtigkeit und Güte darstellen sollten, fand Strauss mehr als unpassend für diesen Ort. Seiner Erfahrung nach hatte hier keine der Eigenschaften Platz. Nicht eines der Gesuche, die er an den Magistrat gerichtet hatte, war bisher zu seiner Zufriedenheit entschieden worden.

Er betrat die große Eingangshalle mit Widerwillen; erneut um die Kapellmeister-Konzession betteln zu müssen, war entwürdigend. Dass sie ihm bisher verweigert worden war, lag ausschließlich an seinem Alter, nicht an seinen Qualifikationen. Die geltenden Regeln besagten, dass Johann Strauss junior zu jung war, um ein eigenes Orchester zu gründen. So lautete zumindest die offizielle Begründung. Allerdings wussten die Wiener, dass nicht alle Anliegen von den Beamten so neutral behandelt wurden, wie es das Gesetz verlangte. Hinter vorgehaltener Hand ging das Gerücht, dass einflussreiche Leute Gönner des Walzerkönigs waren und ihre Fäden zu seinen Gunsten zogen. Johann Strauss Vater hatte sich mit seiner Musik die Gunst bei Hofe erspielt; in gehobenen Kreisen konnte er auf Rückendeckung zählen. Es würde nicht einfach werden, ins Revier des Vaters vorzudringen, das wusste Strauss. Immer wieder war es vorgekommen, dass sein Formular an die nächstbeste Abteilung weitergereicht wurde; kein Wunder, dass sämtliche Gesuche um Konzession und eigene Steuernummer seit Monaten unbearbeitet blieben.

Aber er würde nicht aufgeben. Nicht so kurz vor dem Ziel. Strauss straffte sich und schritt durch das Portal. Ein Stimmengewirr aus Deutsch, Ungarisch und Tschechisch erfüllte die Eingangshalle; Neuankömmlinge aus den Kronländern meldeten ihre Ankunft und suchten um Arbeitsbewilligung an oder reichten Gesuche ein.

Eine Frau mit verschlissenem Wollkleid und dreckigen Schnürstiefeln stand am Fuß der Stiege und stieß wüste Beschimpfungen aus. Immer wieder reckte sie den Kopf in Richtung der Büros, die in den oberen Stockwerken lagen.

»Gfraster, Großkopferte!« Sie streckte ihre rechte Faust nach oben. In der linken hielt sie einen Packen Papier, mit dem sie wütend durch die Luft wedelte. »Verrecken sollts, alle miteinander!«

Neben ihr stand ein Koffer am Boden. Etwas abseits drückte sich ein Mädchen verschämt an die Wand, den Blick zum Boden gesenkt. Strauss schätzte sie auf fünf oder sechs Jahre. Die Kleine hielt eine ramponierte Puppe im Arm. Offensichtlich war sie vom Wutausbruch ihrer Mutter verstört.

»Um zu überleben muss ich Geld verdienen, und um Geld zu verdienen brauche ich den verdammten Stempel! Und den kriegt man nur, wenn man eine ordentliche Bleibe hat!« Sie suchte verzweifelt den Blick eines Passanten, der verlegen den Kopf senkte und eilig in einen Seitengang entschwand.

»Wie soll ich mir eine Wohnung leisten, wenn ich keine Arbeit finde? Wie soll ich mein Kind ernähren, wenn ich nicht arbeiten darf?«

Ein Wachmann schritt energisch auf die Frau zu und bedeutete ihr zu schweigen, aber seine Gesten stachelten die Frau nur noch mehr an. »Bleibts mir vom Leib, alle miteinander! Ihr habts mir genug angetan!« Sie spuckte dem Wachmann, der sich unmittelbar vor ihr aufbaute, ins Gesicht. »Vor sechs Jahren hat's keinen von euch gekratzt, dass sich euer Kommandant für ein paar Minuten mit mir vergnügt hat!« Ihre Stimme wurde schrill. »Da schauen sie alle weg, die Spitzel vom Herrn Staatskanzler!«

»Oho, eine Hure mit Ansprüchen!« Der Wachmann lachte höhnisch. »Wer wählerisch ist, sollte keine Schnalle werden!«

»Ihr habts mir ja keine Wahl gelassen! Irgendwoher muss das Geld schließlich kommen! Verrecken sollts alle miteinander!«, wiederholte sie, »ihr und euer scheiß Metternich!«

Die Frau holte aus und trat dem Wachmann gegen das Schienbein, der wiederum packte sie am Oberarm. Er wollte sie mit sich ziehen, aber sie wehrte sich heftig, kratzte und biss. Das Gerangel zog immer mehr Aufmerksamkeit auf sich, sowohl von Antragstellern als auch von Touristen, die das Rathausgebäude besichtigten. Aufsehen zu erregen war verpönt im System Metternich, ebenso wie das Äußern der eigenen Meinung. Mittlerweile umschloss ein Kreis an Schaulustigen das Trio; Neugier und beklemmendes Schweigen legten sich wie eine erstickende Decke über die Szenerie. In den Mienen der Zuseher spiegelten sich Abscheu, Mitleid und größtenteils Erleichterung, nicht selbst ins Visier der Gesetzeshüter geraten zu sein. Ein zweiter Wachmann bahnte sich eine Schneise zu seinem Kollegen, packte das kleine Mädchen an den Schultern und schob es grob von seiner Mutter weg. »Leuten wie Ihnen kann man kein Kind anvertrauen!«, blaffte er die Frau an. »Die Kleine ist in einem Obsorgehaus besser aufgehoben!«

»Marie!« Die Frau, die eben noch den Wachmann attackiert hatte, wurde bleich. Ihre Stimme kippte. »Mein Kind!« Sie versuchte, den Wachmann wegzustoßen und zu ihrer Tochter zu gelangen. »Lassts mir mein Kind!«

»Mamaaaaaaaaa!« Das Kreischen des Mädchens ging Strauss durch Mark und Bein, trotzdem riss er sich vom Geschehen los und steuerte auf die Stiege zu, die in den ersten Stock führte.

Die Frau hatte den Staatskanzler und das System beleidigt; unwahrscheinlich, dass sie ihr Kind jemals wiedersehen würde. Mit etwas Glück landete sie im Zwangs-Arbeitshaus, mit Pech am Strang. Die verzweifelten Schreie der Frau und ihrer Tochter wurden leiser und verhallten schließlich ganz; Wiens gesetzestreue Wachmänner waren darauf gedrillt, störendes Gesindel schnellstmöglich zu entfernen.

Wieder blickte Strauss auf das Gesuch in seiner Hand. Die kämpferische Hoffnung, die er noch am Eingang zum Rathaus verspürt hatte, war wie weggeblasen. Metternich regierte Wien mit eiserner Hand.

Wer nicht kaisertreu war, nach oben buckelte und nach unten trat, hatte es schwer, seine Ziele zu erreichen. Selbst wenn es ihm endlich gestattet würde, seine eigene Kapelle zu gründen – wer würde ihn hören wollen? Was, wenn er vor leeren Stühlen spielen müsste und sich zum Gespött der Leute machte?

»Excusez-moi, s'il vous plaît!« Ein Mann, der auf der Treppe stehen geblieben war, riss Strauss aus seinen Gedanken. »Wo finde ich das Ölgemälde von Raphael Donner?«, fragte er mit stark französischem Akzent. »Ich habe gelesen, dass er auch einen Brunnen für dieses Gebäude gestaltet hat.« Zum Beweis hielt er ein Büchlein vor Strauss in die Höhe.

»Der Reisende nach Wien und der Aufenthalt des Reisenden in Wien«, las Strauss halblaut den Titel des Reiseführers und musste plötzlich schmunzeln. Er hatte eine Idee.

13

»Nur herein, herein!« Aus der halb geöffneten Tür drang eine freundliche Stimme in die Diele. Kaunitz beugte sich über die Brüstung, von der aus man in die *Shawl-Handlung* hinabblicken konnte. Direkt unter ihm nestelte Pauline mit einem Flederwisch herum; wahrscheinlich, um nichts von dem Gespräch zu verpassen, das gleich im ersten Stock stattfinden würde. Kaunitz konnte sich ein Grinsen nicht verkneifen und musste an Goethes Spruch denken: Wer nicht neugierig ist, erfährt nichts.

Er betrat das Büro, an dessen Tür Pauline zuvor geklopft hatte. Ein wuchtiger Schreibtisch aus Eichenholz, übersät mit Papierstapeln und einzelnen Blättern, dominierte den Raum. Auch ein paar Karten, auf denen Buchstaben und farbige Zeichnungen zu erkennen waren, lagen herum. Der Mann am Schreibtisch war gerade dabei, eine gezeichnete Karte zu kolorieren; er blickte vom Papier auf und musterte seinen Besucher neugierig. Noch nie hatte Kaunitz derart struppige Brauen bei einem Menschen gesehen; der graue Wildwuchs über den Augen des Mannes stand ebenso wie dessen Frisur borstig in alle Richtungen. Auf den ersten Blick erinnerte er an einen ungepflegten Hund. Jeden Coiffeur hätte es vor Tatendrang in den Fingern gejuckt. Auch Bermanns Kleidung war wenig elegant: Er trug einen Gehrock aus senfgelbem Brokat mit rostroten Revers. Das Halstuch war in einem gewagten Grünton gewählt, zu gewagt für Kaunitz' Geschmack, der dunkle Farben bevorzugte. Er versuchte, das Alter des Mannes zu schätzen; sein Gesicht war zwar von Falten durchpflügt, aber Stimme und Blick verrieten Elan und einen wachen Geist. Er mochte Mitte 60 sein, vielleicht auch älter.

»Jeremias Bermann«, stellte der Mann sich vor und bedeutete Kaunitz, auf dem Stuhl ihm gegenüber Platz zu nehmen. »Bitte, bitte, setzen Sie sich.« Seine Worte waren hektisch, unstet, allerdings ohne unangenehm zu wirken. Dem Chaos auf dem Schreibtisch nach zu urteilen war Jeremias Bermann ein viel beschäftigter Mann und daher ständig in Eile, mutmaßte Kaunitz. Wie zur Bestätigung fischte Bermann eine Taschenuhr aus seinem Gehrock, las die Zeit ab und klappte sie wieder zu. »Mit wem habe ich es zu tun?« Noch immer hielt er einen feinen Pinsel in der Hand, bereit, seine Arbeit jederzeit wieder aufzunehmen.

Kaunitz stellte sich ebenfalls vor und setzte sich.

»Ich habe die Annonce in der *Wiener Zeitung* gelesen«, begann er das Gespräch. »Ist die Wohnung noch zu haben?«

»Wohnung?« Bermann legte den Pinsel beiseite und hob die struppigen Brauen. Sein Blick war erstaunt.

»Ja, eine Wohnung samt angrenzender Stallung.« Kaunitz hob die zusammengerollte Zeitung in die Höhe, die er in der Hand hielt, seit er das *Elefantenhaus* betreten hatte. »In der Leopoldstadt«, sprach er weiter, »Josefsgasse 3. Ich war schon dort und habe mir, mit Verlaub, das Haus bereits angesehen, natürlich nur von außen.«

Noch immer sagte Bermann nichts. Er schloss die Augen und massierte seine Schläfen mit den Fingerspitzen, als wolle er einen Gedanken aus den Untiefen seines Gedächtnisses hervorkramen. Gut möglich, dass seine Erinnerungen ähnlich sortiert waren wie die Papiere auf seinem Schreibtisch.

Endlich huschte ein wissendes Lächeln über sein Gesicht. »Ach, die Unterkunft in der Josefsgasse!« Bermann öffnete die Augen und nickte heftig. Offenbar war das Vergessene wieder an die Oberfläche getreten. Er begann, auf seinem Schreibtisch zu kramen. »Ja, ja, ja, ich erinnere mich.«

Er schüttelte den Kopf und kicherte über sich selbst. »Beinahe hätte ich die Annonce vergessen.« Bermann hob den Zeigefinger an die Nasenspitze und dachte nach. »Die Schlüssel ...« Er hob Blätter hoch, schob Papierstapel hierhin und dorthin und verschüttete beinahe ein Fass Tinte. »Sie sollten hier irgendwo sein.« Immer noch auf der Suche, öffnete und schloss er Schubladen an den Seiten des Schreibtisches. Kaunitz hörte, wie er deren Inhalt durchwühlte. »Ah!« Endlich wurde Bermann fündig.

»Mein Leben ist bunt, müssen Sie wissen«, erklärte er, »kein Tag ist wie der andere!«

Zufrieden hielt er ein Lederband in die Höhe, an dem zwei Schlüssel baumelten. Bermann kniff die Augen zusammen, schüttelte den Kopf, suchte auf seinem Schreibtisch nach einem Zwicker und setzte ihn sich auf die Nase. Er betrachtete seinen Fund erneut, dann blickte er Kaunitz über den Rand des Zwickers an, wobei die Augenbrauen die Gläser berührten.

»Ich besitze mehrere Liegenschaften«, erklärte er, »die meisten in Wiens Vororten. Daneben betreibe ich einen Antiquitätenhandel, zeichne Neujahrskarten und bin Verleger. Langeweile ist mir fremd.« Er kicherte erneut.

»Klingt nach einem interessanten Leben«, antwortete Kaunitz und hob ein Blatt Papier auf, das soeben zu Boden gesegelt war. Durch ein großes Fenster fiel die Vormittagssonne in Bermanns Büro und beleuchtete unbarmherzig die umhertanzenden Staubflocken. Missmutig betrachtete Kaunitz die schwebenden Teilchen. Elisabeth hatte Staub gehasst; regelmäßig war sie ihm mit einem feuchten Tuch zu Leibe gerückt. Bermann folgte Kaunitz' Blick.

»Ich weiß, was Sie denken«, seufzte er und nahm Kaunitz das Papier ab. »Seit sich die *Shawl-Handlung* im Erdgeschoss eingemietet hat, ist das Haus voll mit diesem grässlichen Wollstaub. Aber das soll nicht Ihr Problem sein.« Erneut hob er die buschigen Brauen und blickte Kaunitz auffordernd an. »Josefsgasse 3, sagten Sie?«

Kaunitz nickte, und noch bevor er antworten konnte, fuhr Bermann fort: »Die Wohnung befindet sich im ersten Stock, teilweise möbliert, Brunnen im Hof. Im Haus daneben, Josefsgasse 5, ist die Stallung für vier Pferde mit Wagenremise untergebracht.« Er unterbrach sich, legte den Kopf schief und überlegte kurz. »Fiakergewerbe, nehme ich an?«, mutmaßte er.

Kaunitz nickte und setzte zu einer Frage an, aber Bermann kam ihm zuvor.

»Der Geruch«, lieferte er die Erklärung, wie er den Beruf seines Gegenübers erraten hatte. »Sie kleiden sich moderner und haben eine gepflegtere Erscheinung als die meisten Ihrer Kollegen«, er deutete wohlwollend auf Kaunitz' sauberen Mantel, »aber der Pferdegeruch hat Sie verraten.« Er schmunzelte. »Beide Häuser Baujahr 1788«, nahm er den Faden monoton wieder auf, »gut erhalten. Um die Reinlichkeit des Hauses kümmert sich der Hausmeister, ebenso um das Öffnen und Schließen des Haustores.«

Kaunitz seufzte leise. Die Wohnung war ideal gelegen und sogar möbliert, trotzdem hatte die Sache einen Haken. An einen Hausmeister, der mit Argusaugen über den Torschluss wachte, hatte er nicht gedacht.

»Das könnte zu Schwierigkeiten mit meinem Beruf führen. Zu welchen Stunden wird denn das Haus abgesperrt?«, erkundigte er sich.

Bermann hob seine Hände und drehte die Handflächen nach außen. »Ist nicht auf meinem Mist gewachsen, das können Sie mir glauben. Anordnung von ganz oben.« Er deutete mit dem Kopf Richtung Hofburg und Staatskanzlei, wo Clemens Fürst Metternich die Fäden zog. Die gesetzlich festgelegte Sperrstunde war nur eine seiner Methoden, um das Volk zu kontrollieren.

»Vom Georgstag Ende April bis zum Michaelstag Ende September werden die Haustore in den Vorstädten um 10 Uhr abends, in der übrigen Zeit um 9 Uhr abends geschlossen. Sollten Sie danach aus- oder eintreten wollen …« Bermann hob entschuldigend die Schultern.

»… dann wird der Sperrgroschen fällig«, vollendete Kaunitz den Satz und seufzte leise. Vielleicht sollte er doch nach einer anderen Bleibe für sich und seine Pferde suchen. Meist verließ er erst nach 10 Uhr abends seinen Fiakerstandplatz. Er konnte es sich nicht leisten, zusätzlich zur Miete jeden Tag einen Silbergroschen für die Rückkehr nach Torschluss zu bezahlen. Ärger mit dem Hausmeister konnte er ebenso wenig brauchen.

»Die Josefsgasse befindet sich jedenfalls in bester Lage«, lenkte Bermann ab, dem Kaunitz' Zweifel nicht entgingen, »ideal für Ihre Zwecke. In der Leopoldstadt leben viele Geschäftsleute, der Nordbahnhof befindet sich dort; an Kundschaft wird es Ihnen nicht mangeln. Es ist, wie ich meine, die Vorstadt mit der höchsten Lebensqualität. Krankenhaus, Gasthäuser, der Prater mit seinem Vergnügungspark«, zählte er auf, »der Fischmarkt und eine direkte Anbindung an die Innere Stadt: alles da!« Er überlegte kurz. »Außerdem lassen sich dort immer mehr Künstler nieder; Familie Strauss ist nach einigen Umzügen wieder in die Leopoldstadt zurückgekehrt«, schüttelte er ein letztes As aus dem Ärmel.

Kaunitz wusste das alles, dennoch kamen ihm Zweifel, ob diese Wohnung ideal für ihn war. Seine finanziellen Mittel reichten nicht aus. Bermann tauchte bereits die Feder in das

Tintenfass, um eine Vereinbarung aufzusetzen, doch Kaunitz wehrte ab und schüttelte den Kopf. Er erhob sich und strich seinen Mantel glatt.

»Ich denke, ich bin nicht der geeignete Mieter für diese Liegenschaft, Herr Bermann, so leid es mir tut.« Er rückte den Stuhl zurecht und deutete eine Verbeugung an. »Vielleicht sollten Sie auf einen zahlungskräftigeren Interessenten warten!«

Bermann blickte ihn bestürzt über den Rand seiner Brille an. »Aber, aber, mein lieber Herr Kaunitz!« Er sprang auf und kam flink wie ein Wiesel um den Schreibtisch herum auf Kaunitz zu. »Da wird sich doch eine Lösung finden lassen!«

14

Strauss wartete eine gefühlte Ewigkeit, um bei der Abteilung für Konzessionen und Steuernummern vorzusprechen. Die Schlange vor der Tür zur Amtsstube war endlos lang, und er wurde unruhig. Er hasste es, zu warten und kostbare Zeit sinnlos verstreichen zu lassen. Eigentlich sollte er sich um Zeitungsannoncen kümmern, Musiker anwerben und am neuen Walzer tüfteln, der ihm im Kopf herumschwirrte. Aber all das war nicht möglich ohne die Zustimmung des Amtes. Zeitweise schloss er die Augen und stellte sich vor, er wäre bereits Kapellmeister. Er malte sich aus wie es wäre, richtig zu dirigieren. Nicht vor dem Spiegel, wie er es jahrelang geübt hatte, um seine Bewegungen zu perfektionieren, oder vor seinen Brüdern, sondern vor Mitgliedern eines Orchesters.

Er würde keinen Taktstock benutzen, sondern den Bogen, abwechselnd die Geige spielen und dirigieren, wie sein Vater. Strauss' Magen zog sich zusammen bei diesem Gedanken: *wie sein Vater*. Reichte es nicht aus, mit demselben Namen zu leben? Gab es irgendetwas, das er mit seinem Erzeuger gemein haben wollte? War es richtig, ihn sich, allen Familienkonflikten zum Trotz, als musikalisches Vorbild zu nehmen?

Johann Strauss Vater hatte seine Familie in den vergangenen Jahren mit Füßen getreten. Um keinen Preis wollte Strauss werden wie er; ein ewig Flüchtender, der sein Geld lieber im Café verprasste, als Frau und Kinder damit zu ernähren. Hätte Tante Pepi, die resolute Schwester seiner Mutter, nicht einige Male hart durchgegriffen und ihrem Schwager das verdiente Geld einfach abgenommen, wäre die Familie Strauss längst delogiert worden. Es waren viele Münder, die im *Hirschenhaus* gefüttert werden wollten: Anna Strauss und ihre fünf Kinder, die Großeltern Streim und Tante Pepi. Dass seine Söhne als Chorsänger und Klavierlehrer Geld verdienen mussten, um die Familie über Wasser zu halten, hatte den Walzerkönig nie interessiert. Strauss versuchte vergeblich, sich zu erinnern, wann sich der Vater überhaupt um seine Familie gekümmert hatte. Ihm wollte nichts einfallen. Lediglich die Tatsache, dass der Vater, erschöpft von den Strapazen der Nacht, bis zum späten Vormittag schlief und danach Ruhe brauchte, um zu komponieren und sich auf den Abend vorzubereiten. Oft erholte er sich im *Café Sperl* beim Kartenspiel oder gab Lokalrunden aus; kein Wunder, dass die Mutter ihn immer wieder an seine Pflichten als Familienvater erinnern musste. Aber ihr Gatte ließ sich nicht einengen. Statt sich zu seiner bestehenden Familie zu bekennen, gründete er einfach eine neue. Es war bequemer, sich bei der jungen Trampusch und ihrer wachsenden Kinderschar in der Inneren Stadt zu verkriechen, als Verzweiflung, Not und Ärger in der Hirschengasse durchzustehen. Ein Mann, zwei Familien.

Strauss hatte den Kummer seiner Mutter Dutzende Male miterlebt. Keines der Dramen, die Stück für Stück in das Familienleben gesickert waren und jede Faser davon vergiftet hatten, war vergessen. Mutters verschwollene Augen, wenn der Vater erst in den Morgenstunden heimkehrte und nach fremdem Parfum roch. Ihre Scham, wenn das Strauss-Orchester auf Auslandsreise war und nur der Walzerkönig seiner Familie keine Post schickte. Die Ehefrauen aller anderen Orchester-Mitglieder wussten über Aufenthaltsort und Dauer der Reise Bescheid, nur Anna Strauss tappte im Dunkeln. Die peinliche Suche nach Ausreden, um vor dem Hausbesitzer wiederholte Mietrückstände zu rechtfertigen. Mutters Zorn, als Emilie Trampusch und sie zur selben Zeit vom selben Mann schwanger waren. Die Magenschmerzen, wenn besonders boshafte Zungen von Fiakerfahrten ihres Ehemannes mit der Nebenbuhlerin berichteten. Und schließlich der unbändige Hass, der zum Alltag geworden war. Gerüchte, die wie Schneeflocken über Wien tänzelten, waren über die Jahre zu einer reißenden Lawine geworden, unter der alle Idylle ersticken musste. Das Familienleben war heillos zerrüttet.

Der Hofball-Musikdirektor hatte nicht nur dem Walzer seinen Stempel aufgedrückt, sondern auch dem Ehebruch. Anna war zum Gespött der Leute geworden – das hatte sie nicht verdient.

Strauss war im Zwiespalt – wie sehr durfte er seinem Vater ähneln, ohne die Mutter zu verärgern oder vor den Kopf zu stoßen? Auch der Walzerkönig dirigierte und spielte gleichzeitig, das war sein Markenzeichen. Zweifelsohne verlangte es ein Übermaß an Konzentration, aber der Erfolg gab ihm recht. Würde es seine Mutter übel nehmen, wenn er diese Eigenart imitierte? In Gedanken hob Strauss den Arm und suchte den Blick des Primgeigers, als eine schnarrende Stimme an sein Ohr drang: »Der Nächste!«

15

Kaunitz blieb am Treppenabsatz stehen und sah sich um. Im ersten Stock befanden sich drei Wohnungen, genau wie Bermann es beschrieben hatte, im Erdgeschoss war ein Stofflager untergebracht. Der Geruch von gekochtem Kohl und Petroleum waberte durch das Stiegenhaus. Vom Innenhof des Gebäudes waren Axthiebe zu hören, Holz splitterte; wahrscheinlich zerkleinerte jemand gerade Holzscheite am Hackstock. Eine Mädchenstimme sang immer wieder denselben Zählreim und warf einen Ball zu Boden.

Die drei dunklen Wohnungstüren waren übersät mit Kerben und Kratzern, die Messingknäufe abgewetzt. Kaunitz war bisher weder dem Hausmeister noch anderen Mietern begegnet. Er wandte sich zur linken Tür; »Bermann«, stand auf einem Messingschild eingraviert. Offenbar hatte der Hausbesitzer diese Wohnung früher selbst genutzt. Die mittlere Wohnung bewohnte ein Paul Goldmann, an der rechten Wohnungstür war kein Schild angebracht.

Kaunitz tastete in seiner Manteltasche nach dem Lederband mit dem Schlüssel, als im Erdgeschoss das Eingangstor quietschte. Draußen schnaubten zwei seiner Pferde; noch hatte er nicht alle Tiere im Stall nebenan untergebracht. Die Schimmel standen bereits in der Josefsgasse 5, die beiden Braunen waren vor dem Hauseingang angebunden. Gut möglich, dass ihn der Hausmeister deswegen zurechtweisen würde. Er trat an das Geländer und sah nach unten, konnte aber niemanden entdecken. Kaunitz zuckte die Schultern, er wollte sich nur kurz die Wohnung ansehen; später würde er den Hausmeister aufsuchen und sich vorstellen. Es war immer gut zu wissen, mit wem man es zu tun hatte.

Er steckte den Schlüssel ins Schloss und wollte ihn drehen, aber der klemmte und bewegte sich keinen Millimeter. Kaunitz holte ein kleines Fläschchen Schmierfett aus seiner Manteltasche, träufelte ein wenig davon auf den Bart des Schlüssels und versuchte erneut, die Tür aufzuschließen. Schmierfett gehörte zu den wichtigsten Hilfsmitteln eines Fiakers; dünn auf die Radnaben aufgetragen, verhinderte es zu viel Reibung und somit frühzeitigen Verschleiß des Wagens. Auch das Schloss der alten Stalltür in Mariahilf hatte manchmal geklemmt. Kaunitz musste an Sterz denken. Dass er doch noch in der Josefsgasse 3 untergekommen war, verdankte er ausgerechnet den Ratschlägen seines Stallknechtes. Schon als er klein war, hatte ihm der alte Sterz beigebracht, wie man Preise zum eigenen Vorteil verhandelte. Neben Ortskenntnissen und Fahrgeschick war erfolgreiches Verhandeln unerlässlich für Fiakerfahrer, denn für Fiakerfahrten gab es keine fixen Tarife, nur Richtwerte. Wer sich die Preise von den Kundschaften diktieren ließ, war nicht rentabel unterwegs und schlitterte schnell ins finanzielle Abseits. Ironie des Schicksals, dass ausgerechnet dieses Geschick ihn und Sterz nun weiter auseinanderbrachte. Bermann hatte, nach Kaunitz' angedeutetem Rückzieher, im letzten Moment den Mietpreis gesenkt und einen akzeptablen Vertrag aufgesetzt. Demnach würde die Josefsgasse 3 zumindest für die nächsten zwölf Monate seine neue Adresse sein.

In der Wohnung war es muffig und düster. Schwere Vorhänge sperrten das Tageslicht aus; Kaunitz zog sie beiseite und öffnete das Fenster, das zur Josefsgasse hinausblickte. Ein Schrank sowie ein Schaukelstuhl aus Nussbaumholz waren die einzigen Möbel. An einer Wand war ein Spiegel angebracht, dessen Holzrahmen bis zur Decke reichte. Links vom Wohnzimmer befanden sich in der Küche ein Herd, ein Tisch und zwei abgewetzte Stühle sowie eine Kredenz. Kaunitz öffnete und schloss die Schubladen und setzte sich probeweise an den Küchentisch. Die Möbel waren zwar in die Jahre gekommen, aber er durfte sie benutzen. Er konnte noch heute einziehen. Kaunitz strich mit der Hand über die Tischplatte und sah zum Herd. Er würde sich sein Abendessen selbst zubereiten und morgens Kaffee kochen. Hier in der Josefsgasse würde er neu anfangen und die Vergangenheit hinter sich lassen.

Die gegenüberliegende Schlafkammer war das kleinste Zimmer. Vermutlich grenzte es an die mittlere Wohnung. Hoffentlich war dieser Paul Goldmann kein allzu lauter Nachbar. Kaunitz sah sich um. Das Bett war schmal und niedrig, auf einem Tischchen daneben stand eine Öllampe mit zerbrochenem Glas. Kaunitz zog seinen Mantel aus und legte ihn auf das Bett; mittlerweile war es warm geworden. Dann öffnete er das Fenster und beugte sich über die Brüstung. Direkt unter ihm standen die beiden Braunen und kauten an ihren Trensen. Er zog die Taschenuhr aus seiner Weste und erschrak; das Übersiedeln der Pferde und Wagen quer durch Wien hatte ihn länger beansprucht als geplant. Sterz war nicht auffindbar gewesen oder hatte ihm nicht helfen wollen. Er hatte alles selbst erledigen und die Strecke von Mariahilf in die Leopoldstadt insgesamt viermal fahren müssen. Jetzt war es bereits nach Mittag. Kaunitz schloss die Fenster. Er würde die Pferde versorgen und dann in einem der nahen Gasthäuser zu Mittag essen, bevor er seine bestellte Fuhre erledigte. Barbara, das Dienstmädchen der Familie Strauss, hatte ihn gestern an seinem Standplatz aufgesucht und gebeten, heute um 3 Uhr nachmittags beim *Hirschenhaus* in der Taborstraße zu sein. Er musste sich beeilen, wenn er den Termin einhalten wollte. Gerade als er seinen Mantel vom Bett hochhob, hörte er ein Scharren. Kaunitz lauschte. Von der Josefsgasse drang das Rumpeln eines Karrens zu ihm hoch. Er wandte sich vom Fenster ab und schärfte seine Sinne. Erneut war das leise Geräusch vernehmbar. Als ob Krallen über Bodendielen wetzten. Kam das Geräusch aus diesem Raum? Kaunitz ging auf die Knie unter sah unters Bett, aber außer einem alten Nachttopf und ein paar Staubflusen war dort nichts zu entdecken. Er richtete sich wieder auf und klopfte den Staub von der Hose. Womöglich war die Wohnung doch kein so guter Fang gewesen, dachte Kaunitz grimmig. Er hatte keine Lust, seine Bleibe mit Mäusen oder Ratten zu teilen. Hätte er eine Katze wie Sterz, wäre das Problem binnen weniger Tage erledigt. Er musste sich anders helfen. Ein letztes Mal lauschte Kaunitz, hörte aber nichts mehr. Mit dem festen Vorsatz, eine Mausefalle zu besorgen, verließ er die Wohnung und versperrte die Tür.

16

Wachtmeister Theo Haas, ein Hüne mit vollem, dunklem Haar und Spitzbart, trat aus der Polizei-Oberdirektion. Das Gebäude mit den zwei Hausnummern, Petersplatz 7 und Tuchlauben 4, befand sich im Herzen der Inneren Stadt; von morgens um 8 Uhr bis zum Nachmittag summte es hier emsig wie in einem Bienenstock. Die Polizei-Oberdirektion war ein Knotenpunkt, an dem viele Fäden zusammenliefen. Neben der Polizeibehörde waren im Haus auch die Ämter für Studenten, Juden, die Bettlerkommission und das Fiakeramt für Kutscher und Knechte untergebracht. Standplätze wurden vergeben und Lizenzen erteilt, Straftaten verfolgt, Studienplätze zugewiesen und Pressetexte geschrieben. Kaiser Josef II. hatte hier außerdem ein Lehrhaus für umherziehende Dienstmädchen errichtet, die ohne Ausbildung in die Prostitution abgerutscht wären. Heute wurden Dienstboten an freie Stellen vermittelt. All die Leute unterschiedlicher Herkunft, Religion und Ausbildung machten das Haus zu einem chaotischen Schmelztiegel. Beamte in Uniform und Zivil trafen auf Antragsteller, Obdachlose, Arbeitssuchende und Fiakerfahrer, dazwischen drängte sich Dienstpersonal auf den Stufen. Lautstarkes Plaudern, Jausenbrote und hitzige Debatten unter Studenten waren an der Tagesordnung. Mehrsprachiges Stimmengewirr hallte durch die langen Gänge und machte es beinahe unmöglich, ein einzelnes Wort aus der Kakofonie herauszufiltern.

Haas schätzte die Momente, in denen er diesem Wahnsinn entfliehen konnte und zur Ruhe kam. Er liebte es, schnellen Schrittes durch die Gassen zu streifen oder die Innere Stadt auf der Stadtmauer zu umrunden. Je höher das Tempo, desto schneller kam er zur Ruhe und zu klaren Gedanken. Allerdings war Ruhe mittlerweile ein seltenes Gut in Wien.

Die Stadt war im Wandel und wuchs rasend schnell. Der Verkehr hatte stark zugenommen; Fiaker, Stadtlohnwägen und Gesellschaftswägen füllten die Straßen, dazwischen Milchkarren, die von Hunden gezogen wurden. Immer mehr Firmen siedelten sich in den Vorstädten an, mittlerweile zählte Wien 150 größere Fabriken und Manufakturen. Die Hoffnung auf Arbeit schwemmte Tausende Migranten in die Hauptstadt und ihr Umland. An den Bahnhöfen in Favoriten und der Leopoldstadt kamen Arbeitssuchende aus den böhmischen Kronländern an, die meisten von ihnen ungelernte Lohnarbeiter, Dienstmädchen und Handwerksgesellen, die alles auf eine Karte setzten: Arbeit in der Residenzstadt Wien zu finden.

Haas legte den Kopf in den Nacken und genoss mit geschlossenen Augen die wärmende Herbstsonne auf der Haut.

Leider war die Ruhe nur von kurzer Dauer. Jemand trat aus dem Portal und blieb dicht neben ihm stehen. Haas blinzelte und erkannte Rudolf Zimmerl, seinen Assistenten. Allerdings lehnte sich Zimmerl nicht wie er an die Hausmauer, sondern blieb unruhig neben ihm stehen. Er räusperte sich, kontrollierte den Sitz seiner Uniformjacke und fühlte sich sichtlich unwohl. Eine dicke Wolke schob sich vor die Sonne, über Haas' Gesicht legte sich ein Schatten.

»Mein Patenonkel hat mich für die kommenden drei Monate als Ihren Assistenten bestimmt.«

Haas antwortete nicht. Er nahm einen tiefen Atemzug und schloss die Augen wieder. Zimmerl räusperte sich.

»Wo genau wurde die Leiche gefunden?«, startete er einen neuen Versuch, seinen Chef zum Reden zu bringen.

Es war, wie Haas befürchtet hatte: Sobald der Frischling auftauchte, war es vorbei mit der kurzen Ruhepause. Er seufzte, stemmte sich von der Mauer ab und straffte sich. Zimmerl war von seinem Patenonkel angehalten worden, täglich Bericht über Haas und dessen Arbeit zu erstatten. Haas durfte dem jungen Mann also keine Gelegenheit bieten, ihn bei seinem Chef schlechtzumachen. Er war ein »Angelobter«, wie die älteren Kollegen die Neuzugänge nannten.

Seit vier Jahren wurden die Bediensteten der Zivil-Polizeiwache offiziell angelobt, wenn sie in den Dienst eintraten. Polizei-Oberdirektor Josef von Amberg hatte sich persönlich beim Kaiser für diese Vorgehensweise eingesetzt, um die Beamten in die Pflicht nehmen zu können. Nur Wachmänner, die per Dekret oder Eid bedienstet wurden, konnten bei Zuwiderhandeln oder dem Ausplaudern von Dienstgeheimnissen gesetzlich belangt werden.

Zimmerl hatte sich kurz nach Dienstantritt um eine Assistenzstelle bei einem Kriminalisten beworben, und zu Haas' Leidwesen war er ausgerechnet ihm zugeteilt worden.

Besonders groß war die Auswahl nicht gewesen; die Stadt verfügte derzeit nur über ein knappes Dutzend Kriminalisten, und Haas war einer von ihnen. Die Kriminalisten waren heillos unterbesetzt; je mehr Menschen sich in Wien niederließen, desto mehr Strafhandlungen wurden verübt. Jeder verfügbare Mann wurde gebraucht. Polizei-Oberdirektor Amberg setzte alles daran, den Polizeiapparat zu stärken und die Abteilungen aufzustocken. Zudem war Amberg der Patenonkel des jungen Zimmerl. Haas hatte keine Wahl: Er musste akzeptieren, dass ihm der Frischling aufs Auge gedrückt worden war und nun auf Schritt und Tritt folgte, ob es ihm gefiel oder nicht.

Haas musterte seinen Assistenten, dessen Jacke um die Leibesmitte spannte. »Wir besichtigen zuerst den Fundort der Leiche, danach werde ich Professor Wieseler in der Rettungsanstalt für Scheintote aufsuchen.«

Zimmerl riss die Augen auf. »Die Leiche ist also gar nicht tot?«

»Mein lieber Zimmerl«, Haas zog eine Augenbraue hoch, »eine Leiche ist erst eine Leiche, wenn sämtliche Vitalfunktionen versagen.«

Zimmerl zog die Brauen zusammen und setzte zu einer Frage an. »Mittlerweile ist sie tot«, erklärte Haas trocken. »Aber laut Aussage einer gewissen ...«, er zog einen Zettel aus der Manteltasche und entfaltete ihn, »Maria Pospischil, die die Verunglückte gefunden hat, wurden Wiederbelebungsversuche unternommen.« Haas steckte den Zettel wieder in die Tasche. »Wir werden also Professor Wieseler aufsuchen und mit ihm reden.«

Er setzte sich in Bewegung. Zimmerl hatte Mühe, mit seinem Vorgesetzten Schritt zu halten. »Sie haben mir noch gar nicht gesagt, wo die Leiche«, er unterbrach sich, »ich meine, wo die Verunglückte gefunden wurde.«

»In der alten Burgbastei«, antwortete Haas knapp und blickte in den Himmel. Mittlerweile war er komplett wolkenverhangen. Sie überquerten Petersplatz und Graben und hielten auf den Kohlmarkt zu. Haas, dessen hohes Schritttempo berüchtigt war, ließ seinen Assistenten schnell hinter sich. Der rundliche Zimmerl stolperte hastig hinter ihm her.

Vor *Daum's Kaffeehaus* am Kohlmarkt blieb Haas stehen und wartete. Durch die großen Fenster beobachtete er, wie Gäste an den Tischchen Platz nahmen und sich unterhielten. Einer Dame wurde soeben heiße Schokolade serviert, ihre jüngere Begleiterin löffelte Gefrorenes aus einer silbernen Schale. Nach getaner Arbeit würde er hier in aller

Ruhe eine Tasse Tee trinken, nahm Haas sich vor. Er würde in einem der erlaubten politischen Blätter schmökern, die für die Gäste bereitgestellt wurden oder sich zu einer Billard-Runde gesellen.

Zimmerl trat neben ihn. Er war außer Atem und tupfte sich mit einem Tuch den Schweiß von der Stirn.

»Warum rennen wir so, Herr Wachtmeister?« Zimmerls Gesicht war rot vor Anstrengung. »Die Frau können wir sowieso nicht mehr retten, die ist hinüber!«

Haas blieb ruckartig stehen, atmete tief durch und unterdrückte den Impuls, seinen Assistenten scharf zurechtzuweisen. Es würde schwierig werden, mit diesem Kretin im Schlepptau effizient zu arbeiten.

»Die Frau ist tot, so viel steht fest«, presste er hervor, »aber es ist unsere Aufgabe herauszufinden, unter welchen Umständen sie zu Tode gekommen ist!«

Er gab seinem Assistenten kurz Zeit, über das Gesagte nachzudenken. »Noch wissen wir nichts Genaues«, fuhr er fort, »aber je schneller wir Zeugen einvernehmen, desto größer ist die Wahrscheinlichkeit, dass sie sich an Details erinnern, die uns weiterhelfen.«

Mehr wagte er nicht zu sagen. Wenn er Zimmerl zu schroff behandelte, würde dieser bei seinem Patenonkel Beschwerde über seinen Vorgesetzten führen, die mit unangenehmen Konsequenzen verbunden war. Im schlimmsten Fall drohte sogar ein Disziplinarverfahren. Das Patenkind des Polizei-Oberdirektors zum Assistenten zu haben, war eine heikle Sache. Umso heikler, als Haas selbst bald um Versetzung ansuchen wollte. Er war auf die Gunst Ambergs angewiesen.

Mittlerweile hatten sie den Michaelerplatz überquert. Am Tor zur Hofburg mussten Haas und Zimmerl sich ausweisen, um weiter zum Burgtor und zur ehemaligen Burgbastei zu gelangen. Schweigend überquerten sie den Burgplatz.

Haas, der bisher seinem Assistenten stets ein paar Schritte vorausgegangen war, bedeutete ihm nun aufzuholen. Die alte Burgbastei, die der Befestigung und Verteidigung der Stadt Wien gedient hatte, war vor mehr als drei Jahrzehnten von den Franzosen gesprengt worden, als diese Wien verlassen hatten. Es hatte drei Jahre gedauert, um die Reste der Sprengung zu entfernen. Anstelle der alten Bastei war der Heldenplatz angelegt worden.

»Sind Sie sicher, dass wir hier richtig sind?« Zimmerl war aufgerückt und hielt sich dicht hinter Haas. »In der Hofburg?« Er kaute am Nagel seines rechten Daumens und blickte sich unsicher um, die Schultern hochgezogen. Seine sonst so kerzengerade Haltung war dahin. Offensichtlich war er eingeschüchtert von der hohen Anzahl der Wachposten, Leibgarden und Hofbediensteten, die ihren Weg am Areal der Habsburger-Residenz kreuzten.

»Erstens befinden wir uns nicht *in* der Hofburg, sondern *davor*. Zweitens: Auch hier sterben Leute«, entgegnete Haas. Und mit angewidertem Blick auf Zimmerls rote wulstige Fingerkuppen: »Lassen Sie das!«

»Entschuldigung«, murmelte der Assistent und wischte die feuchte Hand an der Hose ab. Haas steuerte auf das alte Burgtor zu, vor dem zwei uniformierte Polizeibeamte postiert waren. Eine junge Frau mit weißer gestärkter Schürze und weißem Kopftuch stand daneben.

»Wachtmeister Theo Haas?« Der ältere der beiden Männer, ein kantiger Kerl mit stechend blauen Augen, trat einen Schritt auf sie zu. Sein Kinn war nach vorn gereckt, sein Blick fordernd. Haas war ihm schon mehrmals in der Alservorstadt begegnet. Seit Kurzem war dort im neuen Prachtgebäude die Kriminalabteilung des Magistrats untergebracht, einige Büros, darunter das seine, lagen in der Polizei-Oberdirektion. Unbeeindruckt vom forschen Auftreten des Uniformierten holte Haas einen Umschlag aus der Innentasche seines Mantels und reichte ihn dem Polizisten. »Wir haben Anweisung, den Tatort zu besichtigen.« Es gefiel ihm, dass der junge Beamte die wenigen Zeilen sorgfältig las und sich nicht vom höheren Dienstgrad seines Gegenübers einschüchtern ließ. Die Frau in der Kleidung einer Köchin versuchte, einen Blick auf das Papier zu erhaschen.

»Wie lange brauchen Sie eigentlich, um eine Anweisung zu lesen?« Zimmerl war aus Haas' Schatten hervorgetreten. Er hatte zu seiner strammen Körperhaltung zurückgefunden und sich vor dem Uniformierten aufgebaut. »Sehen Sie nicht, dass die Anweisung von allerhöchster Stelle kommt? Lassen Sie uns durch!«

Haas traute seinen Ohren nicht. Mit der allerhöchsten Stelle spielte Zimmerl zweifelsohne auf seinen Patenonkel an. In Haas brodelte Wut auf; was bildete sich dieser nagelkauende Gockel ein? Weder sein Alter noch sein Dienstgrad berechtigten ihn, so mit einem Uniformierten zu sprechen. Er packte Zimmerl am Oberarm und zog ihn ein paar Schritte zur Seite, wo sie außer Hörweite waren.

»Ich habe nicht um einen Assistenten gebeten«, zischte er. »Aber da Polizei-Oberdirektor Amberg höchstpersönlich mich ersucht hat, Sie unter meine Fittiche zu nehmen, lernen Sie hiermit die erste Lektion.« Er blickte seinem Assistenten fest in die Augen. »Ich dulde kein respektloses Benehmen gegenüber Kollegen! Ihr Verhalten wirft nicht nur ein schlechtes Licht auf Sie, sondern auch auf Ihren Patenonkel! Wenn es das ist, was Sie wollen ...«, Haas machte eine gleichgültige Handbewegung, »nur zu! Ich jedenfalls werde jetzt den Tatort besichtigen! Und Sie sind herzlich eingeladen, Ihren Horizont zu erweitern!«

Zimmerl kniff die Lippen zusammen und befreite sich aus dem Griff seines Vorgesetzten.

Haas wandte sich wieder an die beiden Beamten und die Köchin. »Wer kann uns zum Fundort führen?«

»Ich.« Die junge Frau errötete und trat vor. Rotblonde Locken lugten unter dem blütenweißen Kopftuch hervor und umrahmten ihr Gesicht. Sie trug ein hellblau gestreiftes Kleid mit weißer Schürze. Um die Schultern hatte sie ein dickes Wolltuch geschlungen. »Ich kann Ihnen den Eiskeller zeigen«, sagte sie mit starkem böhmischem Akzent.

»Wie heißen Sie?«

»Maria.« Sie vermied es, Haas direkt anzusehen. »Maria Pospischil.«

»Aus welchem Teil Böhmens stammen Sie, Fräulein Pospischil?«

Die Köchin errötete noch mehr. »Aus Prag.«

Haas lächelte. Auch seine Mutter stammte aus Prag. Er zückte ein Notizbuch aus seinem Mantel und notierte sich den Namen. »Wann genau haben Sie die Frau gefunden?«

»Heute Früh.« Maria knetete ihre roten Hände. »Wir waren gerade damit fertig, die Frühstücksportionen herzurichten.«

Haas machte sich wieder Notizen. »Und danach wurden Sie von der Küchenleitung in den Eiskeller geschickt?«

Zimmerl neben ihm zog fragend die Brauen zusammen, Haas jedoch ignorierte ihn.

Maria nickte. »Ich sollte die Menge der Fleischvorräte überprüfen.«

Haas steckte den Notizblock ein. »Jeder hier Anwesende ist sich bewusst«, er sah die Beamten und Zimmerl reihum an, »dass dieser Eiskeller für die Öffentlichkeit nicht zugänglich ist. Es ist bei Strafe verboten, Unbefugten zu verraten, wo genau sich der Zugang befindet.«

Die beiden Beamten nickten, Zimmerl brummte etwas Unverständliches. Maria bückte sich zur Seite und hob zwei

Laternen auf, die sie neben sich auf dem Boden abgestellt hatte. Eine davon reichte sie Haas, Zimmerl griff nach der anderen Laterne in ihrer Hand, aber sie schüttelte wortlos den Kopf. Dann drehte sie sich um und trat durch die schmale Tür, die in die Tiefen der Hofburg führte.

17

Wo früher die Burgbastei Eindringlingen trotzte und die Stadt Wien vor Eroberern schützte, war jetzt ein Eiskeller untergebracht. Eine unterirdische Vorratskammer, in der herbeigeschaffte Eisblöcke für konstant niedrige Temperaturen sorgten. In den Hofküchen wurden täglich Speisen für mehr als 2000 Menschen zubereitet; nicht nur für den Kaiser und seine Familie, auch für Höflinge, Diener, Zofen und Wachen. Die Menüs der Hofburg ermöglichten dem Personal, günstig zu speisen, und auch so manchen Zuverdienst zu lukrieren; etliche Mahlzeiten wurden unter der Hand an Unberechtigte außerhalb des Hofes weiter verkauft.

Suppe, ein Fleischgericht mit Beilage und Mehlspeise zum Abschluss; die Menüfolge erforderte präzise geplante Abläufe. In eigenen Abteilungen wurden Fleischgerichte, kalte Speisen und Desserts produziert, andere waren für die Ausspeisung verantwortlich. Der Hofzehrgaden war mit Ankauf und Lagerung der großen Lebensmittelmengen betraut. Um Diebstähle zu vermeiden, war der Zugang zum Eiskeller ein gut gehütetes Geheimnis. Nur sorgfältig ausgewählte Bedienstete wurden eingeweiht und mit dem Schlüssel betraut.

Maria Pospischil stieg mit Haas und Zimmerl in die unterirdische Vorratskammer hinab. Kellergewölbe aus gebrannten Ziegeln und verschlungene Gänge führten in die Tiefe. Haas tastete sich Schritt für Schritt voran. An manchen Stellen waren die Gänge so schmal, dass seine Schultern die Seitenwände berührten. Zimmerl trottete wortlos hinter ihm her. Im besten Fall überdachte er sein vorheriges Verhalten. Haas bezweifelte das allerdings.

Das Licht der Laternen flackerte und warf verzerrte Schatten an die Kellerwände. Immer tiefer drangen sie in das unterirdische Vorratslager der Hofburg ein. Der Weg gabelte sich einige Male, Maria Pospischil ging zügig voran. Haas versuchte sich zu merken, wie oft sie links und rechts abgebogen waren. Mehr als zwei Stockwerke unter der Oberfläche war die Temperatur deutlich niedriger; Haas schlug den Mantelkragen hoch.

Zimmerl musste den Weg ohne Laterne bewältigen; immer wieder hörte Haas, wie sein Assistent stolperte oder bei Biegungen an die Ziegelmauern stieß. »Sind wir bald da?«

Die Überheblichkeit, mit der er sich bei den Uniformierten am Eingang Respekt hatte verschaffen wollen, war verflogen.

»Der Körper wurde nahe einer Eisrutsche gefunden«, erklärte Haas seinem Assistenten, ohne sich umzudrehen. Er hob die Hand mit der Laterne und stieß dabei an die Decke; Ziegelstaub rieselte herab, eine Spinnwebe löste sich. Zimmerl unterdrückte einen Schreckenslaut und hüstelte.

»Wenn Ungeziefer und Staub Ihnen zu schaffen machen, sollten Sie lieber umkehren«, schlug Haas vor und hoffte, Zimmerl würde auf den Vorschlag eingehen. »Ich schaffe den Weg allein.«

»Nein, ich begleite Sie.« Die Stimme des Assistenten klang bemüht tapfer. »Mich interessiert außerdem, wie es in so einem Eiskeller aussieht.«

In Wahrheit blieb Zimmerl gar nichts anderes übrig, als weiterzugehen; ohne Begleitung und Licht würde er nicht alleine zurückfinden. Haas lächelte in sich hinein.

»Achtung!« Maria blieb abrupt stehen. »Hier ist die Eisrutsche!« Sie hielt ihre Laterne hoch und deutete Haas, nach vorn zu kommen. Sie presste sich mit dem Rücken an die Ziegelwand. Haas setzte jeden Schritt mit Bedacht; der Boden fiel an einer Kante schräg ab und war übersät mit Steinchen. Wenn er hier ins Stolpern geriet, drohte ein metertiefer Absturz in die Tiefe. Er leuchtete mit der Laterne in den Abgrund. Es mochten gute fünf Meter bis zum Boden sein. Der Raum unter ihnen war quadratisch; an zwei Wänden waren Eisblöcke gestapelt. Auf den Eisblöcken lagerten Kisten, die mit weißen Tüchern bedeckt waren.

»In den Kisten sind Fleischstücke gelagert«, erklärte Maria.

Haas dachte kurz nach. »Wissen Sie, wann und von wem das Fleisch geliefert wurde?«

Maria Pospischil nickte. »Der Hofmetzger hat es hierher gebracht, das war ...« Sie überlegte. »Das muss gestern Nachmittag gewesen sein.«

Haas blickte immer noch nach unten. An einer der Wände war eine Öffnung erkennbar; wahrscheinlich der Eingang zu einem weiteren Gewölbe. Das Kellersystem unter Wien war weit verzweigt und teilweise bis zu vier oder fünf Stockwerke tief.

»Was ist das dort unten?«

Am Boden des Kellers, mitten im Raum, war ein unförmiger Apparat schemenhaft auszumachen. Er war schwarz lackiert und wurde beinahe von der Dunkelheit verschluckt. Haas glaubte, ein Zahnrad und eine glänzende Fläche zu erkennen.

Maria beugte sich ein wenig vor. »Das ist der Lastenaufzug.« Sie ging wieder einen Schritt zurück und hielt ihre Laterne in die Höhe, damit Haas ihr Gesicht sehen konnte. »Eisblöcke kann man über die Rutsche in die Tiefe fallen lassen, aber die Lebensmittel müssen wieder herauf befördert werden.«

Mittlerweile fröstelte Haas. »Beschreiben Sie mir bitte genau, wo Sie die Frau gefunden haben.«

Maria Pospischil deutete auf den Boden. »Hier.«

»Hier?«, wiederholte Haas ungläubig und tippte mit dem Schuh auf die Bodenkante. Maria nickte.

»Die Frau ist gar nicht in die Tiefe gestürzt?« Zimmerl drängte sich nach vorn. Trotz des schummrigen Lichts konnte Haas die Enttäuschung im Gesicht seines Assistenten erkennen. Offenbar überstieg die Möglichkeit, in einem Eiskeller auch ohne Sturz zu Tode zu kommen, sein Vorstellungsvermögen. Haas musste allerdings zugeben, dass er selbst ebenso überrascht war. Maria nickte wieder.

»Sie lag hier.« Sie deutete mit dem Kinn auf Haas. »Genau da, wo Sie jetzt stehen!«

Haas sah auf seine Schuhe und stieß einen leisen Fluch aus. Unbeabsichtigt hatte er womöglich Spuren zertrampelt. Er ging in die Knie und leuchtete mit der Laterne den Boden ab. Zimmerl tat es ihm gleich. Ziegelstaub hatte sich auf der rauen Fläche angesammelt, ein paar Fetzen alten Papiers lagen verstreut herum. Haas steckte eines davon ein.

»Kein Blut«, murmelte Haas und tastete mit den Fingern sachte über den Boden. Er richtete sich wieder auf.

»Wer war die Frau? Kannten Sie sie?«

Maria zog ihr Wolltuch enger um die Schultern und schüttelte heftig den Kopf. »Nie vorher gesehen.«

»Sie sind also heute Früh in diesen Eiskeller hinabgestiegen, um die Fleischvorräte zu kontrollieren. Und hier, an dieser Stelle, lag eine Frau.«

»Sie sah aus, als würde sie schlafen.« Maria schluchzte plötzlich auf. »Ich habe gehört, dass viele Menschen in den Kellern schlafen, weil sie sich keine Wohnung leisten können. Und da habe ich mir gedacht, dass sich hier eine Obdachlose eingeschlichen hat. Ich wollte sie aufwecken.« Maria fischte ein Taschentuch aus ihrer Schürze und putzte sich lautstark die Nase. »Ich wollte sie vor den Wachen warnen, die immer wieder die Kellergänge kontrollieren und Obdachlose verjagen. Die sind nicht gerade zimperlich, müssen Sie wissen, aber ...«

»Hat sie denn ausgesehen wie eine Obdachlose?«

Maria zuckte ratlos mit den Schultern. »Ja, schon«, sagte sie dann. »Sie war schmutzig, und das Kleid war zerrissen.«

»Hatte sie Wertsachen bei sich? Schmuck oder Papiere?«

Die junge Frau riss die Augen auf. »Glauben Sie, ich hätte sie bestohlen?« Sofort liefen wieder Tränen über ihr Gesicht. »Ich wollte doch nur helfen!«

»Ich glaube gar nichts, Fräulein Pospischil«, beschwichtigte Haas. »Aber je mehr ich weiß, desto eher kann ich herausfinden, was hier passiert ist.«

Maria schniefte und nickte. »Ich habe mich furchtbar erschreckt«, sagte sie nach einer Weile, »weil sie nicht aufgewacht ist. Um Himmels willen, habe ich mir gedacht, die Frau ist in der Kälte eingeschlafen. Sie war nicht besonders warm gekleidet, wissen Sie. Also bin ich zurück gelaufen und habe Hilfe geholt.«

Den Rest kannte Haas; man hatte den leblosen Körper in die Rettungsanstalt für Scheintote gebracht. Näheres würde er von Professor Wieseler erfahren.

»Gut.« Er blickte zu Zimmerl, der bereits vor Kälte bibberte. »Vorerst habe ich hier keine weiteren Fragen. Wir sollten den Rückweg antreten.«

Maria nickte und drängte sich an Haas und Zimmerl vorbei, sodass sie wieder den beiden Männern voranging.

Oben angekommen, übergab Haas Maria seine Laterne und klopfte sich Ziegelstaub vom Mantel. Die beiden Uniformierten standen noch an derselben Stelle wie zuvor.

Zimmerl atmete auf und entfernte sich ein paar Schritte von den Beamten. Haas blickte in den Himmel und genoss die Wärme der Sonnenstrahlen.

»Kann ich gehen?« Maria deutete auf einen Trakt der Hofburg. »Es gibt viel zu tun, ich muss zurück in die Küche.«

Haas nickte. »Danke, Fräulein Pospischil, Sie haben mir sehr geholfen. Einstweilen können Sie nichts mehr für mich tun.« Er wandte sich zum Gehen, doch dann fiel ihm etwas ein.

»Die Küchenleitung hat Sie tatsächlich allein in den Eiskeller geschickt?« Er deutete auf den Eingang zum Eiskeller. »Ich meine: Hat niemand Sie begleitet?«

Einer der Uniformierten errötete leicht und starrte konzentriert an Haas vorbei. Maria schüttelte heftig den Kopf und sah zu Boden.

»Ich war allein.« Ihre Ohren färbten sich rot. Sie hielt weiterhin ihren Blick gesenkt.

Haas seufzte. »Also gut.« Er fischte eine Karte aus seiner Manteltasche. »Falls Ihnen noch etwas einfällt, melden Sie sich bitte.«

18

Strauss starrte ungläubig auf das Blatt Papier in seiner Hand. Sein Herz pochte wild, immer wieder las er den Bescheid durch, den ihm der Beamte soeben ausgehändigt hatte. Da stand es, das seit Wochen erhoffte Wort, schwarz auf weiß: *Permission*! Seinem Ansuchen um Erlaubnis zur Gründung eines eigenen Orchesters war tatsächlich stattgegeben worden – der Weg war frei! Endlich konnte er mit der Planung seines ersten Konzertes beginnen!

Was war zuerst zu tun? Er musste Musiker auswählen und sein Orchester zusammenstellen, den Termin für die *Soirée Dansante* im *Dommayer* fixieren, Zeitungsannoncen schalten und Plakate drucken lassen. Ihm schwirrte der Kopf. Euphorisch sprang er die Stufen des Magistratsgebäudes hinab und verließ das Gebäude. Die Sonnenstrahlen ließen das Portal, das er zuvor noch düster und einschüchternd wahrgenommen hatte, golden glänzen. Er hopste nach dem Walzer, der ihm seit Tagen nicht aus dem Kopf ging, die Wipplingerstraße entlang, über die Tuchlauben Richtung Graben. Einem Harfenisten, der auf einer Holzkiste saß und ein Lied zupfte, schnippte er eine Münze in den aufgestellten Hut. Bei einem der Mandoletti-Krämer, die im Herbst und Winter ihre Hütten in der Stadt aufbauten, erstand er eine Handvoll Mandoletti. Er würde seine Mutter damit überraschen; Anna Strauss liebte das luftige Gebäck aus Eiklar, Staubzucker und gehackten Mandeln. Anstatt eiligst nach Hause in die Taborstraße zurückzukehren und mit den Vorbereitungen für den großen Abend zu beginnen, zog es ihn ins Zentrum. Zum ersten Mal seit Langem nahm er die eleganten Geschäfte und exquisiten Läden im Herzen Wiens wahr. Vor einem der Schaufenster blieb er stehen. »Zur Schönen Wienerin«, stand auf einem Schild über dem Eingang. Strauss wusste, dass dies die erste Adresse für Damen der gehobenen Gesellschaft war. Hier kleidete man sich nach der neuesten Mode für besondere Anlässe ein. Für seine beiden Schwestern und die Mutter waren die Kleider unerschwinglich, aber das würde sich vielleicht bald ändern. Wenn er als Musiker in Wien Fuß fassen und mit seinen Kompositionen Geld verdienen konnte, wäre das Leben wieder leichter. Die Familie wäre nicht Monat für Monat ausschließlich auf die Zahlungen des Vaters angewiesen. Strauss blickte gedankenverloren durch das blank polierte Glas. Erst nach einer Weile fiel ihm auf, dass auch er angestarrt wurde. Eine Frauengestalt stand auf der anderen Seite der Scheibe und blickte ihn auffordernd an. Vielleicht hielt sie ihn für einen Kunden, der seine Geliebte mit einem Schal oder neuen Seidenhandschuhen überraschen wollte. Er lächelte ihr zu. Sie öffnete die Tür, um ihn ins Geschäft zu bitten, aber er ging weiter. Noch war er nicht zahlungskräftig genug, aber eines Tages würde er dafür sorgen, dass seine Mutter sich hier einkleiden konnte.

Strauss war von einem einzigen Gedanken erfüllt: Er wollte so schnell wie möglich sein eigenes Orchester gründen und damit auftreten. Hallen füllen wie der Vater, das Publikum zum Kochen bringen und Nächte lang wie im Rausch spielen und dirigieren zugleich. Er musste nur die passenden Musiker finden. Aber wo? Wien war die Stadt der Musik, der ernsten ebenso wie der Unterhaltungsmusik. Violinspieler, Hornisten und Flötisten gab es zur Genüge. Er würde sich die besten herauspicken und sie zu einer Einheit formen – wenn sie sich formen ließen. Würden sie ihn ernst nehmen? Einen kaum 19-Jährigen, der bisher nur vor dem Spiegel dirigiert hatte? Plötzlich brach ihm der Schweiß aus. Den Vater zum Musikduell herauszufordern war ein Wagnis. Die Unterstützung der Mutter war ihm gewiss, ebenso die seiner Lehrer. Aber würde das reichen? Was, wenn nicht genügend Leute zum *Dommayer* kamen und er nur vor zehn oder noch weniger Leuten spielen musste? Wie sollte er dann die Musiker bezahlen? Er würde sich blamieren bis auf die Knochen, ganz Wien würde über ihn lachen. Strauss fischte ein Taschentuch aus seinem Gehrock, tupfte sich die Stirn und sprach sich selbst Mut zu. Alles würde gut werden. Er hatte von Kindesbeinen an gelernt, wie man die Werbetrommel rührte. Leute zu begeistern und Aufmerksamkeit zu erregen gehörte zum Tagesgeschäft seiner Familie, ebenso wie die Auswahl von Musikstücken und das Erstellen von Verträgen mit Musikern. Man konnte sagen, er hatte die Grundregeln des Musikgeschäftes mit der Muttermilch aufgesogen. Warum also machte er sich unnötig Sorgen wegen seines ersten Konzertes? Natürlich würde es klappen!

Strauss beschloss, eine Runde um den Stephansdom zu drehen und erst dann die Rotenturmstraße zum Donaukanal hinabzugehen. Mit dem heutigen Tag durfte er sein eigenes Orchester gründen und leiten. Der Magistrat hatte das Veto des Vaters für nichtig erklärt und somit ihm, Johann Strauss junior, die letzten Steine aus dem Weg geräumt. Der Freudentaumel, den er soeben verspürt hatte, wich einer ehrfürchtigen Dankbarkeit. Die *Pummerin*, die große Glocke am Südturm des Stephansdoms, schlug zur vollen Stunde. Als würde sie den erhebenden Moment mit ihrem Geläut untermalen wollen. Strauss hielt inne und blickte nach oben. Sonnenstrahlen ließen die Ziegel am Dach des Domes leuchten. Obwohl er Regenwetter klar dem Sonnenschein vorzog, wirkte der Anblick des riesigen Gotteshauses im Sonnenlicht beruhigend. Das Wahrzeichen der Stadt Wien hatte so viele Ereignisse überstanden, dass ihm seine eigenen Sorgen nichtig erschienen. Neben ihm diskutierten zwei Damen, offensichtlich Besucherinnen der Stadt, heftig über das Bauwerk. Sie trugen Reisekleider und Altwiener Strohhüte, die mit Bändern und Blumen geschmückt waren.

»Die wichtigsten Maßzahlen des Stephansdomes sind die Ziffern Drei und Vier«, sagte die ältere der beiden und zeigte zur Spitze des Südturmes. »Drei plus vier ergibt sieben. Sieben mal sieben mal sieben, also 343 Stufen führen bis ganz nach oben.«

»Du irrst dich, es geht um die Zahl Eins!«, widersprach die andere, »immer nur um die Eins! 111 Fuß ist der Dom breit, drei mal 111 Fuß ist er lang. 111 ist außerdem ein Omen für ...«

Von einer Sekunde auf die andere war das Hochgefühl, das ihn durchflutet hatte, verschwunden. Strauss fühlte sich unwohl. Er hörte das Blut in seinen Ohren rauschen, sein Puls beschleunigte sich. Die Worte der beiden Damen setzten ihm zu. Zahlenspiele, Omen und magische Ziffern machten ihm Angst. Er entfernte sich schleunigst und bog in die Rotenturmstraße ein. Ohne eine Erklärung dafür zu haben war er überzeugt, dass höhere Mächte in gewissen Gegenständen und Zahlen schlummerten, Dinge steuerten und über Glück oder Unglück entschieden. Er hasste schwarze Katzen und verabscheute die Zahl 13. Wenn schlechte Gedanken ihn plagten, klopfte er auf Holz. Jedes Frühjahr schüttelte er beim Ruf des Kuckucks sein Portemonnaie, um Geldsegen zu erbitten. Spaziergänge im Grünen waren ihm ein Gräuel, da er wie ein Getriebener vierblättrige Kleeblätter suchte, aber nie fand. Seine Mutter schimpfte ihn deswegen abergläubisch, sein jüngerer Bruder Josef lachte ihn sogar aus.

Josef war ganz anders gestrickt als er selbst: ein Erfindergeist, rational, ein Zahlenmensch durch und durch.

Strauss rannte die Rotenturmstraße entlang. Beinahe hatte er den Donaukanal und die Ferdinandsbrücke erreicht, die in die Leopoldstadt führte. Der Stephansdom und das Gerede der beiden Damen lagen weit hinter ihm. Die Nachricht vom positiven Bescheid würde zu Hause einschlagen wie eine Bombe. Ab jetzt würde es finanziell bergauf gehen. Trotzdem: Etwas stimmte nicht, Strauss konnte nur nicht benennen, was es war. Eigentlich sollte er sich über die gute Nachricht vom Magistrat freuen, dennoch war seine Stimmung getrübt. Er beschleunigte sein Tempo und blickte verstohlen nach allen Seiten. Aber außer ein paar Schulkindern, die nach Hause eilten, und Marktleuten vom nahegelegenen Fischmarkt war niemand Besonderes unterwegs. War ihm jemand gefolgt? Hatte er etwa vergessen, die Mandoletti zu bezahlen? Hufgetrappel näherte sich rasend schnell, ein Fiaker brauste die Rotenturmstraße hinab. Viel zu spät bemerkte Strauss, dass er mitten auf der Straße ging. Die Pferde preschten an ihm vorbei, Strauss konnte gerade noch ausweichen, der Fahrer reckte die Faust in die Luft und schickte ihm wüste Flüche hinterher. Strauss taumelte an den Straßenrand und presste sich an eine Hausmauer. 1000 Gedanken jagten durch seinen Kopf. Er atmete schwer, lockerte seine Halsbinde. War er dem Musikgeschäft tatsächlich gewachsen? War er bereit für diese glitzernde Welt, in der die Nacht zum Tag wurde? Er schaffte es nicht einmal, auf der richtigen Straßenseite zu gehen. Mit einem Mal hatte er das Gefühl, dass alle ihn anstarrten. Die Kinder, die Marktfrauen, der Wachtmeister. Strauss steuerte wieder auf die Ferdinandsbrücke zu. Er wechselte die Straßenseite, doch das Gefühl blieb ihm hartnäckig an den Fersen. Er spürte Blicke im Rücken, fühlte sich beobachtet. »Blödsinn!« Er schüttelte den Kopf. Die letzten Wochen waren turbulent gewesen; er hatte wenig geschlafen, viel komponiert und bis zur Besessenheit das Dirigieren geübt. Bestimmt bildete er sich alles nur ein. Wer sollte ihn schon verfolgen, und vor allem: warum? Er besaß nichts, das es sich zu stehlen lohnte. Seine ganze Familie war nicht wohlhabend. Er fand keine logische Erklärung für seinen Verdacht, trotzdem wurde ihm eng um die Brust. War jemand hinter ihm her? Er verschwand im nächsten Hauseingang und presste sich an die Mauer. Sein Herz klopfte bis zum Hals. Vorsichtig lugte er aus seinem Versteck und zuckte zusammen, als er einen Schatten wahrnahm, der ebenfalls reglos verharrte. Soweit er erkennen konnte, war eine Gestalt in einem Hauseingang zwei Häuser weiter verschwunden. Er hatte sich nicht getäuscht. Strauss wagte kaum zu atmen. Wie lange sollte er hier stehen bleiben? Würde die Gestalt warten wie er? Er atmete tief durch und ermahnte sich zur Vernunft. In der Ruhe liegt die Kraft, predigte die Mutter jedes Mal, wenn sich Nervosität in der Familie breitmachte. Strauss rief sich die ersten Takte seines neuen Walzers ins Gedächtnis: Mit welcher Besetzung konnte er die Melodie am besten zur Geltung bringen? Er würde den Primgeiger seines Vaters um Rat bitten; bei ihm hatte er das Violinspiel erlernt. Und wie sollte er das Stück nennen? Es musste ein Name sein, der dem Publikum im Gedächtnis blieb. Des Weiteren brauchte er einen Ort, an dem er ungestört mit seinen Musikern proben konnte, sobald er die geeigneten Leute gefunden hatte. Ganz in Gedanken setzte Strauss seinen Weg fort. Den Schatten, der ihm nachschlich, bemerkte er nicht.

19

Ich weiß alles über ihn. Alles. Ich weiß mehr über ihn als er selbst. Was er ist. Woher er kommt. Was ihn geformt hat. Wie er wurde, was er heute ist. Enkel eines ungarischen Juden. Sohn eines Bierwirtes. Der Vater im Freitod ertrunken, bevor ihn die Schulden erdrücken konnten. Die Mutter verstorben, noch bevor er Erinnerungen an sie knüpfen konnte. Ein Vormund hat ihn aufgezogen. Hat ihn einen Beruf lernen lassen: Buchbinder. Johann Strauss beherrscht das Handwerk des Buchbindens. Eine schnöde Profession, die nach keinen eigenen Ideen verlangt. Unvorstellbar, was uns allen, was der Welt entgangen wäre, hätte er sich nicht auf die Musik gestürzt. Musik ist seine Bestimmung. Gott hat sie ihm gegeben, um die Welt zu beglücken. Aber Gott gibt nichts, ohne uns auf die Probe zu stellen. Er weist Pfade und streut Hindernisse. Es ist an uns, die Hindernisse zu bewältigen. Die Steine aus dem Weg zu räumen. Die Steine in Johanns Leben haben Namen: Anna und Emilie. Sie sind sein Verderben, sein Untergang, nehmen ihm die Luft zum Atmen und zermalmen ihn. Ich werde sie für ihn aus dem Weg räumen.

20

Emilie Trampusch liebte Spaziergänge durch die Innenstadt. Sie wusste, dass alle Blicke auf sie gerichtet waren, auf die Frau an der Seite des Walzerkönigs Johann Strauss. Die Garderobe wurde jedes Mal sorgfältig ausgewählt; heute hatte sie sich für ein lachsfarbenes Ensemble aus Kleid und Jäckchen mit Pelzbesatz entschieden. Die Geburt der kleinen Theresia lag zwar erst wenige Wochen zurück, und Emilie musste ihr Korsett eng schnüren; dennoch passten ihr bereits alle Kleider wieder. Sie betrachtete ihr Spiegelbild in einem der Schaufenster. Ihr gefiel, was sie sah. Das kecke Hütchen mit der Pfauenfeder hatte sie während ihrer Lehrzeit als Modistin gefertigt. Sie zupfte an ihrem Dekolleté und zog die Schultern zurück. Die neidischen Blicke der braven Hausmütterchen waren ihr sicher. Von ihrer Wohnung in der Kumpfgasse war es nur ein Katzensprung bis zum Stephansdom; heute würde sie eine Kerze anzünden. Es konnte nicht schaden, sich gottesfürchtig zu zeigen. Emilie bog nach links in die Schulerstraße ab. Sie hatte die Wohnung heute früher verlassen als sonst; genügend Zeit, um die Beichte bei Pater Marius abzulegen. Was sollte sie ihm diesmal erzählen? Sie lächelte in sich hinein. Es machte ihr Spaß, dem Pater unkeusche Gedanken und geheime Wünsche zu beichten. Nicht weil sie danach Erleichterung verspürte. Sie genoss es, ihn in Verlegenheit zu bringen. Ein Einkauf bei der *Bäckerei Grimm* in der Kurrentgasse war zur Tradition geworden. Ebenso ein

Plausch mit Margarethe, der hübschen Tochter des Bäckermeisters, die vor Bewunderung errötete, sobald »die Trampusch« das Geschäft betrat.

Bäckermeister Grimm produzierte die besten Brioches der ganzen Stadt. Alle sollten wissen, dass der Walzerkönig Wert auf ausgezeichnetes Gebäck legte. Emilie strich sich eine Locke aus der Stirn und setzte ihren Weg fort.

21

Jeden Tag um diese Uhrzeit verlässt sie das Haus. Jeden Tag folge ich ihr. Sie bemerkt es nie. Nach 100 Schritten biegt sie links in die Schulerstraße ab und geht diese entlang bis zum Stephansdom. Manchmal, wenn ihre Zeit es erlaubt, betritt sie den Dom und zündet in der Katharinenkapelle eine Kerze an. Sie kniet nieder, faltet die Hände und betet sogar. Verlogenes Weibsstück! Jeden Monat beichtet sie ihre Sünden; als ob Gott nicht längst im Bilde wäre. Was sie dem Pater wohl erzählt? Keines ihrer Worte ist ernst gemeint, ich kenne sie zu gut. Ihre Stimme verrät sie; kokett und viel zu laut dringt sie aus dem Beichtstuhl. Sie ist bis zum Seitenaltar zu hören. Dort sitze ich und warte, bis sie all ihre dreckigen Lügen losgeworden ist. Sie verlässt die Kirche und setzt ihren Weg fort, biegt von der Brandstätte in die Kurrentgasse ein. Das Ziel ist stets die Bäckerei Grimm. Täglich kauft sie frisches Gebäck für ihren Liebsten. Auch heute macht sie sich auf den Weg. Ich beobachte sie, folge ihr durch das Getümmel der Stadt. Zweifelsohne glaubt sie, ihm eine gute Gefährtin zu sein. Sie hält sich für die bessere Ehefrau, glaubt, ihm ein angenehmeres Leben bieten zu können. Aber ich weiß es besser. Sie ist sein Untergang, sein Verderben.

22

»Sie kommen spät, Herr von …!« Statt einer Begrüßung hielt Professor Wieseler eine Taschenuhr in die Höhe, seine Miene war düster. Er stutzte, als er Haas erkannte.

»Wachtmeister Haas!«, rief er überrascht aus, und ein breites Strahlen vertrieb den grimmigen Ausdruck aus seinem Gesicht. Offensichtlich hatte er jemand anderen erwartet. Professor Wieseler stand von seinem Stuhl auf und kam um seinen Schreibtisch herum auf Haas zu. Seine Freude über das Zusammentreffen war herzlich. Wieselers buschige weiße Augenbrauen zuckten auf und ab, die schwarzen Knopfaugen darunter glänzten.

»Wie lange ist es her, dass wir uns zuletzt gesehen haben?« Sie schüttelten einander die Hände.

»Das müsste der Rattengift-Fall gewesen sein«, überlegte Haas und wandte sich an Zimmerl. »Professor Wieseler ist eine Koryphäe auf dem Gebiet der Gerichtsmedizin!«, stellte er den Mediziner vor. »Er hält Vorträge auf der Universität, schreibt Bücher und nimmt Sektionen vor. Wenn sich einer mit dem Tod auskennt, dann er!«

Wieseler winkte bescheiden ab und lächelte verlegen. Sein Blick wanderte zu Zimmerl. »Ein neuer Kollege?« Er nickte wohlwollend.

»Assistent«, korrigierte Haas. »Rudolf Zimmerl.«

Zimmerl neigte das Haupt und lächelte kühl. »Polizei-

Oberdirektor von Amberg war so freundlich«, ergänzte Haas, »mir sein Patenkind anzuvertrauen.«

Er schenkte Professor Wieseler einen vielsagenden Blick. Der Mediziner verstand und wechselte in eine sachliche Tonlage.

»Gehe ich recht in der Annahme, dass Ihr Besuch mit der Toten zusammenhängt, die heute Morgen im Eiskeller unter der Hofburg gefunden wurde?« Er setzte sich wieder an den Schreibtisch und ließ seinen Blick über die Papierstapel schweifen. Vor ihm lagen allerlei Formulare, lose Zettel und aufgeschlagene Bücher. Ein Totenschädel diente als Briefbeschwerer. Zimmerl starrte entgeistert auf das makabere Accessoire.

»Wir haben soeben den Fundort besichtigt«, kam Haas zur Sache und sah sich um. Die k.u.k. Rettungsanstalt für Scheintote bestand aus wenigen Räumen: einem krankenhausähnlichen Zimmer, in dem vier Betten standen, Professor Wieselers Büro und einem Raum, in dem die tatsächlich Verstorbenen auf ihre Überstellung in das Totenbeschreibungsamt warteten.

Wieseler war fündig geworden. Er zog ein Blatt Papier zu sich heran und setzte den Zwicker auf die Nase. »Dora Hauser wurde heute gegen 7 Uhr früh hier eingeliefert und ...«

»Sie kennen den Namen der Toten?«, unterbrach Haas ihn.

Wieseler sah auf. »Aber ja. Sie hatte eine Tanzkarte bei sich, auf der ihr Name vermerkt ist.«

»Eine Tanzkarte?« Haas schüttelte verwirrt den Kopf.

»Tanzkarten sind winzige Notizbüchlein oder Karten«, ereiferte Zimmerl sich, »auf der die Tänze eines Ballabends gelistet sind und ...«

»Ich weiß, was eine Tanzkarte ist«, unterbrach Haas seinen Assistenten unwirsch, »ich wundere mich nur, warum die Tote – wie war ihr Name?«

»Dora Hauser«, half Wieseler aus.

Haas nickte. »... warum Dora Hauser eine Tanzkarte mit in den Eiskeller genommen hat.« Er sah den Mediziner fragend an.

Professor Wieseler hob abwehrend die Hände. »Ich kümmere mich um die Todesursachen meiner Patienten. Alles andere herauszufinden ist Ihre Sache.«

Er blickte auf den Zettel. »Äußerlich waren übrigens keine Verletzungen erkennbar«, fuhr er fort.

»Bestimmt ist sie erfroren«, warf Zimmerl eine These in den Ring. »Es ist verdammt kalt dort unten. Die Köchin, die uns zur Fundstelle gebracht hat, hat von Obdachlosen erzählt, die in den Kellergewölben übernachten.«

Professor Wieseler winkte ab. »Wenn ich etwas anmerken darf: Es ist nicht zielführend, Vermutungen anzustellen. Verlässliche Informationen kann ich Ihnen erst nach Öffnung der Leiche geben.«

Zimmerl wandte sich pikiert ab, da sein Einsatz nicht gebührend gewürdigt worden war.

»Warum wurde Dora Hauser hierher gebracht?«, erkundigte sich Haas. »Gab es Grund zur Annahme, dass sie nur ohnmächtig war und wieder zu sich kommen würde?«

»Dazu kann ich nichts sagen.« Professor Wieseler hob bedauernd die Schultern. »Ich war am frühen Morgen noch nicht hier anwesend. Der diensthabende Kollege hat mir zwar alles über Frau Hausers Zustand erzählt, aber als ich hier eingetroffen bin, war sie bereits ins Totenbeschreibungsamt überstellt worden. Ich konnte mir also selbst kein Bild machen.«

»Ist denn bekannt, wer Dora Hauser hierhergebracht hat?«

Wieseler sah in den Akten nach, schüttelte aber den Kopf. »Der Name des Retters wurde nicht vermerkt, was seltsam ist. Üblicherweise kann es den Rettern von Scheintoten gar nicht schnell genug gehen, ihren Namen zu nennen, denn sie erhalten eine nicht unwesentliche Summe als Belohnung, werden mit einem Dekret von der Landesstelle ausgezeichnet und in allen Zeitungen genannt.«

Haas nickte. »Davon habe ich gehört. Allerdings finde ich es fraglich, lebensrettende Maßnahmen finanziell abzugleichen. Es sollte selbstverständlich sein, einen Menschen vor dem Tod zu bewahren, auch ohne dafür bezahlt zu werden.«

»Da stimme ich Ihnen voll und ganz zu, Wachtmeister Haas.« Professor Wieselers Brauen zuckten wieder lebhaft. »In diesem Fall konnte die Betroffene jedenfalls nicht vor dem Tod bewahrt werden, so oder so.«

»Wie hat man denn versucht, sie wieder ins Leben zurückzuholen?«, erkundigte sich Haas. »Die Fälle von lebendig Begrabenen häufen sich.«

»Tatsächlich?« Zimmerl wurde blass.

Haas nickte ernst. »Es kommt nicht selten vor, dass vermeintlich Verstorbene in einen Sarg gelegt und begraben werden. Ist der Sarg erst einmal verschlossen, gibt es kein Entrinnen mehr.«

»Sie ersticken also?« Zimmerl schauderte.

Haas nickte. »Ich habe gehört, dass deshalb auf dem Gebiet der Wiederbelebung eifrig geforscht wird.«

»Im Laufe der letzten Jahre wurde mit vielen Methoden experimentiert. Man hat sogar Rettungsgeräte erfunden.« Professor Wieseler seufzte. »Leider führen nicht alle Maßnahmen zum Erfolg.« Er dachte kurz nach. »Ehrlich gesagt sogar erschreckend wenige davon. Aber es gibt durchaus interessante Ansätze. Einige meiner Kollegen blasen mittels Blasebalg Tabakrauch in den After der Person.«

Zimmerl verzog angewidert das Gesicht.

»Andere wiederum gießen kohlensäurehaltiges Wasser in die Nase des Scheintoten.« Professor Wieseler blickte erneut auf seine Taschenuhr und stand auf. »Es tut mir leid, dass ich Ihnen noch nicht mehr sagen kann, meine Herren. Ich muss in einer halben Stunde vor einer Reihe Studenten eine Sektion vornehmen, übrigens am Körper der Dora Hauser.« Er pickte zwei Zettel aus dem Chaos auf seinem Schreibtisch und steckte sie in einen braunen Umschlag. »Ich muss ins Totenbeschreibungsamt in der Zeughausgasse. Bevor wir mit unserer Arbeit beginnen können, muss noch ein Totenbeschauer hinzugezogen werden.« Er zog seinen weißen Kittel aus und hängte ihn an einen Haken hinter dem Schreibtisch. »Möchten Sie mich begleiten?«

»Sie meinen, ob wir dabei sein möchten, wenn die Leiche geöffnet wird?« Zimmerls Stimme kippte ins Hysterische. Er schüttelte heftig den Kopf.

»Gern!« Haas nickte Professor Wieseler zu und wandte sich dann an seinen Assistenten. »Es gibt durchaus Angenehmeres, als eine Leichenöffnung mitzuerleben, aber wir sind nun einmal Kriminalisten.« Haas gebrauchte absichtlich das Wort *wir* und sah seinen Assistenten eindringlich an. »Wir könnten uns ebenso gut auf den Bericht von Professor Wieseler verlassen, aber es ist wichtig, den Körper der Toten selbst zu sehen. Auch wenn ich weiß, dass man sich auf Professor Wieselers Expertise zu 100 Prozent verlassen kann: sechs Augen sehen mehr als zwei! Des Weiteren sollten wir uns Dora Hausers Kleidung und besagte Tanzkarte ansehen, die bei ihr gefunden wurde.«

Zimmerl verstand und seufzte. Dann folgte er Professor Wieseler und seinem Vorgesetzten.

23

Bis zum Gebäude in der Zeughausgasse war es nur ein kurzer Fußmarsch. Professor Wieseler schritt zügig voran, Zimmerl dagegen wurde mit jeder Minute langsamer.

»Polizei-Oberdirektor von Amberg hat Ihnen also sein Patenkind als Assistenten zugeteilt?«, raunte der Professor Haas zu. »Stimmt es, was man über ihn erzählt?« Er schielte über die Schulter in Richtung des jungen Mannes. Zimmerl stierte desinteressiert vor sich hin und ließ soeben die Finger zum Mund wandern.

»Onychophagie«, bemerkte der Mediziner angewidert.

Haas grübelte soeben über die Tote im Eiskeller und schreckte auf. »Wie bitte?«

»Onychophagie«, wiederholte Professor Wieseler. »So bezeichnet man das Kauen an Fingernägeln«, erklärte er. »Es gibt nicht allzu viele Erkenntnisse dazu, aber generell kann man sagen, dass das Kauen oder Aufessen der eigenen Fingernägel von hoher Nervosität zeugt.«

»Und von mangelnder Hygiene«, brummte Haas. »Ich habe ihm gesagt, dass er das lassen soll.« Seine Meinung über Zimmerl sank mit jeder Stunde, die er mit ihm verbrachte.

»Er weiß genau, welche Stellung er innehat. Ich sehne die Stunde herbei, in der ich ihn wieder loswerde.«

»Das könnte sich schwierig gestalten«, raunte Wieseler und erhöhte das Tempo, um weiter außer Hörweite zu kommen. »Amberg hat beste Kontakte und genießt großes Ansehen bei Hof und bei Metternich. Er ist äußerst kaisertreu, wenn Sie verstehen, was ich meine.« Wieseler senkte verschwörerisch die Stimme. »Bei der Überstellung von Andreas Hofers Gebeinen zur letzten Ruhestätte hat Amberg die Sargträger höchstpersönlich ausgesucht. Es wurden ausschließlich Männer gewählt, die ihm politisch zu Gesicht gestanden sind. Das ist zwar mehr als 20 Jahre her, Amberg war damals Statthalter von Innsbruck. Aber es sagt einiges über ihn aus, finden Sie nicht?« Wieseler zog die Augenbrauen fragend hoch. Haas vergrub seine Hände in den Manteltaschen und schwieg.

Mittlerweile waren sie in der Zeughausgasse angekommen, einer Sackgasse, benannt nach dem nahen k.u.k Waffenarsenal. Das Totenbeschreibungsamt war in Haus Nummer 177 untergebracht. Wieseler öffnete die Tür und ließ Haas eintreten. Zimmerl folgte mit einigem Abstand und betrat widerstrebend das Gebäude. Von den glatten Böden und Wänden aus Klinkerziegeln hallten ihre Schritte wider. Aus dem Sektionssaal strömte ihnen durchdringender Geruch entgegen. Eine Mischung aus Verwesung, Alkohol und Wacholder. Zimmerl ächzte und hielt sich die Hand vor den Mund.

Die Einrichtung des Saals bestand im Wesentlichen aus drei nebeneinander aufgestellten Metalltischen, die den Raum dominierten. Auf jedem lag ein toter Körper; weiße Tücher bedeckten die Leichen auf dem linken und rechten Tisch und ließen nur die Umrisse erahnen. In der Mitte lag ein entblößter Frauenkörper.

Studenten standen in Grüppchen im Raum verteilt und warteten auf Professor Wieseler. Sie nickten ihm zu, als er den Saal betrat. Einige steckten die Köpfe zusammen, murmelten leise und deuteten Richtung Haas und Zimmerl. Der Totenbeschauer, ein schwarz gekleideter Herr mit elegant gezwirbeltem Schnurrbart, stand neben dem Frauenkörper. Er hielt ein Klemmbrett und erfasste alle notwendigen Formalitäten, um den Leichnam nachfolgend für Obduktion oder Begräbnis freizugeben.

Professor Wieseler nahm eine der robusten Schürzen vom Haken neben der Tür und band sie sich um. Er bedeutete Haas und Zimmerl, es ihm gleichzutun.

»Meine Herren«, wandte er sich an seine Studenten, nachdem der Totenbeschauer den Saal verlassen hatte, »bevor wir mit der Leichenöffnung beginnen, habe ich einige Fragen an Sie. Wer kann mir etwas zum Ablauf einer Obduktion sagen?«

Die Studenten kamen näher und scharten sich um Professor Wieseler, Haas und den Metalltisch. Zimmerl hielt sich im Hintergrund.

»An erster Stelle steht die äußerliche Leichenschau.« Ein blond gelockter junger Mann hatte sich nach vorn gedrängt. »Die äußerlichen körperlichen Merkmale werden erfasst«, sprach er weiter. »Körpergröße, Gewicht, Ernährungszustand und Hautfarbe.«

Professor Wieseler nickte zufrieden und wandte sich an einen anderen Studenten. »Was noch?«

Der Befragte errötete. »Eventuell vorhandene Totenflecke.« Seine Stimme war ungewöhnlich hoch für einen erwachsenen Mann. Einige seiner Kollegen kicherten. »Man hält fest, wie stark die Leichenstarre ausgeprägt ist.«

Professor Wieseler war zufrieden. Auf Beistelltischen an der Längsseite des Saals lag, fein säuberlich aufgereiht und griffbereit, das Obduktionsbesteck auf Tabletts. Wieseler griff nach einem Skalpell und kehrte damit zum mittleren Tisch zurück.

»Besonders bei unbekannten Toten ist der Zustand von Gebiss und Zähnen wichtig. Er kann Auskunft über Alter und gesellschaftlichen Stand geben.« Professor Wieseler reckte seinen Hals. Sein Blick glitt über die Köpfe der Studenten hinweg. »Wo ist er denn?«, murmelte er zu sich selbst. Dann entdeckte er Zimmerl am anderen Ende des Raumes. »Kommen Sie!« Er winkte heftig. Zimmerl hob abwehrend die Hände. Die Blicke der Anwesenden hafteten an ihm, Professor Wieseler zog fragend die Augenbrauen hoch. Zimmerl seufzte leise und bahnte sich zögerlich seinen Weg durch die versammelten Studenten in Richtung Mitte des Raumes. Zwischen Haas und dem Mediziner blieb er stehen. Er war blass, aber um Haltung bemüht.

»Das könnte für Sie beide interessant sein.« Professor Wieseler deutete mit dem Skalpell auf den Torso der Toten. »Narben, sichtbare Verletzungen oder Pigmentflecken empfinden Frauen zu Lebzeiten als störend. Aber für unsere Arbeit sind sie äußerst hilfreich.« Er setzte das Skalpell am Brustbein der Toten an und ließ es abwärts Richtung Nabel gleiten, ohne in die Haut zu schneiden. »Sehen Sie?« Sein Blick wanderte zwischen Haas und Zimmerl hin und her. »Eine deutliche Deformation des Brustkorbes, hervorgerufen durch das langjährige Tragen eines Korsetts.«

»Das ist zwar bedauerlich, aber sicher kein Einzelfall.« Haas wirkte irritiert. »Ich kenne keine Frau, die sich *nicht* der aktuellen Mode unterwirft. Was ist an Dora Hausers Körper anders?«

»An dieser Stelle sitzt die Leber.« Professor Wieseler tippte mit der Spitze des Skalpells auf die rechte untere Seite des Brustkorbes. »Einer der unteren Rippenbögen weist einen Knick auf, darunter hat sich ein Bluterguss gebildet.« Er fuhr mit den Fingern sachte über die Stelle, an der sich deutlich ein Hügel unter Dora Hausers Haut abzeichnete.

»Ich gebe die Frage weiter an meine Studenten«, er hob die Stimme und ließ seinen Blick durch den Saal schweifen. »Was könnte ein Bluterguss an genau dieser Stelle bedeuten?«

»Jemand hat die Frau geschlagen, in Folge hat sich ein

Hämatom gebildet«, ließ sich ein Student aus dem hinteren Bereich vernehmen. Professor Wieseler wackelte mit dem Kopf; die Antwort stellte ihn nur bedingt zufrieden.

»Sie hat sich eine Rippe gebrochen«, rief ein anderer.

»Ah, jetzt kommen wir der Sache schon näher!« Wieselers Augen leuchteten, die dichten Brauen zuckten auf und ab.

Haas runzelte die Stirn. »Eine gebrochene Rippe soll den Tod hervorgerufen haben?«

»Das ist, je nach Intensität, durchaus möglich. Frakturen können, speziell bei geschnürten Körpern, weitere Verletzungen hervorrufen.«

»Der Knochen hat sich in ein Organ gebohrt und es verletzt«, rief ein dritter Student.

»Dora Hauser ist innerlich verblutet?« Haas trat näher an die Tote heran und fuhr ebenfalls mit dem Finger über besagte Stelle.

»Exakt lässt sich das nur durch Öffnen des Körpers bestimmen, aber es wäre eine plausible Erklärung für den Bluterguss. Abgesehen davon sind am Körper keine Anzeichen von körperlicher Gewalt sichtbar. Die Rippe könnte auch bei einem heftigen Aufprall nach einem Sturz gebrochen sein.«

»Wenn es Ihnen nichts ausmacht, würde ich jetzt gern Dora Hausers Kleidung und ihre persönlichen Gegenstände begutachten, die sie bei sich trug.«

»Natürlich!« Professor Wieseler griff nach einem Bündel, das auf einem Schemel am Fußende des Metalltisches lag, und reichte es Haas. »Bitte. Kleidung und Schuhe der Toten. Sie hatte kein Portemonnaie bei sich, dafür aber die Tanzkarte, von der ich Ihnen bereits erzählt habe.«

Er wandte sich wieder dem Leichnam zu. Haas öffnete das Bündel. Aus dem Augenwinkel sah er, dass Professor Wieseler begann, den Körper zu öffnen. Zimmerl trat neben ihn und stellte sich mit dem Rücken zur Leiche. Er sah zu, wie

Haas jedes Teil sorgfältig prüfte. »Sie trug keinen Schmuck«, stellte er fest.

»Auch keinen Ehering«, ergänzte Haas und griff nach Dora Hausers Kleid. Es war aus robuster grauer Wolle gefertigt und ohne jede Verzierung.

»War sie eine Bedienstete?«, fragte Zimmerl. Haas nickte.

»Die simple Kleidung würde dafür sprechen.« Er fasste in die Taschen von Dora Hausers Kleid und fischte ein paar Münzen hervor. Dann griff er nach einem kleinen Gegenstand, der in dünnes Papier eingeschlagen war.

Nebenan beugte sich Professor Wieseler soeben über Dora Hausers geöffneten Brustkorb. Zimmerl schauderte und wandte sich an seinen Vorgesetzten. »Wir könnten die Gegenstände der Toten auch in der Polizei-Oberdirektion inspizieren«, schlug er vor. Haas brummte etwas Zustimmendes. Er war in seinem Leben schon oft mit dem Tod konfrontiert worden, aber an die Geräusche im Obduktionssaal würde er sich nie gewöhnen. Das Sägen, wenn die Schädeldecke geöffnet wurde, oder das Knacken von Knochen ließen ihn, den abgebrühten Kriminalbeamten, erschaudern. Um sich abzulenken, konzentrierte er sich auf den Gegenstand in seiner Hand und wickelte ihn vorsichtig aus.

»Einen Moment noch«, murmelte er. Ein Notizbüchlein in der Größe einer Handfläche kam zum Vorschein, an einer bronzenen Kette mit Ring befestigt. Seitlich am Buch war eine Lasche angebracht, in der ein winziger Bleistift steckte.

»Was ist das?« Zimmerl kam näher.

»Das ist die Tanzkarte, die Professor Wieseler erwähnt hat.« Haas drehte das Büchlein in seiner Hand. Die Erinnerungen an seinen letzten Ballabend kamen in ihm hoch. Es war Jahre her, dass er seine Geliebte über das Parkett geführt hatte. Haas verjagte die dunklen Wolken, die sich in ihm breit machen wollten, und räusperte sich. »Besucherinnen eines Balls tragen darin ihre Tanzpartner für die jeweiligen Tänze ein. Früher bestanden die Tanzkarten aus einem edlen Stück Papier, aber ganz Wien ist im Walzerfieber.« Er wandte sich an seinen Assistenten. »Tanzen Sie, Zimmerl?«

Zimmerl errötete und schüttelte den Kopf.

»Ich ebenfalls nicht«, seufzte Haas. »Nicht mehr. Aber in Wien finden beinahe das ganze Jahr über Tanzveranstaltungen statt; die Fülle an Bällen hat dazu geführt, dass die Karten immer reicher und kunstvoller verziert wurden.« Haas strich mit dem Finger über die Kanten des Büchleins. Er bewahrte ein ähnliches Exemplar zu Hause in seinem Nachttisch auf. »Mittlerweile gibt es sie in den verschiedensten Formen und Ausführungen. Man überreicht sie den Damen als Geschenk beim Eingang zum Ballsaal.«

»Medizinerball«, las Zimmerl die Inschrift auf dem rotsamtenen Buchdeckel. Haas betrachtete das kleine Kunstwerk eingehend. Es ließ sich fächerartig öffnen, wodurch verschiedenfarbige Seiten sichtbar wurden.

»Für jede Seite ein Tanz«, murmelte er. »Cotillon, Galoppade, Polka, Quadrille.« Er blätterte zum letzten Blatt. »Und Walzer.«

»Darf ich?« Zimmerl streckte die Hand aus. Haas zwang sich, nicht auf die rotwulstigen Fingerkuppen seines Assistenten zu starren, und reichte ihm das Büchlein.

»Die einzelnen Tänze sind zwar angeführt, auch die Reihenfolge der Titel für den Ballabend …« Zimmerl tippte mit dem Zeigefinger auf das Verzeichnis, »aber hinter keinem der Tänze ist ein Name eingetragen.«

»Ist mir auch schon aufgefallen«, brummte Haas. Die Zeilen im Bereich »Versprochene Tänze« waren leer.

Ein letztes Mal fächerte Zimmerl die Seiten auf. Ob aus ehrlichem Interesse oder um sich vom Geschehen hinter seinem Rücken abzulenken, war nicht erkennbar. »Hatte sie keine Tanzpartner?«, murmelte er mehr zu sich selbst.

Haas nahm ihm das kleine Ding wieder ab. »Das gilt es herauszufinden.« Er schlug Dora Hausers Kleidung in ein weißes Leintuch ein und verknotete das Bündel mit den Stoffecken. Dann griff er zum dünnen Papier, um das Büchlein darin einzuwickeln. Dabei fächerten sich die Seiten auf. Haas kniff die Augen zusammen. Unter der Überschrift »Versprochene Tänze« stand ein Name, den er vorhin übersehen hatte. Er war mit so feinem Strich geschrieben, dass der Bleistift beim Schreiben das Papier nur leicht berührt haben konnte.

»Was steht da?« Zimmerl beugte sich zu seinem Vorgesetzten.

»Ein Name, der dort nicht hingehört.« Haas war irritiert. »Hier steht: Johann Strauss.«

24

Kaunitz hielt pünktlich vor dem *Hirschenhaus* in der Taborstraße. Johann Strauss war einer seiner besten Kunden; er würde den jungen Musiker nie warten lassen. Unpünktlichkeit war Gift fürs Geschäft, das hatte er früh gelernt. Man zog sich den Unmut der Fahrgäste zu und verlor sie in Folge an Konkurrenten. Derlei Probleme waren – aufgrund der Trinksucht – bei Kaunitz' Vater auf der Tagesordnung gestanden. Schlimmstenfalls konnten Kunden sogar Beschwerde über die Fiakerfahrer einreichen. Sie brauchten dafür nur die jeweilige Wagennummer beim Fiakeramt in der Polizei-Oberdirektion zu Protokoll geben. Kaunitz' Vater war das mehrmals passiert. Er selbst scheute die Behörde wie der Teufel das Weihwasser. Die kaisertreuen Beamten, die ihre Befehle mit einer Mischung aus Gründlichkeit und Desinteresse ausführten, waren ihm suspekt. Dennoch würde ihm der Weg zum Gebäude am Petersplatz nicht erspart bleiben; er war verpflichtet, dort seine neue Adresse bekanntzugeben. Im Zuge dessen würde er um einen Standplatz ansuchen, der von der Josefsgasse aus schneller zu erreichen war. Bisher hatte er an der Grenze zur Vorstadt Mariahilf auf Kundschaft gewartet. Jetzt, da er und seine Rösser in der Leopoldstadt untergebracht waren, bot sich ein Platz nahe der Ferdinandsbrücke an. Die kurze Entfernung seiner neuen Unterkunft zu Strauss' Wohnhaus erwies sich jetzt schon als Segen; innerhalb weniger Minuten war er vom Stall in der Josefsgasse hierhergekommen. Seine

Rösser hatten den neuen Stellplatz bereits akzeptiert. Und er selbst? Es würde ein paar Tage dauern, bis er sich eingelebt und an die neue Umgebung gewöhnt hatte. Das Leben hatte ihm in letzter Zeit zu viele Änderungen zugemutet. Er war erschöpft, wollte endlich zur Ruhe kommen.

Das scharrende Geräusch in seiner neuen Wohnung fiel ihm wieder ein; ein sicheres Zeichen für Mäuse oder Ratten im Haus. Er würde Bermann darauf ansprechen, aber das löste sein Problem nicht. Eine Mausefalle musste her. Noch besser: eine Katze.

Kaunitz zog seine Taschenuhr hervor; fünf Minuten waren seit seiner Ankunft vergangen. Üblicherweise war Strauss ein pünktlicher Kunde. An einem Fenster der ersten Etage, in der sich die Musikerfamilie samt Großeltern und Tante eingemietet hatte, bewegte sich ein Vorhang. Hinter dem dünnen Stoff war eine Frauengestalt erkennbar, die auf die Straße spähte. Kaunitz lächelte und lüpfte den Zylinder.

»Ist meine Schwester schon wieder neugierig?« Soeben war Strauss aus dem Haus getreten und Kaunitz' Blick gefolgt. Er blickte nach oben. Augenblicklich verschwand die Gestalt, der Vorhang wurde jäh zugezogen. Er grinste. »Meine Schwester Anna ist die Neugier in Person.«

Kaunitz wandte sich Strauss zu und deutete eine Verbeugung an. »Grüß Sie Gott, wohin geht's diesmal?« Er öffnete die Tür zur Kabine und ließ Strauss einsteigen. »Zum *Dommayer* nach Hietzing? Oder zum Magistrat?«

»Beim Magistrat war ich heute schon, Kaunitz. Es gibt überaus gute Neuigkeiten.« Er genoss den fragenden Gesichtsausdruck des Fiakerfahrers und legte eine kurze Pause ein. »Mit dem heutigen Tage habe ich die Lizenz, meine eigene Kapelle zu gründen und damit aufzutreten.«

»Das sind wahrhaftig gute Neuigkeiten!« Kaunitz nickte anerkennend. »Ich gratuliere herzlich!«

Das Vorhaben des jungen Musikers war ihm nicht verborgen geblieben, ebenso die Sorgen, die damit verbunden waren. Es war ein offenes Geheimnis, dass Johann Strauss Vater die Musiklaufbahn seines ältesten Sohnes mit allen Mitteln zu verhindern suchte. Andere hätten sich gefügt und ihr Schicksal kampflos akzeptiert – aber nicht der junge Strauss! Er forderte den Vater zum Musikduell; Kaunitz bewunderte die Chuzpe dieses Mannes.

»Wer mit eigener Kapelle auftreten will, braucht Musiker«, überlegte er.

»... die man erst einmal finden und gründlich aussieben muss«, vollendete Strauss den Satz. »Am besten bei einer Musikantenbörse.«

»So etwas gibt es tatsächlich?« Mit Musik, zumindest im professionellen Sinn, hatte Kaunitz sich bisher nicht beschäftigt. Erst seit der junge Strauss sein regelmäßiger Fahrgast war, gewann er Einblick in das Unterhaltungsgeschäft.

»Die bekannteste Börse in Wien ist das Gasthaus *Zur Stadt Belgrad*.«

Kaunitz kannte das Bierhaus außerhalb der Stadtmauern. Früher hatte es *Zum trächtigen Schwein* geheißen; seit zehn Jahren hatte es einen neuen Besitzer. »Dann auf nach Belgrad«, scherzte er.

»Aber nicht heute, Kaunitz! Ich brauche kein Bier, sondern Musikanten! Und die sind nur am Montagvormittag dort.«

»Wohin geht dann die Reise?« Kaunitz kletterte auf den Kutschbock und nahm die Zügel in die Hand.

»Heute geht's nach Hietzing zum *Dommayer*.«

25

Der Westen Wiens nahe Schönbrunn, außerhalb der Mariahilfer Vorstadt, war ein beliebtes Ausflugsziel.

Hietzing, einst ein Weinbau- und Wallfahrtsort, hatte sich nur langsam von der zweiten Türkenbelagerung erholt. Die Weingärten waren zerstört und das Dorf verlassen. Erst der Bau des Schlosses Schönbrunn als Sommerresidenz der Habsburger brachte das gesellschaftliche Leben zurück in den Ort. Adelige und Beamte ließen sich in Schlossnähe nieder und schufen Wohnraum. Wer es sich leisten konnte, errichtete seine Bleibe möglichst nah beim Schloss in der Maxingstraße, der Lainzer Straße oder der Gloriettegasse. Betuchte flüchteten im Sommer vor der Hitze der Stadt aufs Land und verbrachten die Sommermonate im neu entdeckten, glamourösen Vorort im Westen Wiens. Einer der Magnete für Ausflügler war das *Dommayer*.

Kaunitz hatte die Strecke schon viele Male zurückgelegt. Seit das *Casino Dommayer* als »Versammlungsort der schönen Welt« in einem Stadtführer für Wienreisende angepriesen wurde, waren die Fahrten nach Hietzing häufiger geworden. Mittlerweile bot die Stadt Wien sogar eine eigene Stellwagenverbindung in diesen Vorort Wiens an, um die Massen an Ausflüglern und Spaziergängern zu transportieren. Das *Casino Dommayer* war erst im Laufe der Jahre zu einer mondänen Institution gewachsen. Von einem Kellner als Kaffeehaus gegenüber dem Schönbrunner Kaiserstöckel eröffnet, mauserte sich das Lokal mit den Jahren zur lukrativen Jausenstation. Ferdinand Dommayer, der Namensgeber und letzte in einer langen Reihe von Besitzern, erwarb die umliegenden Häuser und ließ sie niederreißen. Dommayer war ein Mann mit Visionen. Und er setzte alles auf eine Karte und den Spruch: Brot und Spiele. Die Menschheit will unterhalten werden. Anstelle vieler kleiner Bauten entstand ein Vergnügungspalast mit Ballsaal, der seinesgleichen suchte. Schon bald war *Dommayers Casino* aus den Veranstaltungskalendern Wiens nicht mehr wegzudenken. Die besten Tanzmeister der Stadt organisierten hier Bälle und Soireen, die beliebtesten Musiker spielten zum Tanz auf. Johann Strauss Vater und Josef Lanner hatten sich in die Herzen der Wiener komponiert und das Publikum gemeinsam begeistert. Seit sich ihre Wege getrennt hatten, gehörte das *Dommayer* unumstritten zum Revier des Walzerkönigs.

»Und genau deshalb werde ich dort mein Debüt geben«, ließ sich Strauss aus der Kabine vernehmen, als sie unterwegs waren. Kaunitz lenkte den Wagen aus der Stadt Richtung Westen. Kühle Herbstluft pfiff ihm um die Ohren, zu allem Übel hatte es zu regnen begonnen. Kaunitz zog sich den Hut tiefer ins Gesicht und schlug den Mantelkragen hoch. Strauss, der bei Schlechtwetter wesentlich besser gelaunt war als bei Sonnenschein, hielt die Nase aus dem Fenster und genoss das Grau des Himmels. »Beim *Dommayer* und nirgendwo anders!«, rief er gegen den Fahrtwind.

»Wie stellen Sie sich das vor?« Soeben hatten sie die Innere Stadt hinter sich gelassen und waren unterwegs Richtung Mariahilf und Hietzing. »Ihr Vater wird Ihnen sein Revier bestimmt nicht freiwillig überlassen!«

»Natürlich nicht. Aber er hat das *Dommayer* weder erfunden noch gepachtet; er ist dort ein gut besuchter Musiker, mehr nicht. Musiker sind austauschbar.«

Kaunitz hatte Zweifel. »Sind Sie sicher?« Er wich einem Stellwagen aus und drosselte das Tempo seiner Pferde.

»Nehmen Sie es mir nicht übel, Strauss, aber«, er suchte nach den richtigen Worten, »wie soll ich sagen?«

»Nur frei von der Leber weg, Kaunitz!« Strauss war bester Stimmung.

»Verzeihen Sie, wenn ich so direkt bin, aber«, er räusperte sich, »Ihr Vater ist ein Garant für volle Ballsäle und gut gefüllte Kassen! Sie dagegen sind unbekannt. Ein unbeschriebenes Blatt in der Musikszene.«

Einige Augenblicke schwieg der junge Musiker. »Mag sein«, antwortete er dann. »Sie haben meine Mutter bisher nicht kennengelernt?«

Eine Windbö wirbelte Kaunitz Regen ist Gesicht. Er wischte sich mit dem Ärmel über die Augen. »Nein.«

»Sie ist eine Kämpfernatur. Ohne sie wäre ich heute nicht mit Ihnen unterwegs zum *Dommayer*.«

»Was meinen Sie?«

»Ginge es nach meinem Vater, dann säße ich jetzt in irgendeiner Schreibstube und wäre eine Buchhalterseele. Ich würde Akten wälzen, mir zu Mittag eine Beamtenforelle holen und mich überpünktlich in den Feierabend verabschieden.«

Kaunitz lachte kurz auf. »Schwer vorstellbar, um ehrlich zu sein.« Den schlimmsten Verkehr aus der Stadt hatten sie hinter sich gelassen. Er schnalzte mit der Zunge und trieb seine Pferde an. »Lassen Sie mich raten: Ihre Mutter hat sich nicht an den Plan gehalten.«

»Exakt. Seit sie wusste, dass es Vater ernst ist mit Millie Trampusch, hat sie alles daran gesetzt, um meinen Brüdern und mir eine ordentliche Musiker-Ausbildung zu ermöglichen.«

»Vorrangig Ihnen, wenn ich die Lage richtig einschätze.«

»Na ja«, gab Strauss zu, »Josef und mir. Eduard ist noch keine zehn Jahre alt. Vielleicht wird er ebenfalls Musiker, vielleicht aber auch nicht.«

Kaunitz warf einen kurzen Blick zurück zum Kabinenfenster und musste schmunzeln. Strauss hielt tatsächlich sein Gesicht Regen und Fahrtwind entgegen. Seine Augen waren geschlossen.

»Ihre Eltern bleiben einander also nichts schuldig, wenn ich das recht verstehe?«

Strauss ließ sich Zeit mit der Antwort. »Vater hat unsere Familie zerstört. Also hat Mutter einen Weg gefunden, ihn zu zerstören.«

Kaunitz ließ die Worte auf sich wirken. Er hatte keine Geschwister, die Mutter war früh gestorben. Sein Vater und er waren sich selbst überlassen gewesen. Ohne die Unterstützung des alten Sterz wäre Kaunitz in einem Heim für verwahrloste Kinder gelandet und sein Vater in einer Besserungsanstalt. »Unter jedem Dach ein Ach«, hatte Sterz gesagt, und er hatte recht. Unerheblich, wie viel Ruhm und Reichtum man anhäufte: Die Regeln waren immer dieselben. In jeder Familie brodelte ein Vulkan, der jederzeit ausbrechen und alles unter sich begraben konnte. Die zerstörerische Kraft mochte unterschiedliche Ursachen haben, die Wirkung war dieselbe. Ob Affären wie bei Familie Strauss oder die Trunksucht wie bei Kaunitz' Vater.

»Sie haben mir immer noch nicht verraten«, nahm Kaunitz den Faden wieder auf, »wie Sie den Betreiber des *Dommayer* für sich gewinnen wollen!«

»Warten Sie's ab!«

26

»Mutig, mutig, junger Mann!« Ferdinand Dommayer, ein gepflegter Herr mittleren Alters, schenkte Strauss einen anerkennenden Blick. Über seinem beachtlichen Bauch spannten die Knöpfe einer edlen Seidenweste. Sein Bart war grau meliert, an seinem Ringfinger prangte ein wuchtiger Siegelring. »Ein gewagtes Experiment, auf das Sie sich da einlassen. Sie wissen, dass dies eine des Stammspielstätten Ihres Vaters ist? Er tritt zweimal pro Woche bei uns auf.«

»Ich bin mir dessen bewusst.« Strauss nickte. »Voll und ganz. Umso mehr weiß ich die Möglichkeit zu schätzen, hier mit meinem Orchester aufzutreten.«

Ihm gefiel, was er sah. Der Besitzer des Vergnügungspalastes hatte sich bereit erklärt, ihn durch die Räumlichkeiten zu führen. Er öffnete jede Tür, zeigte Strauss und Kaunitz die Küche, das Kaffeehaus und die Ballsäle. Zweifelsohne war er stolz auf das Gebäude, das er von einer Jausenstation in den Olymp der Wiener Tanzszene gehoben hatte.

»Im Fasching finden hier zahlreiche Gesellschaftsbälle statt. Wie Sie sich denken können«, Dommayer öffnete die hohe Tür zu einem prunkvollen Saal, dessen Wände mit Stuck und Säulen versehen waren, »ebenfalls unter der Leitung Ihres werten Herrn Papas.« Er blieb in der Tür stehen und beobachtete Strauss, der ehrfürchtig den auf Hochglanz polierten Boden betrat. Nur die edelsten Materialien waren hier verbaut worden. Strauss drehte sich um die eigene Achse und ließ den Raum auf sich wirken. Der Boden war aus feinstem, grün schimmerndem Marmor. Säulen an den Wänden erinnerten an einen Tempel. Hohe Spiegel ließen den Raum noch größer wirken. Es war märchenhaft. Beinahe unwirklich die Vorstellung, hier sein Debüt feiern zu dürfen.

»Wien ist voller Ballsäle, daher versuchen wir, uns von den üblichen Stätten abzuheben«, fuhr Dommayer fort. Seine Worte hallten durch den riesigen Saal. »Es hat sich bewährt, Feste unter ein bestimmtes Motto zu stellen. Das verlangt zweifelsohne nach einer aufwendigen Inszenierung«, Dommayer strich sich über den akkurat getrimmten Bart, »aber der Erfolg gibt uns recht.« Dommayer hatte zwar das Handwerk des Kammmachers erlernt, besaß aber kaufmännisches Talent und war ein ausgezeichneter Gastronom.

Kaunitz hatte seinen Zylinder abgenommen und starrte auf den gigantischen Luster, der von der Decke hing. Der Prunk wirkte erdrückend auf ihn.

»Wir haben uns noch nie mit dem Mittelmaß zufriedengegeben. Die Gäste wissen, dass sie bei uns mehr als einen schnöden Tanzabend erleben können. Mittlerweile erwarten sie bei uns das Besondere, was uns zu noch mehr Ideen anspornt.« Er lächelte stolz. »Bei den *Flora-Bällen* erhält jede Dame ein Bouquet als Geschenk.«

Strauss schien Dommayer nicht mehr zuzuhören; er maß den Saal mit Schritten ab und überlegte, wo er sein Orchester platzieren würde.

»Beim *Täuberl-Ball* wird die Ballkönigin gekürt und gewinnt eine weiße Taube mit einem Brillantring um den Hals«, referierte Dommayer weiter. Er verschränkte die Arme über seinem Bauch, lehnte sich an den Türrahmen und sah Strauss zu, der vor dem Spiegel ein imaginäres Orchester dirigierte. »Haben Sie schon einen Termin für die Soireé ins Auge gefasst?«

Strauss hielt inne, richtete seinen Gehrock und kam auf Dommayer zu. Seine Schritte hallten auf dem glatten Boden.

»Vielleicht im Oktober?«, schlug er vor.

Der Gastronom überlegte kurz. »Warum nicht? Wie wäre es mit dem 15.?« Er stemmte sich vom Türrahmen ab. »Schaffen Sie es, bis dann alles vorzubereiten?«

»Ich bin gerade dabei, die Abfolge der Stücke festzulegen.«

Dommayer nickte. »Die Wahl der Stücke ist essenziell! Ebenso wichtig wie ein gut gefüllter Saal!«

Strauss drehte sich um. »Wie viele Leute finden hier Platz?«, wollte er wissen. »200?«

»Wo denken Sie hin!« Der Gastronom lachte. »200 Leute verlieren sich in diesem Raum. Hier finden bis zu 600 Leute Platz!«

»600?« Strauss erschrak und ließ seinen Blick erneut durch den Saal schweifen. Was, wenn nicht genügend Publikum käme? Wenn das Lokal nicht ausverkauft, sondern nur mäßig gefüllt wäre? Er würde sich bis auf die Knochen blamieren. Wie Dommayer zuvor gesagt hatte: Es war ein gewagtes Experiment, dem Vater die Stirn zu bieten.

Er schüttelte seine Bedenken ab, so gut es ging, und straffte den Rücken. »Es soll eine *Soireé Dansante* werden!«

»Dienstag, 15. Oktober ab 6 Uhr abends!« Dommayer streckte Strauss die Hand hin. »Bei jeder Witterung!«

Der junge Mann schlug ein. »Bei jeder Witterung!«

27

Die *Shawl-Handlung* am Graben war geschlossen. Im Inneren rüttelte Franziska Michalek am Schloss der Hintertür. Sie war versperrt, der Schlüssel steckte innen. Franziska atmete erleichtert auf. Anton Karasek, Chef des exklusiven Ladens im *Elefantenhaus*, bläute seinen Angestellten täglich ein, alle Fenster und Türen gewissenhaft zu kontrollieren. Es durfte kein Schlupfloch geben, durch das Diebe einsteigen und anschließend mit der Beute flüchten konnten. Genau das war vor wenigen Wochen passiert.

Ein dreister Langfinger hatte die Tageslosung in Höhe von mehreren tausend Konventionstalern und etliche der kostbarsten Shawls entwendet. In Schlagers Büro war kein Schrank aufgebrochen, nichts durchwühlt worden. Aus dem Verkaufsraum fehlten nur die teuersten Stoffe. All das sprach dafür, dass sich der Eindringling gründlich vorbereitet hatte oder Richard Schlager nahestand. Ein Vertrauter, eine Angestellte, ein Bote, der die Gepflogenheiten und Abläufe in der *Shawl-Handlung* kannte. Der Diebstahl war nachmittags verübt worden, just zu jener Stunde, zu der Schlager normalerweise die Einnahmen des Tages bei der nahen Sparkasse am Graben auf das Geschäftskonto einzahlte.

Franziska schauderte bei dem Gedanken, dass das Geschäft während des Diebstahls voll besetzt gewesen war. Im Verkaufsraum Pauline, sie selbst und Kundschaft, Richard Schlager im Büro. Wie der Dieb es geschafft hatte, Geld und Waren an ihnen allen vorbeizuschmuggeln und unbemerkt zu entkommen, war ein Rätsel. Seit dem Einbruch absolvierte Schlager mehrmals täglich Kontrollgänge durch das Geschäftslokal. Er sah hinter Vorhänge und Türen und prüfte, ob sich jemand zwischen den Regalen oder im Warenkeller versteckt hielt. Franziska hatte es nie gemocht, allein im Geschäft zu sein. Doch seit jenem Tag zuckte sie bei jedem Geräusch zusammen, verkrampfte sich ihr Magen und stellten sich die Nackenhaare auf. Sie fürchtete nicht nur, überrascht und womöglich niedergeschlagen zu werden. Ebenso beunruhigend war die Vorstellung, in Schlagers Visier zu geraten. Die Polizei befasste sich zwar mit dem Diebstahl und hatte das Personal befragt, trat aber auf der Stelle. Sämtliche Spuren waren im Sand verlaufen. Der Chef hatte daher angekündigt, die Sache selbst in die Hand zu nehmen. »Jeder ist verdächtig!«, lautete sein Motto. Die Mitarbeiter waren angewiesen, einander zu bespitzeln. Auffällige Situationen oder Fehlverhalten war unverzüglich zu melden. Richard Schlager war ein gerechter, aber strenger Chef. Loyalität wurde bei ihm groß geschrieben, dasselbe verlangte er von seinen Leuten. Er zahlte gut und pünktlich, nahm Anteil am Familienleben seiner Verschleißerinnen, und bei Krankheit war er verständnisvoll und gestattete, sich daheim auszukurieren. Sobald er den Verdacht hatte, hintergangen zu werden, schlug die Stimmung um. Er bestrafte hart und ohne Gnade. Wer in seiner Gunst gefallen war, verlor die Arbeit und den Lohn des laufenden Monats. Jetzt, da ein Unbekannter sich an Schlagers Geld bereichert hatte und alle verdächtig waren, bangte die gesamte Belegschaft der *Shawl-Handlung* um ihre Anstellung.

Franziska fuhr mit einem Flederwisch über die dunklen Holzregale. Sie liebte die Stille nach einem geschäftigen Arbeitstag. Und es machte ihr nichts aus, für Sauberkeit zu sorgen. Feiner Staub und Wollfasern lagerten sich täglich auf der Einrichtung ab und wirbelten durch die Luft, sobald Stoffe vor Kunden ausgebreitet wurden. Schlager hasste Staub, obwohl er beim Arbeiten mit Wollstoffen unvermeidbar war. Jeden Morgen fuhr er mit dem Finger über das Holz und überprüfte die Sauberkeit. Franziska lächelte. Sie würde Schlager keinen Grund liefern, sie zu tadeln. Er sollte mit ihrer Arbeit zufrieden sein. Plötzlich zuckte sie zusammen; im hinteren Teil des Geschäftes war ein Knacken zu hören.

»Wer ist da?« Franziskas Herz schlug schneller. Außer ihr war niemand im Laden. Pauline hatte ihre Arbeit an diesem Tag früher beendet; sie besuchte ihren bettlägerigen Vater, der an der Brustwassersucht litt. Schlager war vor einer halben Stunde zur Sparkasse am anderen Ende des Grabens aufgebrochen, um Geschäftliches zu regeln. Bermanns Büro im Obergeschoss war geschlossen; der Hausbesitzer hatte einen Termin außerhalb der Stadt und würde erst morgen zurück sein. Wieder war ein Knacken zu hören, gefolgt von einem Ächzen. Franziska fuhr herum und erstarrte. Vor der Glasscheibe zeichnete sich eine Gestalt ab. Jemand stand vor dem Geschäft und starrte ins Innere, zu ihr. Es war nicht zu erkennen, um wen es sich handelte. Draußen war es dunkel, die Straßenlaternen spendeten nur fahles Licht. Die Häuser am Graben ragten wie Reißzähne in den schwarzen Himmel. Jetzt hob die Gestalt den Arm und klopfte an die Scheibe. Franziska wagte kaum zu atmen. Sie presste sich mit dem Rücken an ein Regal, ertastete die Schere, die neben einem Stoffballen lag. Sie würde sich verteidigen. Franziska schloss die Faust um das kalte Eisen. Der Unbekannte war zurück.

28

Vier Pferde alleine zu versorgen war mehr, als er neben dem Fahrbetrieb bewältigen konnte. Kaunitz brauchte dringend einen Stallgehilfen. Sicher würde Sterz keinen Moment zögern und die Stallarbeit übernehmen, wenn er darum bat. Aber der tägliche Weg von Mariahilf in die Leopoldstadt war zu weit für den alten Mann. Es musste eine andere Lösung geben. Einen Stallknecht fix anzustellen oder in seiner Wohnung unterzubringen, dafür war Kaunitz zu knapp bei Kasse. Er musste schon jetzt den Gürtel enger schnallen.

Kaunitz saß am Küchentisch, vor ihm lag die neueste Ausgabe der *Wiener Zeitung*. Die Seite mit den Stellenanzeigen lag aufgeschlagen vor ihm, Kaffeeduft füllte den Raum. Kaunitz nippte an der schwarzen Flüssigkeit und starrte aus dem Fenster. Er konnte sich nicht erinnern, wann er in seinem Leben jemals alleine gefrühstückt hatte. Immer war jemand um ihn gewesen; seine Mutter, sein Vater, Sterz, später Elisabeth. Er fühlte sich einsam, dennoch auf eine seltsame Art befreit. War es das, was man Unabhängigkeit nannte? Das berühmte Junggesellen-Dasein? Freiheit? Oder waren das nur leere Worthülsen, die darüber hinwegtäuschten, von allen verlassen worden zu sein?

Mit dem Zeigefinger fuhr er über die klein gedruckten Buchstaben. Das Angebot an Arbeitskräften war dürftig. Wesentlich mehr Leute waren auf der Suche nach Angestellten: Dienstmädchen, Köchinnen und Beschließer waren die am häufigsten ausgeschriebenen Stellen. Kein einziger Stallknecht bot seine Dienste an. Kaunitz fluchte leise und nippte an seinem Kaffee. Wo sollte er in absehbarer Zeit einen Gehilfen auftreiben? Die Pferde mussten regelmäßig getränkt und versorgt werden, die Stallarbeit erledigte sich nicht von alleine.

Er konnte sich zwar bei Hahnreiter, Rumpelumseck und den anderen nach einer Aushilfskraft erkundigen, wenn er in der Zeitung nicht fündig würde. Allerdings war es dann nur eine Frage der Zeit, bis Sterz Bescheid wüsste, noch bevor Kaunitz selbst mit ihm darüber sprechen konnte. Auf die Stille Post innerhalb der Fiakerszene war Verlass. Der alte Sterz hatte es nicht verdient, sich überflüssig vorzukommen. Kaunitz starrte auf die Zeitung. Missmutig blätterte er um und überflog die nächste Seite. Jemand verkaufte alte Feuerspritzen und Weinfässer. An einer Kundmachung blieb sein Blick hängen:

»Versteigerung: Das Zuchthaus in der Leopoldstadt Nr. 231, Arbeitsanstalt für Personen beiderlei Geschlechts, welche wegen Vergehen oder Verbrechen (nicht zum schweren Kerker) abgeurteilt sind, versteigert öffentlich Gefangene. Um die Arbeitskräfte der in den Provinzial-Strafanstalten befindlichen männlichen und weiblichen Sträflinge in Privatunternehmung zu überlassen, und zwar demjenigen, der für die tägliche Verwendung eines Sträflings den höchsten Arbeitslohn anbietet. Der Ausrufungspreis ist auf 4 Kronen Seiner Majestät bestimmt, die Arbeitszeit auf 8 – 9 Stunden, mit Ausnahme von Sonn-, Feier-, Buß- und Zimmerreinigungstagen. Zur Besichtigung dieser Anstalt werden Eintrittskarten angesucht bei der Oberinspektion ...«

Kaunitz lehnte sich zurück und dachte nach. Er hatte vor kurzer Zeit von solchen Versteigerungen gehört. Wien suchte händeringend Arbeitskräfte in allen Sparten. Die Stadt explodierte regelrecht, immer mehr Betriebe siedelten sich in den

Vorstädten an. Nicht einmal der Zuzug aus den Kronländern konnte den immensen Bedarf an fleißigen Händen schnell genug abdecken. Die Gefängnisse der Stadt dagegen waren voll mit Menschen im arbeitsfähigen Alter, die vor ihrer Verurteilung verschiedenen Berufen nachgegangen waren. Daher hatte die Stadtverwaltung eine Möglichkeit geschaffen, diese Ressourcen zu nutzen, leere Stellen zumindest stundenweise zu besetzen. Schwerverbrecher waren von dieser Regelung ausgenommen.

Die Häftlinge waren froh über jede Stunde außerhalb der Gefängnismauern, Arbeitgeber konnten, zumindest für kurze Zeit, freie Stellen besetzen. Warum sollte das nicht auch Fiakerunternehmen dienlich sein? Kaunitz beschloss, sich das Angebot an verfügbaren Kräften anzusehen. Im besten Fall würde er einen ehemaligen Hufschmied oder Stallknecht finden, der sich um seine Pferde kümmerte. Auch ein Bauer oder Feldarbeiter wäre für die Pflege der Pferde brauchbar.

Er warf einen Blick zur Kredenz. Auf dem hölzernen Schneidbrett lag das Brotmesser. Die Klinge glänzte im Morgenlicht, das durchs Fenster fiel. Wie groß war das Risiko, jemanden aus dem Gefängnis anzustellen? Immerhin saßen die Häftlinge nicht grundlos ein. Um Leib und Leben hatte er nicht zu bangen; im Zuchthaus der Leopoldstadt waren lediglich Diebe und Betrüger untergebracht.

Seine Pferde durften keinesfalls verwahrlosen; sie waren sein Kapital. Ohne sie waren die beiden Kutschen nicht zu gebrauchen. Falls eines der Rösser erkrankte, hätte er nicht einmal Zeit, es gesund zu pflegen. Der Verlust eines seiner Tiere war existenzbedrohend: Ihm fehlte das Geld, um ein neues anzuschaffen. Die vier mussten durchhalten, bis er wieder genügend finanzielle Reserven hatte. Er würde sich daher auf einen Häfenbruder einlassen müssen, ob es ihm gefiel oder nicht.

Kaunitz las die Kundmachung erneut. Falls sich unter den Häftlingen jemand fand, der im Umgang mit Pferden geübt war, bliebe ihm zumindest die langwierige Sucherei erspart. Das Strafhaus war nur einen Steinwurf von der Josefsgasse entfernt. Angekündigt war ein Ausrufungspreis von vier Kronen; ein vernünftiger, erschwinglicher Lohn, es sei denn, die Versteigerung trieb die Preise in die Höhe. Für Kost und Logis kam das Zuchthaus auf; die Gefangenen kehrten nach acht bis neun Stunden Arbeitszeit in das Strafhaus zurück. Kaunitz faltete die Zeitung zusammen und nickte sich selbst zu. Einen Versuch war es wert.

29

Wiens Exekutive legte – zumindest zeitweise – Wert auf Transparenz bei den Stadtgefängnissen. Die Anstalten öffneten ihre Tore für »Fremdbesucher«, was einerseits eine willkommene Abwechslung für die Häftlinge bedeutete, andererseits Gelegenheit zu Verbesserung darstellte. Viele Reisende nutzten dieses exotische Angebot. Nach dem Rundgang durch Kerker, Zuchthauskapelle und das hausinterne Krankenhaus berichteten sie von ihrem Ausflug. Der Ruf von Wiens Weltoffenheit wurde so gestärkt und über Österreichs Grenzen hinausgetragen.

Ein Versuch, Verurteilte während ihrer Haft sinnvoll zu beschäftigen, fand unter Kaiser Josef statt: Insassen wurden verpflichtet, Straßen zu kehren oder Bäume an öffentlichen Plätzen zu gießen.

Kaunitz verließ das Haus früh am Morgen und machte sich auf den Weg in die Innere Stadt. Eintrittskarten für die Versteigerung waren in der Oberinspektion des Provinzial-Strafhauses erhältlich, und diese befand sich – wie viele andere Ämter – in der Polizei-Oberdirektion am Petersplatz. Kaunitz seufzte; die Versteigerung fand keinen Steinwurf von ihm entfernt statt. Davor in die Innere Stadt zu fahren, bedeutete einen riesigen Umweg.

Nachdem er die Zählkarte ergattert hatte, preschte Kaunitz vom Petersplatz zurück in die Leopoldstadt. Er stellte seinen Wagen vor dem Zuchthaus ab und lief auf das Gefängnisareal zu. Unbehagen beschlich ihn, als er sich dem niedrigen Bau näherte. Die Anstalt war ursprünglich zur »Verbesserung der Sitten und Verminderung des Bettelns« errichtet worden. Eltern konnten in dieser Institution sogar ihren ungeratenen Nachwuchs dem Ordnungshüter vorführen. Kinder zur Abschreckung ins Gefängnis zu schleppen, fand Kaunitz mehr als fragwürdig. Er setzte seinen Zylinder auf und passierte das Tor des Strafhauses. Die Kundmachung in der *Wiener Zeitung* hatte zahlreiche Handwerker angelockt. Maurer, Tischler, Müller und Wagenbauer auf der Suche nach billigen Aushilfskräften warteten auf die Versteigerung. Auf Geheiß der Gefängnisleitung versammelten sich alle außerordentlichen Besucher des Tages im Gefängnishof und warteten auf Einlass. Unter die Wartenden mischten sich Dutzende Schaulustige und Touristen, die sich das Spektakel einer Häftlings-Versteigerung nicht entgehen lassen wollten.

»Wie auf dem Sklavenmarkt!«, kicherte eine Dame mit elegantem Hut und englischem Akzent.

»Der Erste, der einen Ziegel halbwegs gerade halten kann, gehört mir!« Ein Hüne, aus dessen Westentasche eine protzige Uhrenkette baumelte, zog an seiner Zigarre. Kaunitz erinnerte sich, ihn bereits zum Bauamt kutschiert zu haben. Der Mann war ein stadtbekannter Bauunternehmer, berüchtigt dafür, besonders niedrige Löhne zu bezahlen.

»Vergiss es, Maurer sind ganz selten dabei!«, entgegnete ein anderer. »Außerdem weiß jeder hier, dass du ein Halsabschneider bist!«

»Aber mir pressiert's!«, beharrte der Baulöwe. »Ich baue gerade das Palais Coburg in der Stadt! Acht meiner Leute sind an Tuberkulose eingegangen; der Architekt macht mir die Hölle heiß, wenn wir nicht rechtzeitig fertig werden! Ich brauch jede verfügbare Hand!«

Kaunitz mischte sich unter die Wartenden.

»He!« Ein pockennarbiger Kerl, der intensiven Knoblauchgeruch verströmte, rempelte ihn an. »Ohne Eintrittskarte keine Versteigerung!«

Statt einer Antwort hielt Kaunitz seine Zählkarte in die Höhe. Endlich kam Bewegung in die Menge der Wartenden. Ganz vorne am Eingang winkte einer der Wachmänner die Besucher ins Innere des Gebäudes. Vor dem Holztor waren Tische aufgestellt, an denen Uniformierte saßen. Firmenbezeichnung und Anschrift jedes Auktionsteilnehmers wurde erfasst; ein zeitraubendes Prozedere, das den Besucherstrom zum Stocken brachte.

»Beeilt euch, wir haben nicht den ganzen Tag Zeit!«, rief der Baulöwe ungehalten.

»Vorschrift ist Vorschrift!«, entgegnete ein Wachebeamter seelenruhig. »Es muss nachvollziehbar sein, bei wem und zu welcher Tätigkeit die Häftlinge eingesetzt werden!«

Nach einer gefühlten Ewigkeit war endlich Kaunitz an der Reihe. Er diktierte Namen, Adresse und seine Wagennummer und unterschrieb eine Einverständniserklärung. Dann endlich war der Weg frei ins Innere der Strafanstalt. Es war das erste Mal, dass er ein Gefängnis betrat. Die vergitterten Fenster und die großen, scheppernden Schlüsselbunde der Wachen wirkten bedrückend. Die Erinnerung an Rauch, Hitze und das laute Knistern der Flammen trafen Kaunitz unvorbereitet und nahm ihm den Atem. Was, wenn hier ein Feuer ausbrach? Die Häftlinge wären den Wachebeamten auf Gedeih und Verderb ausgeliefert, eine Flucht ins Freie unmöglich. Die Vorstellung, hinter verschlossenen Türen und vergitterten Fenstern bei lebendigem Leib zu verbrennen, war fast unerträglich.

»Wo findet denn die Versteigerung statt?« Das laute Rufen eines bärtigen Bäckers riss Kaunitz aus seinen Gedanken.

»Zur Besichtigung nach links, zur Versteigerung nach

rechts.« Ein Vollzugsbeamter mit ausdrucksloser Miene leierte die Worte in Dauerschleife herunter.

»Ich will mir unbedingt die Zellen ansehen, bevor es mit der Versteigerung losgeht!« Die englische Touristin hatte vor Aufregung gerötete Wangen und wandte sich eilig nach links.

Kaunitz folgte dem Tross in den Ostflügel des Gebäudes. In einem düsteren Saal, an dessen Wänden die Farbe abblätterte, hatten sich bereits die ersten Interessenten eingefunden. Ihnen gegenüber standen Männer und Frauen in grauer Häftlingsuniform. An jedes Kleidungsstück war ein Schild mit einer Zahl genäht.

Ein Wachebeamter mit Klemmbrett und Stift, der sich neben den Häftlingen postiert hatte, verkündete lauthals das Prozedere der Auktion.

»Die angebotenen Arbeitskräfte werden gemäß ihrer Häftlingsnummer aufgerufen und präsentiert. Bisher ausgeübte Tätigkeiten werden genannt, ebenso Alter und Sprachkenntnisse. Sodann haben die Interessenten die Möglichkeit, Offerte abzugeben. Der Sträfling wird zum jeweils höchst gebotenen Arbeitslohn versteigert und geht unmittelbar in das Dienstverhältnis seines neuen Arbeitgebers über. Erst danach wird sein Name veröffentlicht.«

»Jetzt geht's gleich los!« Der Pockennarbige drängte sich nach vorn.

Den Anfang machte Nummer 504. Ein schmächtiger Mann um die 60, der vor seiner Haft beim Ziegelwerk in Favoriten gearbeitet hatte und wegen Zechprellerei einsaß, betrat das erhöhte Podest.

»Das ist ja schlimmer als am Rossmarkt!« Ein weißhaariger Herr schüttelte tadelnd den Kopf. Kaunitz nickte zustimmend; er musste an die Samstage denken, an denen er seinen Vater zum Rosshändler begleitet hatte, um Tiere zu begutachten, die zum Verkauf standen.

»Fehlt noch, dass man ihnen ins Maul schaut!«, schimpfte der Alte. Indessen wurden Gebote abgegeben.

»Fünf Kronen!«, rief der Baulöwe, noch bevor der Wachebeamte den Rufpreis von vier Kronen bekannt geben konnte. Er sah sich feixend um.

»Sechs Kronen!« Franz Ram, der Sohn des Stadtbaumeisters Ignaz Ram, unterbreitete ein besseres Angebot und erhielt den Zuschlag. Der Baulöwe fluchte.

Mir der nächsten ausgerufenen Nummer wurde eine junge Frau präsentiert. Nummer 218 war 20 Jahre alt, stammte aus Ungarn und hatte sich bisher als Kindermädchen verdingt. Sie war wegen Majestätsbeleidigung verurteilt worden.

»Hübsches Mädel«, ließ sich ein kurz geratener Mann mit buschigen Augenbrauen vernehmen. Einige Umstehende nickten anerkennend. »Wer weiß, wofür die sonst noch taugt …«, rief einer und bot den Mindestpreis. Ein Textilunternehmer aus Mariahilf erhöhte und erhielt den Zuschlag.

Kaunitz reckte den Hals. Bisher war keiner der Häftlinge für ihn infrage gekommen. Er nahm sich vor, noch drei Nummern abzuwarten und dann zu gehen.

»Nummer 13, 25 Jahre alt, Ungar, gelernter Wagenbauer«, las eine schnarrende Stimme vor. Kaunitz horchte auf. »Verurteilt zu fünf Jahren Freiheitsstrafe wegen leichtem Vergehen.«

Der junge Mann war kräftig gebaut und hatte einen wachen Blick. Kaunitz überlegte. Wagenbauer besaßen meist selbst Pferde, konnten also mit den Tieren umgehen. Die ersten Gebote wurden abgegeben.

»Vier Kronen!«

»Fünf!«

»Welches Vergehen?«, unterbrach eine Stimme aus den hinteren Reihen.

Der Wachebeamte blätterte in den Unterlagen auf seinem Klemmbrett. »Unerlaubtes Fahren mit einem fremden Fahrzeug«, las er vor.

»Er haut also mit den Kutschen ab, die er für andere baut!«, rief einer und grinste schief. Augenblicklich verstummten die Bieter.

»Ich ziehe mein Gebot zurück!«, rief einer. »Ich auch!«, murmelte ein anderer.

Nummer 13 starrte bedröppelt in die Menge. Seine einzige Chance auf Kontakt mit der Außenwelt hatte sich soeben zerschlagen.

Ohne zu überlegen, riss Kaunitz den Arm in die Höhe.

»Vier Kronen!«

Einige Köpfe drehten sich zu ihm, Nummer 13 lächelte.

Der Wachebeamte schlug mit dem Hammer auf den Tisch.

»Verkauft!«

30

Nummer 13 hieß Sandor Németh. Der junge Mann zeigte sich dankbar und erleichtert, als Kaunitz mit ihm durch die Pforte des Zuchthauses schritt.

»Ich werde dich täglich um 7 Uhr morgens abholen.«

Kaunitz schmunzelte; Sandor war kurz stehen geblieben und hielt das Gesicht in die Sonne. »Nachmittags um 4 Uhr muss ich dich wieder zurückbringen. Keine Minute später, sonst war's das mit der Freiheit auf Zeit.«

Sandor nickte ernst. Sie nahmen den kürzesten Weg zur Stallung in der Josefsgasse. Passanten musterten abfällig Sandors Gewand, manche wechselten sogar die Straßenseite. Ihre Blicke waren aufgeladen mit Neugier und Feindseligkeit. Eine Frau schüttelte tadelnd das Haupt, als sie an Kaunitz vorüberging.

»Darf ich andere Sachen anziehen?« Sandor errötete und sah Kaunitz fragend an. Sein Deutsch war mit ungarischem Akzent gefärbt. »Oder muss ich meine Häftlingsuniform anbehalten?«

Kaunitz seufzte. »Die Uniform wirst du so schnell nicht los, fürchte ich.« Er hob bedauernd die Schultern. Daran hatte er nicht gedacht; die Kleidung verriet auf den ersten Blick, dass Sandor zu einer Freiheitsstrafe verurteilt worden war. Die Leute glotzten seinen neuen Stallgehilfen an wie einen Aussätzigen. Es würde schwierig werden, mit ihm außerhalb der Stallung unterwegs zu sein. Missmutig starrte

Kaunitz die aufgenähte Nummer 13 an. Die Uniform nicht ablegen zu dürfen, war eine Schikane der Gefängnisleitung. Dennoch war Kaunitz froh, überhaupt eine Arbeitskraft ergattert zu haben.

Sandor war ihm aufgefallen, weil er nicht wie die anderen Häftlinge ausgezehrt und abgemagert war. Einige der Männer und Frauen waren bereits schwer von der Haft gezeichnet und hatten mit trüben Augen auf ihre Umgebung gestarrt. Sandor dagegen hatte den Blick der Interessenten gesucht. Seine Haltung war aufrecht und selbstbewusst, die kräftigen Unterarme hatten darauf schließen lassen, dass er für körperliche Arbeit taugte. Sandor Németh wirkte wie ein normaler Mann in seinem Alter; bis auf die Kleidung.

»Die Leute werden einen Bogen um mich machen, wenn sie mich sehen.« Bekümmert zupfte er an seiner Sträflingsuniform.

»Das bildest du dir nur ein«, log Kaunitz und blieb vor dem breiten Holztor in der Josefsgasse stehen. Sie waren bei der Stallung angekommen. Kaunitz zog einen Schlüsselbund aus seiner Tasche und öffnete das Tor.

Er führte Sandor zu den Pferden und in die Wagenremise.

»Deine Aufgabe wird es sein, die Pferde zu füttern und trocken zu bürsten. Außerdem Heu und Stroh einzustreuen und die Fahrerkabinen sauber zu halten.« Er drehte sich zu ihm um. »Du kennst dich aus mit Pferden?«

»Ja. Mein Großvater war Pferdezüchter.« Sandor strich über die Seitenwand eines Wagens. »Sehr schön gearbeitet.« Er nickte anerkennend. »Darf ich auch damit fahren?«

Kaunitz schüttelte den Kopf. »Dazu müsste ich dich als zweiten Fahrer bei der Fiakerbehörde melden«, gab er zu bedenken. »Ein Häftling, der seine Strafe noch nicht abgesessen hat, wird als Fiakerfahrer nicht zugelassen. Außerdem«, er strich dem Braunen zärtlich über die Blesse, »benutze ich immer nur einen Wagen und wechsle die Pferde am nächsten Tag aus. So schone ich die Tiere.«

»Aber wenn du mit zwei Wagen fährst, verdienst du mehr.«

»Stimmt«, gab Kaunitz amüsiert zu, »dennoch brauche ich fürs Erste einen Stallburschen.« Er wies auf eine der beiden Kutschen. »Spann die beiden Braunen an, ich muss eine bestellte Fuhre erledigen!«

31

»Saluti et solatio aegrorum; zum Heil und zum Trost der Kranken.« Der Widmungsspruch prangte über dem Torbogen des Eingangs zum Allgemeinen Krankenhaus.

Ursprünglich als *Großarmen- und Invalidenhaus* genutzt, ließ Kaiser Josef II. das Gebäude schleifen und von seinem Leibarzt zu einem modernen Krankenhaus umplanen. Die Eröffnung erfolgte im Jahr 1784, seitdem war die Anlage immer wieder modernisiert und erweitert worden. Mittlerweile gehörten elf Höfe, 13 Brunnen, zwei Hauskapellen und eine Badeanstalt für 300 Personen zum Areal. 104 große und helle Krankensäle standen zur Behandlung zur Verfügung; über 2.200 Kranke fanden Platz. Ärzten wurden Wohnungen innerhalb des Komplexes zur Verfügung gestellt. Das Allgemeine Krankenhaus glich einer kleinen Stadt vor den Toren Wiens.

Haas durchschritt die bepflanzten Innenhöfe und betrat das Pathologisch-Anatomische Institut. Durch die Gänge waberte der Geruch von Ethanol. Studenten mit schmutzigen Schürzen strömten ihm entgegen. Zwei unterhielten sich über die Farbe von menschlichem Fett, andere diskutierten, welcher Hersteller die hochwertigsten Skalpelle anfertigte.

Der Sektionssaal am Ende des Ganges wirkte verlassen.

»Professor Wieseler, sind Sie hier?« Haas stand in der offenen Tür. Das allgemeine Krankenhaus in der Alservorstadt war nur eine der Wirkungsstätten des Mediziners. Professor Wieseler pendelte zwischen den Vorlesungssälen der Universität, dem Totenbeschreibungsamt und der Rettungsanstalt für Scheintote, je nachdem, wo er gebraucht wurde. Haas konnte dem ständigen Hin und Her zwischen seinem Büro am Petersplatz und dem neuen Justizgebäude am Glacis wenig abgewinnen. Immer alle Unterlagen im Blick zu behalten war eine mühsame Angelegenheit, wenn sie auf mehrere Schreibtische verteilt waren. Dem Mediziner schien der häufige Arbeitsplatzwechsel nichts auszumachen.

»Professor Wieseler?« Haas' Stimme hallte von den weiß gekachelten Wänden wider. Statt des üblichen Stimmengewirrs der Studenten war nur leises Gemurmel aus einem angrenzenden Zimmer zu vernehmen. Haas betrat den Saal und sah sich um, konnte aber niemanden entdecken. Operationswerkzeuge und Schneidbesteck lagen fein säuberlich auf Metalltischen. Der Boden war erst vor Kurzem von den ausgetretenen Körpersäften gereinigt worden; er war feucht und rutschig. Alles deutete darauf hin, dass die letzte Leichenöffnung nicht lange zurücklag.

Haas wandte sich in die Richtung, aus der die Stimmen zu vernehmen waren, und entdeckte ein bescheidenes Büro, das an den Sektionssaal grenzte. Die Tür stand offen. Ein Schreibtisch voller Kerben, ein Stuhl und ein alter Aktenschrank waren das einzige Mobiliar. Mehr hätte in diesem winzigen Raum nicht Platz gehabt. Professor Wieseler und ein anderer Mann, den Haas nicht kannte, unterhielten sich mit gedämpften Stimmen. Haas klopfte an den Türrahmen, um auf sich aufmerksam zu machen.

»Ah, der Herr Wachtmeister aus der Kriminalabteilung!« Professor Wieseler breitete die Arme aus und begrüßte Haas. Seine buschigen Augenbrauen hüpften freudig auf und ab.

»Soeben haben wir von Ihnen gesprochen!« Er deutete auf einen hageren Mann, der vor dem Schreibtisch stand. »Darf ich vorstellen: Herr Doktor Hofstätter!«

Haas schüttelte dem anderen die Hand. Trotz festen Händedrucks und aufrechter Haltung wirkte der Mann wie ein Greis. Tiefe Falten hatten sich in seine Stirn gepflügt, die Haut war grau, unter den tief liegenden Augen waren dunkle Schatten.

»Ich hatte ohnehin vorgehabt, mit Ihnen zu sprechen.« Er ließ den Blick durch den Raum schweifen. Auf der Schreibtischplatte hinter Doktor Hofstätter stand ein riesiges Reagenzglas, in dem etwas Rosig-Bleiches steckte. »Es geht um den Tod Ihrer …« Haas zuckte zurück, als er erkannte, womit das Glas gefüllt war. Im klaren Alkohol schwamm, mit angezogenen Beinchen und umschlugen von der Nabelschnur, ein menschlicher Fötus.

32

Professor Wieseler war seinem Blick gefolgt. Das freudige Lächeln wich einer ernsten Miene. »Ich denke, der Zeitpunkt für unser unverhofftes Treffen ist ideal.«

Mit einem Schlag erfasste Haas den Zusammenhang: der Todesfall Louise Hofstätter, die kurz vor der Niederkunft verstorben war. Das Ungeborene, das nicht mehr gerettet werden konnte. Er sah zwischen den beiden Männern hin und her und deutete mit dem Kinn auf das Reagenzglas.

»Ist das ...?« Er suchte nach den richtigen Worten. Das Geräusch der Knochensäge, die Rippen, die zur Seite gebogen wurden, um zu den inneren Organen vorzudringen ... War es möglich, dass Doktor Hofstätter diese Handgriffe am Körper seiner eigenen Frau angewendet hatte? Haas schauderte bei dieser makabren Vorstellung.

Doktor Hofstätter nickte matt. »Frau und Kind zu verlieren gehört zum Schlimmsten, das einem das Schicksal aufbürdet.« Er warf einen kurzen Blick auf den kleinen Menschen, der mit geschlossenen Augen im Schraubglas steckte. »Als Mediziner weiß ich mit dem Tod umzugehen. Nichts ist mir fremd. Die eigenen Liebsten zu verlieren ist dennoch ...« Er stockte und ließ sich auf die Schreibtischplatte sinken. Wieseler reichte seinem Kollegen wortlos ein Taschentuch. Hofstätter presste sich den Stoff auf die Augen und schluchzte leise. Professor Wieseler legte ihm eine Hand auf den Oberarm. Einige Augenblicke herrschte erdrückende Stille.

»Es mag gefühlskalt erscheinen«, wandte sich Wieseler an Haas, »dennoch betrachten wir Mediziner den Tod aus wissenschaftlicher Sicht.« Seine Augenbrauen zuckten. »Immer«, fügte er mit Nachdruck hinzu. »Wir haben daher den Leichnam von Louise Hofstätter und den ihres Kindes untersucht.«

»Wie bitte?« Haas riss die Augen auf. Obduktionen bedurften einer gerichtlichen Anweisung, die seitens der Kriminalabteilung in die Wege geleitet wurde. Er hätte davon erfahren müssen. Hatte Amberg dazu Weisung erteilt, ohne ihn einzuweihen?

»Wurde Ihre Frau denn noch nicht bestattet?«, hakte er nach, erhielt aber keine Antwort. Die beiden Mediziner starrten auf ihre Schuhspitzen.

»Wenn Sie mit die Kritik gestatten«, meldete sich Doktor Hofstätter zu Wort, »die Polizei hat sich nicht gerade mit Ruhm bekleckert, was die Aufklärung der Todesumstände meiner Frau betrifft.« Er sah Haas in die Augen.

»Was soll das heißen?« Die Worte fielen forscher aus als beabsichtigt.

»Es soll heißen dass die Polizei sich bisher nicht für den Tod meiner Frau interessiert hat«, antwortete Hofstätter, ohne den Blick von Haas zu nehmen.

Haas schüttelte ungläubig den Kopf. »Da muss ein Irrtum vorliegen! Bei ungeklärten Todesfällen wird umgehend die Kriminalpolizei eingeschaltet!« Er blickte zu Professor Wieseler. »Haben Sie Meldung über den Tod von Frau Hofstätter erstattet?«

Wieseler nickte. Seine Brauen zuckten auf und ab. »Sofort nachdem ich davon erfahren habe. Allerdings waren Sie an jenem Tag nicht in der Polizei-Oberdirektion. Man sagte mir, es wäre ihr freier Tag.«

Haas schüttelte abermals den Kopf. Er würde der Sache nachgehen, sobald er zurück am Petersplatz war.

»Die Tote«, kam er zum Thema zurück, »wurde also ohne gerichtliche Anweisung obduziert.«

»Nennen wir es so«, Wieseler räusperte sich, »wir sind einer Anweisung seitens der Justiz zuvorgekommen.« Er hob die Augenbrauen, sein Blick war eindeutig.

Haas verstand. »Sie haben auf eigene Faust gehandelt.«

Die beiden Mediziner nickten zeitgleich und ohne Kommentar.

Haas atmete tief aus und senkte die Stimme. »Sie wissen, dass Sie sich damit strafbar gemacht haben.«

Wieder gaben die beiden Mediziner keinen Ton von sich.

In Haas keimte Ärger auf. »Falls Sie hierfür auch noch die Dienste eines Totengräbers in Anspruch genommen haben, will ich darüber offiziell nichts wissen«, stellte er klar und ließ die Informationen für einige Momente sacken. Hofstätter und Wieseler hatten zwei Leichen exhumiert und geöffnet, die bis dato keinem Mordfall zugeordnet waren. Im besten Fall drohte ihnen lediglich ein Verfahren wegen Störung der Totenruhe. Schlimmstenfalls verloren sie ihre Zulassung als Mediziner.

»Wenn ich richtig verstehe, wollten Sie sich mit dem Ergebnis auf den Weg zu mir ins Büro machen?«, schlussfolgerte er. Doktor Hofstätters Verzweiflung war nachvollziehbar; er hatte Frau und Kind verloren, die Polizei war von einem natürlichen Tod ausgegangen. Dennoch war das Umgehen einer Weisung auf das Schärfste zu verurteilen. Hofstätter schüttelte heftig den Kopf.

»Wir haben soeben darüber diskutiert und sind zum Schluss gekommen, dass Ihnen das erhebliche Schwierigkeiten bereiten könnte.«

»Allerdings«, gab Haas zu. Nicht einmal die Polizei-Oberdirektion war vor Wiens Spitzeln gefeit; überall lauerten Augen und Ohren auf der Suche nach Fehlern, die angeprangert werden konnten. In unmittelbarer Nähe zu Ambergs Büro über eine Weisungsübertretung zu reden, konnte ihn beruflich Kopf und Kragen kosten. Zumal sich die allergrößte Gefahrenquelle ein Büro mit ihm teilte: Zimmerl, sein unbedarfter Assistent. Nicht auszudenken, wenn der junge Polizist Wind von einem Fehltritt seines Vorgesetzten bekäme. Er würde seinen Patenonkel brühwarm darüber informieren.

»Ein Gespräch hier im Institut ist unverfänglicher.« Haas beugte sich durch die Tür in den Sektionssaal, um sicherzugehen, dass niemand ihnen zuhörte. »Was haben Ihre Untersuchungen ergeben?«

Die beiden Mediziner wechselten einen Blick. Wieseler ergriff das Wort. »Wir haben Mutter und Kind obduziert. Todesursache waren heftige Blutungen, ausgelöst durch abruptio placentae.«

Haas war nicht bewandert auf dem Gebiet der Frauenheilkunde und Geburtshilfe. »Was bedeutet das?«

»Im Normalfall löst sich die Plazenta erst nach dem Geburtsvorgang von der Gebärmutterwand. Bei einer vorzeitigen Plazenta-Ablösung passiert das zu früh. In Folge wird das Kind nicht mehr ausreichend versorgt.«

»Eine abruptio placentae ist nicht nur für das ungeborene Kind, sondern auch für die werdende Mutter lebensbedrohlich. Durch die Gewebe-Ablösung entstehen starke Blutungen«, meldete sich Hofstätter zu Wort. »Werden diese nicht rechtzeitig gestillt, so erleidet die Mutter ein Kreislaufversagen und verblutet innerlich.«

Haas lehnte sich nun ebenfalls an die Schreibtischkante. »Von außen ist die Todesursache nicht sichtbar«, murmelte er mehr zu sich selbst. »Hatte Ihre Frau Schmerzen?«, fragte er an Hofstätter gerichtet.

»Ich war nicht zu Hause. An diesem Tag hatte ich Dienst

im Anonymen Gebärhaus. Als Louise mit dem Fiaker dort ankam, war sie nur mehr wenige Momente ansprechbar.«

»Ihre Frau hat sich zum Anonymen Gebärhaus bringen lassen, um Sie schnellstmöglich zu finden?« Haas runzelte die Stirn. »Sie wollte neben Mägden und Ehebrecherinnen entbinden, obwohl sie zur obersten Klasse der behandelten Patienten gehörte?«

»Der gesellschaftliche Stand unserer Patientinnen ist unerheblich«, urteilte Wieseler streng. »Jeder Mensch ist gleich viel wert. Wir haben uns dazu verpflichtet, Leben zu retten.« Er seufzte. »Leider sieht das die Stadtverwaltung anders.«

»Louise wusste, dass sie mich auf der anonymen Station antreffen würde, deshalb wollte sie schnellstmöglich dorthin«, ergänzte Hofstätter. »Es hätte wesentlich länger gedauert, von der normalen Entbindungsstation aus nach mir schicken zu lassen. In diesem Fall hätte ich meine Frau nicht mehr lebend gesehen.«

Haas griff in seine Tasche, um Block und Stift herauszuholen, hielt aber in der Bewegung inne. Sollte jemand Unbefugtes die Notizen zu zwei heimlichen Obduktionen lesen, käme er in Teufels Küche. Er musste sich das Gesagte gut einprägen.

»Konnten Sie noch herausfinden, wodurch die Plazentaablösung herbeigeführt wurde?«

Wieseler wackelte mit dem Kopf. »Das ist die Tücke. Plazentaablösungen können als Komplikation in einer Schwangerschaft auftreten. Selten, aber doch.«

Haas blickte zu Hofstätter. »Ich gehe davon aus, dass Ihre Frau sich regelmäßigen Untersuchungen unterzogen hat und bestens medizinisch betreut war.«

»Es gab keinen Hinweis auf Komplikationen. Meine Frau war während der gesamten Schwangerschaft wohlauf.«

»Es gibt jedoch eine weitere Möglichkeit«, gab Professor Wieseler zu bedenken, »eine abruptio placentae kann auch durch äußere Gewalt herbeigeführt werden.« Professor Wieselers Augenbrauen zuckten heftig. »Zum Beispiel durch einen schweren Schlag.«

»Warum hätte jemand Ihre Frau schlagen sollen?«

Niemand sagte etwas. Haas blickte Hofstätter lange in die Augen und verstand. »Sie hätten sich selbst verdächtig gemacht, wenn Sie mit diesem Verdacht an die Öffentlichkeit gegangen wären. Deshalb die Heimlichtuerei.«

Hofstätter nickte betreten und starrte auf seine Schuhspitzen. »Sie wissen nicht, welch harter Konkurrenzkampf unter den Ärzten herrscht. Es gibt wesentlich mehr Bewerber als freie Stellen in Wien. Wann immer sich die Gelegenheit bietet, einen Konkurrenten auszustechen, wird sie genutzt.«

Aus dem Augenwinkel nahm Haas den konservierten Fötus wahr, der nur wenige Zentimeter von ihm entfernt auf der Schreibtischplatte stand. Gänsehaut überkam ihn. »Wies das Ungeborene Verletzungen auf?«

Hofstätter verneinte. »Der Fötus ist durch das Fruchtwasser einigermaßen gut geschützt.« Es fiel ihm schwer, weiterhin sachlich zu bleiben. »Er starb, weil er nicht weiter mit Blut und Sauerstoff versorgt wurde.«

»Hätte das Kind denn Überlebenschancen gehabt?«

Hofstätters Augen waren feucht. »Ich habe einen Kaiserschnitt bei meiner Frau vorgenommen, aber ...« Erneut presste er Wieselers Taschentuch gegen seine Augenwinkel. »Unser Sohn war bereits tot.«

»Wie lange war Ihre Frau ansprechbar, als sie eingeliefert wurde?«

Hofstätter überlegte und hob die Schultern. »Es waren nur wenige Momente.«

»Konnten Sie noch mit ihr sprechen? Hat Sie noch irgendetwas gesagt, was von Bedeutung sein könnte?«

»Meine Frau war sehr geschwächt, ich konnte sie kaum verstehen und mir auch keinen Reim darauf machen.«

Haas war wie elektrisiert. »Was hat sie gesagt?«

»Wenn ich es richtig verstanden habe, hat es so ähnlich geklungen wie ›Wienerin‹.«

»Wienerin?«, wiederholte Haas ungläubig. Ein Hinweis, dass nicht ein Mann ihr und dem Ungeborenen Leid zugefügt hatte, sondern eine Frau. Aber wer? Wien war voller Wienerinnen. Er dachte an die Tote im Eiskeller, Dora Hauser. Gab es einen Zusammenhang zwischen den toten Frauen?

»Vielleicht Dienerin? Könnte es das gewesen sein?«

»Dienerin.« Hofstätter überlegte. »Ja, das könnte es auch gewesen sein.«

»Über die Exhumierung und die Obduktion bewahren Sie bitte vorerst Stillschweigen!«, ermahnte Haas die beiden Mediziner und wandte sich zum Gehen, drehte aber auf dem Absatz wieder um. »Hätte ein Schlag gegen den Bauch nicht als Bluterguss erkennbar gewesen sein müssen?«, fragte er. »In diesem Fall wäre eine Obduktion doch gar nicht notwendig gewesen.«

Hofstätter schüttelte den Kopf. »Am Bauch waren keine Hämatome erkennbar, auch nicht an der Rippengegend. Mein erster Verdacht war, dass meine Frau zu viel Beifußtee getrunken hat.«

Haas' Kräuterwissen war überschaubar. »Welche Wirkung hat Beifußtee?«

»Niedrig dosiert eingesetzt kann er wehenfördernd wirken. Frauen nutzen ihn zu Beginn der Schwangerschaft, um gezielt einen Abort herbeizuführen. In den letzten Tagen vor der Niederkunft empfehlen ihn Hebammen, um die Wehen einzuleiten.«

»Ihre Frau hat diesen Tee eingenommen?«

»Ja, er hat ihr sehr gut geschmeckt. Mein erster Verdacht lautete daher, dass die Blutungen von einer erhöhten Dosis herrührten.«

Haas nickte und tippte sich zum Abschied an den Zylinder. Erneut drehte er sich jedoch um.

»Beinahe habe ich vergessen, welche Frage ich Ihnen ursprünglich stellen wollte: Welche Musik gefiel Ihrer Frau am besten?«

»Walzer«, kam es wie aus der Pistole geschossen, »am liebsten die von Johann Strauss.«

33

Rauch, Schweiß und Bierdunst vernebelten die Luft im *Griechenbeisl*. Das Lokal am Fleischmarkt war nach den levantinischen Kaufleuten benannt, die das Viertel geprägt hatten. Hier trafen Dichter auf Politiker und Musiker, es wurde Bier gezapft und Wein ausgeschenkt. Die Küche war einfach, herzhaft und – dem Namen zum Trotz – typisch wienerisch. Mozart und Beethoven hatten hier schon geröstete Leber genossen, Grillparzer und Nestroy schwadronierten bei Rindfleisch mit Apfelkren über ihre Texte.

Kaunitz betrat das Lokal mit einer Mischung aus Heimweh und schlechtem Gewissen. Heimweh, weil er die bekannten Gesichter vermisst hatte ebenso wie die Gespräche zwischen Künstlern, die Stammgäste im *Griechenbeisl* waren, und einfachen Männern wie ihm. Er war seit Elisabeths Tod nicht mehr hierhergekommen. Das schlechte Gewissen plagte ihn wegen Sterz. Er und der alte Freund hatten sich oft im *Griechenbeisl* zu Bier und Gulasch getroffen. Dieses Mal war Kaunitz allein. Er hatte die Stille in der Josefsgasse nicht ertragen. Die Wohnung war ihm fremd, nicht einmal das Kratzen war zu hören gewesen. Um nicht trübsinnig zu werden hatte er beschlossen, seinem Stammlokal einen Besuch abzustatten. Von der Josefsgasse aus waren es nur wenige Minuten Fußweg zum Fleischmarkt. Als er die Tür aufstieß, breitete sich ein Gefühl aus, das er schon lange nicht mehr verspürt hatte: heimkommen.

»Der Fünfundzwanziger ist wieder da!« Eine heisere Stimme rief nach ihm, als er das Beisl betrat. Einige Köpfe drehten sich zu ihm, er erkannte zwei Kollegen aus der Mariahilfer Vorstadt sowie Nestroy, der zum Gruß die Hand hob. Der Raum war erfüllt von lautem Stimmengewirr. An einem der Tische zupfte ein Musikant auf der Zither und sang dazu.

»Der jetzt ein Weib sich nimmt,
der wird schon bald verstimmt.
Er sieht, was er ned g'wußt,
s'ist nur zu seiner Lust.
Er denkt sich allenfalls:
O, hätt' ich's nur vom Hals.«

Kaunitz durchquerte das *Griechenbeisl* und sog die Atmosphäre auf. Dunkel gestrichene Holzvertäfelung an den Wänden verlieh dem Lokal Gemütlichkeit. Die Stühle waren schnörkellos und wackelig, die Tische einfach, aber mit sauberen Tüchern bedeckt. Aus der Küche roch es nach gerösteten Zwiebeln und Innereien. Eine Kellnerin balancierte mehrere Teller mit dampfenden Palatschinken. Im hinteren Teil des Lokals saßen Hahnreiter, Rumpelumseck und ein paar andere Fiaker an einem runden Tisch und tranken Bier.

»Setz dich her zu uns, Fünfundzwanziger!«

Seit Jahren riefen sie ihn nur mit seiner Wagennummer statt mit dem Namen. Sie winkten Kaunitz zu sich, als sie ihn entdeckten.

»Hast dich lange nicht mehr blicken lassen, altes Haus!«

Kaunitz ließ den Blick durch die Gaststube schweifen. Vielleicht hatte Sterz sich ebenfalls aus Mariahilf hierher aufgemacht? Sie könnten wie früher ein Frischgezapftes trinken und sich über Gott und die Welt unterhalten. Seine Hoffnung erfüllte sich nicht. Der alte Stallknecht saß an keinem der Tische. Kaunitz nahm neben Hahnreiter Platz. »Alles wie immer«, stellte er fest.

»Was soll sich denn verändert haben?« Rumpelumseck schüttelte den Kopf. »Die Bedienung ist immer noch hantig, und das Bier ...« Er starrte trübselig in sein Glas. »Na ja.«

»Was ist dir denn für eine Laus über die Leber gelaufen?«, erkundigte sich Kaunitz und winkte die Bedienung zu sich.

»Wohl eher über die Blase«, murmelte Rumpelumseck in sich hinein und trank den halb vollen Bierkrug in einem Zug leer.

»Bier und Gulasch, wie immer?« Eine dralle Kellnerin war neben Kaunitz aufgetaucht und starrte ihn fragend an.

»Heute nur flüssig.« Kaunitz bestellte ein Glas Wein.

»Für mich einen Sliwowitz!« Rumpelumseck hielt der Kellnerin sein leeres Bierglas hin.

»Ein Bier kannst haben, der Sliwowitz ist aus.«

»Meinetwegen.« Rumpelumseck zuckte mit den Schultern. »Hauptsache trinken, hat der Arzt gesagt.« Sein Blick war glasig und die Zunge schwer.

»Hab gehört, du bist weg aus Mariahilf«, meldete sich Hahnreiter zu Wort, »wohnst jetzt in der Leopoldstadt.«

Kaunitz nickte. »Stall und Wohnung direkt nebeneinander in der Josefsgasse. Das war ein Glücksgriff.« Er knetete seine Finger. Den wahren Grund, warum er aus Michael Sterz' Haus ausgezogen war, würde er hier nicht verraten. Unter den Fiakern verbreiteten sich Neuigkeiten wie Lauffeuer. Sterz war allen wohlbekannt; er sollte nicht von anderen erfahren, dass Kaunitz es nicht mehr ausgehalten hatte bei ihm. Dass er die Nähe zu Elisabeths Onkel nicht länger ertrug.

Hahnreiter brummte etwas Unverständliches, die Männer am Tisch nebenan knallten Spielkarten auf den Tisch. Die Kellnerin kam zurück, stellte ein Weinglas vor Kaunitz und reichte Rumpelumseck noch ein Bier.

»Ist suche auch nach einem größeren Stall, aber …«, Hahnreiter rieb Daumen und Zeigefinger aneinander, »das ist momentan nicht drin. Meine Frau ist schon wieder schwanger, und im letzten Monat hab ich drei Totfuhren gehabt.«
»Mein Beileid!« Rumpelumseck hob sein Glas und trank.
»Drei Totfuhren?« So wurden Fahrten genannt, wenn Kundschaft auf der Strecke in der Fiakerkabine verstarb.
Kaunitz schüttelte fassungslos den Kopf. »Dreimal fahren, ohne dafür bezahlt zu werden. Das ist ein Malheur.«
Hahnreiter legte den Kopf schief. »Eigentlich müssten die Hinterbliebenen für die Kosten aufkommen, aber«, er lachte bitter, »die meisten von denen erleiden einen Schock, wenn ein Familienmitglied tot aus der Kabine fällt.«
Kaunitz nippte am Wein und verzog das Gesicht. Ein saurer Weißer; er hätte Bier bestellen sollen. »Was waren das für Leute?«, wollte er wissen. »Alte? Kranke?«
Hahnreiter zuckte mit den Schultern. »Eigentlich nicht. Einer hatte einen Herzkasperl, da war nichts mehr zu machen. Ich habe ihn bei der Galopprennbahn in der Freudenau abgeholt und sollte ihn in die Innere Stadt bringen. Beim Einsteigen hat er mir noch erzählt, dass er gerade Haus und Hof verwettet hat und nicht weiß, wie er das seiner Frau sagen soll.« Hahnreiter grinste. »Die Beichte ist ihm sozusagen erspart geblieben. Der hat sich vor seiner Alten zu Tode gefürchtet. Das muss eine ganz Resche gewesen sein.«
»Und die anderen beiden? Woran sind die gestorben?«
»Beim zweiten hätte ich gleich ablehnen sollen. Der ist schon halb tot bei mir eingestiegen; hatte die Wiener Krankheit.« So wurde die Tuberkulose genannt, die jedes Jahr Tausende Wiener dahinraffte. Noch steckte die Forschung an dieser heimtückischen Infektion in den Kinderschuhen. Vor wenigen Jahren hatte man den Pflasterstaub und sogar den fein aufgewirbelten Staub während des Walzertanzens für

die Erkrankungen verantwortlich gemacht. Immerhin gab es seit vier Jahren eine Abteilung für Brustkranke im Allgemeinen Krankenhaus.

Hahnreiter klopfte sich auf die Brust. »Der hat geschnauft wie eine Dampfeisenbahn. Ich hätt gleich die Pompfüneberer rufen sollen.«

Rumpelumseck, der Hahnreiters Erzählung aufmerksam verfolgt hatte, kicherte in sich hinein. Zugleich rannen ihm Tränen über die Wangen. »Die werd' ich auch bald brauchen, die Pompfüneberer!« Er schniefte und wischte sich mit dem Ärmel über die Nase. »Bald is' aus mit mir. Dann holen sie mich, die Bestatter, und stecken mich in die Holzkiste.« Seine Augen glänzten feucht. »Prost!« Er reckte das Glas in die Höhe und führte es dann zum Mund. Erst jetzt bemerkte er, dass es leer war. »Maria«, winkte er die Kellnerin herbei, »noch ein Bier!«

»Und die dritte? Was war mit der dritten Totfuhre?« Kaunitz beugte sich zu Hahnreiter über den Tisch, um besser hören zu können. Es war lauter geworden im *Griechenbeisl*. Am Nebentisch beschwerte sich einer der Gäste über sein Essen, das nicht heiß genug serviert worden war.

»Die dritte ...«, nun beugte sich auch Hahnreiter nach vorn. Er senkte die Stimme. »Bei der dritten ist mir angst und bang geworden. Eine Frau mit dickem Bauch und Schleier. Gebärfuhre, hab ich mir gedacht. Das Geld ist dir sicher.« Er schüttelte den Kopf. »Aber irgendetwas hat von Anfang an nicht gestimmt. Sie hat ...« Hahnreiter stockte und blickte entschuldigend zu Kaunitz. Ihm war soeben bewusst geworden, dass die Frau seines Kollegen hochschwanger in den Flammen umgekommen war. Vielleicht sollte er besser den Mund halten und Kaunitz mit Details über den Tod einer Frau kurz vor der Niederkunft verschonen.

»Erzähl schon«, brummte Kaunitz und bedeutete Hahnreiter fortzufahren. »Also, was war mit ihr?«

»Wir beide sind am Fleischmarkt gestanden.« Er deutete auf Rumpelumseck und sich selbst. »Sie ist auf meinen Wagen zugekommen und immer wieder stehen geblieben. Hat sich den Bauch gehalten. Wahrscheinlich hatte sie Wehen.«

»So ist das bei Gebärfuhren«, murmelte Kaunitz gleichgültig und nippte wieder am Wein.

»Nein.« Hahnreiter schüttelte den Kopf. »Die Wehen waren nicht das Einzige, das ihr zu schaffen gemacht hat. Die Frau hatte Angst, ganz eindeutig.«

»Wie konntest du das erkennen?« Kaunitz setzte das Glas ab und schob es von sich weg. Der Wein war absolut ungenießbar. »Ich dachte, es war dunkel und sie trug einen Schleier?«

Hahnreiter nickte. »Schon, aber sie hat sich ständig umgeschaut und vergewissert, dass ihr niemand gefolgt ist. Die war richtig panisch, hat gekeucht und geschwitzt. Als wäre der Leibhaftige hinter ihr her.«

»Und sie ist bei dir in der Kabine verstorben, sagst du?«

Hahnreiter nickte erneut. »Seitdem pickt mir die Polizei am Arsch; die haben natürlich mitgekriegt, dass ich dreimal Leichenwagen war. Die denken, ich hätte etwas damit zu tun.«

Am Nebentisch wurde es ruhiger. Den unzufriedenen Gast und seine Gesellschaft hatte man mit einer kostenlosen Runde Hochprozentigem wieder versöhnt.

»Das Fiakeramt hat mich schon angeschrieben«, erzählte Hahnreiter und fischte einen Brief aus der Tasche seines Gehrocks. »Ich stehe unter Beobachtung, heißt es da.«

Er hielt Kaunitz das Papier unter die Nase und tippte mit dem Finger darauf. »Wegen Auffälligkeiten im Zusammenhang mit meinen Fahrgeschäften und einer Häufung von ungeklärten Todesfällen.« Er schüttelte empört den Kopf. »Als ob ich etwas dafür könnte, wenn der Tod seine Arbeit macht.«

Kaunitz überflog den Brief und gab ihn Hahnreiter zurück. »Warst du auf der Behörde? Hast du versucht, mit denen zu reden?«

Hahnreiter winkte ab. »Hast *du* schon einmal versucht, mit Beamten zu reden?« Er seufzte. »Sechs Monate lang darf ich mir nichts zuschulden kommen lassen, sagen sie. Bei der kleinsten Ungereimtheit verliere ich meine Lizenz. Dann bin ich geliefert.«

Rumpelumseck war inzwischen, vom Alkohol gezeichnet, in Trübsal und Elend versunken. Der Bierkrug war geleert, sein Gesicht glänzte. Sein Kopf lehnte an Hahnreiters Schulter, als er mit schwerer Zunge Texte zum Besten gab.

»Da wird einem halt angst und bang, die Welt steht auf kein' Fall mehr lang.« Eine Zeile aus Nestroys *Kometenlied* über den Untergang der Welt.

»Geh nach Hause und schlaf deinen Rausch aus!« Die Kellnerin nahm ihm das Bierglas weg. »Ich kann keine Besoffenen brauchen hier drin!«

Hahnreiter rückte näher an Kaunitz heran. »Als ich bei der Rückseite des Allgemeinen Krankenhauses angekommen bin und nach den Sanitätern geläutet habe, um die Ankunft einer Schwangeren anzukündigen, war die Frau schon halb tot.«

»Um Himmels willen!« Kaunitz war bestürzt. Unweigerlich musste er an Elisabeth und das Ungeborene denken, das nie das Licht der Welt erblickt hatte. »Konnte man wenigstens das Kind noch retten?«

Hahnreiter schüttelte den Kopf und sprach noch leiser als zuvor. »Eigentlich darf ich davon nichts wissen, das Gebärhaus ist schließlich anonym. Aber meine Schwester ist mit einem der Chirurgen verheiratet.« Er blickte Kaunitz eindringlich an. »Die wollten wissen, woran die Frau gestorben ist, und haben sie aufgeschnitten. Heimlich.«

»Obduziert«, korrigierte Kaunitz.

»Genau. Das war kein natürlicher Tod, da hat jemand nachgeholfen. Die Frau hat schwere Blutungen erlitten und ist elendig zugrunde gegangen.«

»In deinem Wagen«, fügte Kaunitz hinzu. »Und du hast nichts bemerkt?«

»Was hätte ich machen sollen?« Hahnreiter wand sich. »Ich bin wie der Teufel durch die Stadt gehetzt. Hab ja gemerkt, dass es ihr nicht gut geht und wollte sie so schnell wie möglich beim Krankenhaus absetzen.« Erneut griff er in die Tasche seines Gehrockes. »War eine Heidenarbeit, das ganze Blut in der Kabine wegzuwischen. Das muss«, er deutete auf seinen Unterbauch, »das muss da unten richtig rausgeronnen sein. Kein Wunder, dass das nicht gut ausgegangen ist.«

»Hast du der Polizei davon erzählt?«, wollte Kaunitz wissen.

»Wo denkst du hin!« Hahnreiter riss die Augen auf. »Jetzt, wo ich sowieso unter Generalverdacht stehe? Da könnte ich gleich sagen, dass ich die Frau selber um die Ecke gebracht habe!« Er schüttelte entschieden den Kopf. »Ich bin doch nicht verrückt!« Hahnreiter legte seine Faust auf den Tisch, die er um einen kleinen Gegenstand geschlossen hatte.

»Das hier hab ich erst am nächsten Tag entdeckt.«

Er öffnete die Faust. Ein winziges Notizbüchlein kam zum Vorschein. »Keine Ahnung, was das sein könnte.«

Kaunitz erkannte sofort, worum es sich dabei handelte, und streckte die Hand danach aus. »Eine Damenspende«, erklärte er. »So etwas bekommen Damen, die einen Ball besuchen. Schau«, er drehte das kleine Ding in seiner Hand und deutete auf den Schriftzug, der auf den rotsamtenen Buchdeckel geprägt war. »Diese hier stammt vom Medizinerball.« Kaunitz öffnete das Büchlein; die Seiten ließen sich auffächern und waren verschiedenfarbig. »Edel«, sagte er anerkennend.

Hahnreiter kratzte sich am Kopf. »Aber was macht eine Hochschwangere auf einem Ball?«

Kaunitz zuckte mit den Schultern und gab seinem Kollegen das Büchlein zurück. »Keine Ahnung. Der Medizinerball findet immer in den Redoutensälen statt. Gut möglich, dass sie dort war und das hier aufbewahrt hat.« Er deutete mit dem Kinn auf die Damenspende. »Vielleicht sollte es ihr Glück für die Geburt bringen.«

»Hat wohl nicht funktioniert«, sagte er bitter. »Und mir bringt es auch keins.« Hahnreiter schob Kaunitz das kleine Ding über den Tisch zu. »Wenn mich die Polizei filzt und das hier bei mir findet, wird sie noch misstrauischer, als sie ohnehin schon ist. Nimm du es.«

34

Ich bin dein Schicksal. Warum habe ich das nicht früher erkannt? Zu lange war ich im Ungewissen, hatte nur eine Ahnung davon, was meine Aufgabe ist. So vieles musste ich lernen, so vieles war mir noch nicht klar. Du hättest mich gebraucht, das weiß ich jetzt. Ich war nicht da für dich, obwohl mein Platz an deiner Seite ist und immer war. So vieles musstest du allein ertragen; bitte verzeih. Ich will alles tun, um dich glücklich zu machen. Jeden deiner Wünsche zu kennen ist mir jetzt ein Leichtes, seit ich dich verstehe. Du sprichst mit mir, ohne Worte zu benutzen. Du gibst mir Zeichen, die niemand sonst deuten kann. Das rote Tuch. Dein Blick. Sag nichts, ich weiß, was es bedeutet. Es ist meine Pflicht, deine Anweisungen zu befolgen, und das tue ich von Herzen gern. Wohin du auch gehst, ich folge dir. Siehst du mich? Natürlich tust du das. Du weißt mich als Stütze, als Anker. Wir sind füreinander bestimmt.

35

Erst weit nach Mitternacht erreichte Kaunitz seine Wohnung in der Josefsgasse. Zusammen mit den übrigen Fiakern hatte er sich zu Nestroy und dem Zitherspieler an den Tisch gesetzt, Wienerlieder gesungen und Wein getrunken. Erst beim Läuten der *Gurgelabschneiderin* von Sankt Stephan, der Glocke, die Wirte und Gäste zur Sperrstunde mahnte, hatte er das *Griechenbeisl* verlassen und war heimwärts getorkelt. Kaunitz hatte nach dem dritten Glas vergessen, wie sauer der Wein schmeckte, und sich immer mehr davon bestellt. Auf eine Mahlzeit hatte er verzichtet. Solange er mit den anderen in der dampfigen Gastwirtschaft gesellig beisammen saß, hatten ihm Alkohol und der leere Magen nichts angehabt. Erst die kalte Nachtluft traf ihn wie ein Keulenschlag, als er das Lokal verließ. Ein Stück des Weges hatte Hahnreiter ihn gestützt, der ein Zimmer in der Kohlmessergasse bewohnte. Auf der Ferdinandsbrücke war ihm dermaßen elend gewesen dass er sich, über die Brüstung gebeugt, in den Fluss übergeben hatte.

Kaunitz schloss die Tür zu seiner Wohnung auf, stützte sich an den Türrahmen und versuchte, sich zu erinnern. Lag die Schlafkammer links oder rechts? Es dauerte ein paar Augenblicke, ehe er die Orientierung fand. Er trat auf den knarzenden Dielenboden, tastete nach einer Lampe und stieß an die Kommode. Kaunitz verfluchte den Wein und die Finsternis. Er zog eine Schachtel mit Schwefelhölzern aus der Tasche seines Gehrocks und versuchte, die Lampe anzuzünden. Er verbrauchte drei Schwefelhölzer, bis es ihm endlich gelang. Dann streifte er die Schuhe von den Füßen und schälte sich aus seinen Kleidern. Nur das Hemd behielt er an; es musste als Nachtgewand herhalten. Kaunitz hatte es beim Übersiedeln in die neue Wohnung nicht übers Herz gebracht, ungefragt Kleidung vom alten Sterz mitzunehmen. Er brauchte dringend ein paar warme Sachen; darum würde er sich morgen kümmern. Kaunitz tappte in die Schlafkammer, löschte das Licht und ließ sich auf das Bett fallen. Die grobe Decke roch modrig und kratzte auf der Haut, dennoch zog er sie bis unters Kinn. Mondlicht fiel durch das Fenster und warf gespenstische Schatten auf die karge Einrichtung. Es gab keine Vorhänge, um die störende Helligkeit auszusperren. Die Wohnung war zwar möbliert, aber weit davon entfernt, gemütlich zu sein. Kaunitz drehte sich auf die andere Seite und schloss die Augen. Die Bilder des vergangenen Tages zogen an ihm vorbei und ließen ihn nicht zur Ruhe kommen.

Bermann an seinem wuchtigen Schreibtisch, der alte Sterz mit Katze Millie auf dem Schoß, die skeptische Verschleißerin in der *Shawl-Handlung*, die Fahrt zum *Dommayer* und Hahnreiter mit seiner Geschichte von der vergifteten Schwangeren in seiner Kutsche. Die Übelkeit, die ihm auf dem Weg vom *Griechenbeisl* hierher zu schaffen gemacht hatte, war verflogen. Kaunitz drehte sich wieder auf den Rücken, verschränkte die Hände hinter dem Kopf und starrte an die Decke, an die der Mond bizarre Schatten zeichnete. Er dachte an das Büchlein, das Hahnreiter ihm über den Tisch zugeschoben hatte. Die Angst des Kollegen war verständlich: Wer seitens Polizei und Fiakerbehörde unter Beobachtung stand, bewegte sich auf Messers Schneide. Beide Institutionen waren dazu autorisiert, Verdächtige jederzeit anzuhalten, zu überprüfen und notfalls sogar deren Unterkunft zu durchsuchen. Tragisch genug, dass die Frau auf der Fahrt zum Krankenhaus ausgerechnet in Hahnreiters Kutsche verstorben war und das ungeborene Kind mit ihr. In Folge stand die Existenz des Kutschers auf dem Spiel. Jede weitere Verbindung zwischen Hahnreiter und der Toten spielte den Behörden in die Hände. Es war ein offenes Geheimnis, dass Metternich und seine Mannen massiven Druck auf die Polizei ausübten und hohe Aufklärungsraten bei Verbrechen einforderten. Sogar eine simple Tanzkarte kam einem beruflichen Genickbruch gleich, solange der wahre Mörder der Schwangeren frei herumlief. Hahnreiter war im Besitz eines ihrer persönlichen Gegenstände, sie war in seiner Kutsche verstorben. Dennoch: Damenspenden waren nichts Besonderes in Wien; die Stadt war bekannt für die große Anzahl an Bällen, um die tanzbegeisterten Wiener zu unterhalten. Für jeden Ball wurde eine eigene Tanzkarte in Form eines kleinen Geschenkes entworfen. Winzige Kostbarkeiten, die an ausgelassene Stimmung und fröhliche Stunden erinnerten. Kaunitz selbst hatte sich vor Jahren in Elisabeths Tanzkarte eingetragen. Sterz hatte sie einander vorgestellt, die Dinge nahmen ihren Lauf. Beim Kaffeesiederball waren sie bereits als Paar über das Parkett geschwebt. Elisabeth hatte das Stück Papier als Erinnerung an ihre ersten gemeinsamen Walzer in einer Schatulle aufbewahrt. Der Brand hatte alles zerstört; Kaunitz blieb nur mehr die Erinnerung daran.

Er schlug die Decke zurück und setzte sich auf. Der Tod der Schwangeren in Hahnreiters Kutsche ließ ihm keine Ruhe. Wer war die Frau? Und wenn es stimmte, was Hahnreiter von seinem Schwager erfahren hatte: Weshalb war sie vergiftet worden?

Er stand auf und tastete sich im Mondlicht zum Stuhl, über den er seinen Gehrock gelegt hatte, griff in eine der Taschen und zog das Büchlein daraus hervor. Den Namen der Frau herauszufinden, war nicht schwierig: Auf Tanzkarten trug sich zuallererst die Besitzerin selbst ein. Kaunitz öffnete die kleine Schließe am Buchdeckel und war überrascht. Diese Damenspende war das Werk eines erfinderischen Handwerkers: Er hatte die Seiten nicht zum Blättern angeordnet, sondern zum Auffächern. Auf jedem Stück Papier waren Zeilen für Einträge vorgesehen. Kaunitz betrachtete alle Seiten genau, fand aber nichts. War dieses Exemplar etwa gar keiner Dame geschenkt worden? Das Gerangel um die Damenspenden beim Kaffeesiederball war ihm in Erinnerung geblieben. Jede wollte ein Exemplar als Andenken an den Abend mit nach Hause nehmen. Manche Frauen hatten sich sogar der Sammelleidenschaft von Ballspenden verschrieben und alles daran gesetzt, eine der Karten zu ergattern. Kaum vorstellbar, dass am Ball der Mediziner nicht alle Damenspenden eine Abnehmerin gefunden hatten.

Er schloss das fächerartige Buch und betrachtete den Einband, auf den in goldenen Lettern das Wort »Medizinerball« geprägt war. Mehr war im fahlen Mondlicht nicht zu erkennen. Er entzündete nochmals die Lampe, hielt das Büchlein zum Licht und lächelte zufrieden. »Louise Hofstätter«, stand auf der ersten Seite mit Bleistift geschrieben. Die Schrift war zart und nur schwer zu erkennen, als hätte der Stift beim Schreiben das Papier kaum berührt. Abermals suchte er nach Einträgen von Herren, die Louise um Tänze gebeten hatten. Er platzierte die Lampe auf dem Nachtkästchen und ließ sich mit dem Büchlein auf das Bett sinken. Jedem Tanz war eine Seite gewidmet. Galoppade, Polka, Cotillon. Nirgendwo waren Namen vermerkt. Hatte diese Louise Hofstätter nicht getanzt? Kaunitz entdeckte das Wort »Walzer« auf der letzten Seite und kniff die Augen zusammen. Ein Name, so hauchfein auf das Papier geschrieben, dass er kaum sichtbar war. Er rückte näher an die Lampe und hielt das Papier in den Lichtschein. Der Schreck fuhr ihm in alle Glieder. Auf dem Blatt stand »Johann Strauss«.

36

Lautes Wiehern weckte ihn. Kaunitz schlug die Augen auf und sah sich um. Wo war er? Versorgte Sterz die Pferde? Und warum hatte er ihn nicht geweckt? Erst nach ein paar Augenblicken begriff er, dass sein Bett nicht mehr in Mariahilf, sondern in der Leopoldstadt stand. Er lebte nicht mehr im Westen der Stadt, sondern im Osten. Sterz war in Mariahilf geblieben. Er würde sich selbst um die Pferde kümmern müssen oder Sandor dafür aus der Gefangenenanstalt holen.

Mit einem Ruck setzte sich Kaunitz auf und bereute die schnelle Bewegung sofort. Sein Kopf dröhnte, ihm wurde schwindelig. Alles drehte sich. Er sank zurück auf das Bett, schloss die Augen und kämpfte gegen die aufkommende Übelkeit an. Was war geschehen? Ein paar Atemzüge lang blieb er liegen, dann stemmte er sich aus dem Bett. Ein Gemisch aus kaltem Tabak und Fett stieg ihm in die Nase; das Hemd, in dem er geschlafen hatte, roch nach Küche, Rauch und Alkohol. Das *Griechenbeisl*. Langsam kehrte die Erinnerung an den gestrigen Abend zurück. Der Wein. Es war ein Fehler gewesen, auf nüchternen Magen so große Mengen zu trinken. Kaunitz öffnete das Fenster und atmete kühle Herbstluft ein. Auf einem kleinen Tisch stand eine Waschschüssel; Kaunitz fuhr mit der Hand hinein und seufzte. Die Schüssel war leer. Er hatte zwar gestern die Pferde versorgt, für sich selbst aber kein Wasser geholt. So schnell es die Übelkeit erlaubte, schlüpfte er in sein Gewand. Ein Hämmern hinter der Stirn begleitete jede seiner Bewegungen. Das grelle Tageslicht, das durch die Fenster fiel, schmerzte in den Augen. In nächster Zeit würde er einen Bogen um Bier und Wein machen, nahm er sich vor. Fürs erste brauchte er Wasser. Mit einem Krug in der Hand trat Kaunitz aus der Wohnung und stieg die Stufen zum Innenhof des Hauses hinab, wo sich der Brunnen befand. In einer Ecke stand ein Hackklotz, ein Teppichklopfer aus gebogenen Ruten hing an einem Nagel an der Wand. Kaunitz ließ die Leierpumpe an und pumpte Wasser in den Krug.

»He!«, tönte eine Stimme dicht bei ihm. Kaunitz drehte sich um. Vor ihm stand eine Frau Mitte 20. Über einem braunen Kleid trug sie eine Schürze und hielt wie er einen Krug in der Hand. Ihr Blick war feindselig. »Nur hauseigene Leute dürfen den Brunnen bedienen!«

»Sagt wer?«, fragte Kaunitz ungerührt. Er drehte sich wieder zum Brunnen und pumpte weiter.

Sie kniff die Augen zusammen und musterte ihn streng. »Ich kenne Sie! Sie waren gestern bei Bermann im *Elefantenhaus*!«

»Allerdings.« Kaunitz erkannte die Verschleißerin aus der *Shawl-Handlung*, die ihn und Bermann belauscht hatte.

»Mit wem habe ich das Vergnügen?«

Sie legte den Kopf schief. »Bermann hat Ihnen also die Wohnung doch vermietet?«, fragte sie skeptisch, ohne seine Frage zu beantworten.

»Ist das etwa verboten?« Der Krug war voll. Kaunitz richtete sich auf und musterte die Frau. Eine Hand in die Hüfte gestemmt wich sie keinen Millimeter zurück.

»Nein.« Sie hielt seinem Blick stand. »Pauline Goldmann«, antwortete sie nach einigem Zögern etwas freundlicher. »Ich wohne im ersten Stock, mittlere Tür.«

»Dann sind wir seit gestern Nachbarn. Ich bewohne die linke Wohnung.« Kaunitz rief sich die Beschriftung der Wohnungstüren in Erinnerung und runzelte die Stirn.

»Auf Ihrem Türschild steht ›Paul Goldmann‹.«

»Paul Goldmann ist mein Vater«, antwortete Pauline schnell. »Er hat früher selbst hier gewohnt, bevor er seine eigene Schneiderei eröffnete.«

Kaunitz nickte und stellte sich vor.

»Kaunitz?« Paulines Mundwinkel zuckten amüsiert. »Wie der Staatskanzler von Kaiserin Maria Theresia?«

»Nur nicht annähernd so mächtig.« Er grinste und nahm den Weg zurück ins Stiegenhaus. Er hörte, wie Pauline im Hof Wasser pumpte und mit dem Mädchen sprach, das gestern den Kinderreim gesungen hatte. Kaunitz' Magen krampfte sich zusammen, als er das Stimmchen der Kleinen hörte. Er hatte sich immer eine große Kinderschar gewünscht.

Oben angekommen, wusch er sich und kämmte die Haare notdürftig mit gespreizten Fingern.

»Frühstück wäre jetzt fein.« Kaunitz seufzte und betrat die kleine Küche, in der es nach Moder und Kaffee roch.

»Verehrter Herr und König«, summte er das Hungerlied, »weißt du die schlimme G'schicht?

Am Montag aßen wir wenig,

am Dienstag aßen wir nicht.«

Er öffnete die Türen der Kredenz und fand eine Kanne und einem kleinen Stieltopf. In einer der Laden lag eine Mausefalle, an der Blut und Fellbüschel klebten.

»Am Mittwoch mussten wir darben«, summte er weiter, »am Donnerstag litten wir Not;

Und ach, am Freitag starben

wir fast den Hungertod!«

Kaunitz bereute, am Vortag kein Brot gekauft zu haben. Sein Magen knurrte. »Scheiße«, seufzte er. War die Entscheidung falsch gewesen, beim alten Sterz auszuziehen? In der winzigen Küche des alten Stallmeisters hätte er jetzt Brotbrocken aus einer Tasse Milchkaffee gelöffelt und sich am Holzofen gewärmt. Kaunitz schob den Gedanken beiseite und sah auf seine Taschenuhr. Der Schreck fuhr ihm in die Knochen. Er war in die Taborstraße zu Strauss bestellt; davor musste er Sandor abholen und die Pferde anspannen. Jetzt war Eile geboten. Kaunitz griff nach dem Gehrock, dabei fiel sein Blick auf das kleine Buch mit dem rotsamtenen Einband. Hatte er geträumt oder tatsächlich den Namen Johann Strauss darin gelesen? Er öffnete die Fächerseiten: Der Name stand hier, fein geschrieben zwar, aber dennoch lesbar. Es ergab keinen Sinn; was hatte der Name des Musikers mit einer Schwangeren zu tun, die kurz vor der Niederkunft vergiftet worden war? Erst galt es herauszufinden, welcher der beiden Johanns gemeint war: Johann Strauss Vater oder Sohn. Kaunitz steckte das Büchlein ein.

Er würde erst seine Pferde versorgen, sich bei einer Bäckerei etwas zu essen kaufen und dann Strauss abholen. Außerdem musste er seine neue Adresse beim Fiakeramt melden und um einen neuen Standplatz ansuchen. Gedankenversunken verließ Kaunitz die Wohnung und schloss die Tür hinter sich. Die kratzenden Geräusche in der Schlafkammer hörte er nicht mehr.

37

»Zwei tote Frauen innerhalb weniger Tage!« Polizei-Oberdirektor von Amberg stand abrupt auf. Sein Sessel kippte beinahe nach hinten. Er schleuderte seine blütenweißen Uniformhandschuhe auf die blank polierte Schreibtischplatte und schnaubte.

Haas schwieg und war um eine neutrale Miene bemüht. Die Erfahrung hatte ihn gelehrt, die ersten Momente von Ambergs Wutausbrüchen wortlos über sich ergehen zu lassen. Es waren unangenehme Situationen, denen er in regelmäßigen Abständen ausgesetzt war. Mittlerweile wusste er sich jedoch zu meistern.

Aus dem Augenwinkel musterte Haas den ranghöchsten Polizisten, der jetzt unruhig wie ein hungriger Löwe durch das Büro schritt. Der breitschultrige Hüne war eine beeindruckende Erscheinung: schlanke Gestalt, hohe Stirn und stechender Blick. Ein Mann der Tat.

Der entschlossene Zug um Ambergs Mund ließ ahnen, dass er keinen Widerspruch duldete. Mächtige Politiker schätzten ihn als Befehlshaber des Polizeiapparates, der seine Besatzung fest im Griff hatte und allen Widrigkeiten trotzte. Amberg war ein gern gesehener Gast auf Banketten und Empfängen; man zeigte sich gern an seiner Seite.

Haas wusste, dass der Schein trog. Hinter dem blank polierten Aussehen seines Vorgesetzten schlummerten Verschlagenheit und Katzbuckelei.

Ambergs hoher Rang war nur bedingt auf glorreiche Leistungen zurückzuführen. Es hatte einer gehörigen Portion an Buckeln und Treten bedurft, um zum obersten Mann der Wiener Polizei aufzusteigen. Das Werben um Metternichs Gunst war unübersehbar. Amberg imitierte sogar Frisur und Akzent des Staatskanzlers.

Haas war aus einem anderen Holz geschnitzt als der Polizei-Oberdirektor. Er verabscheute Speichelleckerei, er war ein Mann der Prinzipien wie Edmond Dantès. Eine Romanfigur, die Haas zutiefst beeindruckte. Der Held aus Alexandre Dumas' Roman *Der Graf von Monte Christo* blieb sich selbst treu und hielt an seinen Plänen fest. Das neueste Werk aus der Feder des Franzosen Dumas war offiziell zensiert und somit als Lektüre verboten. Haas hatte das Buch jedoch über eine verlässliche Quelle erstanden und innerhalb weniger Tage verschlungen.

Mittlerweile hatten sich Ambergs Schritte verlangsamt; er schüttelte abwechselnd den Kopf und führte Selbstgespräche. Ein Zeichen, dass er nach Rechtfertigungen für das langsame Fortschreiten der Ermittlungen suchte, nach denen Metternich sich erkundigen würde. Vor dem überlebensgroßen Porträt Kaiser Ferdinands blieb er stehen und sah flehentlich zum Monarchen hinauf, als ob er ausgerechnet von ihm Hilfe erwartete. Zaghaftes Klopfen an der Tür ließ Amberg aufschrecken.

»Herein!«, donnerte er ungehalten. Zimmerl betrat den Raum, und Ambergs Miene hellte sich auf. »Ach, du bist es!«

»Welche weiteren Aufgaben hast du für mich vorgesehen, Onkel?« Zimmerl stand stramm und reckte das Kinn vor. Ein Hauch von Erstaunen und Anerkennung huschte über das Gesicht des Polizei-Oberdirektors. Er bot seinem Patensohn einen Stuhl an. »Setz dich, mein Junge!« Haas ließ er neben dem großen Globus stehen, auf dem das Habsburgerreich eingezeichnet war. Zimmerl fühlte sich im Büro seines Patenonkels sichtlich wohl; davon zeugten seine aufrechte Haltung und ein selbstgefälliger Gesichtsausdruck.

Es war zweifellos angenehmer, beim Schreibtisch eines der mächtigsten Männer Österreichs zu sitzen, als hinter Haas durch das zugige Wien zu eilen.

Amberg nahm den Bericht, den Haas ihm zur Lektüre vorgelegt hatte, erneut zur Hand und las ihn zum wiederholten Male.

Seine Brauen zogen sich zusammen, ein Stück seiner Wut kehrte zurück. »In Wien herrschen Sodom und Gomorrha, und Sie sehen zu!« Amberg ließ den Bericht mit großer Geste auf den Tisch fallen.

Haas spürte Zimmerls lauernden Blick; ihm war bewusst, dass sein Assistent nicht zufällig in Ambergs Büro gestolpert war, sondern auf einen Konflikt zwischen seinem Patenonkel und seinem Vorgesetzten hoffte. Professor Wieselers Worte kamen ihm ins Gedächtnis: Onychophagie. Ausdruck großer Unsicherheit und Nervosität. Sein Blick fiel auf Zimmerls leuchtend rote, wulstige Fingerkuppen. Er würde dem Nagelbeißer nicht das gewünschte Schauspiel bieten.

»Wir gehen davon aus, dass die beiden Todesfälle in keinerlei Verbindung zueinander stehen!« Haas war um Contenance bemüht.

»Wir gehen davon aus?«, wiederholte Amberg mit gespieltem Entsetzen. »Es werden also noch mehr Morde passieren?«

»Noch wissen wir nicht mit Sicherheit, ob es sich in beiden Fällen um Gewaltverbrechen handelt«, blieb Haas sachlich, »Dora Hausers Leiche wird soeben obduziert.«

»Wer führt die Obduktion durch?«

»Professor Wieseler.« Haas wusste, dass Amberg die Akribie des Mediziners schätzte. Bisher hatte er keinen einzigen von Wieselers Berichten angezweifelt. Zufrieden stellte er fest, wie Amberg sich entspannte. »Es bleibt abzuwarten, ob ihr Tod durch Fremdverschulden herbeigeführt wurde oder eine natürlich Ursache hatte.«

»Natürliche Ursache«, brummte Amberg. Er schüttelte zwar den Kopf, ging aber nicht weiter auf das Thema ein. Stattdessen griff er erneut zur Akte. »Laut Ihrem Bericht war Dora Hauser Hausangestellte bei ...«, er suchte nach der Textstelle, unterbrach sich aber selbst. »Haben Sie den Leichnam der Frau gesehen?« Er hob fragend die Augenbrauen.

Haas nickte. »Sowohl der Fundort als auch der Gegenstand, den Dora Hauser bei sich hatte, ist ungewöhnlich.«

Amberg straffte sich. »Umso wichtiger, dass Sie baldmöglichst Licht in die Angelegenheit bringen!« Er zeigte auf Zimmerl, der entspannt im Sessel fläzte. »Es hat seine Gründe, warum ich ausgerechnet Ihnen mein Patenkind anvertraue! Die Sache hat oberste Priorität!«

»Ihr Patenkind oder der Fall?« Haas unterdrückte ein Grinsen.

Amberg zog eine Augenbraue hoch und musterte seinen Untergebenen streng. Haas hielt seinem Blick stand.

»Was können Sie mir über die zweite Tote berichten?«, wechselte der Chef das Thema.

»Louise Hofstätter ist ...«, Haas korrigierte sich, »war die Gattin des Chirurgen Hofstätter.«

»Ich kenne ihn persönlich.« Amberg nickte wissend. »Eine Koryphäe auf seinem Gebiet. Was für ein tragischer Verlust!«

»Frau Hofstätter war im neunten Monat schwanger.«

»Meine Güte.« Amberg war ehrlich ergriffen. »Wurde sie obduziert?«

Haas überlegte kurz, wie viel er vom Gespräch mit den beiden Medizinern preisgeben konnte, ohne sich Schwierigkeiten einzuhandeln. »Laut Professor Wieseler hat sie heftige

Blutungen erlitten, hervorgerufen durch eine große Menge *Artemisia Absinthum*.«

Zimmerl blickte ratlos zu seinem Patenonkel.

»Beifuß«, ergänzte Haas, »wahrscheinlich als Tee verabreicht. In einem früheren Schwangerschaftsstadium wird diese Pflanze verwendet, um Blutungen hervorzurufen und den Fötus abzutreiben.«

Einen Moment lang sagte niemand etwas. Die Stille wurde nur durch Hufgetrappel auf dem Petersplatz vor dem Fenster unterbrochen. Amberg, so abgebrüht er sich nach außen gab, rang um Worte.

»Eine Mutter und ihr Kind zu töten ist das widerwärtigste Verbrechen, das Menschen auf Gottes Erde begehen können«, sagte er schließlich. Haas blickte auf die Orden, die Ambergs breite Brust zierten. Der Polizei-Oberdirektor hatte im Jahre 1809 im fünften Koalitionskrieg gekämpft; bestimmt nicht, ohne Blut dabei zu vergießen. Das Blut von Müttern und deren Kindern.

»Wie schon zuvor erwähnt gehe ich nicht davon aus, dass die beiden Todesfälle in irgendeinem Zusammenhang zueinander stehen«, unterbrach er die Stille. »Dora Hauser war Hausangestellte, Louise Hofstätter die Frau eines Chirurgen. Die eine starb im Eiskeller, die andere in einer Fiakerkabine. Es gibt keine Gemeinsamkeiten.«

»Konnten die beiden einander gekannt haben?«, meldete sich Zimmerl erstmals zu Wort.

»Kaum.« Amberg lächelte milde. »Bedenke den gesellschaftlichen Unterschied zwischen den beiden.« Er griff nach dem Bericht und hielt ihn in die Höhe. »Halten Sie mich auf dem Laufenden, Haas! Und was mein Patenkind betrifft …«

Haas legte die Hand auf die Türklinke und deutete eine Verbeugung an. »Ich weiß, Herr Polizei-Oberdirektor.« Er lächelte. »Die Sache hat oberste Priorität!«

38

Neun Monate sind vergangen seit jenem Abend. 260 Tage und vier Stunden seit jenem Moment, ich weiß es genau.

Glaubst du, ich hätte es nicht bemerkt? Ich habe euch gesehen! Es war ein Wimpernschlag, flüchtig und nicht der Rede wert. Nichtig für den Rest der Welt, eine Ewigkeit für mich. Was ich gesehen habe, hat sich mir eingebrannt. Die Zeit stand still. Was hast du getan? Warum mutest du mir das zu, stellst mich bloß? Ich bin es doch, dein Schicksal, deine Bestimmung! Warum trittst du mich mit Füßen? Erkennst du nicht meinen Wert? Siehst du nicht, welche Opfer ich bringe? Dass ich alles gebe für dein Glück?

Versuch nicht, mich zu beschwichtigen! Ich werde verzeihen, jedoch niemals vergessen. Aber halt: Dich trifft keine Schuld. War es deine Entscheidung? Hast du aus freiem Willen gehandelt? Nein! Es war nicht deine Entscheidung. Du wurdest verführt, warst ein Opfer deiner Eitelkeit. Ich verzeihe dir.

Er blieb nicht ohne Folgen, jener Moment. Verzage nicht, ich räume alle Hindernisse aus dem Weg. Ich bin für dich da.

39

Der Schriftzug an der Hausmauer war verblichen und kaum mehr lesbar. Strauss öffnete die schwere Holztür, deren Angeln erbärmlich quietschten. Trotz der frühen Stunde umfingen ihn alkoholschwangere Luft, Tabakrauch und Fettdunst. Gedämpftes Gemurmel und heiseres Gelächter drangen aus den Räumen.

Die dichten Vorhänge im Gasthaus *Zur Stadt Belgrad* waren zugezogen, als wollte man die Welt von geheimen Machenschaften aussperren. Unwissende verschmähten die kleine Gastwirtschaft außerhalb der Stadtmauern, die in der Nähe des Palais Auersperg lag. Die angebotenen Speisen waren bestenfalls durchschnittlich, die Gäste weder elegant noch wohlhabend. Doch hinter der abgeblätterten Fassade, wo sich Auerspergstraße und Josefigasse am Glacis kreuzten, lagerten wahre Pretiosen, das wusste Strauss. Unzählige Stunden hatte sein Vater in diesem Lokal verbracht, um Musiker auszuwählen, Löhne zu verhandeln und Termine zu fixieren. »Schatzsuche« hatte er seine Touren zur Musikantenbörse immer genannt; er war fiebrig und voller Erwartungen aufgebrochen in der Hoffnung, die idealen Musiker für die neuesten Kompositionen zu finden. Strauss erinnerte sich an die Erleichterung und den zufriedenen Gesichtsausdruck des Vaters, wenn die Suche von Erfolg gekrönt war.

Im schummrigen Licht erkannte Strauss zwei Streicher und einen Hornisten, mit denen schon sein Vater konzertiert und zu Hause im Wohnzimmer geprobt hatte. Einer von ihnen hatte ihm damals eine Zinnfigur geschenkt. Das Gefühl von Heimat überkam ihn.

»Wie um alles in der Welt kann man in dieser finsteren Räuberhöhle Noten lesen?«, raunte Kaunitz, der das Lokal als Zweiter betrat.

»Hier werden die Noten nicht gelesen, sondern gespielt, Kaunitz.« Strauss sah sich um. Ein gutes Dutzend Tische war besetzt. Männer aller Altersklassen saßen bunt gemischt bei Bier und Wein, die Instrumente neben sich an die Wand gelehnt oder in einem Instrumentenkoffer am Boden abgelegt. Einige spielten Karten, andere zogen neue Saiten auf ihre Violinen oder polierten das dünne Holz mit Bienenwachs. Die Musikantenbörse im Gasthaus *Zur Stadt Belgrad* war Treffpunkt aller Musiker, Kapellmeister und Dirigenten. Im simplen Bierhaus in der Josefstadt beherrschten Noten und Alkohol das Geschehen. Musiker wurden für einen Abend oder gar eine Konzertreise ausgewählt und engagiert.

Als Strauss in der Mitte des Raumes stehen blieb, hafteten sämtliche Blicke auf ihm. Einige erkannten ihn und begannen zu tuscheln. »Das ist doch der Sohn vom Schani!«, »Von der Anna oder der Trampusch?«, »Der Schani pflanzt sich schneller fort als ein Karnickel!« Dreckiges Gelächter folgte. »Der kommt mir grad recht«, rief einer und zeigte mit dem Finger auf den Sohn des Walzerkönigs, »noch nicht einmal volljährig und will seinem Vater das Wasser abgraben!«

Strauss ignorierte die Stimmen und schritt langsam durch die Gaststube. Einige Männer drehten ihm absichtlich den Rücken zu, andere starrten ihn unverhohlen an.

Ein gedrungener Mann mit Stiernacken und fettigem Haar rülpste lautstark, ein anderer putzte sich mit den Zinken einer Gabel die Fingernägel aus. Hinter der Schank polierte ein rotgesichtiger Kerl mit gewaltigem Unterbiss Weingläser. Aus seinem Mundwinkel ragte ein Zahnstocher; er taxierte die beiden Gäste mit Blicken.

»*Hier* wollen Sie Ihr Orchester zusammenstellen?« Kaunitz blieb skeptisch beim Eingang stehen; seine Hand ruhte auf dem abgegriffenen Türknauf. »Soweit ich verstanden habe, wollen Sie das Publikum beim *Dommayer* begeistern und nicht verschrecken.« Er ließ seinen Blick durch das Gasthaus schweifen und seufzte leise. Einen Sammelort für professionelle Musiker hatte er sich anders vorgestellt. »Gibt es noch mehr Lokale, um Musiker aufzugabeln?«

»Lassen Sie sich nicht täuschen, mein Lieber! Mit Hemd und Jacke macht jeder der hier Anwesenden eine gute Figur!« Strauss winkte ab. »Ich weiß schon, was ich tue! Mein Vater und Lanner suchten dieses Lokal nicht ohne Grund regelmäßig auf. Lanner ist letztes Jahr verstorben, aber mein Vater kommt immer noch regelmäßig hierher. Nicht ohne Grund! Es gibt keinen besseren Ort in Wien, um ein Orchester zusammenzustellen!« Er nahm Kaunitz am Oberarm und zog ihn von der Tür weg in die Gaststube. »Glauben Sie mir, der Abend im Dommayer wird einzigartig!«

»Davon bin ich überzeugt«, entgegnete Kaunitz doppeldeutig. Strauss steuerte auf die Schank zu und bestellte Wein. Der Wirt schenkte ein und stellte die Gläser so schwungvoll vor ihnen ab, dass ein Teil der Flüssigkeit überschwappte.

»Wer Männer sucht, die musizieren«, reimte er,
»Muss weit, bis zum Glacis, spazieren.
Wiens beste Mannen find't man hier
Und für den Durst gibt's Wein und Bier.«

»Ich glaub, mich tritt ein Pferd!« Kaunitz nahm seinen Zylinder ab und kniff die Augen zusammen. »Josef?« Er trat näher, und seine Miene erhellte sich, als er den Mann hinter der Schank erkannte.

»Der Klampfl Josef!«, rief er aus und bahnte sich einen Weg durch Gäste und Instrumente. Auch der Wirt erkannte sein Gegenüber. Er kam hinter seiner Schank hervor und breitete die Arme aus.

»Na so was, der Fünfundzwanziger!« Er umarmte Kaunitz und klopfte ihm auf den Rücken. »Gibt's dich auch noch, altes Haus!« Er nahm den Fiakerfahrer an den Schultern und reimte wieder.

»Wen seh ich da in voller Pracht?
Er fährt bei Tag, er fährt bei Nacht,
Mit schwarzen Rössern, braunen, weißen
Die alle auf die Straßen scheißen!«

»Ihr kennt euch?« Strauss sah irritiert zwischen dem Wirt und seinem Fiakerfahrer hin und her.

»Aber ja! Keiner reimt so gute Knittelverse wie der Klampfl Josef!« Kaunitz griff nach seinem Glas und prostete dem Wirt zu. »Schon unsere Väter haben sich gekannt! Wir sind beide in der Alservorstadt aufgewachsen.«

Er nahm auf einem der Hocker Platz und sah sich um. »Ich wusste nicht, dass du Wirt bist«, staunte er. »Wolltest du nicht bei deinem Vater das Steinmetzhandwerk erlernen und seine Werkstatt übernehmen?«

Klampfl nickte. »Habe ich auch.« Er verschwand kurz in einem kleinen Raum hinter der Schank und kam mit einer Flasche Wein zurück. »Für meine Freunde gibt's das gute Zeug, nicht den billigen Fusel, den die anderen Gäste trinken.« Er zwinkerte Strauss zu, öffnete die Flasche und füllte drei frische Gläser mit Weißwein. Dann reichte er seinen beiden Gästen je ein Getränk. »Es hat sich viel verändert, seit Metternich die Fäden zieht. Der Tod darf seine Arbeit machen, aber Steinmetze haben's nicht leicht in Wien.« Er hob sein Glas, prostete den beiden zu und nahm einen Schluck. Klampfl stützte sich mit dem Ellbogen auf die Schank und senkte seine Stimme. »Zeitungen und Bücher werden zensiert, daran hat man sich mittlerweile gewöhnt. Aber neuerdings muss man sogar als Steinmetz aufpassen, was man in Grabsteine meißelt. Im Mai vor drei Jahren hat die Polizei bei mir angeklopft, weil ich ohne Bewilligung der Behörde Grabinschriften angebracht habe.« Er nahm noch einen Schluck, hielt dann eine Hand hoch und spreizte die Finger. »Fünf Grabsteine, die ich graviert hatte, musste ich vom Währinger Friedhof wieder entfernen; natürlich auf meine Kosten. Angeblich waren die Inschriften anstößig.« Er schüttelte den Kopf. »Die Polizei hat mir mit Geldstrafe und Arrest gedroht, falls ich nicht Folge leiste.«

»Wie, um Himmels willen, haben denn die Inschriften gelautet?« Kaunitz lachte kurz auf. »War etwas Schweinisches dabei?«

Klampfl schüttelte den Kopf. »Warte ...« Er schloss die Augen und massierte seine Schläfen, um die Worte aus der Erinnerung hervorzukramen.

»Mit Adlerfittichen eilt das Leben
ob du dem Schmerz, der Lust ergeben.
Und trägt man dich hinaus
ins enge, kühle Haus,
was hast du dann für deine Sorgen?
Leb heute lieber als erst morgen.«

Er öffnete die Augen wieder. »Von wegen schweinisch. Auf Dauer ist das ein Verlustgeschäft. Also habe ich die Werkstatt verkauft, nach einer neuen Aufgabe gesucht ...«

»... und bist Wirt geworden«, vollendete Kaunitz den Satz und nippte am Wein. »Nicht übel.«

Klampfl machte eine ausladende Geste. »Das Lokal hier existiert schon ewig in der Josefstadt, der Vorbesitzer ist verstorben. Wäre doch schade, so eine Perle verkommen zu lassen.« Er zwinkerte Strauss zu. »Du bist sicher nicht zum Weintrinken gekommen, oder?«

Strauss hielt einen braunen Umschlag hoch, den er mitgebracht hatte. Darin befanden sich Noten seiner Kompositionen. »Ich suche Musiker für eine Kapelle.«

»Für deinen Vater?« Klampfl reckte den Kopf und deutete auf die beiden Streicher und den Hornisten. »Ich glaube, die drei dort hinten haben schon einige Male mit ihm gespielt.«

»Nein«, Strauss schüttelte vehement den Kopf, »ich suche Musiker für *mich*.«

Klampfl zeigte sich unbeeindruckt. Er wandte sich an Kaunitz. »Und was hast du damit zu tun?«

»Mit der Kapelle: gar nichts.« Der Fiakerfahrer kratzte sich am Kopf. »Ich bin für den Transport des jungen Herrn Strauss zuständig.«

»Kapelle, sagst du.« Klampfl blies die Backen auf. »Dann stimmt es also, was man sich erzählt: Die zwei Sträusse sind über Kreuz. Der junge fordert seinen Vater heraus?«

»Vom Thron stoßen will er ihn, den Walzerkönig!« Von einem der Tisch nahe der Schank meldete sich ein dürrer Blonder mit schwerer Zunge. »Der eigene Sohn will dem Vater das Revier streitig machen! Eine Natter am Busen der Musik!« Er spuckte auf den Boden. »Verräter!«

»Heinz!«, donnerte Klampfl in seine Richtung, »halt die Pappen oder geh heim!«

Heinz erhob sich taumelnd von seinem Stuhl und begann derbe Sprüche zu grölen, aber seine beiden Sitznachbarn zogen ihn zurück auf seinen Sessel.

»Lass gut sein, Heinz!«, versuchten sie, ihn zu beruhigen und stellten das Glas, nach dem er greifen wollte, außer Reichweite. »Du hast für heute genug gehabt!«

Heinz brummte etwas Unverständliches und schielte sehnsüchtig nach seinem Bier. Klampfl trollte sich zurück hinter die Schank und begann, Gläser zu polieren. Er maß Strauss mit Blicken, schwieg aber. Im gesamten Lokal verstummte das Gemurmel, verdüsterten sich Mienen und wurden Lippen aufeinandergepresst. Strauss gegen Strauss also; wie sollten sie sich verhalten? Welche Seite war die richtige?

»Ich bin ein einfacher Fiakerfahrer, mit Musikern kenne ich mich nicht aus«, ergriff Kaunitz das Wort und sah in die Runde. »Aber ich weiß, dass dieser junge Mann hier«, er legte den Arm um Strauss' Schultern, »Tag und Nacht an nichts anderes denkt als an Musik. Seit ein paar Tagen hat er die Lizenz, ein eigenes Orchester zu gründen, obwohl er noch nicht großjährig ist! Er sucht Musiker, ihr sucht eine Anstellung.« Er deutete auf Strauss. »Voilà, hier ist die Gelegenheit! Ihr müsst sie nur beim Schopf packen!«

Keiner der Anwesenden sagte etwas. Es war beinahe totenstill in der Gaststube, nur Klampfls Geschirrtuch quietschte auf den sauberen Gläsern.

Kaunitz wartete ein paar Momente und klopfte dann Strauss auf die Schulter. »Ich glaube, das wird hier nichts«, sagte er gut hörbar, »vielleicht sollten Sie doch woanders nach guten Musikanten suchen.«

Ohne Kaunitz zu antworten stieg Strauss auf die Sitzfläche eines Stuhls und wandte sich den Männern in der Gaststube zu. »Am 15. Oktober findet eine *Soireé Dansante* statt«, verkündete er laut, »Johann Strauss wird im *Dommayer* mit eigenem Orchester auftreten und den Saal zum Kochen bringen. Nur: Welcher Johann Strauss wird das sein?«

Er ließ den Blick durch den Raum schweifen. »Der Vater?« Strauss sah zum Bassisten, den er noch von früher kannte.

»Oder der Sohn? Wer wird das Publikum verzaubern? Der Vater, den die ganze Welt als Walzerkönig kennt und der seinen eigenen Söhnen die Musik verbietet?«

Einige der Männer rissen die Augen auf und starrten einander erstaunt an.

»Oder dem Sohn, der das Violinspiel heimlich gelernt hat, weil er ohne Musik nicht leben kann?«

Klampfl hörte auf, die Gläser zu polieren. Alle Augen waren auf Strauss gerichtet.

»Wem wird die Menge zujubeln? Dem Vater, der sogar am englischen Hof Ruhm erlangt hat, aber seine Familie am Hungertuch nagen lässt? Oder der Sohn, der sich als Chorsänger verdingen musste, um Mutter und Geschwister über Wasser zu halten?«

Strauss drehte sich einmal um die eigene Achse, damit alle im Lokal ihn sehen konnten. Kaunitz lehnte sich an eine der dunkel gestrichenen Holzsäulen, die die Decke abstützten, und verschränkte die Arme über der Brust.

»Viele von euch haben schon mit meinem Vater musiziert. Einige waren bereits zu Gast in unserem Haus, ich erinnere mich.«

Von einem der hinteren Tische war verlegenes Räuspern zu hören.

»Ich verstehe, dass ihr zögert, mit dem Sohn des Walzerkönigs zu arbeiten. Niemand von euch kennt mich. Bisher hatte ich keine Auftritte, konnte mich nicht beweisen. Auf die Musik meines Vaters ist Verlass, denkt ihr. Niemand weiß, ob meine Musik ähnlich berauschend wirkt wie die des Walzerkönigs. Ob es sich lohnt, mit dem jungen Johann Strauss zu spielen oder nicht.« Er stieg vom Sessel. »Am 15. Oktober findet eine *Soireé Dansante* beim *Dommayer* statt«, wiederholte er. »Ich werde dort sein, mit oder ohne euch.« Ohne ein Wort des Abschieds wandte sich Strauss zur Tür und verließ das Lokal. Kaunitz setzte seinen Zylinder auf. »Wir sehen uns!«, raunte er Klampfl zu und lächelte. Dann machte auch er sich auf den Weg nach draußen.

In der Josefigasse bestieg Strauss die Fiakerkabine, Kaunitz schwang sich auf den Kutschbock.

»Falls es mit dem Auftritt in *Dommayers Casino* nichts wird«, sagte er und drehte sich nach hinten, »könnten Sie auch hier spielen.« Er zeigte mit der Peitsche in Richtung Theater. »Ludwig van Beethoven hat schon im Theater in der Josefstadt gespielt, und Fanny Elßler tanzt hier regelmäßig. Die Vorstellungen sind fast immer ausverkauft.«

»Warten wir ab, was passiert, Kaunitz«, ließ sich Strauss aus der Kabine vernehmen. »Fürs Erste muss ich zurück in die Taborstraße zum *Hirschenhaus*!«

Kaunitz nickte und schnalzte mit der Zunge, der Wagen fuhr an.

»Halt!« Hektisches Klopfen an der Kabinentür ließ Strauss zusammenzucken. Die Pferde begannen nervös zu tänzeln, Kaunitz beruhigte sie und brachte die Kutsche zum Stehen. Sie waren erst wenige Meter gefahren. Strauss beugte sich aus dem Fenster; die Tür zum Gasthaus stand offen. Einer der Männer war aus dem Lokal gerannt und hatte die Kutsche eingeholt.

Der hagere Blonde hielt sich an der Kabinentür fest und sprach mit schwerer Zunge. Sein Blick war glasig, aber entschlossen.

»Ich bin dabei«, sagte Heinz.

40

Kaunitz setzte Strauss vor dem *Hirschenhaus* ab, anschließend lenkte er den Wagen zur Stallung in die Josefsgasse. Er würde die Pferde tränken, auswechseln und zurück in die Stadt fahren, um sich bei der Fiakerbehörde zu melden. Für den heutigen Tag standen keine weiteren Fahrten mit Strauss an; der Musiker hatte Organisatorisches zu erledigen.

Sie waren länger in der Josefstadt geblieben als geplant; nach Strauss' Worten hatte sich die Stimmung im Gasthaus *Zur Stadt Belgrad* gedreht. Heinz hatte sich als Erster für den Auftritt im *Dommayer* gemeldet, 24 weitere waren gefolgt. Nach und nach waren die Bedenken, mit dem Sohn des Walzerkönigs zu arbeiten, bei allen Anwesenden geschwunden. Das Eis war gebrochen. Noten wurden präsentiert, Löhne verhandelt und Verträge aufgesetzt. Strauss stellte seine erste Kapelle zusammen, Kaunitz und Klampfl ließen Kindheitserinnerungen aufleben und tranken die angebrochene Flasche Wein leer. Neben ihnen wurden Sessel verrückt, Instrumente gestimmt und Stücke geprobt. Das düstere Lokal füllte sich mit Walzerklängen und heiterer Stimmung; bis zur Abfahrt zurück in die Leopoldstadt vergingen drei weitere Stunden. Strauss' beherztes Auftreten vor den Musikern hatte sich bezahlt gemacht.

Kaunitz hielt vor dem grün gestrichenen Holztor und stieg vom Kutschbock ab. Er spannte die Pferde aus, fischte den Schlüssel für die Stalltür aus seiner Tasche und erstarrte. Das

Tor war einen Spalt offen; hatte er vergessen abzusperren? Leise trat Kaunitz einen Schritt näher und lauschte. Aus der Stallung im Haus Nummer 5 drang gedämpftes Gemurmel auf die Straße. Wie war das möglich? Nur er hatte einen passenden Schlüssel für das Tor. Kaunitz lugte durch den Spalt. Zwei Gestalten standen, mit dem Rücken zum Eingang, bei den Pferden. Im schummrigen Licht waren nur ihre Silhouetten auszumachen. Pferdediebe, schoss es Kaunitz durch den Kopf. Nun war es also soweit: wovor er bisher verschont geblieben war, trat nun ein. Jemand war in den Stall eingebrochen, um zwei seiner Rösser zu entwenden. Trotz hoher Polizeipräsenz wurden viele Diebstähle in Wien verübt. Von seinen Kollegen hatte Kaunitz gehört, dass neuerdings sogar am helllichten Tag Rösser aus Stallungen verschwanden. Dreiste Diebe verhökerten die Tiere auf Pferdemärkten oder direkt an einen Pferdefleischhauer. Mit etwas Glück konnte er seine Tiere noch retten, bevor es zu spät war. Er würde sich zu wehren wissen. Kaunitz überlegte kurz. Der Stall verfügte nur über dieses eine Tor. Er nahm die Peitsche aus der Halterung neben dem Kutschbock und schlich vorwärts. Am besten, er überraschte die Eindringlinge und trieb sie in die Enge. Mit einem Ruck stieß er das Tor auf. Die beiden Gestalten fuhren herum.

»Um Himmels willen!« Der Mann riss die Hände hoch; sein Gesicht war totenbleich, der Atem schnell und rasselnd. »Du bringst mich noch ins Grab!«

»Sterz?« Kaunitz ließ die Peitsche sinken und starrte den alten Stallmeister an. Der hielt in seiner rechten Hand eine Striegelbürste.

Bei der anderen Gestalt handelte es sich um Pauline Goldmann. »Meine Güte, haben Sie mich erschreckt!« Sie fasste sich an die Brust und atmete erleichtert auf.

»Was geht hier vor?« Kaunitz sah vom alten Stallmeister zu seiner Nachbarin. »Warum ist die Stalltür nicht versperrt?«

Sterz holte rasselnd Luft. »Ich habe die Pferde vermisst und wollte nach ihnen sehen.« Er lächelte verlegen.

»Mich hast du nicht vermisst?«, fragte Kaunitz scherzhaft. Der Stallmeister ging nicht darauf ein.

»Die Pferde haben gewiehert, aber die Tür zum Stall war versperrt. Deshalb habe ich nach dir gesucht.« Er fuhr damit fort, den Rappen zu striegeln. »Du warst nicht zu Hause, aber deine Nachbarin hat mich im Stiegenhaus aufgegabelt.« Er zwinkerte Pauline zu. »Sie war so freundlich und hat sich mit mir auf die Suche nach einem Ersatzschlüssel gemacht.«

»Ich hatte Kundschaft.« Kaunitz ließ sich auf einen der Strohballen sinken, die neben dem Tor gestapelt waren. Er musterte Sterz, der ohne Unterlass striegelte und dem Hengst beruhigende Worte ins Ohr murmelte. Trotz des krummen Rückens und der gichtgeplagten Finger waren seine Bewegungen fließend. Das Pferd schnaubte und stupste ihn sachte mit den Nüstern; über das Gesicht des Alten huschte ein zufriedenes Lächeln.

»Es gibt also einen Ersatzschlüssel für die Stalltür?«, sinnierte Kaunitz. »Davon hat Bermann mir gar nichts erzählt.« Er sah Pauline fragend an.

»Es tut mir leid, ich wollte nicht ...« Sie errötete und zupfte nervös an ihrem Kleid. »Bevor Sie den Stall gemietet haben, waren ebenfalls Pferde hier untergebracht. Eines Tages«, sie stockte und fuhr sich mit der Hand über die Augen, »eines Tages hat sich Heu entzündet.« Sie sah auf und kaute an der Unterlippe. »Ich war zufällig hier und wollte die Tiere befreien, aber das Tor war verschlossen. Nur der Mieter hatte den Schlüssel.« Pauline schluckte. Tränen strömten über ihre Wangen. Feuer. In diesem Stall. Kaunitz fröstelte. Davon hatte Bermann ihm nichts erzählt. Ausgerechnet hier, am anderen Ende der Stadt, weit weg von Mariahilf. Paulines Worte nahm er wie aus der Ferne wahr. »Niemand wusste, wo sich der Mieter aufhielt. Man hat ihn nicht schnell genug erreicht. Bermann wurde gerufen, die Feuerwehr kam, aber«, Paulines Stimme brach, »das alles dauerte zu lange. Im Rauch sind alle Tiere verendet.« Sterz hatte aufgehört zu striegeln. Sein wettergegerbtes Gesicht war blass.

»Ich war damals hier«, fuhr Pauline etwas gefasster fort. »Die Tiere waren verzweifelt. Ich habe am Tor gerüttelt, habe versucht, zu ihnen zu gelangen und sie zu befreien, aber ...« Sie hob den Kopf. Ihre Augen waren gerötet. »Seitdem gibt es einen Ersatzschlüssel. Und ich weiß, wo er hängt.«

Kaunitz fuhr sich mit beiden Händen über das Gesicht. Warum hier? Weshalb verfolgten ihn die Flammen? Er hatte gehofft, das Feuer aus seiner Erinnerung zu verbannen. Jetzt, da er Paulines Erzählung kannte, würde es immer wieder auflodern, sobald er die Stalltür öffnete. Dennoch: Es war nicht ihre Schuld. Pauline wusste nichts von Elisabeths Tod und dem Brand in der Dachwohnung. Ein Blick zum alten Stallmeister verriet Kaunitz, dass dieser die gleichen Gedanken hegte. Sterz schüttelte sachte den Kopf zum Zeichen, Stillschweigen zu bewahren.

»Schon gut.« Kaunitz erhob sich vom Ballen und klopfte Stroh von seiner Hose. »Solange Sie die Tür nicht für Diebe oder Mörder öffnen.« Er versuchte ein Lächeln und wechselte das Thema. »Arbeiten Sie denn nicht mehr in der *Shawl-Handlung*?«

»Doch«, sie seufzte, »aber ich musste mich um meinen Vater kümmern.« Pauline tätschelte einem der Pferde den Hals und nickte Sterz zu. Sie bedachte Kaunitz mit einem langen Blick und verließ den Stall.

Sterz blickte ihr nach. »Hübsches Mädchen«, sagte er, als Pauline außer Hörweite war. Zusammen mit Kaunitz holte er die beiden Pferde in den Stall, die auf der Straße beim Fiaker standen.

In stillem Einvernehmen verrichteten sie dieselben Handgriffe wie seit Jahren; sie rieben die Pferde trocken, mit denen Kaunitz in die Josefstadt gefahren war, verstauten Zaumzeug, holten frisches Wasser und kontrollierten die Hufe der Tiere. Dann zäumten sie die anderen beiden Pferde auf. So dankbar Kaunitz über Sandors Hilfe war, so erleichtert war er, dass der Ungar heute »Innendienst« hatte. Den Häftlingen wurde kein Ausgang gewährt, wenn sie ihre Stuben säubern mussten.

Nach getaner Arbeit blickte Kaunitz den Alten prüfend an. »Du bist aus Mariahilf hierhergekommen, weil du die Pferde vermisst hast?«

»Nicht nur.« Sterz richtete sich auf und legte Kaunitz eine Hand auf die Schulter. Seine Miene war ernst. »Du steckst in Schwierigkeiten.«

41

Anna Strauss brauchte all ihre Beherrschung, um nicht in das Zimmer ihrer Töchter zu stürmen. Dicht vor der verschlossenen Tür blieb sie stehen, sammelte sich und nahm ein paar tiefe Atemzüge. Erst dann klopfte sie sachte an die Tür.

»Anna?« Sie presste ihr Ohr an das Holz. Kein Laut drang auf den Flur. War die Kammer etwa leer? Therese, die jüngere, hielt sich bei Großmutter Streim im anderen Teil der Wohnung auf, um ihr aus der Zeitung vorzulesen. Aber wo war die ältere?

Anna Strauss lehnte sich an die Wand neben der Tür und schloss die Augen. Die 15-Jährige verlangte ihr alles ab. Sie war kratzbürstig. Eine Rebellin, die mit ihrer Meinung nicht hinter dem Berg hielt, koste es, was es wolle. Sie war die Einzige in der Familie, die das Verhalten ihres Vaters nicht verurteilte. Schlimmer noch: Neuerdings besuchte sie ihn und seine Brut heimlich in der Kumpfgasse. Erst vorige Woche war die junge Anna mit ihrem Vater und dessen Geliebter beim Spaziergang in der Inneren Stadt beobachtet worden. Die Köchin hatte Großmutter Streim davon berichtet, beim Abendessen war die Situation eskaliert. Tägliche Reibereien zehrten an den ohnehin blanken Nerven. Die letzten Jahre waren herausfordernd gewesen. Nein, Anna Strauss korrigierte sich in Gedanken: Das Leben als Gattin eines Musikanten war seit der ersten Stunde eine Prüfung.

Johann Strauss hatte es ihr nie leicht gemacht, dennoch war sie von Anfang an hinter ihm gestanden. Sein Aufstieg vom Musiker in simplen Dorfwirtshäusern in die Lokale der Vorstädte war zu einem Gutteil ihr Verdienst. Sie hatte ihm den Rücken freigehalten, Korrespondenzen erledigt, Termine koordiniert. Die ersten Jahre war sie stolz auf ihren Mann gewesen, ihren Schani, der verlässlich wie ein Uhrwerk neue Piècen zu Papier brachte und die Wiener damit überraschte. Sie hatte es genossen, Frau Strauss zu sein. Die Gemahlin eines Mannes, der Abend für Abend das Wiener Publikum begeisterte und zum Tanzen aufputschte. Journalisten überschlugen sich regelrecht vor Lob über den Ausnahmemusiker. Sie nannten ihn Teufelsgeiger, setzten ihn mit Paganini gleich.

Johann Strauss füllte die schillerndsten Vergnügungsetablissements der Kaiserstadt. Die Damenwelt war verrückt nach dem bleichen Genie mit den kohlrabenschwarzen Locken und dem dämonischen Blick. Kein Abend, an dem Wien nicht nach ihm verlangte. Er war der Triumphator einer vergnügungssüchtigen Stadt, ständig unterwegs. Die Veranstalter von Bällen und Soiréen rissen sich um ihn. Um der Nachfrage gerecht zu werden, teilte er seine Kapelle und vervielfachte sich selbst. Johann Strauss absolvierte drei oder sogar vier Auftritte pro Abend. Eine Mammutaufgabe, die nervlich und körperlich an ihm zehrte. Er hetzte mit der Kutsche von Lokal zu Lokal, dirigierte ein paar Stücke, genoss den frenetischen Beifall und jagte weiter durch die Nacht zur nächsten Bühne. In den Morgenstunden fiel er erschöpft, aber glücklich ins Bett. Sie hatte ihn schlafen lassen, hatte die Kinder zur Rücksicht angehalten und den Alltag alleine gestemmt. Das Leben der Familie Strauss hatte sich rasend schnell gedreht – bis Millie kam. Ein unbedarftes Mädchen, das dem Walzerkönig erfolgreich den Kopf verdrehte. Millie war der Stein, der sich zwischen die Zahnräder der Unterhaltungsmaschinerie Strauss geklemmt hatte.

Anna Strauss' Stolz auf ihren Mann hatte sich in Hass gewandelt. Sie ertrug Schanis Eitelkeit nicht länger. Sie verachtete ihn für seine Gleichgültigkeit, Untreue und Verschwendungssucht. Sämtliche Einnahmen aus Konzertreisen und Engagements stopfte er Millie in den Rachen. Die gottlose Schlampe hatte sich den begehrtesten Mann der Stadt geangelt, obwohl er längst vergeben war. Und nicht einmal damit gab sie sich zufrieden; sie versuchte sogar, die Tochter des Walzerkönigs für sich zu gewinnen.

Millies Jugend und Elan waren der Honig, auf dem die 15-jährige Anna kleben blieb. Man konnte es ihr nicht verdenken. Als gelernte Modistin war Emilie Trampusch beruflich in der Welt der Reichen und Schönen zu Hause. Sie setzte ihre Reize gekonnt in Szene und wusste sich zu kleiden. Dinge, die auf junge Mädchen elektrisierend wirkten, umso mehr, wenn die Schönheit der eigenen Mutter längst verblüht war.

Anna Strauss sah an sich hinab. Wann hatte sie zuletzt ein Kleid mit weitem Ausschnitt getragen? Sie erinnerte sich nicht. Es gab seit Jahren keine Gelegenheiten mehr für schulterfreie Roben aus teuren Stoffen. Frau Strauss trug schwarze Kleider mit hohem Kragen. Sie war nicht in der Stimmung, ihrer älteren Tochter Ratschläge in Sachen Mode zu geben; im *Hirschenhaus* war dieser Luxus nicht mehr leistbar. Hier herrschten Existenzangst und Verzweiflung. Der Walzerkönig hatte seiner Familie den Rücken gekehrt und den Geldhahn abgedreht. Umso stärker mussten Anna und die Kinder zusammenzuhalten.

Anna Strauss klopfte erneute an die Zimmertür ihrer Töchter. Das erhoffte »Herein« blieb aus. Anna drückte die Klinke herunter und trat in den kleinen Raum. In Sekundenschnelle überflog sie das Reich ihrer Mädchen. Über Thereses Bett war eine Decke gebreitet, sorgfältig wie immer. Auf Annas Seite herrschten Chaos und Unordnung. Dennoch fiel ihrer Mutter der kleine Gegenstand sofort ins Auge. Sie trat näher an das Nachtkästchen, um ihn zu begutachten. Es war ein Büchlein mit rotsamtenem Einband.

42

»Eine deiner Wagennummern wurde gefunden.« Tiefe Falten zeigten sich auf der Stirn des alten Stallmeisters. Sein Blick war voller Sorge.

»Eine 25er-Plakette?« Kaunitz überlegte kurz, dann öffnete er die Verbindungstür zwischen Stall und Wagenremise und steuerte die geparkten Kabinen an. Er umrundete die erste Kutsche. An den Seitentüren sowie an der Rückseite prangten vorschriftsmäßig die silbernen Plaketten mit seiner Registrierungsnummer. Kaunitz besah sich die zweite Kutsche. Die linke Kabinenseite war mit einer Nummer versehen. Kaunitz wandte sich zum Heck und stutzte. »Stimmt, an der Heckseite fehlt tatsächlich das Schild.« Er kehrte zu Sterz zurück. »Ich werde einfach ein neues beantragen. Woher wusstest du, dass eine meiner Nummern fehlt?«

»Von Kaminsky, dem Amtsleiter der Fiakerbehörde.«

Kaunitz nickte; er war dem alten Herrn schon etliche Male im Amtsgebäude begegnet, wenn er die halbjährliche Gebühr für seine Registrierungstafeln entrichtet hatte.

»Er besitzt selbst Pferde. Ich habe ihm eine Kräutertinktur für eine seiner Stuten angemischt.« Sterz seufzte und setzte sich auf einen der Strohballen. »Kaminsky wusste, dass du und Elisabeth ...«, er suchte nach den richtigen Worten, »dass du mit meiner Nichte verheiratet warst. Ich kenne ihn seit Jahren. Kaminsky ist ein netter Kerl, wir plaudern ab und zu über Pferde und Naturheilkunde.« Sterz' Blick verdüsterte sich. »Aber wie gesagt: du steckst in Schwierigkeiten!«

»Übertreibst du nicht ein bisschen?« Kaunitz strich seinem Braunen über die Nüstern. »Eine meiner Plaketten war nicht fest genug angeschraubt und ist verloren gegangen. Das kann passieren. Die Behörde stellt mir eine neue aus, ich bringe sie an der Heckseite der Kutsche an, und der Schaden ist behoben. Mach dir deswegen keine Sorgen.«

»Glaub mir, wenn es so einfach wäre, wäre ich nicht extra von Mariahilf hergekommen.« Sterz' Miene war düster. »Es geht vielmehr darum, *wo* die Plakette gefunden wurde.«

Ein mulmiges Gefühl überkam Kaunitz. »Was meinst du damit?«

»Sagt dir die *Shawl-Handlung* im *Elefantenhaus* etwas?«

»Natürlich. Ich war erst vor ein paar Tagen dort.«

»Du warst dort?« Sterz riss die Augen auf. »Warum, um Himmels willen?«

»Ich war bei Bermann, dem Besitzer des Gebäudes.« Kaunitz verstand die Aufregung des alten Stallmeisters nicht. »Ihm gehören mehrere Objekte, und ich habe den Mietvertrag für meine Wohnung und diese Stallung bei ihm unterschrieben.«

Sterz war blass geworden. »An welchem Tag war das?«

Kaunitz dachte kurz nach. »Vorgestern. Würdest du mir bitte endlich sagen, was los ist?«

»Vorgestern wurde eine junge Verkäuferin in der *Shawl-Handlung* niedergestochen.«

»Niedergestochen?« Kaunitz war schockiert. »Das klingt schrecklich, aber ich verstehe immer noch nicht, was das mit mir zu tun hat!«

»Jemand hat ihr eine Schere in den Bauch gerammt.« Sterz blickte Kaunitz prüfend an. »Zu welcher Tageszeit warst du im *Elefantenhaus*?«

»Am Vormittag.« Kaunitz überlegte kurz. »Und am späten Nachmittag nochmals, um Bermann vom Mäusebefall im Haus zu erzählen.« Und um jemanden zu treffen. Aber das behielt er lieber für sich.

»Dann ist es schlimmer, als ich dachte.« Sterz ließ entmutigt die Schultern sinken. »Man hat deine Plakette beim Lieferanteneingang gefunden.«

43

Margarethe Grimm pustete sich eine Haarsträhne aus der Stirn und wischte die mehligen Hände an der Schürze ab. Es war heiß in der Backstube. Seit 3 Uhr morgens wurde gearbeitet; Bäckergesellen wogen Butter und Mehl ab, kneteten Teige und heizten den Ofen an. Das moderne Ungetüm, ein Dampfbackofen, war die neueste Errungenschaft der *Bäckerei Grimm*. Margarethes Vater hatte ihn bei einer Ausstellung in Paris erstanden. Erfinder des revolutionären Gerätes war niemand Geringerer als August Zang, ein alter Bekannter der Bäckerfamilie, der mitsamt Wiener Rezepten nach Frankreich ausgewandert war. In der französischen Hauptstadt hatte der Österreicher eine Boulangerie eröffnet und den klassischen Backofen perfektioniert: Spezielle Düsen brachten heißen Dampf in den Ofen ein. Dadurch gewannen die Backstücke an Volumen und Oberfläche und wurden herrlich knusprig. Mit dieser Erfindung und seinen extra feinen Gebäckstücken hatte August Zang die genusssüchtigen Franzosen im Sturm erobert. Seitdem war die *Viennoiserie*, die feine Backware nach Wiener Art, nicht mehr aus den Pariser Bäckereien und von den Frühstückstischen wegzudenken. Die Nachricht vom Österreicher, der das Pariser Gebäck quasi neu erfunden hatte, hatte Wien wie ein Lauffeuer erreicht und Begeisterung ausgelöst. Kipferl und Plundergebäck erlebten einen neuen Aufschwung in der k.u.k. Metropole; die Nachfrage war enorm.

Margarethes Vater, ihre Brüder und drei Gesellen arbeiteten täglich zwölf Stunden in der Bäckerei. Das kleine Geschäft war der ganze Stolz der Familie Grimm. Es existierte seit mehr als drei Jahrhunderten in der Kurrentgasse in Wiens Innerer Stadt. Die Grimms waren für ihre zarten Semmeln, Kipferl und Milchbrötchen weitum bekannt; in der Kundenkartei des Familienbetriebs fanden sich sämtliche Adelsfamilien aus den umliegenden Palais, ebenso Musiker und Dichter.

»Mach das Geschäft für morgen sauber, Gretl!«, rief ihr Vater aus der Backstube. Margarethe hörte ihn mit Schüsseln und Blechen hantieren, einer ihrer Brüder schleppte einen Mehlsack über die Kellerstiege herauf.

Seit dem Tod der Mutter musste Margarethe deren Aufgaben übernehmen: Sie arbeitete im Verkaufsraum, kontrollierte die Lagerbestände und half in der Backstube mit, wenn Not am Mann war. Sie griff zu Besen, Eimer und Lappen und machte sich daran, die Spuren des heutigen Tages zu entfernen. Seit Stunden war sie auf den Beinen, dennoch schwebte sie leichtfüßig durchs Haus. Sie ließ den feuchten Lappen über das Holz gleiten und vollführte ein paar Walzerschritte mit dem Besen. Vater wollte den Verkaufsraum blitzblank sehen? Mit Musik im Ohr ging die Arbeit leichter von der Hand! Ein Stäubchen hier, eine kleine Spinnwebe da; Margarethe kehrte und wischte alles Störende weg und glitt über die Bodendielen. Sie summte einen Walzer und drehte sich dabei um die eigene Achse. Der Abend im *Sperl* vor ein paar Tagen war herrlich gewesen. Erst nach langem Bitten und Betteln hatte Vater nachgegeben und ihr erlaubt, Johann Strauss und sein Orchester dort anzuhören. Eine Tante hatte Margarethe begleitet, denn es geziemte sich nicht für junge Mädchen, eine Soirée ohne Anstandsdame oder zumindest eine ältere Aufsichtsperson zu besuchen. Tante Mizzi hatte den Weg von Schwechat auf sich genommen, um ihre Nichte begleiten zu können. Margarethe hatte ihr Glück kaum fassen können. Die sanften Walzerklänge von Johann Strauss waren zum Dahinschmelzen gewesen. Margarethe tänzelte über den sauberen Boden, drehte Pirouetten vor dem großen Spiegel neben dem Eingang und betrachtete sich. Würde je ein Mann sie zum Tanz auffordern? Würde sie überhaupt jemals einem Mann gefallen? Ihre Unterarme waren gerötet und die Haut an den Händen rissig und rau von der Arbeit. Ihr Gesicht hatte nichts Interessantes zu bieten, fand sie. Das Braun ihrer Augen war langweilig, die Lippen rosig, aber zu schmal. Einzig der dunkle Fleck an der Oberlippe zog die Blicke auf sich. Schönheitsfleck hatte Tante Mizzi das einmal genannt und gezwinkert. Margarethe schürzte die Lippen und küsste ihr eigenes Spiegelbild. Gab es jemanden auf dieser Welt, dem genau dieser Makel gefiel? Sie zog die Nadeln aus ihrem Haarknoten. Blonde Locken fielen auf ihre Schultern, sie löste die Bänder ihrer Schürze und summte erneut. Von allen Werken des Walzerkönigs war ihr der Paris-Walzer der liebste. An manchen Tagen stellte sie sich vor, sie hätte eine kleine Bäckerei in der französischen Hauptstadt wie August Zang. Sie würde in ihrer eigenen Backstube arbeiten, Golatschen und Apostelbrot verkaufen und fließend Französisch sprechen. Niemand würde ihr sagen, was zu tun war. Sie allein würde über ihr Leben bestimmen und Paris erobern. Margarethe warf die Schürze in weitem Bogen fort und tanzte durch den leeren Verkaufsraum. Sie warf die Haare in den Nacken, umfasste den Besenstiel wie einen Tanzpartner, ihr leises Summen nahm an Lautstärke zu. Immer schneller wurden die Schritte, immer wilder die Drehungen.

»Gretl?«

Sie hielt den Atem an, fuhr herum, verlor fast die Balance. Ihr Vater stand kopfschüttelnd in der Tür. Seine Miene war finster. Bäckermeister Grimm hielt wenig von Musik und nichts vom Tanzen. »Wer tanzt, träumt zu viel«, war sein Credo.

»Ich …«, Margarethe strich sich eine Haarsträhne hinter das Ohr. Ihre Wangen färbten sich rot, auf ihrem Hals breiteten sich purpurne Flecken aus. Vater hatte sie beim Tanzen erwischt. Sie räusperte sich, griff hastig nach dem Lappen und wischte ein letztes Mal über die Holzregale. Er sah ihr dabei zu.

»Ich bin fertig«, meldete sie kleinlaut.

»Dann kümmere dich jetzt um das Abendessen!«

Hitze und das schlechte Gewissen durchströmten sie. Wie hatte sie das vergessen können? Die Musik hatte ihr Zeit und Raum genommen. Margarethe nickte schuldbewusst und hängte ihre Schürze an den Haken neben der Tür. Mit gesenktem Kopf schlich sie am Vater vorbei in den Hinterhof, leerte den Kübel und verstaute Besen und Lappen in der Putzkammer. Leise summte sie abermals den Paris-Walzer, als sie zur Wohnung im ersten Stock hinaufstieg. Sie war allein; Vater und die Brüder arbeiteten bis zum Abend und würden dann hungrig am Tisch sitzen. In der Garderobe fiel ihr Blick auf den schwarzen Mantel, den sie über dem Kleid zur Soirée im *Sperl* getragen hatte. Er hing am hölzernen Kleiderständer. Der Wollstoff roch nach Zigarrenrauch und Tante Mizzis Veilchenparfum. Bevor sie das Abendessen zubereitete, wollte sie nochmals die Eintrittskarte ansehen. Ein Erinnerungsstück an ihre erste Soirée; sie würde die Karte für immer aufbewahren. Margarethes Hand glitt in den dunklen Wollstoff. Aus der linken Tasche beförderte sie das Taschentuch, auf das ihre Mutter vor Jahren ihre Initialen gestickt hatte; die Karte war nicht dabei. Sie musste auf der anderen Seite sein. Was sie in der rechten Tasche ertastete war eckig mit einer weichen Oberfläche.

Margarethe zog den Gegenstand heraus und betrachtete ihn irritiert. Nie zuvor hatte sie so etwas gesehen. Sie rief sich die überfüllte Garderobe im *Sperl* in Erinnerung. War sie aus Versehen in den Mantel einer anderen Dame geschlüpft? In der schummrigen Diele konnte sie nicht erkennen, worum es sich bei dem kleinen Ding handelte. Sie drehte sich zum Fenster und hielt es ins Licht. Abermals inspizierte sie ihren Fund und dachte über dessen Herkunft nach. Sie konnte sich jedoch keinen Reim darauf machen. Das kleine Ding konnte unmöglich ihr gehören. Es war ein winziges Notizbuch mit rotsamtenem Einband.

44

»Wachtmeister Haas!« Ein junger Beamter hetzte über den langen Gang der Polizei-Oberdirektion am Petersplatz. Die Schritte hallten auf den Steinfliesen, sein Gesicht glühte. Völlig außer Atem blieb er stehen und presste sich eine Hand auf die Flanke. Der Gerufene drehte sich widerwillig um und sah auf die Uhr. Haas war müde und hungrig; erst vor wenigen Minuten war er von der Alservorstadt an den Petersplatz zurückgekehrt. Er hatte das Pendeln zwischen der Zentrale im Stadtkern und dem neuen Kriminalgerichtshaus am Stadtrand satt. Er konnte den Prachtbau am Glacis schon jetzt nicht leiden, auch wenn ihm die Notwendigkeit bewusst war.

Wiens Einwohnerzahlen explodierten regelrecht, die Verwaltung wurde umfangreicher, es wurden mehr Amtsstuben benötigt. Die Polizei-Oberdirektion platzte aus allen Nähten; Antragsteller und Beamte traten einander auf die Füße, ein konzentrierter Arbeitsalltag war kaum möglich. Vor drei Jahren war der Magistrat der Stadt Wien reformiert worden; der bisherige Kriminalsenat hieß seitdem *Kriminalgericht der Stadt Wien*. Die Krimineser, wie die Wiener die neuen Beamten nannten, hatten ihre Büros ab jetzt im kürzlich errichteten Prachtgebäude in der Alservorstadt. Lediglich die Senatsabteilung für schwere Polizei-Übertretungen sollte weiterhin im Gebäude am Petersplatz bleiben.

Das »Graue Haus«, wie das neue Amtsgebäude am Alsergrund wegen seiner Farbe genannt wurde, war fertiggestellt, aber längst nicht alle Büros von Wiens leitenden Kriminalbeamten waren dorthin übersiedelt.

Der Umzug seines Büros beanspruchte Haas seit Wochen und kostete Zeit. Akten mussten gesichtet, geordnet und gegebenenfalls aussortiert werden. Jedes Datenblatt, jeder erfasste und bearbeitete Fall wurde dokumentiert und erst dann für den neuen Standort freigegeben. Metternichs deutsche Gründlichkeit erlaubte keinen Fehler der Exekutive; nichts sollte verloren gehen. Eine Mammutaufgabe, die Haas bisweilen zermürbte.

»Ich bin auf dem Weg nach Hause«, entgegnete er missmutig. Das war die halbe Wahrheit; über seinen Termin am Ballhausplatz würde er Stillschweigen bewahren. Sein Magen knurrte laut. »Was ist denn so dringend, Oberhauser?«

Raimund Oberhausers Wangen waren gerötet, das blonde Haar klebte ihm an den Schläfen. Der junge Mann war vor einem Jahr in den Polizeidienst eingetreten. Ein Aspirant aus ärmlichen Verhältnissen, der jedoch durch Fleiß und Pflichtbewusstsein positiv auffiel. Wenn es nach Haas ginge, hätte Oberhauser und nicht der affektierte Zimmerl die Assistenzstelle bei ihm bekommen.

Haas wartete ungeduldig, bis sich Oberhausers Atem normalisiert hatte. Erneut sah er auf seine Uhr; in weniger als einer halben Stunde sollte er sich bei der Bibliothek des Staatskanzlers Metternich am Ballhausplatz einfinden. Mehr als 20.000 Bände der klassischen Literatur, Reisebeschreibungen der Engländer und Franzosen sowie Prachtausgaben lagerten dort. Haas war einer der wenigen Bürgerlichen, denen Metternich Zutritt zu seiner Bibliothek gewährte. Allen anderen blieb der Wissensstempel verschlossen.

»Soeben wurde ein Leichenfund gemeldet!«

Haas schloss die Augen. Kam Wien denn nie zur Ruhe? Die Bibliothek war somit zweitrangig. Der Bote würde vergeblich auf ihn warten. »Wo?«, fragte er ungehalten.

»Im Kalten Gang, Wachtmeister!« Oberhauser streckte den Rücken durch.

»Kalter Gang?« Haas runzelte die Stirn. Sein erster Gedanke galt den schmalen Gewölben im Eiskeller unter der Hofburg. Die Polizeiwache vor dem Eingang war aufgestockt worden; hatte es der Mörder tatsächlich fertiggebracht, ein weiteres Mal unter der Erde zu töten? Der Fall schien anspruchsvoller zu werden als gedacht; er würde mehr Zeit dafür aufwenden müssen. Sollte er Amberg darum bitten, jemand anderem das Sichten der Akten für den Umzug aufzuhalsen? Vielleicht Zimmerl?

»Der Grundwasserfluss.« Oberhauser riss ihn aus seiner Grübelei. »Der Kalte Gang ist ein Flüsschen südöstlich von Wien. Mündet in die Schwechat.«

Haas Miene erhellte sich. »Das ist niederösterreichisches Gebiet, nicht Wien.« Er schüttelte den Kopf, dachte an seinen Termin und schickte sich an weiterzugehen. »Dafür bin ich nicht zuständig.«

Oberhauser reichte ihm einen kleinen Gegenstand. »Ich fürchte doch.«

45

Der Körper hatte sich in einem Strauch an der Flussmündung verfangen. Wasser umspülte die reglose Gestalt und zerzauste ihr blondes Haar. Haas und Zimmerl standen an der Uferböschung des Kalten Gangs und sahen zu, wie Oberhauser und ein anderer Polizist ins Wasser stiegen, um die Leiche zu bergen. Zimmerl konnte seine Erleichterung darüber, dass nicht er, sondern die Kollegen durch die eisigen Fluten wateten, nicht leugnen. Solange sein Patenonkel die Hand schützend über ihn hielt, blieben ihm die unangenehmen Seiten der Polizeiarbeit erspart. Auf Josef von Amberg war Verlass.

Wenige Meter vom Fluss und der Exekutive entfernt saß ein Mann auf einem Baumstumpf und starrte ins Leere.

Er war totenbleich. Haas ging auf ihn zu und zog den kleinen Gegenstand aus seiner Manteltasche, den Oberhauser ihm in der Polizei-Oberdirektion gegeben hatte.

»Sie haben die Leiche gefunden?«

Der Mann nickte wortlos. Die Handflächen hatte er auf die Knie gestützt. Er war dunkel gekleidet, einen Filzhut hatte er tief in die Stirn gezogen.

»Wie ist Ihr Name? Und was hat Sie hierher geführt?«

»Nikolaus Milchrahm.« Es war ein heiseres Krächzen. »Ich bin Jäger und oft am Kalten Gang unterwegs.« Nikolaus Milchrahm fuhr sich mit der Hand über sein wettergegerbtes Gesicht. »Die Biber richten hier großen Schaden an; sie fällen Bäume, die einen Damm bilden, wenn sie im Wasser liegen.«

Der Mann sprach so leise, dass Haas sich zum ihm hinabbeugen musste, um ihn zu verstehen.

»Ich sehe immer wieder nach dem Rechten und kontrolliere den Biberbestand«, wiederholte Nikolaus Milchrahm lauter.

»So wie heute«, stellte Haas fest und hielt Milchrahm den kleinen Gegenstand hin. »Wo haben Sie das gefunden?«

Der Mann deutete mit einer vagen Handbewegung in die Wiese.

»Dort drüben«, antwortete er. »Ich habe es im Gras liegen gesehen und aufgehoben.« Er zuckte verlegen die Schultern. »Das könnte meiner Tochter gefallen, dachte ich, und wollte es ihr mitbringen. Leute aus der Stadt haben solche Dinge, hier am Land gibt es so etwas nicht.«

Eine Erklärung, die Haas ebenfalls in Betracht gezogen hatte. Die Gegend südöstlich von Wien war von Handwerk und Industrie geprägt. Hier wohnten einfache Leute, die sich in Wirtshäusern vergnügten, nicht in den glitzernden Ballsälen der Stadt. Dennoch durfte man sich keiner Theorie verschließen.

»Das ist eine Damenspende«, erklärte Haas und drehte das Notizbüchlein in seiner Hand. Er musterte sein Gegenüber. Milchrahm hob ahnungslos die Schultern.

»Sie wissen nicht, was eine Damenspende ist? Oder wo man so etwas erhält?«

Der Jäger fuhr mit den Handflächen nervös über seine Kniescheiben und schüttelte den Kopf. »Nein.«

»Hier steht ›Ball der Mediziner‹«, las Haas die Schrift auf dem Umschlag laut und deutlich vor und musterte sein Gegenüber scharf. »Tanzen Sie, Herr Milchrahm?«

Milchrahm starrte weiter geradeaus und schüttelte heftig den Kopf. »Nein!« Sein Krächzen hatte an Lautstärke zugenommen. Er deutete auf sein linkes ausgestrecktes Bein. »Mein Knie ist steif. Vor ein paar Jahren hat mich ein Baumstamm getroffen. Meine Frau würde gern in der Stadt leben und tanzen, aber ich nicht.« Er sah verlegen zu Haas. »Ich kann nicht tanzen.« Er wippte mit dem Bein und schlug sich mit der flachen Hand auf den Oberschenkel. »Ich kann wirklich nicht.«

»Hm.« Haas steckte das rotsamtene Büchlein wieder ein. »Und dann?«, fragt er weiter, »wann haben Sie die Leiche entdeckt?«

Milchrahm seufzte abgrundtief. »Ein paar Schritte entfernt von der Stelle, an der ich das Büchlein entdeckt hatte, sah ich etwas Helles im Wasser treiben. Zuerst dachte ich, es wäre ein Tier, das sich im Gebüsch verfangen hat.« Milchrahm wippte jetzt mit dem Oberkörper vor und zurück. Seine Hände rieben nervös über die Kniescheiben. Er schüttelte den Kopf. »Aber Biber haben ein dunkleres Fell«, erklärte er. Seine Stimme bebte. »Also habe ich nachgesehen und ...« Der Rest des Satzes wurde von einem heftigen Weinkrampf unterbrochen. Milchrahm krümmte sich und schluchzte heiser. Haas blickte sich um. Oberhauser und sein Kollege breiteten ein Tuch in der Wiese aus, auf das sie die Leiche betten würden, nachdem sie aus dem Wasser geborgen war. Zimmerl stand unbeteiligt daneben und inspizierte die Knöpfe seiner Uniform. Der hagere Jäger vergrub sein Gesicht beschämt in der Armbeuge. Haas reichte ihm wortlos ein unbenutztes Stofftaschentuch. Milchrahm bemerkte die Geste nicht und wischte stattdessen mit dem Handrücken über die Augen. Seine Schultern bebten.

»Verzeihung, Wachtmeister!«, er sammelte sich und setzte zu einer Erklärung an. »Meine Frau und ich hatten zwei Töchter. Die ältere ist vor einem Jahr an der Wiener Krankheit verstorben. Sie war ein bildhübsches Mädchen, genau wie das dort unten!« Er deutete mit dem Kinn zum Kalten Gang.

Haas überlegte. »Wie sind Sie auf die Idee gekommen, dass das Büchlein zur Leiche gehören könnte?«, fragte er. »Es hätte auch jemand anderer hier verlieren können, der über die Wiese spaziert ist.«

Milchrahm sah Haas ungläubig an und schüttelte langsam den Kopf. »Die Wiese ist sumpfig, hier gehen keine feinen Damen spazieren. Ich gehe jeden Tag über diese Wiese, manchmal sogar zweimal. Wie ich schon sagte: Solche Dinge gibt es nur in Wien. Und das Mädel im Wasser ist nicht von hier.«

Ein letztes Mal strich Milchrahm über seine Knie, dann erhob er sich vom Baumstumpf. Er deutete auf Haas' Manteltasche, in der das Büchlein steckte.

»Das unselige Ding hat mir kein Glück gebracht! Bin froh, wenn ich es nicht mehr sehe!«

Das unselige Ding hatte bisher niemandem Glück gebracht, dachte Haas grimmig. Er hatte genug erfahren. »Halten Sie sich zu unserer Verfügung, Herr Milchrahm!«

Der Jäger nickte, dann entfernte er sich Richtung Straße. Beim Gehen zog er sein linkes Bein nach.

Haas vergrub die Hände in den Taschen seines Mantels und schritt ungeduldig durch das wadenhohe Gras.

Er wartete auf die Ankunft des Bestatters, auch Professor Wieseler sollte in Kürze eintreffen. Die Stelle, an der der Kalte Gang in die Schwechat mündete, lag in unwegsamem Gelände. Eine Flussgabelung umgeben von dichtem Buschwerk und tief hängenden Weiden, von der Straße aus leicht zu übersehen. Vor wenigen Minuten hatte Haas einen der anwesenden Polizisten losgeschickt, um den Gerichtsmediziner und den Bestatter zur Fundstelle zu lotsen, sobald sie einträfen. Die beiden sollten längst hier sein. Zum wiederholten Mal sah er auf seine Uhr, ohne die abgelesene Zeit zu registrieren. Er balancierte die Böschung abwärts, um die Bergung aus der Nähe zu beobachten.

In Momenten wie diesen war sein Körper angespannt wie eine Sehne; Haas liebte die Ungewissheit eines neues Falls, die vielen Möglichkeiten, die sich aus Indizien und Beweisstücken ergaben. Sie waren seine Droge, sein Elixier. Die Minuten unmittelbar nach einem Leichenfund waren ihm die liebsten. Sie waren entscheidend und ebenso herausfordernd. Nichts brannte sich so ins Gedächtnis wie die ersten Bilder, zugleich war nichts so irreführend. Haas hatte im Lauf der Jahre gelernt, jedes Detail zu erfassen. Er war bekannt für sein geschultes Auge und seine Kombinationsgabe. Die Herausforderung bestand darin, alle Einzelheiten zusammenzufügen und Fehlendes durch eigene Beobachtungen zu ergänzen, ohne dabei falsche Schlüsse zu ziehen. Zimmerl seufzte gelangweilt. Haas konzentrierte sich auf das Geschehen im Kalten Gang.

Die Polizisten wateten durch das Gewässer, stets bedacht, nicht auf den glatt geschliffenen Steinen auszurutschen.

»Sie hängt in den Zweigen fest!«, rief Oberhauser ihm zu und tastete sich näher an den toten Körper heran.

»Geben Sie acht, dass die Leiche oder ihre Kleidung nicht unnötig von den Zweigen zerkratzt wird. Wichtige Spuren könnten verloren gehen!«

Oberhauser nickte und bog den Ast einer Trauerweide nahe der Leiche zur Seite. Haas beobachtete, wie der Aspirant ungeachtet der Kälte beherzt ins tiefere Wasser watete. Mit größter Sorgfalt löste er die Kleidung der Toten aus den Zweigen. Haas lächelte. Der junge Mann besaß kriminalistisches Gespür. Jetzt fassten Oberhauser und sein Kollege die Leiche an Schultern und Knöcheln und hoben sie aus dem Wasser.

Haas stieg die Böschung wieder hinauf und wandte sich an seinen Assistenten. »Wann genau wurde Professor Wieseler verständigt?«

»Ich werde nachfragen. Wer hätte das tun sollen?« Es dauerte einen Moment, bis Zimmerl begriff. Er deutete auf sich selbst und schüttelte den Kopf. »Sie haben mir keine Anweisung gegeben, Wachtmeister!«

Haas schloss die Augen und atmete tief durch. »Natürlich nicht«, war er um Beherrschung bemüht. »Sie haben Ihre Grundausbildung als Polizist bereits abgeschlossen, Zimmerl. Daher ging ich davon aus, dass Sie den organisatorischen Ablauf bei einem Leichenfund kennen.«

Zimmerl errötete, murmelte etwas Entschuldigendes und entfernte sich ein paar Schritte. Sobald er sich unbeobachtet wähnte, knabberte er an den Nägeln seiner rechten Hand.

»Lassen Sie das!« Haas' Kiefer mahlten aufeinander. Dieser Kerl war zu nichts zu gebrauchen. Ein Klotz am Bein, ungeeignet für jegliche Polizeiarbeit. Er sehnte die Stunde herbei, da Amberg ihn von dieser Last befreite.

»Guten Abend!«

Haas fuhr herum. Seine düstere Miene entspannte sich, als er sein Gegenüber im dämmrigen Licht erkannte.

»Professor Wieseler!« Er schüttelte dem Gerichtsmediziner die Hand. »Woher wussten Sie ...?«

»Von einem fleißigen Polizisten.« Wieselers buschige Brauen wanderten lebhaft auf und ab. Er schmunzelte, als Haas mit dem Kinn auf Zimmerl deutete. »Nicht von Ihrem Assistenten.« Wieseler blickte in die andere Richtung. Mittlerweile war die Leiche im Gras abgelegt worden. Oberhauser bemerkte die Blicke von Haas und Wieseler und richtete sich auf.

»Ich habe den Professor verständigt«, beantwortete er die Frage, bevor sie gestellt wurde, und stieg erneut die Böschung hinab.

Wieseler trat näher an den Körper, der vor ihnen lag.

»Blutjung, das Mädel.« Er stellte seine Tasche neben sich ab und ging in die Knie. »20 Jahre«, mutmaßte er, »höchstens! Wo wurde sie gefunden?« Er strich der Toten beinahe zärtlich über das blonde Haar, das wie Seetang an ihrer Stirn klebte. »Plötzlich ausgelöscht, das junge Leben«, murmelte er gedankenverloren zu sich selbst und wiederholte dann seine Frage. »Fundort?«

»An der Flussmündung. Der Kalte Gang und die Schwechat fließen hier zusammen.« Haas ging ebenfalls in die Knie. »Lässt sich jetzt schon sagen, wie lange der Körper im Wasser lag?«

Wieseler wiegte seinen Kopf und hob sachte einen Arm der Toten. »Keinesfalls länger als einen Tag. Tod durch Strangulation.« Er rückte seinen Zwicker zurecht und deutete auf den Schal, der fest um den Hals geknotet war.

»Wäre ein Selbstmord möglich?«, hakte Haas nach.

»Kaum. In diesem Fall wäre die Leiche von einem Ast oder einem Balken gebaumelt.« Er fuhr mit der Untersuchung fort.

»Die Haut ist an dieser Stelle gerötet«, murmelte er und strich über die Innenseite des Unterarms.

»Das könnten kleine Kratzer oder Schürfwunden sein«, überlegte Haas, »der Körper ist an einem Strauch hängen geblieben. Außerdem wissen wir nicht, ob der Fundort der Leiche zugleich der Tatort ist. Die Rötungen könnten von Steinen oder Felsen im Wasser stammen, an denen sie vorbeigetrieben ist.«

Der Gerichtsmediziner nahm den anderen Arm in Augenschein. »Nein«, sagte er entschieden, »es handelt sich um eine flächige Rötung, nicht um Kratzer oder Abschürfungen. Es sieht eher aus wie ...«

»Flohbisse?«

Sie hatten nicht bemerkt, dass Zimmerl neben sie getreten war. Er ging nicht in die Hocke, um die Leiche näher zu begutachten, sondern verschränkte die Hände hinter seinem Rücken.

»Vielleicht war sie eine Obdachlose oder Landstreicherin«, spann er eine Theorie, »die sich wochenlang nicht gewaschen hat und von Parasiten befallen war.«

Professor Wieseler schüttelte abermals den Kopf. »Flohbisse wären punktuell verteilt, aber diese Rötung hier ist gleichmäßig.« Der Mediziner besah sich jetzt die Hände der Toten. »Die Haut an ihren Fingerknöcheln ist rissig und gerötet. Sie hat viel gearbeitet.«

Haas betrachtete das helle Kleid, das am schlanken, leblosen Körper klebte. Es war aus grobem Stoff und ohne jede Auszier gefertigt. »Ein Dienstmädchen?«

Wieselers Brauen zuckten lebhaft. »Es gibt Krankheitsbilder, die auf bestimmte Berufe schließen lassen. Bei Rötungen an den Unterarmen handelt es sich vielleicht um eine Kontaktdermatitis.«

»Derma-was?«, fragte Zimmerl ahnungslos.

»Der-ma-ti-tis.« Wieseler betonte jede Silbe. »Eine akute oder chronische Entzündung der Haut, hervorgerufen durch schädliche Stoffe. In diesem Fall tippe ich auf Mehl.«

Er erhob sich und streckte den Rücken durch.

»Mehl?«, fragte Haas erstaunt.

Der Mediziner nickte und rückte seinen Zwicker zurecht.

»Übermäßiger Kontakt mit Mehl kann die Haut reizen und zu flächigen Rötungen und Juckreiz führen. Man nennt es ›Bäckerkrätze‹.«

»Krätze.« Zimmerl verzog angeekelt das Gesicht. »Dann war sie eine Hure. Jeder weiß, dass die Krätze durch unreine Körpersäfte übertragen wird.«

»Keine vorschnellen Schlüsse, Zimmerl!«, donnerte Haas. Oberhauser und sein Kollege wandten ihre Köpfe zu ihm.

»Vor uns liegt eine Unbekannte«, fuhr er leiser fort. »Wer hat sie ermordet? Wie ist sie hierher gelangt? Das sind die Fragen, die es zu stellen gilt.« Er funkelte seinen Assistenten an. »Arbeiten Sie konstruktiv, Zimmerl!«

Wieseler nahm seinen Zwicker ab und steckte ihn in die Innentasche seines Mantels. »Ein brillanter junger Kollege,

Ferdinand von Heb, leistet gerade Pionierarbeit auf dem Gebiet der Hautkrankheiten. Er hat vor kurzer Zeit herausgefunden, dass die Krätze von Parasiten übertragen wird«, er sah zur Leiche hinab, »und nicht von unreinen Körpersäften.«

»Also doch eine Landstreicherin«, beharrte Zimmerl und deutete abfällig mit dem Kinn auf die Tote. »Wer sonst außer diesem Pack wird von Parasiten befallen?«

Haas wandte sich kopfschüttelnd ab.

»Zugegeben, der Name ›Bäckerkrätze‹ ist irreführend«, lenkte Wieseler ein, »dennoch darf man sich nicht vom Namen täuschen lassen. Hier sind nicht Parasiten der Auslöser, sondern, wie erwähnt, ein übermäßig häufiger Kontakt mit Mehl.«

»Das sind erste Anhaltspunkte«, sinnierte Haas und strich sich über das Kinn. »Eine junge Frau aus dem städtischen Raum ...«, er hob die Hand, als Zimmerl zu einem Einwand ansetzte, »die in einer Bäckerei arbeitete und den Ball der Mediziner besuchte.«

Wieselers Brauen hüpften auf und ab. »Der Ball fand am Jahresanfang in den Redoutensälen statt.« Er lächelte. »Meine Frau und ich waren ebenfalls dort. Strauss und seine Kapelle haben uns alle mit den neuesten Walzerkompositionen verzaubert. Ein unvergesslicher Abend!«

Ein Gedanke blitzte in Haas' Kopf auf; er griff in seine Manteltasche und fischte das Büchlein heraus. Wie die erste gefundene Damenspende ließ sich auch diese Tanzkarte fächerartig öffnen. Hastig fächerte Haas die Seiten auf: leer. Es fanden sich keine Namen von Tanzpartnern. War die junge Frau aus einem anderen Grund in den Redoutensälen gewesen? Polka, Cotillon, Galopp. Niemand war mit ihr über das Parkett geglitten. Die letzte Seite trug die Überschrift »Walzer«. Haas erstarrte, als die Buchstaben darunter sich zu einem Namen formten: Johann Strauss.

46

Erst kurz vor Mitternacht erreichte Haas die Innere Stadt. Er war müde und durchgefroren vom langen Stehen nahe dem Kalten Gang. Dennoch führte sein erster Weg in die Polizei-Oberdirektion anstatt nach Hause. Der Ärger über die Unfähigkeit seines Assistenten wühlte ihn auf; mit Zimmerl als Bremsklotz am Bein war an effiziente Polizeiarbeit nicht zu denken. Noch in der Nacht hatte Haas in seinem Büro ein Schreiben verfasst und es an seinen Vorgesetzten adressiert. Erst danach kehrte er in seine Wohnung zurück und ging zu Bett. Die Bilder der bleichen jungen Frau im Kalten Gang verfolgten ihn bis in seine Träume und ließen ihn nicht zur Ruhe kommen. Nach nicht einmal vier Stunden Schlaf erhob er sich ächzend und beschloss, ins Büro zu fahren. Es war sinnvoller, weiter am Fall zu arbeiten anstatt sich schlaflos im Bett hin und her zu wälzen.

Die ansonsten so belebten Gänge der Polizei-Oberdirektion am Petersplatz waren leer, seine Schritte hallten von den Wänden wider. Trotz der frühen Morgenstunde hing Zimmerls Uniformjacke bereits über der Lehne seines Sessels, ansonsten war Haas' Büro verwaist. Das Ansuchen, seinen Assistenten Rudolf Zimmerl von weiterer kräftezehrender Ermittlungsarbeit freizustellen und stattdessen Akten sortieren zu lassen, war abgelehnt worden. Haas zerknüllte das Antwortschreiben, das auf seinem Schreibtisch lag, und fluchte leise. Von einem der Wachposten erfuhr er, dass

Amberg sein Patenkind zu sich ins Büro zitiert hatte. Wahrscheinlich hatte Haas' Beschwerdeschreiben Anlass gegeben, den jungen Mann ins Gebet zu nehmen. Die Unterredung war erst nach mehr als einer Stunde zu Ende. Haas war gespannt auf das Ergebnis; fühlte sich Zimmerl von oberster Stelle in seinem Tun bestärkt? War er noch blasierter als zuvor? Oder hatte die Standpauke seines Patenonkels eine Kehrtwende eingeläutet?

In diesem Moment betrat Zimmerl das Büro und steuerte wortlos seinen Schreibtisch an, der auf Ambergs Anweisung in den kleinen Raum gezwängt gepfercht worden war. Er blickte aus dem Fenster und vermied es, seinen Vorgesetzten anzusehen. Haas musterte seinen Assistenten von der Seite. Dem jungen Mann strömte seine Aversion gegen den Polizeiberuf auf jeder Pore, das hatte die gestrige Arbeit am Tatort bewiesen.

»Wie würden Sie im aktuellen Fall vorgehen?«

»Wie bitte?« Zimmerl drehte sich erstaunt zu seinem Chef.

»Die Frauenleiche im Kalten Gang«, erklärte Haas. »Welche Schritte würden Sie einleiten, um den Täter zu fassen?«

Zimmerl war im Begriff, sich wieder zum Fenster zu drehen, hielt aber inne und überlegte. Vielleicht hatte ihm sein Patenonkel eingebläut, Haas' Fragen zu beantworten, statt sie zu ignorieren.

»Als Erstes würde ich versuchen, die Identität der Frau zu klären. Alter, Wohnort und Familienstand.«

Haas nickte. »Wie würden Sie dabei vorgehen?«

»Man könnte eine Zeichnung vom Gesicht der Toten anfertigen, in ihrem Wohnort verteilen und auf Mithilfe der Bevölkerung hoffen.«

Haas nickte. Tatsächlich existierte eine solche Zeichnung bereits; der Polizeizeichner war spätnachts noch in die Polizei-Oberdirektion gekommen, um ein Bild der Leiche anzufertigen. Davon hatte Zimmerl allerdings nichts mitbekommen.

»Woher kennen Sie den Wohnort der Toten?«, fragte Haas interessiert. »Der Fundort einer Leiche muss nicht zwangsläufig der Wohnort zu Lebzeiten gewesen sein.«

»Das stimmt, aber in diesem Fall gehe ich davon aus.«

»Erklären Sie mir, warum?«

»Trotz der herbstlichen Temperaturen hatte sie keinen Mantel an, sondern nur ein Kleid. Das legt nahe, dass sie aus einem der umliegenden Häuser gekommen sein muss. Vielleicht wollte sie nur einen kurzen Weg zurücklegen, wurde aber von ihrem Mörder überrascht.«

Haas dachte über das Gesagte nach. »Ein gutes Argument«, sagte er knapp, »dennoch sollte man nichts von vornherein ausschließen und Möglichkeiten nutzen, die sich bieten.«

Forsches Klopfen an der Tür unterbrach sie. Ohne auf Antwort zu warten, stieß ein junger Beamter die Tür auf und salutierte zackig vor dem Wachtmeister.

»Nussbaum!« Haas schüttelte missbilligend den Kopf. »Wie oft habe ich Ihnen schon gesagt Sie sollen mein Büro nicht erobern, sondern betreten!«

Die Ohren des Angesprochenen färbten sich rot. Zimmerl lehnte sich auf seinem Stuhl zurück und genoss die Zerknirschtheit des rangniederen Kollegen.

»Ein Herr wartet draußen am Gang, sein Name ist …« Nussbaum hielt inne und schielte auf ein kleines Blatt Papier, das er in der Hand hielt. »Grimm. Adam Grimm. Er sagt, Sie hätten nach ihm schicken lassen!«

»Führen Sie ihn herein, Nussbaum!« Haas erhob sich. »Und dann schließen Sie die Tür – leise!«

»Sehr wohl, Wachtmeister Haas!« Nussbaum machte einen Schritt zur Seite. Zimmerl sah seinen Vorgesetzten fragend an, hatte aber keine Gelegenheit, mehr zu erfahren, denn ein Mann betrat das Büro.

Adam Grimm war von hagerer Gestalt. Über seiner blauen Hose und einem hellen Leinenhemd trug Grimm eine weiße Schürze, von der sich immer wieder Mehlstaub löste. Das schüttere Haar wurde von einer schwarzen Schieberkappe bedeckt, die Füße steckten, trotz der herbstlichen Kühle, barfuß in Pantoffeln.

Haas stellte sich vor und deutete auf einen Stuhl. Aus dem Augenwinkel sah er, wie Zimmerl gleichgültig einen Bleistift um den Finger kreisen ließ. »Das ist mein Assistent, Rudolf Zimmerl.«

»Bäckermeister Adam Grimm«, erklärte der Mann mit fester Stimme und nahm seine Kappe ab. Seine Augen irrten rastlos durch den kleinen Raum. Ein Mann, der um ständige Kontrolle bemüht war, mutmaßte Haas. Er wartete, bis Grimm sich gesetzt hatte. Erst dann nahm er selbst Platz.

»Haben Sie eine Tochter, Herr Grimm?«

Der Bäckermeister nickte. »Jawohl, Herr Wachtmeister. Margarethe ist meine Jüngste, außerdem habe ich noch zwei Söhne.« Ein Anflug von Stolz huschte über sein Gesicht.

»Die Kinder und ich führen gemeinsam die alte Bäckerei in der Kurrentgasse; sie wurde vor über 300 Jahren von meinen Vorfahren gegründet. Vor ein paar Jahren ist meine Frau verstorben, seither übernimmt Gretl ihre Aufgaben im Geschäft und im Haushalt.«

»Wo ist Ihre Tochter jetzt?«

Grimms Miene verdüsterte sich. »Sie ist seit gestern verschwunden. Vorsichtshalber habe ich das schon bei Ihren Kollegen gemeldet.« Er deutete mit dem Kinn Richtung Bereitschaftsraum, wo die Vermisstenanzeigen aufgenommen wurden.

Haas nickte. Er hatte sich gleich nach seiner Rückkehr vom

Kalten Gang nach aktuellen Vermisstenanzeigen erkundigt. Zwei minderjährige Fräulein waren abgängig; auf eine von ihnen passte tatsächlich die Beschreibung, die Grimm von seiner Tochter gab.

»Wahrscheinlich ist sie wieder zu ihrer Tante nach Schwechat gefahren.« Der Bäckermeister hob ratlos die Schultern. »Gretl wird langsam erwachsen und ich ...« Er drehte die Kappe in seinen Händen, »ich verstehe nichts von Frauensachen. Ihr fehlt die Mutter. Meine Schwester hat selbst drei Töchter, sie wohnt in Schwechat. Manchmal besucht Gretl sie. Ich weiß, dass es ihr bei Mizzi gut geht. Normalerweise kommt sie am nächsten Tag wieder zurück.«

»Diesmal nicht?«, hakte Haas nach.

Grimm überlegte und schüttelte den Kopf. »Diesmal war es anders, bevor sie verschwunden ist.«

»Was genau meinen Sie damit?« Haas musterte Grimm eingehend. Der fühlte sich sichtlich unwohl. »Ich musste sie zurechtweisen, weil sie wieder einmal zu langsam gearbeitet hat«, wand er sich. »Eine Bäckerei steht niemals still, es gibt immer etwas zu tun. Gretl ist eine Träumerin, aber im Grunde«, er lächelte, »ist sie ein braves Mädchen.«

»Hat Ihre Tochter jemals den Kalten Gang erwähnt?«

Grimm nickte und legte die Stirn in Falten. Ihm war nicht entgangen, dass sein Gegenüber ernster geworden war. In seinem Blick mischten sich Unruhe und Hoffnung. Zimmerl richtete sich auf und legte den Bleistift beiseite. Der Bäckermeister knetete seine Kappe zwischen den Händen.

»Wir«, Haas räusperte sich und suchte nach den richtigen Worten, »wir haben gestern im Niederösterreichischen Gebiet eine weibliche Leiche gefunden.«

Grimm schluckte. »Niederösterreich ist groß.«

»Konkret war es die Stelle, an der der Kalte Gang in die Schwechat mündet.«

Der Bäckermeister schüttelte den Kopf und lächelte erleichtert. »Gretl würde nie freiwillig zum Bach gehen. Sie hat Angst vor dem Wasser, seit sie als kleines Kind ...« Er stockte, blickte abwechselnd zu Haas und Zimmerl. Sein Atem beschleunigte. Wortlos legte Haas das winzige Notizbuch, das der Jäger gefunden hatte, zwischen Grimm und sich auf die Schreibtischplatte.

»Was soll das sein?« Der Bäckermeister griff nach dem Büchlein, wusste aber nichts damit anzufangen und ließ davon ab. Er schüttelte den Kopf.

»Sagt Ihnen der Ball der Mediziner etwas? Die Redoutensäle? Oder«, Haas beobachtete das Mienenspiel in Grimms Gesicht genau, »Johann Strauss?«

»Johann Strauss?« Der Bäckermeister lachte bitter auf. »Wer kennt den nicht? Gretl hat nur mehr Flausen im Kopf, seit sie ihn gesehen hat.«

Haas wurde hellhörig. »Wo hat Ihre Tochter ihn gesehen?«

»Na, im *Café Sperl* in der Leopoldstadt. Er und sein Orchester haben dort eine Soirée gegeben, meine Schwester hat Gretl hinbegleitet. Seither summt sie ständig irgendwelche Walzer und vergisst darauf ihre Arbeit. Johann Strauss!« Er schnaubte verächtlich. »Am Ende verdirbt mir der Kerl das Mädel noch mit seiner Musik.«

»War Ihre Tochter im Jänner auf dem Ball der Mediziner? Hatte sie einen Tanzpartner?«

»Nein«, entgegnete Grimm energisch, »nein, sie hatte keinen Tanzpartner. Gretl hat keine Zeit für solche Dinge.« Dann stutzte er und musterte Haas misstrauisch. »Warum stellen Sie mir diese Fragen?«

Haas öffnete einen braunen Umschlag. Darin befanden sich der Obduktionsbericht von Professor Wieseler sowie ein Bild, das der Polizeizeichner vom Gesicht der Frauenleiche angefertigt hatte. Haas schob die Zeichnung über den Tisch. Grimm wich zurück und presste eine Hand vor den Mund.

»Gretl«, flüsterte er. Sein Atem wurde schneller und rasselnd. Er fischte ein Stofftuch aus seiner Schürze, hielt es sich vor den Mund und hustete so heftig, dass er nach Luft ringen musste. Haas schenkte ein Glas Wasser ein und reichte es ihm. Grimm trank ein paar Schlucke, dann griff er mit zitternden Händen nach der Zeichnung und presste sie an seine Brust. Tränen rannen über seine Wangen, seine Lippen bewegten sich tonlos. Zimmerl rutschte peinlich berührt auf seinem Stuhl hin und her.

»Herr Grimm, ich muss Ihnen einige Fragen stellen«, sagte Haas nach einer Weile.

Grimm sah ein letztes Mal auf die Zeichnung, dann legte er das Blatt Papier mit der Bildseite nach unten zurück auf den Schreibtisch. Er wischte sich mit dem Handrücken über die Nase.

»Wäre es möglich, dass Ihre Tochter ohne Ihr Wissen einen Ball besucht hat?«

Grimm schüttelte stumm den Kopf.

»War Ihre Tochter mit einem Arzt oder einem Medizinstudenten bekannt?«

»Wo denken Sie hin!« Grimm ballte die Fäuste, sein Körper spannte sich an. »Meine Tochter ist ein ehrbares Mädchen!«, rief er lauter als nötig. Erneut wurde er von einem heftigen Hustenanfall gebeutelt.

»Das glaube ich Ihnen.« Haas hob beschwichtigend die Hände. »Bei diesem Büchlein«, er deutete auf den Fund, »handelt es sich um eine sehr aufwendig gestaltete Tanzkarte. Eine Ballspende, die am Ball der Mediziner an die Besucherinnen ausgegeben wurde. Sie wurde bei Ihrer Tochter gefunden. Das legt die Frage nahe, wie Ihre Tochter an die Ballspende gekommen ist und welchen Bezug sie zur Medizin hatte.«

»Gar keinen.« Grimm griff nach dem Büchlein und besah es von allen Seiten. »Möglicherweise gehörte es gar nicht meiner Tochter? Es könnte doch sein, dass jemand dieses kleine Ding beim Spazierengehen verloren hat?«

»Möglich.« Haas überlegte kurz und entschied sich, mit der Wahrheit herauszurücken. »Es ist nicht das erste Mal, dass eine Ballspende bei einer Frauenleiche gefunden wurde.«

»Ich verstehe nicht ...«

»Vor ein paar Tagen wurde eine Tanzkarte wie diese neben einer Toten entdeckt. Wir vermuten einen Zusammenhang, daher muss ich so viel wie möglich über Ihre Tochter erfahren! Jedes noch so kleine Detail kann uns weiterhelfen!«

Haas zog einen Bleistift und Papier zu sich heran. Auf dem Gang vor dem Büro hallten Schritte, eine Tür wurde zugeschlagen.

Grimm seufzte abgrundtief. »Gretl hat ihre Mutter abgöttisch geliebt. Als Martha vor drei Jahren an der Wiener Krankheit verstorben ist ...« Er schloss die Augen und atmete rasselnd ein und aus. »Es war eine schwere Zeit für uns alle. Gretl hat tagelang nichts gegessen und wollte nicht mehr zur Schule gehen.«

»Welche Schule hat sie besucht?«

»Die Privat-Bildungsanstalt für Hausfrauen in Währing.«

Haas machte sich Notizen.

»Gretl ist vor wenigen Wochen 17 Jahre alt geworden«, setzte Grimm an und starrte auf das umgedrehte Blatt Papier, das vor ihm lag. »Sie hat täglich in der Bäckerei mitgeholfen.«

»Gab es Streitereien in der Familie? Oder hatte sie Ärger mit Kunden?«

Grimm schüttelte den Kopf. »Gretl hatte das sanfte Wesen ihrer Mutter. Sie war freundlich und hat die Arbeit in der Bäckerei gerne gemacht. Ich konnte mich auf sie verlassen.«

Haas, der bis jetzt Stichworte notiert hatte, sah auf. »Fällt Ihnen eine Möglichkeit ein, wie Ihre Tochter zu dieser Ballspende gekommen sein könnte?«

Grimm schüttelte abermals den Kopf. »Wenn ich es Ihnen doch sage: Gretl war ein anständiges Mädchen. Sie hat nicht getanzt und war auch nie in den Redoutensälen.«

Haas seufzte. »Wann haben Sie Ihre Tochter zuletzt gesehen?«

»Das war vorgestern Abend. Gretl hat wie jeden Tag den Verkaufsraum sauber gemacht und dann das Abendessen zubereitet.«

Haas' Bleistift glitt über das Papier. »Ist Ihnen irgendetwas an ihr aufgefallen?«, wollte er wissen, »hat sich Ihre Tochter anders benommen als sonst? War sie nervös oder aufgeregt?«

»Ich habe sie beim Walzertanzen erwischt.«

»Beim Walzertanzen?«

»Gretl sollte den Verkaufsraum sauber machen. Von der Bäckerei lagert sich viel Mehlstaub auf den Regalen ab, der täglich entfernt werden muss. Aber anstatt alles gründlich abzuwischen, hat sie vor dem Spiegel getanzt.«

»Hm.« Haas strich sich über das Kinn. »Sagt Ihnen der Name Dora Hauser etwas?«

»Dora Hauser?« Grimm war irritiert. »Diesen Namen habe ich noch nie gehört. Wer soll das sein?«

Haas ging nicht darauf ein. »Hatte Ihre Tochter Kontakte zu anderen jungen Frauen? Freundinnen, denen sie sich anvertraut hat?«

Der Bäckermeister legte den Kopf schief. »Gretl und ihre Cousinen, die Töchter meiner Schwester Mizzi, waren ein Herz und eine Seele. Das war wohl auch der Grund, warum sie so gerne nach Schwechat gefahren ist. Und sie hat einmal …«, er überlegte angestrengt, »den Namen Franziska erwähnt.«

»Franziska?« Haas sah auf. »Wie lautet der Nachname?«
»Den Nachnamen kenne ich nicht. Ich glaube, so heißt eine der Verkäuferinnen bei der *Schönen Wienerin*.« Grimm zuckte mit den Schultern. »Gretl war fasziniert von der Modewarenhandlung am Stock-im-Eisen-Platz. Vor einigen Monaten wollte sie unbedingt Verschleißerin bei der *Schönen Wienerin* werden.«

»Aber es ist nichts daraus geworden?«

Grimm winkte ab. »Ich habe es ihr ausgeredet. Das ist keine ordentliche Arbeit, jeden Tag nur modischen Tand zu verkaufen und den Adeligen in den Hintern zu kriechen. Außerdem brauchen wir Gretl in der Bäckerei.« Er hielt inne und fuhr sich mit dem Handrücken über die Augen. Als würde ihm erst jetzt klar, dass er auf ihre Hilfe nicht mehr zählen konnte. »Wie soll es denn jetzt weitergehen ohne sie?« Er zog geräuschvoll die Nase hoch.

Haas legte den Bleistift beiseite und erhob sich, Grimm tat es ihm gleich. »Das ist nicht ihr Schal«, sagte er unvermittelt.

»Wie bitte?«

»Der Schal, den Margarethe ...« Er brach mitten im Satz ab, stattdessen hob er die Zeichnung hoch und hielt sie Haas hin. Haas verstand. Der Polizeizeichner hatte sich nicht nur auf das Gesicht der Toten konzentriert; Hals und Oberkörper waren ebenfalls auf der Zeichnung zu sehen.

»Margarethe besaß keinen einzigen Schal«, erklärte Grimm. »Ich habe mir deshalb im Winter oft Sorgen gemacht. Ich sagte ihr, sie würde sich erkälten, aber Margarethe hat nicht auf mich gehört. Sie sagte, sie würde die Enge am Hals nicht ertragen.« Er schluchzte laut auf.

Haas legte das Blatt Papier wieder verkehrt auf den Schreibtisch.

»Wo ist sie jetzt?« Grimms Stimme zitterte. »Wo ist denn meine Gretl? Kann ich sie sehen?«

Haas nickte, trat zur Tür und öffnete sie. Er sah sich suchend um; die meisten Aspiranten waren zum Aktensortieren eingeteilt und saßen in Büros. Nur Nussbaum eilte mit einem Stapel Akten über den Gang.

»Bringen Sie bitte Herrn Grimm in die Anatomie zu Professor Wieseler. Er weiß Bescheid.«

»Natürlich, sofort.« Nussbaum drehte auf dem Absatz um und deponierte den Stapel bei einem Kollegen. Dann wandte er sich an Grimm und verließ mit ihm das Polizeigebäude.

Haas kehrte an seinen Schreibtisch zurück. Er betrachtete das Bild der Verstorbenen. »Was denken Sie, Zimmerl?«

Sein Assistent ließ sich Zeit mit der Antwort; diesmal schien er ernsthaft nachzudenken. »Junge Menschen erzählen ihren Eltern nicht immer alles, was sie bewegt. Wenn wir mehr über Margarethe Grimm erfahren wollen, sollten wir ihre Tante befragen.«

47

Johann stand auf Zehenspitzen, reckte sich und hielt den Atem an; der Turm war tatsächlich höher als er selbst!

Seine Hand zitterte; nur ein allerletzter Holzquader musste noch platziert werden, dann...

Das Bauwerk schwankte bedrohlich. Johanns Schwester Clementina stupste mit dem Zeigefinger dagegen und grinste boshaft. »Uuuuuuuund: wumms!«

Krachend stürzte der Turm ein. Theresia, das Neugeborene, zuckte zusammen und begann zu schreien.

»Pscht!« Emilie Trampusch legte den Finger auf die Lippen. Sie hob das Baby aus der Wiege, um es zu beruhigen. »Seid leise, Kinder! Der Vater schläft noch!«

»Du blöde Kuh«, Johann rempelte seine Schwester an, »das war der schönste Turm, den ich je gebaut habe!« Er holte aus, um sie in die Rippen zu boxen, aber die Jüngere wich geschickt aus und verkroch sich unter dem Tisch.

»Schluss jetzt!« Emilie Trampusch packte ihren Sohn mit der linken Hand am Kragen, im rechten Arm hielt sie das Baby. »Emilie! Johann! Clementina – komm unter dem Tisch hervor! Maria! Setzt euch, aber schnell!« Sie kommandierte ihre Kinderschar zum Frühstück. Das Babygeschrei legte an Lautstärke zu. »Karla! Karla, wo bleiben Sie denn?«

Eine stämmige Frau mit gestärkter Schürze und strengem Blick erschien in der Tür. Sie trug ein Tablett, auf dem ein Brotkorb sowie zwei silberne Kannen platziert waren.

»Warum dauert denn das so lange, Karla? Es ist schon fast 10 Uhr! Die Kinder haben Hunger!«

Karla watschelte missmutig zum Tisch und stellte das Tablett ab. »Frühstück servieren gehört nicht zu meinen Aufgaben, gnädige Frau!« Sie goss Kakao in die Tassen der Kinder. »Mein Arbeitsplatz ist die Küche, nicht der Salon! Außerdem war ich heute schon am Markt und habe begonnen, das Mittagessen vorzubereiten.«

»Ich weiß, dass Ihre Arbeit fordernd ist, Karla!« Emilie Trampusch setzte sich zu ihren Kindern an den Tisch, immer noch das Baby im Arm. »Aber solange Dora abwesend ist, wird Ihnen nichts anderes übrig bleiben, als zu servieren!« Ihr Blick war treuherzig, mit einer Hand hielt sie der Köchin ihre leere Tasse hin. »Den freien Tag muss ich Ihnen bis auf Weiteres streichen.«

»Aber gnädige Frau«, Karla stellte die Kakaokanne ab und stemmte die Hände in die Hüften, »Sie wissen doch, dass ich am kommenden Sonntag ...«

»Ich kann mir vorstellen, dass die Situation keineswegs einfach für Sie ist.« Emilie Trampusch gab sich verständnisvoll. »Aber Doras Aufgaben müssen erledigt werden, daran lässt sich nicht rütteln. Ich werde noch einen Tag zuwarten, bevor ich mich um ein neues Dienstmädchen umsehe. Bis dahin müssen wir alle unsere Opfer bringen, Karla.« Sie hielt die Tasse ein Stück höher. »Na?«

Widerwillig griff die Köchin zur kleinen Silberkanne und schenkte ein.

Emilie Trampusch langte in den Brotkorb, nahm sich ein goldgelbes Kipferl und biss davon ab.

Ein Mann mit kohlrabenschwarzen Haaren und seidenem Morgenmantel erschien in der Tür. Er sah sich verschlafen um, rieb sich mit beiden Händen über das Gesicht. Maria, die Dreijährige, sprang von ihrem Stuhl auf und lief ihm entgegen. »Papa!«

Er hob sie auf und rieb seine Nasenspitze an ihrer. Emilie Trampuschs Miene hellte sich auf. »Du bist schon wach, Liebling?«

»Bei diesem Lärm ist es kaum möglich zu schlafen!« Johann Strauss pustete seinem Töchterchen eine Locke aus der Stirn und setzte sie wieder ab. Dann trat er hinter Emilie Trampusch, strich ihr sanft über die Schultern und küsste ihren Nacken. Emilie stand auf und legte das Baby, das sich mittlerweile beruhigt hatte, zurück in die Wiege.

»Sie können sich jetzt entfernen, Karla!«, wandte sie sich an die Köchin, die mit grimmigem Blick neben dem Servierwagen auf weitere Anweisungen wartete.

»Das Mittagessen bitte pünktlich um halb eins servieren!« Dann küsste sie Johann Strauss und reichte ihm ihre eigene Tasse Kaffee. »Setz dich, mein Liebling, und erzähl mir von gestern Abend!«

Der Walzerkönig stützte beide Ellbogen auf die Tischplatte und wärmte seine Hände an der Tasse. »Der Primgeiger war gestern nicht bei der Sache«, sagte er nach ein paar Schlucken und starrte ins Leere.

»Franz Amon?« Emilie Trampusch schenkte sich selbst eine Tasse ein und setzte sich neben ihren Geliebten. »Du arbeitest doch schon lange mit ihm zusammen. Auf ihn ist normalerweise Verlass.«

»Genau das beunruhigt mich.« Johann Strauss trank abermals. »Er war fahrig, hat ständig um sich geblickt. Als ob er nach jemandem Ausschau hielte oder auf etwas wartete. Bei ein paar Stücken hat er sogar verspätet eingesetzt. Das Publikum hat es vielleicht nicht bemerkt, aber für mich und die anderen Musiker war es unüberhörbar.«

Emilie Trampusch zerzupfte ihr Kipferl und ließ ein paar Brocken in den Kaffee fallen. »Hast du schon überlegt, ihn auszuwechseln?« Sie tupfte dem kleinen Johann den Mund mit einer Stoffserviette ab und strich ihm übers Haar. »Vielleicht ist es an der Zeit, sich nach jemand anderem ...«

»Nein!«, unterbrach Johann Strauss sie in einem Ton, der keine Widerrede duldete. Er trank die Tasse leer und stellte sie energisch ab. »Keinesfalls! Amon ist ein ausgezeichneter Musiker; solche Leute sind nicht einfach zu finden!« Er seufzte. »Wahrscheinlich war er einfach in keiner guten Verfassung.«

Er stand auf und warf einen kurzen Blick in die Wiege.

»Ich muss noch die neuen Piècen für die Musiker setzen; um 2 Uhr Nachmittags habe ich eine Besprechung mit dem Verleger, danach kommen die Männer zur Probe.«

»Wo bist du heute Abend?« Emilie Trampusch sah ihm nach.

»Zuerst beim *Sperl*, danach ...« Er hielt inne. Ein hochgewachsenes Mädchen betrat den Salon. Ihre tief liegenden Augen waren dunkel wie seine, die hochgesteckten Locken kohlrabenschwarz.

»Guten Morgen, Papa!« Anna Strauss lächelte. Ihr blassgrünes Kleid kontrastierte zu ihrem dunklen Haar. In den letzten Jahren war sie ihrer Mutter immer ähnlicher geworden, nur der Zug um ihren Mund war freundlich, nicht verhärmt. Anna Strauss nahm das karierte Schultertuch ab und zog sich die dünnen Handschuhe von den Fingern. Sie hauchte ihrem Vater einen Kuss auf die Wange und zwinkerte ihrer Halbschwester Clementina zu. Johann Strauss zog die Brauen zusammen und musterte seine Tochter streng. »Weiß deine Mutter, dass du hier bist?«

Anna senkte den Blick und schüttelte den Kopf.

»Sie wird mir die Hölle heißmachen!« Johann Strauss seufzte. »Sie denkt schon lange, ich würde dich auf meine Seite ziehen! Wenn du dich heimlich von zu Hause fortstiehlst, bestätigt das nur ihren Verdacht.«

»Ich wollte dich sehen, Papa, das ist alles!« Anna formte einen Schmollmund. »Außerdem hatte ich die Streitereien zu Hause satt!«

»Komm, setz dich, Anna!« Emilie Trampusch winkte das junge Mädchen zu sich. »Trink eine Tasse Kaffee mit mir!« Sie griff nach dem Glöckchen, das neben der Kaffeekanne auf dem Tablett stand, und läutete. »Karla!« Das Rufen und Läuten blieb unbeantwortet. »Karla, wir brauchen noch ein Gedeck für das Fräulein Strauss!«

»Alles muss man selber machen!« Emilie Trampusch erhob sich und holte eine Kaffeetasse samt Untertasse aus dem Geschirrschrank, keine zwei Meter vom Tisch entfernt.

»Kann das nicht Dora erledigen?« Anna sah sich suchend um. »Wo ist sie überhaupt? Und warum hat Karla mir heute die Tür geöffnet?«

»Wenn ich das wüsste!« Emilie Trampusch stellte das Service vor Anna und goss Kaffee in die feine Porzellantasse. »Letzte Woche hat sie um Ausgang gebeten.« Sie seufzte. »Normalerweise bin ich zufrieden mit Doras Arbeit, daher habe ich ihr diesen Wunsch gewährt.« Sie setzte sich, nahm die kleine Maria auf den Schoß und rührte mit einem Silberlöffel im Kaffee. »Und was habe ich von meiner Gutmütigkeit? Sie lässt mich im Stich! Dienstboten sind ein eigener Menschenschlag. Reicht man ihnen den kleinen Finger, nehmen sie die ganze Hand!« Sie schleckte den Löffel ab und zwinkerte Anna zu.

»Und jetzt erzähl: Was gibt es Neues im *Hirschenhaus*?«

48

Sie verließen Wien in Richtung Südosten, vorbei am Südbahnhof in Favoriten, der *Spinnerin am Kreuz* und einigen Ziegelwerken. Die dichte Bebauung der Kaiserstadt wich ländlicher Umgebung; Haas lehnte sich entspannt zurück und sah aus dem Fenster. Er war ein Stadtmensch, er liebte Wiens enge Gassen, die Märkte, Lokale und Theater. Aber in den letzten Jahren war die Kaiserstadt immer lauter und hektischer geworden. Wien platzte aus allen Nähten. Mehr als 700 Fiaker und Stellwägen lärmten und wirbelten Staub auf, rund um die neu errichteten Bahnhöfe und Fabriken schossen Arbeitersiedlungen in die Höhe und mit ihnen das Elend. Die Menschen lebten auf immer engerem Raum, Krankheiten verbreiteten sich rasend schnell. Die Tuberkulose war auf dem Vormarsch und stellte die medizinische Versorgung auf die Probe. Haas genoss den Ausblick auf Wiesen und Bäume und sog die Weite in sich auf.

»Haben Sie schon einmal im *Gasthof zum Landgut* gespeist?«, fragte er seinen Assistenten, nur um das Schweigen zu durchbrechen. »Das Gulasch soll hier ausgezeichnet sein!«

»Ja, vorige Woche mit meinem Patenonkel.« Zimmerl, der seine abgeknabberten Fingernägel betrachtete, richtete sich auf. »Bei einer Landpartie. Leider hat sich das Lokal sehr zum Negativen gewandelt.« Er rümpfte die Nase.

»Warum das?«, wollte Haas wissen, obwohl er den Grund kannte. Leander Prasch, der vormalige Besitzer, hatte das

Lokal als *Casino im Landgut* geführt, als luxuriöses Vergnügungsetablissement im Grünen außerhalb der Stadt. Ein Pendant zum noblen *Dommayers Casino* in Hietzing, in dem sich Publikum aus höheren Kreisen bewegte. Wiens Hunger nach exquisiten Orten zum Zeitvertreib war groß; im Gegensatz dazu schufteten Arbeiter in den Textilwerken und Ziegelfabriken fast bis zum Umfallen.

Zimmerl zuckte mit den Schultern. »Prasch hat es verstanden, seine Gäste zu unterhalten. Er veranstaltete Ballfeste unter einem bestimmten Motto und holte die besten Musiker Wiens in sein Lokal. Die Feuerwerke …«

»Welche Musiker?«, unterbrach Haas seinen Assistenten.

Zimmerl legte die Stirn in Falten und dachte nach. »Lanner, Fahrbach und Morelly, soviel ich weiß.«

Haas wurde hellhörig. »Auch Johann Strauss?«

»Nein, ich glaube nicht. Johann Strauss' Revier ist das *Dommayer* in Hietzing.« Zimmerl unterdrückte ein Gähnen. »Offen gestanden: mit Musik habe ich nicht besonders viel am Hut. Ich war wegen der Kegelbahn und der Billardtische bei Prasch, aber wie gesagt«, er winkte ab, »seit Felser das Lokal übernommen hat, ist es nur mehr ein mittelmäßiges Gasthaus.« Er blickte Haas direkt an. »Ich kann Gulasch nicht leiden.«

»Na dann …« Haas hob resigniert die Schultern und blickte wieder aus dem Fenster. Gespräche mit Zimmerl waren ermüdend, fand er. Nicht mehr als ein krampfhafter Akt der Höflichkeit. Vielleicht war auch der Schlafmangel schuld an seiner Antriebslosigkeit. Haas wünschte sich nichts sehnlicher, als ein paar Stunden zu schlafen. Die Morde an Dora Hauser und Margarethe Grimm hatten ihn während der letzten Nächte nicht zur Ruhe kommen lassen. Welche Gemeinsamkeiten gab es außer den Ballspenden? Waren die beiden einander auf dem Ball der Mediziner begegnet? Gab es womöglich andere Berührungspunkte? Er nahm sich vor, all diese Punkte auf einer Liste zu erfassen, sobald die Kutsche stehen geblieben war.

Eingelullt vom monotonen Hufgetrappel der Pferde und dem Schaukeln des Wagens lehnte Haas seinen Kopf an die Kabinenwand. Seine Lider waren bleischwer, er musste alle Willenskraft aufwenden, um nicht vor seinem Assistenten einzuschlafen.

»Darf ich Sie etwas fragen, Zimmerl?«, fragte er, um wach zu bleiben. »Was hat Sie eigentlich dazu bewogen, zur Polizei zu gehen?«

Der junge Mann ließ sich Zeit mit der Antwort. »Mein Vater«, begann er schließlich, »ist Marineoffizier.« Er korrigierte sich. »Er *war* Marineoffizier. Meine Mutter und ich haben ihn zuletzt gesehen, bevor er zum Bombardement von Akko aufgebrochen ist.«

»Das ist vier Jahre her«, stellte Haas fest. Die österreichische Marine war gemeinsam mit Großbritannien, Russland und Preußen gegen den ägyptischen Vizekönig Ali Pascha vorgegangen. Erstmals hatten sich die Besatzungen österreichischer Kriegsschiffe unter Erzherzog Friedrich bewiesen. Zimmerl nickte und sah aus dem Fenster.

»Ein Triumph der österreichischen Seeleute. Seit ich denken kann, träume ich davon, ebenfalls zur Marine zu gehen.« Er blickte seinen Vorgesetzten direkt an. »Zur Marineinfanterie.«

Haas räusperte sich und verzichtete auf jeglichen Kommentar. Beim besten Willen konnte er sich nicht vorstellen, wie der affektierte, wohlgenährte Nagelbeißer Österreich als schneidiger Seesoldat verteidigen sollte.

Zimmerl war die Reaktion seines Chefs nicht entgangen. »Schockiert Sie das?«

»Ich muss zugeben, dass ich überrascht bin«, wich Haas aus und versuchte ein Lächeln. »Sie haben mir dennoch nicht verraten, warum Sie in der Polizei-Oberdirektion am Petersplatz gelandet sind statt auf einem Kriegsschiff.«

Zimmerl lehnte seinen Kopf an die Holzwand. »Mein Vater hat den Aufenthalt in Syrien und den Trubel um die Schlacht genutzt, um sich aus der Verantwortung zu stehlen. Seit seinem Aufbruch haben wie nie wieder etwas von ihm gehört oder gesehen. Zahlreiche Versuche, mit ihm in Kontakt zu treten, sind gescheitert. Wir wissen nicht, ob er unter neuem Namen irgendwo im Orient lebt oder tatsächlich gefallen ist.«

»Sie meinen, er ist untergetaucht?«

Zimmerl hob die Schultern. »Wir nehmen es an. Von offizieller Seite gab es keine Sterbeurkunde, sämtliche Fragen, die meine Mutter an seine Besatzung gerichtet hat, verliefen im Sand. Es scheint, als wollte mein Vater nicht mehr gefunden werden, warum auch immer.«

Haas verstand. Es war nicht Zimmerls Entscheidung gewesen, in den Polizeidienst einzutreten. Das Verschwinden ihres Ehemannes hatte seine Mutter in die Armut getrieben. Solange der Tod eines Marineoffiziers nicht mit Brief und Siegel bestätigt war, erlangte die hinterbliebene Ehefrau keinen Witwenstatus und in Folge keine finanzielle Unterstützung.

»Mutter ist an ihrem Schicksal beinahe zerbrochen. Sie musste ihr Elternhaus verkaufen, mein Patenonkel hat uns bei sich aufgenommen. Unentgeltlich.« Er führte die Finger der linken Hand zum Mund, besann sich aber im letzten Moment und zuckte zurück. »Mutters Eltern und Geschwister sind längst tot, ich bin ihr einziges Kind. Sie wird bei sämtlichen Ämtern und Stiftungen, die Unterstützung gewähren, abgewiesen«, erklärte Zimmerl.

»Daher wünscht sie sich eine Beamtenlaufbahn für ihren Sohn«, schlussfolgerte Haas, »um finanziell überleben zu können.«

»Exakt.« Die Kutsche verlangsamte das Tempo und bog in eine herrschaftliche Einfahrt. »Ich denke, wir sind bald da«, wechselte Zimmerl das Thema und griff nach seinen weißen Handschuhen, die er während der Fahrt abgestreift hatte.

Ein Sohn, auf dessen Schultern das seelische und finanzielle Leid seiner Mutter ruhte, aufgebürdet vom eigenen Vater, sinnierte Haas. Ein Patenonkel, der die mittellose Frau Zimmerl bei sich wohnen ließ und ihren Sohn im Wiener Polizeiapparat unterbrachte, ob aus selbstloser Güte oder in der Hoffnung auf Gegenleistungen. Zimmerls Abneigung gegen die Polizeiarbeit war nicht weiter verwunderlich. Das Leben hatte seltsame Methoden, die Amtsstuben und Büros dieser Stadt zu füllen.

»Schloss Rothmühle!«

Seine Gedanken wurden jäh unterbrochen. Die Kutsche hielt an.

49

Schloss Rothmühle war ein Barockschlösschen in Rannersdorf nahe Schwechat. Im Vergleich zur Hofburg, zu Schloss Laxenburg oder dem Belvedere mutete es winzig an, dennoch wirkte es erhaben. Ein hell verputzter, U-förmiger Bau mit dunkel glänzendem Dach, flankiert von zwei Zwiebeltürmchen. Schweigend schritten Haas und sein Assistent über groben Kies zum Eingang.

»Hier lebt Margarethe Grimms Tante?«, zeigte sich Zimmerl beeindruckt, als sie vor dem Haustor stehen blieben. Er sah sich um. Eine Kletterrose mit dunkelroten Blüten rankte sich an einem Holzgitter nahe dem Eingang die Hausmauer empor, die Fenster waren blitzblank geputzt, nirgendwo bröckelte Putz von der Fassade.

»Maria Buchner ist nicht die Eigentümerin, sondern arbeitet hier als Haushälterin. Das Schloss hat unzählige Male den Besitzer gewechselt, es wurde früher als Mühle benutzt. Teile davon stammen sogar noch aus dem Mittelalter«, erklärte Haas seinem Assistenten und läutete an. Hinter einem der Fenster war eine Hand erkennbar, die langsam einen Vorhang zur Seite schob. Ein paar Minuten später waren aus dem Inneren schlurfende Schritte zu hören. Jemand putzte sich lautstark die Nase, erst dann wurde die Tür geöffnet.

»Sie wünschen?« Eine Hausangestellte mit grauem Kleid und gestärkter Schürze öffnete die grün gestrichene Tür. Augen und Nase waren gerötet, ausgeprägte Tränensäcke und tiefe Falten um die Mundwinkel ließen sie älter wirken, als sie war. Sie trug ihr Haar zu einem strengen Knoten gebunden, ein weißes Häubchen war darüber festgesteckt.

Haas tippte sich an den Zylinder.

»Grüß Gott, Wachtmeister Haas von der Kriminalabteilung der Polizei Wien«, stellte er sich vor. »Frau Buchner?«

Die Frau nickte stumm. Wie angewurzelt stand sie vor dem Eingang, nicht gewillt, Fremden Eintritt zu gewähren.

»Das hier ist mein Assistent Zimmerl.« Haas räusperte sich. »Frau Buchner, wir müssen Ihnen die traurige Nachricht überbringen, dass Ihre Nichte, Fräulein Margarethe Grimm, verstorben ist.«

»Ich weiß es schon«, flüsterte sie kaum vernehmbar. Sie schloss die Augen und wischte sich mit dem Handrücken Tränen von den Wangen.

»Wir haben einige Fragen an Sie.«

»Was wollen Sie wissen?« Maria Buchner holte ein Taschentuch unter ihrer Schürze hervor und putzte sich erneut die Nase. Mit rot verweinten Augen sah sie Haas an und rührte sich weiterhin nicht von der Stelle.

»Bäckermeister Grimm hat erzählt, dass seine Tochter Margarethe Sie immer wieder gerne besucht hat. Ihre Leiche ...« Haas unterbrach sich und nahm seinen Zylinder ab. »Frau Buchner«, er senkte die Stimme, »könnten wie diese Unterhaltung bitte drinnen fortsetzen?«

Die Haushälterin schüttelte den Kopf. »Die Herrschaften sind nicht da«, wich sie aus, »es ist mir nicht gestattet, Besuche während ihrer Abwesenheit zu empfangen.« Sie war im Begriff, die Tür wieder zu schließen. »Außerdem fehlt mir die Zeit für so etwas! Ich muss meine Arbeit machen.«

Blitzschnell schob Haas seinen Fuß in den Spalt zwischen Tür und Mauer. »Ich glaube, hier liegt ein Missverständnis vor. Es handelt sich um keinen Besuch, sondern um eine Befragung.« Er lächelte. »Es besteht durchaus die Möglichkeit, falls Ihnen und den Herrschaften das lieber ist, die Befragung in der Polizei-Oberdirektion in Wien fortsetzen. Bei zwei Stunden Fahrt pro Strecke und einer Befragung von ungefähr einer Stunde würde das ...«, Haas tat, als müsste er angestrengt nachdenken, »fünf Stunden Ihrer Zeit beanspruchen. Ich bezweifle, dass das Ihrer Arbeit zuträglich ist.«

Widerwillig gab Maria Buchner den Weg frei. »Also gut«, seufzte sie und drehte sich um. »Wenn Sie mir bitte in den Salon folgen möchten«, ließ sie sich vernehmen und durchquerte vor den beiden Beamten einige Räumlichkeiten. Es waren herrschaftlich hohe Säle mit üppigen Stuckverzierungen und Deckenfresken.

»Wunderschön«, bemerkte Haas, der gern mehr Zeit gehabt hätte, um die Pracht in Ruhe auf sich wirken zu lassen.

»Es kommen immer wieder berühmte Leute hierher«, antwortete Maria Buchner, ohne stehenzubleiben. »Nestroy zum Beispiel. Er ist ein enger Freund der Herrschaften. Vor 70 Jahren war sogar Mozart hier.«

In einem kleineren Salon, dessen Fenster zum Innenhof des Schlosses blickten, blieb die Haushälterin stehen.

»Bitte, nehmen Sie Platz.« Sie wies auf eine Ottomane und eine niedere Sitzbank, die mit senfgelbem Samt bezogen waren. »Wünschen die Herren etwas zu trinken?«

»Nein, danke.« Haas nahm auf der Ottomane Platz, Zimmerl tat es ihm gleich. Maria Buchner blieb stehen und verschränkte die Finger ineinander wie zum Gebet.

»Frau Buchner«, begann Haas und holte Block und Stift aus der Innentasche seines Gehrocks, »wir gehen davon aus, dass Margarethe Grimm keines natürlichen Todes gestorben ist. Es würde uns helfen, wenn Sie das Verhältnis zwischen Ihnen und Ihrer Nichte schildern.« Er schlug eine neue Seite auf und klopfte dreimal mit dem Stift auf das Papier.

Maria Buchner nickte und starrte auf ihre verschränkten Finger, schwieg aber. Aus dem Nebenzimmer war das Ticken einer Standuhr zu hören. Eine dicke Fliege summte durch den Raum und stieß mehrmals knacksend gegen die Fensterscheibe.

Maria schluchzte leise. »Gretl war ein so herziges Mädel. Kein natürlicher Tod ...« Sie fischte ihr Stofftuch aus der Schürzentasche und presste es gegen die Augen, »wer macht denn so etwas? Sie hat doch niemandem etwas zuleide getan!« Erst nach einigen Augenblicken hatte sie sich gefasst. »Ich weiß gar nicht, wo ich anfangen soll.«

»Sie könnten damit anfangen, dass Gretl immer wieder zu Ihnen auf Besuch gekommen ist«, schlug Haas vor.

Erneutes Nicken. Maria setzte sich an den Rand der niedrigen Bank und strich über ihre Schürze.

»Die Frau meines Bruders ist an Tuberkulose verstorben, Gretl war damals zwölf Jahre alt. Sie musste die Aufgaben ihrer Mutter übernehmen, zusätzlich zur Schule.« Maria blickte auf. »Eine Bäckerei zu führen ist harte Arbeit, Gretl hatte es nicht leicht, besonders, als ihre Mutter verstorben ist. Mein Bruder hat sich nach dem Tod meiner Schwägerin in der Backstube verkrochen. Er ist dermaßen in seiner Trauer versunken dass er beinahe seine Kinder vergessen hat.« Sie hob die Schultern. »Gretl hat darunter sehr gelitten. Mädchen in diesem Alter brauchen jemanden, mit dem sie reden können.« Erneut strich sie über ihre Schürze. »Ich bin selbst verwitwet und habe drei Töchter. Die Herrschaft erlaubt mir, weiterhin hier wohnen zu bleiben. Es wird nicht gern gesehen, wenn ich Besuch bekomme, aber bei Gretl haben sie eine Ausnahme gemacht. Jeder, der meine Nichte kannte, hat sie sofort ins Herz geschlossen.«

»Wo sind Ihre Töchter jetzt?«

»Zwei sind bereits verheiratet, sie wohnen nicht mehr hier.

Die Jüngste arbeitet gerade hinten im Gemüsegarten«, sie deutete vage über ihre Schulter.

Haas überflog seine spärlichen Notizen. Bis jetzt war nichts dabei, das ihm weiterhelfen könnte.

»Herr Grimm hat erwähnt, dass seine Tochter die Musik von Johann Strauss geliebt hat. Erzählen Sie mir mehr davon«, forderte er. Über Marias Gesicht huschte ein Lächeln.

»Meine Nichte hatte die Liebe zur Musik von ihrer Mutter geerbt. Sie wollte Klavier lernen, aber dazu blieb keine Zeit neben ihrer Arbeit in der Bäckerei. Früher, als mein Mann noch gelebt hat, habe ich gern getanzt, am liebsten zu Walzern von Lanner und Strauss. Die Musik höre ich immer noch gerne. Manchmal, wenn ich Ausgang hatte, habe ich Gretl mit ins *Sperl* genommen, um mir die neuesten Stücke von Johann Strauss anzuhören.« Sie schloss kurz die Augen. »Das Kind ist regelrecht aufgeblüht bei den Walzerklängen. Jedes Mal musste ich ihr einen Platz ganz vorne beim Orchester versprechen, sie konnte die Augen gar nicht von den Instrumenten und den Musikern lassen. Es war, als ob sie jeden einzelnen Ton in sich aufgesaugt hätte.«

Haas machte sich Notizen. »Vor ein paar Tagen waren Sie und Gretl ebenfalls wieder beim *Sperl* in der Leopoldstadt?«

Maria nickte. »Ich konnte mir für zwei Tage freinehmen und bin extra nach Wien gekommen, um Gretl zu begleiten. Meine Jüngste war ebenfalls dabei. Gretl hatte die Ankündigung für das Konzert in der Zeitung entdeckt und war sofort Feuer und Flamme. Es war ein schöner Abend.«

»Ist Ihnen bei diesem Konzert irgendetwas aufgefallen? Hat sich Ihre Nichte anders verhalten als sonst?«

Maria schüttelte den Kopf. »Alles war wie immer. Wir haben uns ganz vorne beim Orchester platziert und sind nach der Veranstaltung nach Hause zurückgekehrt.«

»Nach Hause?«, hakte Haas nach, »hierher?«

»Nein, in die Kurrentgasse, in die Wohnung über der Bäckerei. Ich habe im Haus meines Bruders übernachtet. Erst am nächsten Morgen bin ich zurück zu Schloss Rothmühle gefahren.«

Haas nickte und blätterte in seinem Block. Dann griff er in die Tasche seines Gehrocks und holte das Büchlein mit dem rotsamtenen Einband hervor.

»Haben Sie diesen Gegenstand jemals bei Ihrer Nichte gesehen?« Haas hielt Maria die Ballspende hin. Sie runzelte die Stirn und griff danach.

»Was soll das sein?« Sie betastete die weiche Oberfläche und öffnete die Fächerseiten. »Eine Tanzkarte?«, riet sie. »Ich sehe dieses Büchlein zum ersten Mal. Was ist damit?«

Sie gab Haas das Büchlein zurück.

»Wenn ich etwas vorschlagen dürfte...« Zimmerl, der sich bis dato still verhalten hatte, meldete sich zu Wort.

Haas drehte sich erstaunt zu seinem Assistenten. Er hatte mit dem üblichen Desinteresse des jungen Mannes gerechnet. Dass Zimmerl sich einbrachte, war eine angenehme Überraschung. Haas nickte wohlwollend.

»Wie alt ist Ihre jüngste Tochter?«, wandte sich Zimmerl an die Haushälterin.

»Sie ist vergangenen Monat 18 Jahre alt geworden.«

»Also ein Jahr älter als Margarethe.« Er wechselte einen Blick mit Haas. »Wenn es Ihnen nichts ausmacht, würde ich gern mit ihr sprechen. Vielleicht hat Margarethe sich ihr anvertraut.« Er sah seinen Vorgesetzten fragend an. Haas überlegte einen Moment, dann nickte er zustimmend. Blitzschnell griff Zimmerl nach der Ballspende, steckte sie ein und erhob sich. »Im Gemüsegarten, sagten Sie?«

»Ich zeige Ihnen den Weg.« Maria Buchner war im Begriff aufzustehen, aber Zimmerl wehrte ab. »Nicht nötig, ich finde alleine hin.« Er beugte sich zu seinem Vorgesetzten. »Ich warte vor dem Eingang auf Sie!«

Maria sah dem jungen Polizisten verwundert nach, als er den Raum verließ. Haas seufzte und bereute seine Entscheidung schon. Zimmerl war kein fertig ausgebildeter Kriminalbeamter; es war ihm nicht gestattet, selbstständig Vernehmungen durchzuführen. Hoffentlich stellte er die richtigen Fragen.

»Frau Buchner, hat Margarethe Ihres Wissens jemals den Ball der Mediziner besucht?«, wandte sich Haas wieder an die Haushälterin.

»Gretl auf einem Ball?« Heftiges Kopfschütteln. »Mein Bruder hätte niemals die Erlaubnis dazu erteilt! Außerdem fällt mir keine passende Begleitung ein!«

»Hatte Ihre Nichte Kontakt zu einer gewissen Dora Hauser? Oder wurde der Name je erwähnt?«

Abermals verneinte sie. Eine letzte Frage brannte Haas unter den Nägeln. »Margarethe Grimm wurde aus dem Kalten Gang geborgen; hatte dieser Ort eine spezielle Bedeutung?«

»Bedeutung?« Maria Buchner lachte trocken. »Nicht, dass ich wüsste. Der Kalte Gang ist ein Forellengewässer und eignet sich gut zum Fischen. Etliche Uferstellen sind wegen der dichten Büsche bei Liebespaaren beliebt.« Sie schenkte Haas einen bedeutungsvollen Blick. »Aber nichts davon traf auf Gretl zu. Im Gegenteil: sie hatte Angst vor dem Wasser. Ich kann mir nicht vorstellen, warum sie sich freiwillig am Kalten Gang aufgehalten hätte.«

Frustriert von der geringen Ausbeute an brauchbaren Informationen klappte Haas seinen Notizblock zu und stand auf. Wenn Zimmerl ebenso wenig erfahren hatte, war der weite Weg nach Schwechat umsonst gewesen. »Eine letzte Frage noch: Ist Margarethe alleine angereist, wenn sie Sie besucht hat?«

Maria erhob sich ebenfalls und nickte. »Mein Bruder hat sie in einen Fiaker gesetzt und die Fahrt bis hierher bezahlt. Gretl war kein ängstliches Mädchen.«

»Aber von ihrer letzten Fahrt hierher wussten Sie nichts?« Maria schüttelte den Kopf.

»Ich denke, ich habe vorerst genug von Ihnen erfahren.« Haas steuerte auf den Saal zu, den er auf dem Weg zum Salon durchquert hatte. »Falls sich weitere Fragen ergeben, hören Sie von mir.«

Draußen wartete Haas neben der dunkelroten Kletterrose auf Zimmerl. Wenig später erschien sein Assistent. Er hatte einen zufriedenen Gesichtsausdruck und blickte kurz zu einem Fenster hoch, hinter dem sich die Gestalt einer jungen Frau abzeichnete. Beide Männer steuerten auf den Fiaker zu, der seit ihrer Ankunft in der Schlosseinfahrt gewartet hatte.

»Zurück zum Petersplatz in die Innere Stadt!«, wies Haas den Kutscher an. Dann wandte er sich an seinen Assistenten.

»Was haben Sie herausgefunden?« Er stieg in die Kabine und nahm auf der Holzbank Platz. Zimmerl tat es ihm gleich und schloss die Tür von innen. Die Kutsche setzte sich in Bewegung.

»Es ist, wie ich vermutet habe.« Zimmerl zog sich die weißen Handschuhe von den Fingern und sah aus dem Fenster. »Maria Buchners Tochter weiß mehr über Gretl als ihre Mutter.«

»Also?«, hakte Haas ungeduldig nach.

»Es gab einen Grund, warum Margarethe Grimm dem Orchester so nahe sein wollte.«

50

Die Luft im *Griechenbeisl* war verraucht und stickig wie immer. Sterz und Kaunitz hatten an einem der hinteren Tische Platz genommen, im vorderen Teil des Lokals saß eine Handvoll Musiker zusammen und spielte Zither.

»Ja, der Sterz lässt sich auch wieder einmal anschauen!« Eine Kellnerin mit üppigem Dekolleté und dunklem Flaum auf der Oberlippe stellte ihr Tablett ab und umarmte den alten Stallmeister.

»Immer noch den Rössern zu Diensten?« Sie zwinkerte ihm zu.

Sterz nickte. »Scheint meine Bestimmung zu sein. Pferde zu versorgen ist das Einzige, das ich kann.«

»Ich wäre froh, wenn alle ihre Arbeit so gut machten wie du!« Sie senkte die Stimme. »Die Kieberei zum Beispiel. In Wien ist man als Frau nicht mehr sicher; fast jeden Tag streckt eine die Patschen!«

Kaunitz und Sterz wechselten einen ahnungslosen Blick.

»Na, habt ihr das nicht mitgekriegt? Den Katzenjammer in der Kurrentgasse?«

»Das ist aber ein trockener Abend heute!«, schimpfte einer der Gäste lautstark. »Mir klebt schon die Zunge am Gaumen!«

»Bin gleich bei euch!«, rief die Kellnerin über die Schulter Richtung Stammtisch und wandte sich wieder an Kaunitz. »Jemand hat das Grimm-Mädel auf dem Gewissen!«, raunte sie.

»Auf dem Gewissen? Die junge Grimm?« Kaunitz war fassungslos. Er war Margarethe Grimm oft begegnet, wenn er sich ein Kipferl oder Brioche in der Bäckerei geholt hatte.

»Anscheinend ist sie mit einem Schal um den Hals aus dem Kalten Gang gefischt worden!«

»Was?« Kaunitz' Augen weiteten sich.

»Muss man hier neuerdings sein Gesöff selber mitbringen?«, grölte ein Gast am Nebentisch. Er holte aus und verpasste der Kellnerin einen Klaps auf das Hinterteil. »Komm in die Gänge, Mädel! Wir haben Durst!«

»Was wollt ihr trinken?« Die Kellnerin nahm hastig ihr Tablett wieder auf. »Bier wie immer? Ansonsten könnte ich euch frischen Sturmwein anbieten! Ist heute geliefert worden.«

Sie entschieden sich für das Getränk der Saison. Kurz wurde es im Eingangsbereich laut, als die Stammtischrunde eines ihrer Mitglieder mit einem derben Wienerlied begrüßte.

»Die Grimm-Tochter ist tot.« Kaunitz war ehrlich erschüttert. »Der alte Adam hat's nicht leicht; zuerst stirbt ihm die Frau weg, dann räumt jemand seine Tochter um die Ecke.« Er fuhr sich mit beiden Händen über das Gesicht. »Wenn Metternich wirklich ein sicheres Wien will, hat er noch viel zu tun. Die Verkäuferin im *Elefantenhaus*, das Dienstmädchen im Eiskeller und jetzt die junge Grimm«, zählte er auf. »Was passiert da gerade in Wien?«

»Die Grimm-Tochter wurde im Kalten Gang gefunden«, korrigierte Sterz, »das liegt in Schwechat, nicht in der Stadt.«

Die Kellnerin stellte zwei hohe Gläser mit leicht trübem Sturm vor ihnen ab. »Prost!« Sie nickte Sterz zu und entschwand zum nächsten Tisch.

Kaunitz nahm einen Schluck. Der Vorbote des Grünen Veltliners prickelte leicht und schmeckte süßlich-herb. Er trank sein Glas in einem Zug halb leer.

»Langsam, langsam!«, ermahnte ihn Sterz, »du weißt doch, wie schnell der Sturm betrunken macht!«

Kaunitz zuckte mit den Schultern und starrte in sein Glas. »Ich habe das Mädchen aus der *Shawl-Handlung* noch am Tag ihres Todes gesehen«, murmelte er, »nur wenige Stunden später musste sie sterben.« Mit einem Mal überkam ihn eine bleierne Traurigkeit. Zu viele Todesfälle hatten sich innerhalb weniger Wochen ereignet. »Die Grimm-Tochter habe ich ebenfalls gekannt; wie oft hat sie mich in der Bäckerei bedient, wenn ich mir zwischen zwei Fahrten eine Jause geholt habe? Jetzt liegt sie kalt in einer Kiste.« Er sah Sterz verzweifelt an. »Ist das ein Fluch, der auf mir liegt? Alle Frauen, die mir begegnen, sterben unnatürlich früh! Bin ich ein Todesbote?«

»So ein Blödsinn!« Sterz schüttelte energisch den Kopf und trank ein paar Schlucke. »Das darfst du dir gar nicht einreden!« Er wischte sich mit dem Handrücken über die Oberlippe. »Der Tod vergisst niemanden. Die einen holt er früher, die anderen später. Das hat nichts mit dir zu tun!«

Kaunitz trank sein Glas leer und stellte es heftig am Tisch ab. »Doch, hat es! Ich habe es nicht einmal geschafft, meine Frau und mein Kind zu retten!« Er bedeutete der Kellnerin mit einem Handzeichen, ein weiteres Glas Sturm zu bringen. »Wahrscheinlich ist das *meine* Bestimmung.« Er lachte grimmig. »Du bist auf ewig mit den Pferden verbunden, und ich bringe Frauen ins Grab.« Aus der Tasche seines Mantels zog er das Büchlein hervor, das ihm Hahnreiter vor ein paar Tagen zugesteckt hatte. »Sogar mit Frauen, die längst unter der Erde sind, habe ich indirekt zu tun.« Er starrte auf das Büchlein und steckte es wieder ein, ehe Sterz es bemerkte.

Der verdrehte die Augen. »Trink weniger, wenn du es nicht verträgst! Mit Selbstmitleid ist niemandem geholfen. Kümmere dich lieber darum, dass dir die Behörde nicht die Fiakerlizenz entzieht!«

Kaunitz brummte etwas Unverständliches. Die Kellnerin erschien und tauschte sein leeres Glas gegen ein volles aus. »Deine Nachbarin arbeitet auch in der *Shawl-Handlung*«, begann Sterz, hielt aber inne, als er sah, wer soeben das *Griechenbeisl* betreten hatte.

»Schau, wer da kommt!« Er stieß Kaunitz mit dem Ellbogen in die Rippen und deutete mit dem Kinn zum Eingang. »Ist das nicht der junge Schani?

»Guten Abend, Kaunitz!« Strauss hatte sich einen Weg durch das volle Lokal gebahnt und blieb unschlüssig stehen. Er nickte Sterz zu, schien aber an ihm vorbeizusehen.

Der alte Stallmeister stellte sich vor und zog einen Stuhl heran. »Nimm Platz!« Er winkte der Bedienung.

Kaunitz' Trübsal wich einer besorgten Miene. Der junge Musiker sah mitgenommen aus; er war außer Atem, als hätte er den Weg vom *Hirschenhaus* ins *Griechenbeisl* im Laufschritt zurückgelegt. Sein ohnehin blasser Teint war kreidebleich, auf seiner Stirn stand ein Schweißfilm. Sterz bemerkte die rastlosen Blicke des jungen Mannes. »Ist Ihnen nicht gut?«

Strauss schüttelte den Kopf und bewegte die Lippen, aber der Lärm in der Gaststube übertönte seine Worte. Kaunitz beugte sich über den Tisch, eine Hand am Ohr. »Wie bitte?«

»Meine Schwester Anna«, setzte Strauss an, wurde aber von der Kellnerin unterbrochen. »Was darf's sein?«

»Sturm«, bestellte Kaunitz hastig, um sie loszuwerden.

»Anna ist verschwunden!« Strauss öffnete die Knöpfe seines Gehrocks und lockerte die Halsbinde. Die Kellnerin setzte das Glas mit dem Sturm vor ihm ab. Gierig trank er die ersten Schlucke.

»Meine Schwester Anna ist seit gestern nicht nach Hause gekommen«, begann er erneut, »Mutter ist außer sich.«

Kaunitz und Sterz wechselten einen besorgten Blick. »Gibt es denn keinen Ort, an dem man nach ihr suchen könnte?«

»Doch, natürlich gibt es den!« Strauss grinste verlegen. »Anna ist eine Rebellin. Wie ich sie kenne, ist sie bei meinem Vater und seiner neuen Familie.«

»Aber – wenn es ein offenes Geheimnis ist, wo sich Ihre Schwester aufhält, was bereitet Ihrer Mutter dann Sorge?«, fragte Kaunitz verwirrt und sah den alten Stallmeister ratlos an. Der zuckte mit den Schultern.

»Es ist nicht Annas Aufenthaltsort, sondern ein bestimmter Gegenstand, der Mutter Angst macht.«

Strauss legte eine kleine Spanschachtel auf den Tisch.

»In der *Wiener Zeitung* wurde ein Artikel über die Frauenmorde veröffentlicht.« Er tippte auf den Deckel der Dose. »Darin steht, dass bei zwei der drei Leichen etwas gefunden wurde.« Strauss schob die Dose Kaunitz über den Tisch zu. Der starrte den Musiker fragend an und hob zögernd den Deckel. »Grundgütiger!« Er prallte zurück. Sein Herz setzte für einige Takte aus. »Woher haben Sie das?«

»Es lag im Zimmer meiner Schwester.«

51

Anna Strauss wanderte rastlos im Zimmer auf und ab.

»Warum tut sie mir das an? Sie weiß genau, wie sehr mich ihr Verhalten verletzt!«

»Eben nicht!« Anna Strauss' Schwester Josefine hatte es sich mit einem in Stoff gewickelten Buch auf der Chaiselongue gemütlich gemacht. Sie ließ die Lektüre sinken und schüttelte verständnislos den Kopf. »Und hör endlich damit auf, wie ein Löwe im Käfig hin und her zu wandern! Das macht mich nervös!«

»Nervös, sagst du?« Anna Strauss blieb stehen und funkelte ihre Schwester wütend an. »Weißt du, was *mich* nervös macht?« Sie stemmte die Hände in die Hüften. »Dass ich all meine Kraft für Schanis erstes Konzert beim *Dommayer* brauche! Seit Jahren arbeitet er auf diesen Moment hin! Der Bub ist auf meine Unterstützung angewiesen, diese Tage mehr denn je! Ich sollte Annoncen für die Zeitungen aufsetzen, mit ihm die Auswahl der Piècen absprechen, ihn bei der Besetzung der Kapelle beraten … Und was macht meine Tochter? Flüchtet zu ihrem Vater und der Schlampe in die Kumpfgasse und lässt es sich gut gehen!«

»Ich dachte, du machst dir Sorgen wegen der Ballspende, die du auf Annas Nachttisch gefunden hast.« Josefine nahm ihr Buch wieder auf. »Aber wie ich sehe, bist du nur in deinem Stolz verletzt.« Sie lugte über den Rand der Seiten. »Darin hast du ja Übung. Die Lage ist also nicht allzu ernst.«

»Wie kannst du es wagen!«, fauchte Anna Strauss und riss ihrer Schwester das Buch aus der Hand. »Was liest du da eigentlich?« Sie entfernte das Leinen und starrte auf den Buchdeckel. »Alexandre Dumas?« Ihre Stimme wurde schrill. »Bist du des Wahnsinns? Du schleppst mir zensierte Lektüre ins Haus! Ärger mit der Polizei ist das Letzte, was ich jetzt gebrauchen kann!«

»Meine Güte, wenn du dich hören könntest!« Josefine verdrehte die Augen. »Es ist doch nur der *Graf von Monte Christo*! Keine Hetzschriften, keine Erotik. Ein ganz normaler Roman eines französischen Schriftstellers. Weiß der Himmel, warum der auf der verbotenen Liste steht. Selbst in den höchsten Beamtenkreisen liest man Dumas!« Sie schnappte sich das Buch zurück und grinste. »Man darf sich eben nicht erwischen lassen!«

»Woher hast du das Buch überhaupt?«, fragte Anna Strauss grimmig. »Das gibt es weder zu kaufen noch in einer der Bibliotheken zur Ausleihe.«

»Ich werd den Teufel tun, dir meine geheimen Quellen zu verraten!« Josefine nahm wieder auf der Chaiselongue Platz.

Eliska erschien in der Tür und räusperte sich zaghaft.

»Gnedige Frau, für wie viele Personen soll ma heite aufdecken?«

»Eine weniger als sonst, meine Tochter Anna ist außer Haus.«

Eliska tat, als sei sie überrascht, und verschwand so leise, wie sie gekommen war.

»Ist dir schon einmal in den Sinn gekommen«, begann Josefine, ohne von ihrem Buch aufzusehen, »dass deine Tochter sich andere Gesprächsthemen wünscht als die Karriere ihres Bruders?«

Anna Strauss zog die Augenbrauen hoch, schwieg aber.

»Ich meine es ernst, meine Liebe.« Josefine legte den Roman beiseite. »Seit Jahren dreht sich alles um deinen jungen Schani. Er ist ein Genie, das wissen wir beide, aber du machst dir sein Talent zunutze, bildest ihn zu einer Waffe aus. Zur schärfsten Waffe, die du gegen deinen Ehemann richten kannst!«

Anna Strauss setzte zu einer Verteidigung an, aber Josefine richtete sich auf und wehrte ab. »Nein, sag nichts! Du brauchst mir nichts zu erklären, ich kenne die Situation. Schließlich lebe ich hier und bekomme hautnah mit, was geschieht! Dein Mann hat dich belogen und betrogen, er zeugt Kinder, wo er geht und steht. Mein Schwager hat es weiß Gott verdient, dass ihm jemand eine Abreibung verpasst, keine Frage! Ich weiß, was du durchgemacht hast, ebenso weiß ich, mit welcher Passion Schani musiziert und komponiert!« Sie stand auf und griff nach den Händen ihrer Schwester. »Aber es stellt sich die Frage, ob sich dein Sohn auch ohne diese Dramen zum Genie entwickelt hätte, das er heute ist. Ob du ebenso konsequent auf seiner Ausbildung beharrt hättest, wenn deine Ehe in Ordnung wäre! All die Jahre, seit du von Millie erfahren hast, war Rache dein einziger Antrieb, Anna!« Josefine suchte den Blick ihrer Schwester. »Aber die Rache frisst dich auf! Und du vergisst, dass du außer deinen drei musikalischen Buben noch zwei Töchter hast!« Sie trat einen Schritt auf Anna zu und strich ihr über die Wange. Aus der ehemaligen Schönheit Anna Streim war eine verbitterte Frau Strauss geworden. Ihre Züge waren verhärmt und vorzeitig gealtert.

»Nur wenige Frauen stemmen sich mit solcher Kraft gegen ihr Schicksal wie du, Schwesterherz! Und was deine Tochter betrifft: Du solltest nicht wütend sein, sondern besorgt!«

52

Haas betrat das Gemeinschaftsbüro im Erdgeschoss der Polizei-Oberdirektion. Der große Saal war mit alten Schreibtischen, von denen keiner dem anderen glich, und in deren Holz sich Generationen von Polizisten verewigt hatten, vollgestellt. Noch vor Jahren war dies ein Aufenthaltsraum gewesen, doch das Gebäude platzte aus allen Nähten. Metternichs Überwachungsstaat machte ein ständiges Aufstocken von Beamten und Schreibstuben notwendig. Im Laufe der Jahre waren diverse Abteilungen aufgestockt, ausgelagert und immer wieder in größere Gebäude verlegt worden.

Haas schritt durch die Reihen der alten Holzschreibtische, an denen emsig gearbeitet wurde. Aspiranten und fertig ausgebildete Polizeidiener, bunt gemischt, erledigten Schreibarbeiten oder waren mit kriminalpolizeilichen Ausforschungsdiensten beschäftigt. Haas erinnerte sich an die Anfänge seiner eigenen Karriere. Er selbst hatte die Stunden im Gemeinschaftsbüro geliebt; das konzentrierte Arbeiten hatte ihm ein Gefühl der Befriedigung verschafft, die große Zahl an Gleichgesinnten ihn zu mehr Leistung angespornt.

Heute zählte der Polizeiapparat wesentlich mehr Mitglieder als noch vor 20 Jahren, die Aufgaben der einzelnen Abteilungen waren vielfältiger geworden. Alleine in diesem Raum saßen 60 Männer dicht an dicht und wälzten Aktenberge. Sobald das Prachtgebäude am Glacis bezugsfertig war, würden viele der hier arbeitenden Beamten ihr eigenes Büro erhalten.

Haas stellte sich in die Mitte des Raumes. 60 Augenpaare waren auf ihn gerichtet.

»Innerhalb der letzten Tage wurden zwei Wiener Frauen ermordet: Dora Hauser wurde im Eiskeller unter der Hofburg gefunden, Margarethe Grimm im Kalten Gang in der Nähe von Schwechat.« Stolz musterte er seine Zuhörer; sämtliche Polizisten waren tadellos uniformiert, hatten akkurate Haarschnitte und einen wachen Blick. »Die Opfer unterscheiden sich hinsichtlich Herkunft, Alter und gesellschaftlichem Stand, dennoch gibt es etwas, das sie verbindet.« Er hielt die Ballspende in die Höhe. »Der Mörder hat bei beiden Opfern eine Tanzkarte wie diese hinterlassen.« Er fächerte das Büchlein auf und präsentierte die bunten Seiten. »Es handelt sich um eine besonders aufwendig gestaltete Tanzkarte, die als Ballspende an Damen ausgegeben wurde«, er schloss das Büchlein wieder und tippte auf den rotsamtenen Einband, »und zwar beim Ball der Mediziner, der in den Redoutensälen stattgefunden hat.«

Ein blonder Aspirant mit hellen Augen und spärlichem Bartwuchs hob die Hand zu einer Frage, Haas nickte ihm zu.

»Könnte es sein, dass der Mörder selbst als Arzt oder Wundchirurg tätig ist?«

»Mit einem Hinweis auf seinen Beruf nimmt er uns ein großes Stück Arbeit ab«, spottete ein anderer aus den hinteren Reihen, »wir sollten ihm dankbar sein.«

Lautes Gelächter füllte den Saal, der blonde Aspirant errötete vor Scham bis unter die Haarwurzeln und senkte den Blick. Haas hob die Hand, um für Ruhe zu sorgen.

»Die oberste Regel bei kriminalpolizeilicher Arbeit lautet: Man soll nichts von vornherein ausschließen!« Er wandte sich an den Blondschopf. »Wie heißen Sie?«

Der Aspirant erhob sich und salutierte zackig. »Julian Czernin, Wachtmeister!«

Haas bedeutete ihm, wieder Platz zu nehmen. »Sie haben einen guten Ansatz geliefert, Czernin! Es kommt zwar selten vor, dass Täter ihre Identität betonen anstatt zu verschleiern, dennoch muss man alle Möglichkeiten in Betracht ziehen.« Haas suchte den Blick des Störenfriedes am anderen Ende des Raumes und hob seine Stimme. »Ludwig August Kraus, eine Koryphäe auf dem Gebiet der Medizin, beschreibt in seiner neuesten Studie den Narzissten: eine selbstverliebte Person, die andere als minderwertig betrachtet. Falls unser Täter diese Wesenszüge aufweist, möchte er vielleicht seine Verbundenheit zur gebildeten Oberschicht hervorkehren.« Einige Polizisten tauschten ratlose Blicke, irritiertes Gemurmel wurde hörbar. Offenbar waren die jungen Männer mit der Analyse von Charakteren noch überfordert. »Wie auch immer.« Haas winkte ab und ermahnte sich selbst, zum Wesentlichen zurückzukehren. Er brauchte Ergebnisse, die er Amberg vorlegen konnte, und zwar schnellstmöglich. Haas massierte mit Daumen und Zeigefinger den Punkt zwischen seinen Augen und fuhr anschließend fort. »Ballspenden dieser Art werden als Auftragsarbeit in speziellen Werkstätten angefertigt. Ich benötige eine Liste aller Lieferanten für Ballspenden im Jänner dieses Jahres.« Die jungen Männer griffen hastig zu Stift und Papier und machten sich Notizen. »Sie werden dazu das Verzeichnis der in Wien und den Vorstädten gemeldeten Handwerksbetriebe durchforsten müssen.« Er wartete einige Augenblicke, bis das Gekritzel verstummte. »Jetzt zur zweiten Gemeinsamkeit zwischen den beiden Todesfällen.« Haas machte eine bedeutungsvolle Pause. »In die Tanzkarten der Ermordeten hat sich niemand eingetragen. In beiden Fällen ist das Büchlein leer«, er fächerte abermals die Seiten auf, »bis auf einen einzigen Namen.« Er ließ die Ballspende sinken. »Johann Strauss.«

Niemand sagte etwas. Die Stille legte sich drückend über die Anwesenden. Nach ein paar Momenten der Fassungslosigkeit meldete sich Czernin wieder zu Wort. »Johann Strauss Vater oder Sohn?«

»Das steht noch nicht fest«, gab Haas zu. »Hinweise ausschließlich an mich oder meinen Assistenten, Rudolf Zimmerl.« Haas nickte den Männern zu und verließ den Saal.

Zweimal jährlich mussten Fiakerfahrer bei der Behörde vorstellig werden, um Gebühren zu entrichten und ihre Fahrerlizenz zu erneuern. In den Büros des Fiakeramtes wimmelte es von Kutschern, die einen anderen Standplatz beantragten, Plaketten abholten oder die Anstellung eines neuen Fahrers meldeten.

Kaunitz verabscheute den Kontakt mit Beamten; keiner von ihnen hatte je das Fiakergewerbe ausgeübt oder sich mit den Herausforderungen des Transportwesens befasst. An den Machthebeln des Magistrates saßen ganze Heerscharen von Ahnungslosen; sie reglementierten ein Gewerbe, von dem sie nicht die geringste Ahnung hatten. Wer sein täglich Brot mit Kutschen und Rössern verdiente, war ihnen auf Gedeih und Verderb ausgeliefert. Man konnte es den Fiakerfahrern nicht verübeln, dass sie eine tiefe Abneigung gegen den Wiener Beamtenapparat hegten.

Kaunitz faltete den Mietvertrag, den er und Bermann unterschrieben hatten, zusammen und steckte ihn in seine Manteltasche. Ebenso nahm er das Ansuchen um eine Ersatz-Plakette, das er verfasst hatte. Die Ausgabe von Registrierungsnummern für Fiaker war streng reglementiert; Diebstahl oder Verlust derselben musste umgehend gemeldet werden, die Kosten für die Anfertigung von Ersatz-Plaketten waren von den Kutschern selbst zu tragen.

Die Fahrt von der Josefsgasse in der Leopoldstadt zum Petersplatz dauerte nur zehn Minuten. Kaunitz steuerte durch das Rotenturmtor zum Stephansplatz und von dort über den Graben zur Polizei-Oberdirektion, die mehr als ein Dutzend Ämter beherbergte. Das Gebäude strahlte eine sonderbar negative Energie aus, die von jedem, der es betrat, sofort Besitz ergriff. Kein Wunder: Das freistehende Gebäude war auf einem aufgelassenen Friedhof errichtet worden. Hunderte Tote ruhten unter den Amtsstuben und verworrenen Gängen dieses Machtzentrums. Kaunitz lenkte seinen Wagen zum Eingang und brachte die Pferde zum Stehen. Wie jedes Mal, wenn sie den Petersplatz erreichten, begannen sie nervös zu tänzeln. Die Tiere reagierten sensibel auf diesen Ort; auch Kaunitz befiel eine dunkle Beklemmung.

Seine Stimmung besserte sich nicht, als er die Eingangshalle betrat: Soeben schritt Wachtmeister Theo Haas auf den Ausgang zu. Kaunitz verfluchte sich selbst; warum nur hatte er den längst überfälligen Behördenweg immer wieder hinausgezögert? Das Letzte, was er jetzt brauchen konnte, war eine Ermahnung wegen dem Besitz zensierter Lektüre. So leise wie möglich huschte er über den dunklen Marmorboden, doch der Polizist hatte ihn trotzdem entdeckt. »Kaunitz!«, rief Haas so laut, dass alle Umstehenden es hörten, »ich habe soeben beim Fiakeramt Erkundigungen über Sie angestellt!«

»Wachtmeister Haas!«, Kaunitz tippte sich an den Zylinder, »wie komme ich zu dieser Ehre?«

Haas ignorierte den Sarkasmus. »Wie es scheint, ist Ihnen Justitia dicht auf den Fersen!« Er blieb stehen und grinste selbstgefällig. »Ihre Probleme häufen sich.«

Die beiden Männer standen einander jetzt unmittelbar gegenüber, und Kaunitz rätselte, was ihn an Haas' Erscheinung faszinierte. Der Wachtmeister war groß, aber nicht auffallend kräftig. Ein schütterer Spitzbart zierte sein Kinn, die Augen waren kieselgrau, sein Haar voll und dunkel. Nichts, was ihn aus der Masse hervorstechen ließ. Dennoch wurde Kaunitz das Gefühl nicht los, dass etwas Besonderes an diesem Gesetzeshüter haftete. Etwas, das sie beide verband.

In diesem Moment jedoch standen Paragrafen und Vorschriften zwischen ihnen.

»Wie lange üben Sie das Fiakergewerbe bereits aus?«, riss Haas ihn aus seinen Gedanken.

»Schon mein Vater war Fiakerfahrer. Es ist ...«, Kaunitz überlegte kurz, »mehr als 20 Jahre her, dass ich seine Geschäfte übernommen habe.«

»Eine lange Zeit.« Haas nickte anerkennend und strich über seinen Spitzbart. »Man kann sagen, Sie haben das Transportwesen mit der Muttermilch aufgesogen. Verraten Sie mir, weshalb Sie dann die einfachsten Spielregeln immer noch nicht beherrschen?«

»Die einfachsten Spielregeln?« Kaunitz zog die Brauen zusammen und überlegte, worauf Haas anspielte. Warum rückte ihm der Wachtmeister plötzlich so zu Leibe?

»Die Regeln im Fiakergewerbe gelten für alle«, dozierte Haas, »auch für Sie. Es gibt keine Ausnahmen, selbst wenn manche denken, sie könnten sich über die Bürokratie hinwegsetzen.«

»Mein Leben lang habe ich mich noch nie über Bürokratie hinweggesetzt!« Kaunitz' Gesicht färbte sich zornesrot. Auf seiner Stirn schwoll eine Ader an und begann zu pochen. »Ich bezahle fristgerecht alle Steuern«, zählte er auf, »besitze eine gültige Lizenz und bessere Schäden an meinen Kutschen umgehend aus. Ich sorge für das Wohl meiner Tiere. In den vielen Jahren meiner Tätigkeit hat keiner meiner Fahrgäste Beschwerde gegen mich erhoben.«

»Ich rede nicht von Steuern und Tierwohl Kaunitz!« Haas lächelte milde.

»Wovon reden Sie dann? Davon, dass ich meine neue Stalladresse noch nicht bekannt gegeben habe? Ist es das, was Sie stört?«

Haas legte den Kopf schief und verschränkte die Hände vor der Brust.

Kaunitz lachte bitter. »Vor wenigen Wochen habe ich bei einem Wohnungsbrand alles verloren: meine Frau, mein ungeborenes Kind, mein ganzes Hab und Gut.« Er trat näher an Haas heran. »Mein alter Stallmeister hat mich bei sich aufgenommen, damit ich ein Dach über dem Kopf habe. Vor ein paar Tagen war eine Unterkunft in der Josefsgasse annonciert. Ich habe den Besitzer aufgesucht und einen Mietvertrag unterschrieben.« Er hob die Arme. »Was davon verstößt gegen die Spielregeln?«

»Sie wissen genau, dass der Wechsel von Unterkunft und Stallung der Behörde unverzüglich zu melden ist!«

»Genau deshalb bin ich hier!« Kaunitz holte den Mietvertrag aus der Tasche und hielt ihn Haas unter die Nase. »Ich bin auf dem Weg zum Fiakeramt, um meinen neuen Wohnsitz eintragen zu lassen!« Er schüttelte den Kopf. Ohne sich zu verabschieden, ging er an Haas vorbei zur Stiege, die in den ersten Stock führte.

»Und die Plakette?«, rief der Wachtmeister ihm nach.

Zwei Frauen, die auf die Büros des Dienstbotenamtes zusteuerten, blieben stehen und reckten ihre Köpfe.

Kaunitz machte auf dem Absatz kehrt. »Mit Verlaub: Der Verlust meiner Plakette fällt, ebenso wie mein Adresswechsel, wohl kaum in Ihren Zuständigkeitsbereich!«, zischte er.

Haas schnippte ein imaginäres Staubkorn von seinem Mantel. »Sie erstaunen mich immer wieder!« Er fixierte Kaunitz mit eiskaltem Blick. »Nicht nur, dass Sie sich brennend für zensierte Literatur interessieren. Sie maßen sich überdies an, über meine Zuständigkeiten Bescheid zu wissen.«

Kaunitz ließ sich nicht beirren. »Sie sind Beamter für Kriminalangelegenheiten. Sie jagen Verbrecher. Die Plakette hat sich von der Kabinenwand gelöst, vielleicht bedingt durch eine Unachtsamkeit meinerseits. Das ist kein Verbrechen, sondern ein Missgeschick!«

»Missgeschick!«, rief Haas höhnisch aus, dann senkte er die Stimme. »Sie wissen wohl nicht, wo Sie ihre Plakette verloren haben?« Er zog fragend die Augenbrauen hoch. »An Ihrer Stelle würde mir der Verlust ernsthafte Sorgen bereiten, Kaunitz!«

»Sorge?« Kaunitz lachte freudlos auf. »Wissen Sie, was mir seit Wochen Sorge bereitet? Dass ich Frau und Kind nicht retten konnte und zu Grabe tragen musste! Und dass derjenige, der das Feuer in meiner Wohnung gelegt hat, auf freiem Fuß ist!« Er war um Beherrschung bemüht. »Ein Feuerteufel geht um! Niemand weiß, wann er wieder zuschlägt! *Darum* sollten Sie sich kümmern!«

Haas schwieg einen Moment. »Ich verstehe, dass Sie verzweifelt sind«, sagte er dann und schüttelte den Kopf. »Aber wer hätte in Ihrer Wohnung Feuer legen sollen? Brände passieren aufgrund von Unachtsamkeiten, so schmerzlich das für Sie sein mag!«

Kaunitz winkte ab. Es hatte keinen Zweck, sein Leben mit diesem Paragrafenreiter zu diskutieren. »Sie entschuldigen mich«, er wies in Richtung Stiege, die in den ersten Stock führte, »aber ich habe Dringendes zu erledigen.« Er griff in seinen Mantel und wollte das Ansuchen für die Ersatz-Plakette herausholen. Dabei fiel das Büchlein, das ihm Hahnreiter zugesteckt hatte, aus der Tasche und landete vor den Füßen des Wachtmeisters. Fassungslos starrte Haas auf die Ballspende mit dem rotsamtenen Einband. »Die Sache scheint dringender als gedacht!«

53

Haas sah das Entsetzen in Kaunitz' Blick und begriff. Die Verbindung zwischen den Frauenmorden, der Beweis, dass der Kutscher damit zu tun hatte, lag keinen Meter entfernt vor seinen Füßen. Sowohl er als auch Kaunitz machten einen Satz auf das kleine Büchlein zu und griffen gleichzeitig danach. Haas war schneller. Blitzschnell richtete er sich wieder auf und stieß einen schrillen Pfiff aus. Er deutete auf Kaunitz. Zwei junge bullige Polizisten, die am Eingang postiert waren, eilten herbei und versperrten breitbeinig den Fluchtweg. Um sie herum wurde es unruhig, Amtsstuben wurden geöffnet, Augenpaare lugten neugierig durch Türspalte. Passanten blieben stehen und starrten in ihre Richtung. Um Haas und Kaunitz bildete sich eine Menschentraube.

»Heinrich Kaunitz, Sie sind hiermit festgenommen!«, keuchte Haas. »Damit dürften Ihre Probleme mit dem Fiakeramt zweitrangig sein!« Die beiden Aspiranten hatten Kaunitz links und rechts an den Armen gepackt und sahen den Wachtmeister fragend an.

»In den Verhörraum!«, kommandierte er und eilte voran durch den schmalen Gang, der zur Stiege ins Kellergeschoss führte. Eine Mischung aus Hochgefühl und Dankbarkeit breitete sich in ihm aus. Endlich war das Glück auf seiner Seite. Amberg hatte ihm bereits das Messer angesetzt, weil er in der *Causa Strauss* immer noch auf der Stelle trat. Beinahe wäre er verzweifelt, wollte sich seinem Schicksal als zweitrangiger Polizist ergeben. Aber das Blatt hatte sich gewendet; er war auf der richtigen Spur! So viele Jahre hatte er sein Dasein als graue Maus fristen müssen; hatte in Gemeinschaftsbüros Aktenstapel gewälzt und sich mit niederer Schreibarbeit befasst. Jetzt war es an der Zeit, sein Können unter Beweis zu stellen! Er würde Amberg den Frauenmörder auf dem Silbertablett servieren.

Der Verhörraum lag zwei Stockwerke unter dem Erdgeschoss inmitten eines verworrenen Wegesystems. Noch vor einigen Jahren hatte das Gewölbe als Eiskeller gedient, nur wenige hundert Meter von jenem unter der Hofburg entfernt.

Viele der einstigen Verbindungsgänge waren mittlerweile zugemauert worden. »Wo ist Zimmerl?«, rief er den beiden Beamten über die Schulter zu.

»Der hat eine Besprechung bei Amberg«, antwortete der größere der beiden.

»Schicken Sie ihn zu mir, sobald Amberg ihn entlässt!«

Sie durchquerten ein lang gestrecktes Gewölbe. Der Boden war staubig und die Luft modrig, aber trocken. Vor einer schweren Eisentür blieben sie stehen.

Haas zückte den Schlüssel und steckte ihn ins Schloss. Laut quietschend öffnete sich die Tür zur kleinen Kammer, in der nur zwei Stühle und ein niedriger Tisch standen. An der Backsteinwand zeugten befestigte Ketten und Handschellen vom eigentlichen Zweck des Raumes. An zwei Wänden steckten Fackeln in Wandhalterungen. Haas holte eine Streichholzschachtel aus seiner Tasche und zündete die Fackeln an. Die Flammen warfen gespenstische Schatten an die Wand.

»Setzt ihn hierhin«, nickte Haas den Beamten zu, worauf sie Kaunitz zu einem der Stühle bugsierten.

»Lasst uns alleine, aber bleibt in Rufweite!«

Mit diesen Worten schloss Haas die Tür.

Kaunitz war, flankiert von den beiden Beamten, dem Wachtmeister hinterhergestolpert. Auf ihrem Weg durch das Erdgeschoss der Polizei-Oberdirektion hatten sich Bürotüren geöffnet, wurden Köpfe herausgestreckt und tuschelten Sachbearbeiter hinter vorgehaltener Hand. Es dauerte ein paar Minuten, bis Kaunitz realisierte, was hier vor sich ging. Während die beiden Polizisten ihn die dunkle Kellerstiege hinabdrängten rief er sich fieberhaft alles ins Gedächtnis, was er über das rote Büchlein wusste. Es würde schwierig werden, Haas zu überzeugen, dass er nichts mit den Frauenmorden zu tun hatte.

Hahnreiter hatte ihm im *Griechenbeisl* voller Angst das kleine Büchlein zugesteckt; die Frau, die in seiner Fiakerkabine verstorben war, hatte es dort verloren. Er hatte befürchtet, Ärger mit der Polizei zu bekommen, die Nachforschungen zum ungeklärten Todesfall anstellte. Und jetzt war er selbst, Kaunitz, ins Visier der Kieberer geraten. Haas hatte allen Grund, ihm gegenüber misstrauisch zu sein; er hatte ihn bereits vor Monaten beim Besitz zensierter Lektüre erwischt. Jetzt hatte er von seinen Verwaltungsübertretungen beim Fiakeramt erfahren. Dass Kaunitz eines jener Büchlein besaß, die unmittelbar mit den Frauenmorden in Verbindung gebracht werden konnten, kam dem Wachtmeister gerade recht.

Kaunitz war, als schnürte ihm eine unsichtbare Faust die Luft ab. Was, wenn Haas es sich anders überlegte und den Raum wieder verließ? Niemand wusste Bescheid, dass er hier festgehalten wurde. Haas hatte überstürzt und eigenmächtig gehandelt; war das rechtens? Was hatte er ihm vorzuwerfen, das ein Verhör in einer ehemaligen Folterkammer rechtfertigte? Seit Jahren geisterten Gerüchte und Halbwahrheiten über den Keller der Polizei-Oberdirektion durch die Stadt; die einen nannten ihn Endstation, die anderen munkelten von Brutalität und Folter durch Metternichs Staatspolizei. Wieder andere behaupteten, Metternich persönlich habe den Verhörraum wie eine Folterkammer ausstatten lassen, um Straftätern Angst einzujagen und sie zum Reden zu bringen. Die Wahrheit kannte niemand. Die wenigen, die in Freiheit davon erzählen hätten können, waren eingeschüchtert worden. Für viele hatte der Weg von hier direkt zum Hinrichtungsplatz auf dem Glacis vor dem Schottentor geführt.

Kaunitz rieb über seine schmerzenden Oberarme und sah sich um. Haas hatte die Tür geschlossen und ihm gegenüber Platz genommen. Der Wachtmeister legte die Hände auf den Tisch und verschränkte die Finger ineinander. Sein Blick war bohrend.

»Fangen wir von vorne an.« Haas schloss kurz die Augen und legte einen Finger an die Lippen, als müsse er sich konzentrieren. »Woher haben Sie das Büchlein?«

Kaunitz schwieg. Es war eine Frage der Zeit, bis Haas den Zusammenhang zwischen ihm und Hahnreiter herstellen würde. Sobald die Polizei herausfand, dass Hahnreiter die Schwangere zum Allgemeinen Krankenhaus gebracht hatte, würden sie beide in die Mangel nehmen: Hahnreiter und ihn selbst. Aber noch hatte Haas diese Möglichkeit nicht in Betracht gezogen. Noch war es für Kaunitz sicherer, die Frage nicht zu beantworten.

»Sie kennen die *Shawl-Handlung* im *Elefantenhaus* am Graben?«

»Ja«, antwortete Kaunitz wahrheitsgemäß. Bermann konnte bezeugen, dass er dort gewesen war, ebenso seine Nachbarin Pauline. Es hatte keinen Zweck zu leugnen; er würde sich nur noch tiefer in Schwierigkeiten verstricken, falls die beiden ebenfalls befragt würden.

»Vor drei Tagen waren Sie dort und sind der Verkäuferin Franziska Michalek begegnet?«

»Ich war in der *Shawl-Handlung*, aber nicht, um dort einzukaufen«, berichtete Kaunitz.

»Ob Sie einer Franziska begegnet sind, habe ich gefragt!«, donnerte Haas. »Sie wurde in den späten Nachmittagsstunden ermordet! Jemand hat ihr eine Schere in den Unterleib gerammt!«

»Grundgütiger!«, flüsterte Kaunitz tonlos. »Wer macht denn so etwas?«

»Ersparen Sie sich und mir das Theater!« Haas beugte sich nach vorn und senkte die Stimme. »Geben Sie's zu, Sie waren im Geschäft! Jemand hat beobachtet, wie Sie sich am Lieferanteneingang des *Elefantenhauses* zu schaffen gemacht haben, und zwar zur Todesstunde von Franziska Michalek!«

»Was?« Kaunitz prallte zurück. Es war, als würde ihm der Boden unter den Füßen weggezogen. »Aber ...«, stammelte er, »das ist unmöglich!«

Haas lehnte sich zurück und verschränkte die Arme vor der Brust. »Was macht Sie so sicher? Ein Zeuge hat Sie exakt beschrieben!«

»Ich war nicht dort!«, beharrte Kaunitz verzweifelt. »Erkundigen Sie sich bei Bermann! Er wird bestätigen, dass ich den Mietvertrag in seinem Büro am Vormittag unterschrieben habe, nicht am Nachmittag! Außerdem«, er rang nach Luft, »welchen Grund sollte ich haben, eine Verkäuferin zu ermorden, die ich nicht einmal kannte! Das ist doch an den Haaren herbeigezogen!«

»Glauben Sie mir, Kaunitz ...« Energisches Klopfen unterbrach jäh das Verhör. »Was ist denn?« Haas erhob sich ungehalten und ging zur Tür. Dann drehte er den Schlüssel im Schloss und öffnete einen Spaltbreit. Ein blonder Haarschopf schob sich kurz in den Verhörraum und verschwand wieder. Haas seufzte ungeduldig und schlüpfte nach draußen. Wortfetzen und aufgebrachte Stimmen drangen herein, dann wurde die Tür geschlossen. Kaunitz hörte das Blut in seinen Ohren rauschen. Was außerhalb des Raumes vor sich ging, war nicht auszunehmen, die dicke Tür schirmte jedes Wort ab. Sekunden und Minuten verstrichen, nichts geschah. Noch immer saß Kaunitz reglos auf dem Sessel, wagte nicht, sich zu bewegen. Er war an jenem Nachmittag tatsächlich noch einmal am Graben gewesen. Allerdings nicht in der *Shawl-Handlung*, sondern an der Hinterseite des Hauses. Ein Mitarbeiter der Bibliothek hatte ihm zensierte Lektüre besorgt und dort übergeben. Aber das konnte Haas unmöglich erfahren haben, oder doch? Hatte Haas tatsächlich einen Zeugen ausfindig gemacht? Wer konnte das sein? Nein, er versuchte, sich zu beruhigen, atmete langsam aus und ein. Das alles war ein Irrtum, ein Missverständnis. Warum sollte jemand ihm einen Mord in die Schuhe schieben wollen? Kaunitz spürte seinen Herzschlag im Hals. Er hob die Schultern und zwang sich, Ruhe zu bewahren. Einige Atemzüge lang füllte er seine Lungen mit der staubigen, stickigen Luft. Er hätte die Ballspende nicht an sich nehmen dürfen; das war sein größter Fehler gewesen. Hahnreiter hatte das Ding loswerden wollen, um nicht in Schwierigkeiten zu geraten. Aus gutem Grund.

54

»Was soll das heißen?« Haas' Blick irrte wütend zwischen Amberg und Zimmerl hin und her. Der Polizei-Oberdirektor hatte von dem Tumult um Kaunitz und das Büchlein erfahren. Er war in den Keller hinabgestiegen und redete nun auf Wachtmeister Haas ein. Sein Patensohn verfolgte gespannt jedes Wort.

»Es soll heißen, dass uns ein entscheidender Schritt in der Ermittlungsarbeit gelungen ist!« Ambergs Worte waren gedämpft, in seiner Stimme schwang Ärger mit. Er legte Haas eine Hand auf die Schulter und führte ihn einige Schritte von der Tür und den beiden Beamten weg. »Und es soll heißen, dass Sie eine Fehlentscheidung getroffen haben!« Er machte eine kurze Pause und händigte Haas eine Liste aus. »Wir wissen zwar nichts zur Person des Mörders, aber zumindest ist uns der Hersteller der Ballspenden bekannt.«

»Jemand hat den Hersteller ausfindig gemacht?«, fragte Haas ungläubig.

Amberg schüttelte tadelnd den Kopf. »Sie selbst haben doch vor wenigen Tagen im Gemeinschaftsraum um Mithilfe gebeten!«

Haas erinnerte sich. Er nickte und nahm das Papier zögernd an sich.

»Einer der Aspiranten hat sich die Sache zu Herzen genommen und Nachforschungen angestellt«, fuhr Amberg wieder lauter fort. »Junge Männer, die ihre Aufgaben ernst nehmen und sich im Kampf gegen das Verbrechen verdient machen wollen. Das ist doch in Ihrem Sinn?«

»Natürlich.« Haas' Stimme bebte; er war um Beherrschung bemüht. »Allerdings wäre es hilfreich gewesen, diese Informationen unmittelbar zu erhalten«, er warf Zimmerl einen Seitenblick zu, »dann wäre ich jetzt nicht ein einer derart peinlichen Lage!«

Amberg schüttelte missbilligend den Kopf. »Meinen Patensohn trifft keine Schuld, Haas! Dass Sie einen unbescholtenen Fiakerfahrer in den Verhörraum sperren und ihn mit haltlosen Anschuldigungen einschüchtern, haben Sie sich selbst zuzuschreiben! Sie haben überstürzt und eigenmächtig gehandelt!«

Haas deutete auf die Tür. »Er besitzt einen Gegenstand, der eindeutig mit den Frauenmorden in Verbindung gebracht werden kann!«, verteidigte er sich. »Hätte ich ihn laufen lassen sollen? Zudem ist er im Besitz gefährlicher Druckwerke! Allein darauf stehen bis zu 500 Gulden Geldstrafe. Man könnte ihm deswegen sogar die Konzession entziehen!« Sämtliche Pfeile, die er verschoss, gingen ins Leere; die Miene seines Vorgesetzten blieb reglos.

Amberg legte ihm die zweite Hand auf die Schultern. Haas fühlte sich kleiner und wehrloser denn je; als hätte ein Bär seine Pranken auf ihm abgelegt.

»Ich werde Ihnen nicht erklären, wie Sie Ihre Arbeit zu machen haben.« Amberg betonte jedes seiner Worte. Seine Stimme duldete keinen Widerspruch. »Aber es hat einen Grund, warum ich meinen Patensohn ausgerechnet Ihnen zugeteilt habe!« Er sah den Wachtmeister eindringlich an. »Finden Sie den wahren Mörder, Haas! Enttäuschen Sie mich nicht!« Er nickte den Beamten links und rechts der Tür zu. »Heinrich Kaunitz ist ein freier Mann!«

55

»Sie können gehen!« Haas stand in der offenen Tür und bedeutete mit einer Handbewegung, dass der Weg frei war.

Kaunitz erhob sich zögernd. »Wie bitte?«

Haas verdrehte die Augen, als müsse er eine sehr dumme Frage beantworten. »Sie sind entlassen!« Er sprach langsam und deutlich.

Kaunitz kniff skeptisch die Augen zusammen und musterte den Wachtmeister scharf. »Genauso schnell, wie ich hier gelandet bin«, er deutete auf den wackeligen Stuhl, »kann ich wieder gehen? Mit welcher Begründung?«

Abermals winkte Haas ihn aus dem Verhörraum, blieb jedoch die Antwort schuldig. Kaunitz beeilte sich, dem modrigen Gewölbe mitsamt den lodernden Fackeln zu entkommen. Erst mit einigem Abstand zur schweren Eisentür blieb er stehen und wiederholte seine Frage.

Haas seufzte abgrundtief. »Betrachten Sie es als kleinen Vorsprung.« Er gab sich gönnerhaft, begründete die Freilassung jedoch mit keinem Wort. »Halten Sie sich für weitere Fragen zu unserer Verfügung!«, gab ihm Haas noch mit auf den Weg. Ohne sich umzudrehen durchquerte Kaunitz das Gewölbe, durch das ihn die beiden Polizisten kurz zuvor geschleift hatten. Hatte er das alles nur geräumt? Er, der unbescholtene Fiakerfahrer, war tatsächlich im berüchtigtsten Verhörraum Wiens gelandet! Und, was noch viel erstaunlicher war: Er hatte das unheimliche Gewölbe unversehrt wieder verlassen!

Kopfschüttelnd stieg Kaunitz die zwei Stockwerke ins Erdgeschoss empor. Im dunklen Keller hatte er jegliches Zeitgefühl verloren; wie lange war er in diesem Raum gewesen? Eine Stunde? Oder nur wenige Minuten? Je näher er dem Erdgeschoss kam, desto lauter und deutlicher war das Stimmengewirr zu vernehmen, das die Gänge vor den Amtsstuben und Büros täglich füllte. Sosehr Kaunitz ansonsten die Kakofonie des monströsen Gebäudes verabscheute; in diesem Moment hörte sie sich wahrlich himmlisch an!

Bevor er die Polizei-Oberdirektion verließ, gab er beim Fiakeramt seinen neuen Wohnsitz bekannt. Außerdem meldete er eine seiner Plaketten als gestohlen und händigte dem Beamten seinen Antrag auf Ersatz aus. Dann durchquerte er die große Eingangshalle und schritt durch das Portal ins Freie.

Die Herbstsonne tauchte den Petersplatz in sanftes Licht. Erschöpft und immer noch verwirrt von den Geschehnissen der letzten Stunden sah Kaunitz sich um; Pferde und Wagen standen dort, wo er sie abgestellt hatte. Er kraulte seinen Braunen zwischen den Ohren, der Rappe stupste ihn sanft mit den Nüstern an. Kaunitz griff in die Tasche seines Mantels; das Büchlein war weg. Haas hatte es aufgehoben und behalten. Nichts anderes war zu erwarten gewesen. Er stieg auf den Kutschbock, nahm die Zügel auf und lenkte seine Pferde aus der Stadt. Was er jetzt zu erledigen hatte, durfte er nicht mehr aufschieben.

56

Haas und Zimmerl verließen die Polizei-Oberdirektion und steuerten die erste der wartenden Kutschen auf dem Petersplatz an.

»Wen möchten Sie zuerst befragen – Strauss Vater oder Strauss Sohn?« Zimmerl blinzelte in die Herbstsonne und schirmte seine Augen mit der Hand ab. »He!« Er sprang zur Seite und wich gerade noch einem Milchwagen aus, vor den ein Hund gespannt war. Ein altes Weib humpelte dem Gespann hinterher.

»Wir fahren zuerst in die Leopoldstadt und befragen Anna Strauss.« Haas nickte dem Fiakerfahrer zu. »Taborstraße 17!«

»Aber«, Zimmerl runzelte die Stirn und öffnete die Kabinentür, »sollten wir nicht mit einem der Männer reden? Auf der Walzer-Seite beider Tanzkarten steht ›Johann Strauss‹.«

Die Kutsche setzte sich in Bewegung und steuerte auf die östliche Seite der Stadt Richtung Rotenturmtor zu.

»Sind Sie bereits vergeben, Zimmerl?«

»Wie bitte?« Der Assistent errötete und blinzelte irritiert. Offenbar zog er die falschen Schlüsse.

Haas lächelte milde. »Gibt es eine Dame Ihres Herzens?«

»Ach, das meinen Sie.« Zimmerl nickte erleichtert. »Ja, allerdings. Ich habe ein Mädchen kennengelernt, das …« Er stockte und räusperte sich. »Mutter kann sie nicht leiden. Es ist kompliziert.«

»Das ist es immer.« Haas blickte aus dem Fenster. Soeben zwängte sich die Kutsche durch das schmale Schlossergässchen, vorbei am *Elefantenhaus*. Auf dem Rückweg würden sie hier Halt machen und den Inhaber der *Shawl-Handlung* zu Franziska Michalek befragen.

»Worauf ich hinaus will ist Folgendes«, Haas richtete sich auf, »ganz egal ob Mutter, Ehefrau oder Verlobte: Wenn Sie Essentielles über einen Mann herausfinden wollen, müssen Sie die Frauen in seinem Leben befragen.« Er lehnte sich zurück und beobachtete die Reaktion Zimmerls. Der Assistent dachte über die Worte nach.

Am Stock-im-Eisen-Platz und Stephansplatz waren auffallend viele Frauen unterwegs, die Buben im Volksschulalter im Schlepptau hatten. Die Knaben steckten in adretten Gewändern, hatten akkurate Scheitel und glänzende Gesichter. Einige hopsten übermütig vor ihren Müttern her, andere folgten ihnen nur widerwillig und ließen sich an der Hand hinterherschleifen.

»Sehen Sie diese Buben?« Haas deutete aus dem Fenster. »Die sind unterwegs in die Himmelpfortgasse. Der *Verein zur Verbreitung von echter Kirchenmusik* bietet heute kostenlose Gesangsstunden für talentierte Knaben an. So steht es zumindest in der *Wiener Zeitung*.«

Er winkte einem der Buben zu. Der streckte ihm als Antwort die Zunge heraus, kassierte von seiner Mutter aber sofort einen Klaps auf den Hinterkopf dafür.

»Genau davon rede ich. Es sind die Mütter, die ihre Söhne zum Gesangsunterricht, zu den Geigenstunden oder zur Schule begleiten.«

»Zumindest diejenigen, die das nötige Kleingeld dafür haben«, schränkte Zimmerl ein.

Haas nickte zustimmend. »Es sind auch die Mütter, die ihre Söhne und Ehemänner in allem unterstützen, was sie erreichen wollen. Sie wissen über jeden Schritt Bescheid, spenden Trost oder Beifall. Ihnen entgeht nichts. Aus diesem Grund werden wir zuallererst das Oberhaupt der Familie befragen: Anna Strauss.«

57

Sie kamen unangemeldet. Das Hausmädchen öffnete die Tür und erkundigte sich nach ihren Namen. Haas stellte sich und seinen Assistenten vor.

»Wir sind von der Polizei«, erklärte er, »und haben einige Fragen an Frau Strauss. Die Angelegenheit ist dringend.« Das Hausmädchen führte sie in den Salon und bat sie zu warten.

»Megen sich die Herren ein paar Minuten gedulden und solange Platz nehmen?«, fragte sie mit starkem böhmischen Akzent. »Ich hole gnedige Frau.« Dann entschwand sie über einen langen Gang in den gegenüberliegenden Teil der Wohnung. Aus einem der Nebenzimmer war Klavierspiel zu vernehmen.

»In diesem Haus gibt es wohl niemanden, der kein Instrument spielt«, brummte Haas. Zimmerl sah sich um. »Die Einrichtung einer so berühmten Familie habe ich mir anders vorgestellt«, wisperte er und deutete auf den abgewetzten Stoff, mit dem die Chaiselongue bezogen war. »Irgendwie glamouröser.«

Haas zuckte die Schultern und trat zum Sekretär an der Wand, ein wahres Meisterstück der Tischlerkunst. Laden und Fächer waren mit Intarsien versehen, die Oberfläche aus hellem und dunklem Holz hatte die Optik einer Klavier-Tastatur. Briefpapier, Feder und ein offenes Tintenfass zeugten davon, dass hier kurz zuvor gearbeitet worden war. Einige der Blätter waren mit Notizen bekritzelt. Haas beugte sich über den zierlichen Schreibtisch und inspizierte die Schriftstücke. Er zog einen Bleistift aus seiner Tasche, hob damit den obersten Briefbogen in die Höhe und las, was auf dem darunterliegenden geschrieben war: *Sinngedichte – Debut Quadrille – Herzenslust – Gunstwerber.*

»Legt man als Polizist automatisch seine gute Manieren ab?«

Haas fuhr herum. Eine dunkelhaarige Frau mit strenger Frisur und hochgeschlossenem Kleid stand unmittelbar vor ihm.

Sie hob die Augenbraue, als sie sah, worin Haas gestöbert hatte. »Eliska hat gesagt, Sie kämen in einer dringenden Angelegenheit.«

»Ich bitte um Verzeihung.« Haas räusperte sich. »Wachtmeister Theo Haas von der kriminalpolizeilichen Abteilung«, stellte er sich vor. »Das ist mein Assistent Rudolf Zimmerl.«

»Anna Strauss.« Sie nickte Haas zu und musterte Zimmerl streng, wobei ihr die abgeknabberten Fingernägel nicht entgingen. »Was verschafft mir die zweifelhafte Ehre?«

Sie drängte sich an den Polizisten vorbei zu ihrem Sekretär, schloss ihn demonstrativ laut und versperrte ihn.

»Frau Strauss, in den letzten Tagen wurden zwei Wienerinnen ermordet.«

»Ermordet?« Sie sog scharf die Luft ein. »Wie furchtbar!«

»Ja, wir gehen in beiden Fällen von Gewaltverbrechen aus.« Haas beobachtete Anna Strauss' Miene genau; ihr Entsetzen war nicht gespielt. »Die Leichen wurden an zwei verschiedenen Orten entdeckt; eine im Eiskeller unterhalb der Hofburg, die andere im Kalten Gang.«

»Kalter Gang?« Anna Strauss legte die Stirn in Falten. »Das sagt mir nichts.«

»Ein Fluss in der Nähe von Schwechat«, meldete sich Zimmerl zu Wort. Jemand stimmte eine Geige; die Klänge drangen gedämpft zu ihnen in den Salon. »Mein Sohn Josef macht sich mit seinem neuen Instrument vertraut«, erklärte Anna Strauss das Gefiedel, ohne die Polizisten aus den Augen zu lassen.

»Auch Ihre jüngeren Söhne spielen Geige?«

Anna Strauss tat, als habe sie die Frage nicht gehört. Noch immer standen sie zu dritt im Salon, eine unangenehme Pause entstand.

»Eliska hat berichtet, die Angelegenheit sei dringend«, wiederholte sie. »Sie sind bestimmt nicht gekommen, um mir von kalten Orten in und um Wien zu berichten.« Die Hausherrin sah prüfend zwischen den Männern hin und her.

»Nein. Ich bin nicht gekommen, um Bericht zu erstatten, sondern um Sie zu befragen. Aber ich will ehrlich zu Ihnen sein …«, Haas räusperte sich, »die Sache ist etwas delikat.«

»Delikat?«, wiederholte sie pikiert. »Wie darf ich das verstehen?«

Haas strich über seinen Spitzbart. »Ist Ihnen der Ball der Mediziner ein Begriff?«

Anna Strauss atmete ungeduldig aus. »Ich würde Sie bitten, Wachtmeister Haas, mich jetzt endlich von Ihrem Anliegen in Kenntnis zu setzen! Mir ist der Zusammenhang zwischen Kälte, Mord und einer Tanzveranstaltung nicht klar. Und noch weniger ist mir klar, wie ich Ihnen in dieser Angelegenheit weiterhelfen kann.«

Haas nickte. »Es geht um Dora Hauser und Margarethe Grimm.«

»Sollte ich die beiden Frauen kennen?«

Haas hob die Schultern. »Ihre Leichen stehen in Zusammenhang mit dem Namen Johann Strauss.« Haas beobachtete sein Gegenüber genau. Die heftige Reaktion, die er erwartet hatte, blieb aus. Anna Strauss behielt die Contenance, ihre Körperhaltung verriet keine Erregung. Einige Augenblicke lang sagte niemand etwas.

»Ich möchte, dass Sie etwas wissen, Wachtmeister Haas. Manch einer stellt sich das Leben eines Musikers makellos und glamourös vor. Glauben Sie mir«, sie machte eine theatralische Pause, »das ist es nicht. Hinter den Kulissen einer steilen Karriere spielt sich wesentlich mehr ab, als die Öffentlichkeit erfährt.« Sie senkte den Blick und sah auf ihren Ehering. »Im Laufe der Jahre wurden viele Schicksale mit dem Namen meines Mannes in Verbindung gebracht«, sagte sie schließlich. »Mein Mann schreibt Melodien, die die Menschen berühren. Die einen mehr, die anderen weniger. In der Regel erlebt das Publikum schöne Momente, wenn er mit seiner Kapelle spielt. Paare tanzen zu seinen Walzern oder verlieben sich ineinander. Man verbindet die Unterhaltungsbranche mit Freude und Leichtigkeit.« Anna Strauss atmete tief ein und aus. »Aber nicht immer bewirkt Musik etwas Positives. Manche Frauen entwickeln eine Schwärmerei für den Komponisten«, sie begann, im Zimmer auf und ab zu gehen, »sie besuchen nahezu alle Konzerte, drängen sich an die Bühne und legen ihre Gefühle offen. Sie denken an nichts anderes, ergreifen von der Person des Komponisten Besitz. Der Genuss der Melodien wird zweitrangig, die Nähe zum Musiker zur Obsession. Wird ihre Liebe nicht erwidert«, Anna Strauss blieb stehen und blickte Haas direkt in die Augen, »so sind sie bis ins Mark gekränkt und verlieren jeden Lebensmut.«

»Sie denken, die beiden Frauen haben Selbstmord begangen?«, ließ sich Zimmerl vernehmen.

Sie nickte. »Ich wäre nicht überrascht.«

»Ich denke, die Sachlage ist komplizierter«, entgegnete Haas und machte einen Schritt auf Anna Strauss zu.

»Der Mörder hat bei seinen Opfern eine Tanzkarte hinterlassen.« Er fischte die Ballspende, die bei Dora Hauser gefunden wurde, aus seiner Tasche. »Dieses Büchlein wurde an alle Damen auf dem Ball der Mediziner im Jänner verteilt.«

»Mein Mann ist dort mit seiner Kapelle aufgetreten.« Anna Strauss nickte. »Der Ball fand in den Redoutensälen statt.«

»Waren Sie dort?«

»Wo denken Sie hin!« Anna Strauss lachte freudlos. »Genau wie Schuster keine Zeit haben, ihr eigenes Schuhwerk zu flicken, ist es das Los von Musikerfrauen, dass sie selbst nie zu Konzerten oder Tanzveranstaltungen ausgeführt werden, Herr Wachtmeister!« Sie lächelte säuerlich.

»Die Ballspende lässt sich fächerartig öffnen«, fuhr Haas unbeirrt fort und präsentierte ihr das Büchlein. »Sehen Sie: ein kleines Kunstwerk. Jedem Tanz ist eine eigene Seite gewidmet, auf der sich Tanzpartner eintragen können.«

»Ich bin mit der Etikette auf Bällen vertraut«, antwortete sie kühl. Haas gab ihr das Büchlein in die Hand und sah zu, wie sie Seite um Seite studierte. Als sie den einzigen eingetragenen Namen entdeckte, wurde sie blass, versuchte aber, sich nichts anmerken zu lassen.

»Es scheint wohl so, dass beide Damen sich nichts mehr gewünscht haben, als einen Walzer mit meinem Mann zu tanzen.«

Sie gab Haas das Büchlein zurück. »Tragisch.« Anna Strauss war um Fassung bemüht. »Aber ich verstehe immer noch nicht, warum Sie mich zu dieser Sache befragen.«

»Wir hatten gehofft, dass Sie ein wenig Licht in die Angelegenheit bringen könnten!« Haas zog einen Stuhl heran und setzte sich, ohne dass die Hausherrin ihm einen Platz angeboten hätte. »Ein Frauenmörder treibt sein Unwesen in der Stadt, gnädige Frau, und er gibt einen Hinweis auf Ihre Familie. Ist es da nicht naheliegend, dass ich mich mit Ihnen in Verbindung setze?« Er schlug die Beine übereinander. »Die wichtigsten Fragen, die es zu klären gilt, sind folgende: Warum hat der Mörder den Namen ›Johann Strauss‹ in das Büchlein geschrieben? Und wer ist damit gemeint: der Vater oder der Sohn?«

Anna Strauss schüttelte den Kopf. »Ich weiß es nicht, Wachtmeister! Wirklich. Ich habe nicht die geringste Ahnung!«

»Gibt es jemanden, der Ihrem Mann schaden will? Hat er Feinde?«

»Ist diese Frage ernst gemeint?«, konterte sie mit einer Gegenfrage und betrachtete Haas, als habe er etwas Dummes gesagt. »Natürlich hat mein Mann Feinde; das gehört zum Berufsalltag eines erfolgreichen Musikers!«

»Wer könnte das sein?«, wollte Haas wissen.

»Es gibt Neider, ehemalige Partner«, zählte sie auf, »Gastwirte, bei denen er nicht mehr auftritt, Verleger, die kein Geld mehr mit ihm verdienen. Oder Musiker, die sich übergangen fühlen ...«

»Oder jemanden innerhalb der Familie.« Haas senkte die Stimme. »Sie haben vor Kurzem die Scheidung von Ihrem Mann eingereicht?« Er musterte die Frau des Walzerkönigs, von der bekannt war, dass sie die Zügel des Familienimperiums Strauss fest in der Hand hielt.

»Woher wissen Sie das?« Anna Strauss nahm jetzt doch auf der Chaiselongue Platz. Ihre Fassung war nun endgültig dahin.

»Es gehört zu meinen Aufgaben als Kriminalbeamter, bestens informiert zu sein«, hielt sich Haas vage.

Anna Strauss beugte sich zu einem niederen Beistelltischchen und griff nach einer Pillendose aus Perlmutt. »Dann ist Ihnen der aktuelle Wohnsitz meines Mannes sicher bereits bekannt.« Sie öffnete die Dose, entnahm ihr eine Pille und steckte sie in den Mund. Haas zog Notizblock und Stift hervor, schlug eine Seite auf und sah Anna Strauss abwartend an. Zimmerl ließ sich fast lautlos auf dem Sessel daneben nieder.

»Streit ist schlecht fürs Geschäft«, begann sie, »und leider sind Komponisten keine pflegeleichten Menschen.« Ihr

Versuch zu lächeln endete in einer starren Grimasse. »Sie wollen umsorgt, gehegt und gepflegt werden. Man darf sie nicht stören oder aufregen, wenn sie sich in einer Schaffensphase befinden. Sie kommen erst in den Morgenstunden nach Hause und schlafen bis mittags. Kindergeschrei oder das Klappern von Geschirr bringt sie aus dem Lot, sie selbst jedoch nehmen keine Rücksicht auf den Rest der Familie. Orchestermusiker gehen hier ein und aus, alle Welt scheint den eigenen Ehemann und Vater besser zu kennen und öfter zu sehen als dessen Frau und Familie. Als Ehefrau eines Musikers agiert man stets im Hintergrund: Man kümmert sich um Termine, sorgt für pünktliche Abrechnungen und setzt Annoncen in die Zeitung. All das«, sie entnahm der Dose eine weitere Pille, »ohne jede Anerkennung. Für einen Komponisten versteht es sich von selbst, dass man sich als Frau aufopfert, ihn in allen Belangen unterstützt und seine Launen erträgt.« Sie holte tief Luft und sah sich um. »Was Sie hier sehen, ist eine große Wohnung in der florierenden Vorstadt. Was Sie nicht sehen, ist der Preis dafür.«

58

Einige Tage zuvor

Dora Hauser hatte ihr bestes Kleid angezogen. Die schwarzen Locken waren kunstvoll hochgesteckt, einige davon fielen auf ihre Schultern herab. An den Lippen hatte sie so lange mit der Zahnbürste geschrubbt, bis sie rot waren; Lippenstift war viel zu teuer. Sie sah an sich herab: Mutter wäre stolz, ihre Schwestern würden vor Neid platzen.

Doras Eltern waren Tagelöhner in Niederösterreich. An allen Ecken fehlte es an Geld, um die vielen Münder der Familie zu stopfen. Daher wurden die beiden ältesten Töchter nach Wien geschickt, um den Eltern nicht länger auf der Tasche zu liegen und selbst Geld zu verdienen.

»Du bist nicht allzu hässlich«, hatte Mutter gesagt, »vielleicht nimmt dich ein reicher Mann.«

Dora war fleißig, gottesfürchtig und gehorsam. Bereits nach kurzer Zeit war sie an eine Familie in der Wiener Innenstadt vermittelt worden. Die erste Zeit war nicht einfach gewesen; Dora war an die Weite des Landes gewöhnt und kam nur schwer mit der Enge der Stadt zurecht. Sie vermisste das Grün der Wiesen. Die Stadt war grau und schmutzig. Die gnädige Frau führte ein strenges Regiment und war bisweilen ungerecht. Ihre Kinder, allesamt verwöhnte Bamsterlinge und gestaffelt wie die Orgelpfeifen, waren wild und rotzfrech. Die Köchin piesackte sie täglich. Dora besaß keine eigene

Kammer, in die sie sich zurückziehen konnte. Ihre Liegestatt war in der Küche, gleich neben dem Ofen. Im Sommer, wenn die Räume aufgeheizt und dampfig waren, kam es ihr vor, als läge sie auf einem Grillrost. Die Arbeitstage waren lang und die Bezahlung lausig; als »Mädchen für alles« verdiente Dora viel weniger als die Köchin.

Dennoch liebte Dora ihre Arbeit, denn sie hatte ein Geheimnis. Etwas, das ihr half, all die Unannehmlichkeiten zu ertragen. Etwas, das ihr Herz vor Freude hüpfen ließ.

»Sag Schani zu mir«, hatte er sie gebeten und ihr Gesicht in beide Hände genommen. Dora freute sich jeden Tag auf die wenigen Minuten mit dem gnädigen Herrn. Diese kurzen Momente waren ihr größtes Glück und entschädigten sie für alles. Ein Blick, ein Wort, eine zufällige Berührung. Wenn die gnädige Frau außer Haus war, hauchte er Dora einen Kuss in den Nacken und zog sie zu sich heran. Manchmal schenkte er ihr Karten für ein Konzert beim *Sperl*. Dann drängte sie sich ganz nach vorn, schwelgte in Walzer-Glückseligkeit und stellte sich vor, sie würde mit ihm tanzen. Dora wusste, dass sie sich nicht mit ihm zeigen konnte, noch nicht. Dennoch war sie unendlich stolz. Sie hatte es geschafft. Das kleine, unbedeutende Mädel vom Land war in der Stadt angekommen. Es war, wie Mutter gesagt hatte. Und jetzt, endlich, hatte er sich für sie entschieden. Jemand hatte ihr vertraulich die Nachricht zugesteckt: Er wollte sich mit ihr treffen. Alles besprechen. Reinen Tisch machen. Ein letztes Mal prüfte sie den Sitz ihrer Locken. Dies würde der glücklichste Tag ihres Lebens werden. Dora sah an sich herab: Sie war bereit.

59

Zimmerl war bereits nach Hause gegangen. Haas kehrte zurück in die Polizei-Oberdirektion am Petersplatz und suchte das Dienstbotenamt auf; es war ihm ganz recht, diesmal ohne seinen Schützling Nachforschungen anstellen zu können. Zwischen ihm und Zimmerl herrschte nicht der Gleichklang, den er sich von einem Assistenten erwartete. Für kurze Zeit war ein Silberstreif am Horizont erkennbar gewesen. Zimmerl hatte aus eigenem Antrieb Margarethe Grimms Cousine befragt und sich erstmals aktiv an der Ermittlungsarbeit beteiligt. Dennoch schien der junge Mann nur wenig Interesse für den Polizeiberuf aufzubringen. Nach allem, was Zimmerl erzählt hatte, war das nachvollziehbar. Trotzdem störte sich Haas daran. Bestimmt saß sein Assistent mittlerweile daheim bei seiner Mutter und ließ sich bekochen, während sein Vorgesetzter weiter am Fall arbeitete. Faulheit war eine der schlimmsten Unarten, war Haas überzeugt. Ein Bremsklotz für Kriminalbeamten, die die höheren Ränge anstrebten. Aspiranten wie Oberhauser standen bis zur Hüfte im Kalten Gang und fischten eine Leiche aus dem Gestrüpp. Derartiges hatte Zimmerl nicht nötig, solange sein Patenonkel an den Schalthebeln der Polizei-Oberdirektion saß. Haas hingegen hatte sich seinen Posten hart erarbeitet. Er war es außerdem leid, in Zimmerls Anwesenheit jedes Wort mit Bedacht wählen zu müssen und Ambergs Reaktion zu fürchten.

Die Gänge vor dem Dienstbotenamt waren immer noch voll mit Wartenden, die in allen möglichen Sprachen miteinander kommunizierten. Meistens ging ihm der Lärm der Arbeitssuchenden auf die Nerven, wenn sie sich lautstark in den Gängen unterhielten und ihre Jausenbrote auspackten, um die Wartezeit zu überbrücken. Jetzt war er froh darum, die Vermittlungsbüros gleich neben seinen Räumlichkeiten zu haben. Er klopfte an und öffnete die Tür der Schreibstube.

Rudolf Felser, ein weißhaariger Mann mit faltigem Gesicht, saß allein im Raum und war über Schriftstücke gebeugt. Vor ihm auf dem Tisch standen drei Kisten aus Holz, gespickt voll mit Karteikarten und dicht beschriebenen Blättern. Felser war seit den Anfängen der Vermittlungsstelle für Personal am Petersplatz tätig, sozusagen das Urgestein des Dienstbotenamtes. Felser sah auf und lächelte Haas zu.

»Na so was«, rief er aus, »der Herr Nachbar kommt auf Besuch!« Er steckte das Papier, an dem er gerade gearbeitet hatte, in einen Umschlag und schloss ihn sorgfältig. Dann stand er auf und schüttelte dem Wachtmeister die Hand. »Was kann ich für dich tun, Theo? Willst du als Dienstbote anheuern?« Er zwinkerte.

Haas schüttelte den Kopf und zog einen der Besucherstühle zu sich heran. »Ich brauche deine Hilfe, Karl.« Er verschränkte die Finger ineinander.

Felsers Miene wurde ernst. »Damnatur-Schriften fallen nicht in meine Zuständigkeit, wie du weißt.« Er hob abwartend die Augenbrauen. »Man munkelt, du hättest eine besondere Vorliebe für zensierte Schriften.«

»Zensierte Schriften?« Haas lachte freudlos. »Tatsächlich?«

Felser drehte die Handflächen nach außen. »Was man eben so hört«, er senkte die Stimme, »und sieht.«

»Wie bitte?«

»Metternichs Spitzel sind überall, gerade du solltest das wissen, wenn du in der Stadt unterwegs bist.

»Allerdings«, presste Haas hervor.

Der Staatskanzler strebte die totale Kontrolle der Information an; Pakete und Briefe aus dem Ausland wurden geprüft, Tausende Druckwerke begutachtet. Eine Mammut-Aufgabe, für die weder Personal noch Budget genügend aufgestockt wurde. Daher verdingten sich zwielichtige Gestalten oder verarmte Adelige als Spitzel, um die Zensoren bei ihrer Arbeit unterstützen.

»Hat mich irgendeiner von diesen Wichtigtuern angezeigt?«, fragte Haas lauter als beabsichtigt. »Die haben nichts gegen mich in der Hand!«

»Noch wurde nichts zu Papier gebracht, Theo«, beschwichtigte Felser, »ich wollte dich nur warnen. Dieses Pack ist überall unterwegs, erinnere dich an den Gerold-Fall!«

Im vergangenen Jahr hatte die Polizei die Wiener *Buchhandelsfirma Gerold* gefilzt und 1.000 Bände Damnatur-Schriften sichergestellt. »500 Gulden Geldstrafe und bis zu drei Monate Arrest!«, flüsterte Felser. »Und das alles nur, weil ein ehemaliger Mitarbeiter sich für die niedrige Bezahlung rächen wollte und Gerold angezeigt hat!«

Haas schüttelte den Kopf und brummte etwas Unverständliches. Schließlich kam er auf sein eigentliches Anliegen zurück. »Zwei Frauen wurden ermordet.«

Felser nickte. »Ich habe davon gehört; eine von ihnen wurde im Eiskeller unter der Hofburg, gefunden, richtig?«

»Du bist gut informiert.«

Felser drehte die Handflächen nach außen. »Was man eben so hört«, wiederholte er.

»Eine von ihnen war Dienstbotin, zumindest vermute ich das. Wenn ich weiß, bei wem sie in Anstellung war, kann ich ihre Arbeitgeber aufsuchen und weitere Nachforschungen anstellen.«

Felser kaute an seiner Unterlippe. »Du brauchst Informationen?«

»Ich könnte einen dritten Mord verhindern, Karl!«

»Hast du einen Namen für mich?«

Haas antwortete ohne zu zögern. »Dora Hauser.«

Felser zog die mittlere der drei Karteikisten zu sich heran und begann, in den Papieren zu blättern. »Haberlander, Halamicek, Hammerschmied«, murmelte er und befeuchtete die Spitze seines Zeigefingers mit der Zunge, »Hauser!«

Felser zog eine Akte aus der Schublade und reichte sie Haas. »Bitte sehr!«

Haas öffnete die Akte. Die erste Seite enthielt Daten über Dora Hausers Herkunft und Familienstand. »Sie stammte aus Gramatneusiedl, ledig, kinderlos«, überflog er die Zeilen, »ihre Eltern arbeiten in der Textilfabrik, fünf Geschwister …« Er blätterte zur zweiten Seite, auf der die Qualifikationen der Arbeitssuchenden aufgeführt waren. »Kenntnis der Kinderbetreuung, Mädchen für alles.«

»Die sind am schlimmsten dran«, murmelte Felser. »Jede Köchin oder Amme wird besser bezahlt.«

Haas' Blick wanderte zu der Stelle mit dem Vermerk, wohin Dora Hauser vermittelt worden war. »Kumpfgasse, Innere Stadt Wien.« Seine Augen weiteten sich. »Gemeinsamer Haushalt der Modistin Emilie Trampusch und …« Er sprang auf. »Jetzt wird mir einiges klar! Sie war bei Johann Strauss!«

60

Auf der Fahrt zu Dora Hausers Eltern war Haas ins Grübeln gekommen. Wenn es stimmte, dass die junge Frau bei Johann Strauss und Emilie Trampusch als Mädchen für alles gearbeitet hatte, warum hatte niemand sie als vermisst gemeldet? Dienstmädchen, deren Aufgabengebiet undifferenziert waren, übernahmen viele der anfallenden Tätigkeiten. Hatte man gar nicht erst nach ihr gesucht und die Stelle umgehend neu besetzt? Oder gab es einen Abschiedsbrief, in dem Dora ihre Anstellung quittierte und dies begründete? Laut Akte des Dienstbotenamtes arbeitete Doras jüngere Schwester Magda ebenfalls in einem Haushalt in der Inneren Stadt. Er würde sie ausfindig machen und befragen, davor wollte er allerdings mit den Eltern sprechen.

Die Fahrt nach Gramatneusiedl hatte eine gefühlte Ewigkeit gedauert. Haas wies den Kutscher an, vor der Kirche auf ihn zu warten, und spazierte durch den kleinen Ort.

Jahrhundertelang war Gramatneusiedl im Besitz mehrerer Herrschergeschlechter und des Domkapitels Sankt Stephan in Wien gewesen. Erst vor vier Jahren hatte sich der Ort um 60.000 Gulden freigekauft und nannte sich seitdem »Freie Gemeinde Gramatneusiedl.« Kaum mehr als 1.000 Menschen lebten hier; das pulsierende und ständig wachsende Wien zählte bereits mehr als 380.000 Einwohner, die Vorstädte nicht mitgerechnet. Haas genoss die Stille, die nur durch

Vogelgezwitscher, Hundegebell und Kindergeschrei unterbrochen wurde. Verlockend, sich hier ein ruhiges Leben als Dorfgendarm auszumalen, dennoch wusste Haas, dass die Stille trügerisch war.

Gramatneusiedl hatte mit der *Textilfabrik Marienthal* ihre eigenen Probleme. Der Bankier Herrmann von Todesco hatte die alte *Theresienmühle* gekauft und niederreißen lassen, stattdessen war ein Fabrikgebäude entstanden: die *Marienthaler Baumwoll-Gespinnst und Woll-Waaren-Manufactur-Fabrik*. Mehr als 140 Gramatneusiedler waren in der Fabrik beschäftigt, darunter 22 Kinder.

Stundenlange harte Arbeit an den Webstühlen, oft barfuß in stinkenden Chemikalien stehend, und Textilstaub setzten den Arbeitern zu.

Das Häuschen, in dem Dora Hausers Familie wohnte, lag am Ende der Ortschaft. Haas öffnete den Holzzaun und gelangte über einen winzigen Vorgarten zur Haustür. Aus dem geöffneten Fenster drang der Duft von Kraut, ein Kinderstimmchen sang einen Zählreim. Als auf sein Klopfen keine Reaktion erfolgte, trat Haas ein.

»Was machst du in unserem Haus?« Große Kinderaugen starrten ihn neugierig an. Vor Haas stand ein Mädchen mit blonden Locken, kaum mehr als fünf Jahre alt.

»Ich bin Polizist.« Haas lächelte und sah sich um. Links vom Eingang befand sich eine einfache Küche. Am Lehmboden lag ein Sack mit Kartoffeln, von einem Haken an der Decke hingen Knoblauchknollen. Der Krautgeruch rührte von einem großen Topf, der am Herd stand. Vor einem wurmstichigen Tisch standen zwei Bänke, in der Ecke war ein Kruzifix befestigt.

Aus einem Nebenzimmer war röchelndes Husten zu hören. Haas lugte durch den Türspalt; die winzige Schlafkammer wurde von einem Bett und einem Stuhl ausgefüllt, auf dem ein

Spucknapf stand. Ein bleicher, ausgemergelter Mann starrte an die Decke und atmete rasselnd.

Haas wandte sich wieder an das Mädchen. »Ist deine Mutter nicht hier?«

»Doch.« Sie deutete mit dem Daumen über ihre Schulter. »Hinten im Garten, beim Bach. Sie wäscht gerade.«

Haas nickte. »Dann gehe ich in den Garten.«

Er verließ das Haus wieder durch die Eingangstür und umrundete es. Hinter dem Haus floss die Fischa, ein Nebenfluss der Donau. Eine Frau Ende 40 kniete auf einer kleinen Holzplattform und rieb Wäschestücke über ein Waschbrett. Neben sich hatte sie einen Berg weißer Wäsche aufgetürmt, ihre Hände waren gerötet vom kalten Wasser. Sie sah auf, als sie Schritte hinter sich bemerkte.

»Frau Hauser?«

»Wer will das wissen?«, entgegnete sie resolut und fuhr sich mit dem Unterarm über die schweißglänzende Stirn.

»Wachtmeister Theo Haas«, stellte er sich vor, »ich komme aus Wien.«

Frau Hauser schüttelte den Kopf und wandte sich wieder ihrer Wäsche zu. »Hat Magda wieder etwas mitgehen lassen?« Sie griff zu einem Leintuch und schrubbte es energisch. »Ich hab ihr schon hundertmal gesagt, sie soll das lassen. Die Herrschaft versteht keinen Spaß. Wenn sie Pech hat, landet sie im Gefängnis.« Sie griff zu einem Stück Kernseife und drehte sich nun doch zu Haas um. »Aber dann soll sie sich nicht mehr hierher trauen! Mit Dieben will ich nichts zu tun haben, sagen Sie ihr das!«

Haas schüttelte den Kopf. »Ich bin nicht wegen Magda hier, sondern wegen Ihrer anderen Tochter, Dora!«

»Dora?« Frau Hauser zog ihre hellen Brauen zusammen.

Ihr Blick war besorgt. Sie legte das Wäschestück beiseite und wischte sich die roten Hände an der Schürze ab. An ihrer

Stirn klebten verschwitzte Haarsträhnen. »Was ist mit ihr?« Ihre Augen füllten sich mit Tränen. »Und weshalb kommt die Polizei extra aus Wien deswegen zu mir?«

Sie starrte zu ihm herauf, in ihrem Gesicht zeichnete sich eine böse Vorahnung ab. »Was ist mit meiner Dora?« Frau Hauser trat von der kleinen Plattform auf die Böschung, die zum Garten führte. »Sagen Sie's mir!« Ihre Stimme war schrill geworden, ihr Brustkorb bebte.

»Frau Hauser, ich muss Ihnen leider mitteilen, dass Ihre Tochter verstorben ist.«

»Tot?« Von einer Sekunde auf die andere wich alle Farbe aus ihrem Gesicht. »Dora ... tot? Aber ... aber das kann doch nicht sein!«, stammelte sie. »Aber warum?« Sie schwankte, bückte sich und stützte sich halb am Boden ab, halb torkelte sie wieder hinab zur Plattform. Haas machte ein paar Schritte auf sie zu, streckte ihr die Hand entgegen und zog sie nach oben. Ihr Blick irrte nach allen Seiten, als wollte sie ungebetene Zuhörer ausfindig machen.

»Gehen wir ins Haus.« Ihre Stimme zitterte, sie wischte sich mit dem Handrücken über die Augen.

In der Küche bekreuzigte sie sich vor dem Kruzifix. Über ihre Wangen liefen Tränen. »Es ist meine Schuld«, ihre Stimme war brüchig, »ich hätte es wissen müssen!« Sie ließ sich auf eine der Bänke fallen und vergrub ihr Gesicht in den Händen. Frau Hauser schluchzte so herzzerreißend, dass es Haas die Kehle zuschnürte. Ihr breiter Rücken wurde jetzt von heftigen Weinkrämpfen geschüttelt.

»Ich hätte es wissen müssen«, wiederholte sie.

Das Mädchen erschien in der Tür und starrte verstört in die Küche. Langsam tapste sie zur Bank und legte ihrer Mutter eine Hand auf den Rücken. Frau Hauser drückte die Kleine an sich und strich ihr zärtlich über den Kopf. Es dauerte noch einige Zeit, bis sie sprechen konnte.

»Was?«, hakte Haas nach. »Was hätten Sie wissen müssen?«

»Dass das so kommen muss«, schluchzte sie und wischte sich mit einem Tuch über Augen und Nase, »aber ich hätte es ihr nicht ausreden können! Sie war ja so glücklich bei der neuen Herrschaft!«

Frau Hauser stand von der Bank auf und zog den Topf vom Herd. Dann setzte sie sich wieder, nahm die Kleine auf den Schoß und drückte sie an ihre Brust.

»Frau Hauser, bitte erzählen Sie mir von Anfang an. Was hätten Sie Dora nicht ausreden können? Und weshalb war Ihre Tochter so glücklich?«

Frau Hauser sammelte sich einen Moment lang. »Die neue Stelle«, presste sie dann hervor und schüttelte den Kopf, »die hätte sie nicht annehmen sollen.«

»Sie meinen die Anstellung bei Emilie Trampusch und Johann Strauss? In der Kumpfgasse?«

Frau Hauser vergrub ihr Gesicht in den Haaren der Kleinen und schluchzte erneut. Haas konnte erkennen, dass sie nickte. »Sie hätte am Kohlmarkt bleiben sollen«, sie sah auf, »bei der Stelle, die sie vorher innehatte.«

Haas runzelte die Stirn. »Dora war vorher woanders angestellt?«

»Ja, bei der *Reinigungs- und Appreturanstalt* am Kohlmarkt.« Sie schniefte. »Aber dort war es schwierig. Es hat ihr nicht gefallen.« Frau Hauser hob ratlos die Schultern. »Also habe ich ihr geraten, dass sie zum Dienstbotenamt geht, die vermitteln Stellen. Wäsche waschen kannst du zu Hause auch, habe ich zu ihr gesagt, deswegen haben wir dich nicht nach Wien geschickt.« Wieder rannen Tränensturzbäche über ihre Wangen. »Ich bin schuld! Ich hätte sie nicht zum Amt schicken sollen. Aber ...«, sie sah Haas flehentlich an, »wir brauchen doch das Geld!« Sie deutete auf die Schlafkammer gegenüber der Küche. »Mein Mann hat die Brustwassersucht. Ohne das Geld von Dora könnte ich keine Medikamente kaufen.« Sie strich der Kleinen erneut übers Haar, die jetzt ihren Kopf an die Schulter der Mutter legte. »Mein Mann und ich arbeiten in der Textilfabrik.«

»Kann er denn noch arbeiten?«, fragte Haas ungläubig.

Frau Hauser schüttelte den Kopf. »Seit Kurzem nicht mehr. Es geht ihm jeden Tag schlechter, die Nächte sind besonders schlimm. Jetzt kommt bald der Winter, die Kinder brauchen warme Schuhe. Wenn ich dann immer noch Medizin kaufen muss, habe ich kein Geld für warme Kleidung.« Sie beugte sich zu Haas und senkte die Stimme. »Hoffentlich dauert es nicht mehr lange.«

Das Mädchen rutschte abrupt vom Schoß der Mutter und verließ die Küche. Frau Hauser sah ihr nach und seufzte tief.

»Ihre Tochter hat sich also beim Dienstbotenamt um eine Stelle beworben«, nahm Haas den Faden wieder auf.

Frau Hauser nickte. »Und sie hat auch gleich etwas bekommen. Bei der gnädigen Frau Trampusch und Herrn Johann Strauss.«

Haas dachte an die vielfältigen Aufgaben, die ein Mädchen für alles zu erledigten hatte, und an die geringe Bezahlung. »War sie denn glücklich mit der neuen Stelle?«

Frau Hauser kaute an ihrer Unterlippe und starrte ins Leere. »Erst dachte ich, sie ist wegen der Kinder so glücklich. Dora liebte Kinder. Sie wollte später einmal selbst eine große Familie haben, wenn sie es sich leisten konnte.« Sie lachte freudlos. »Dann dachte ich, sie fühlt sich wegen der gnädigen Frau so wohl dort. Ich habe geglaubt, die gnädige Frau ist besonders nett zu ihr.«

»Aber es war etwas anderes?«

Frau Hauser schloss kurz die Augen und atmete tief aus. »Dora ist …«, sie korrigierte sich, »Dora war ein sehr hübsches Mädchen, müssen Sie wissen. Das fand wohl auch der gnädige Herr.« Sie sah Haas direkt in die Augen.

Aus der kleinen Schlafkammer ertönte ein schmerzhaftes Wimmern. Frau Hauser erhob sich. »Ich bin gleich wieder zurück.« Sie nahm eine kleine braune Flasche, die neben dem Ofen stand, und einen Löffel und verließ damit die Küche. Haas holte seinen Notizblock aus der Tasche, blätterte darin und grübelte. Gerüchte über den Walzerkönig gab es viele. Man munkelte, dass er jedem Rock nachstellte, dass er in jeder Vorstadt mindestens eine Freundin hatte und weit mehr Kinder gezeugt hatte, als bekannt war. Frau Hauser kam zurück und setzte sich wieder gegenüber von Haas an den Tisch.

»Ihre Tochter hatte also ...«

»Dora hat jeden Monat Geld geschickt«, unterbrach Frau Hauser ihn, »und einen Brief dazu geschrieben. Sie hat Andeutungen gemacht ... wahrscheinlich hatte sie Angst, dass die gnädige Frau oder sonst jemand die Briefe lesen könnte.«

»Haben Sie die Briefe noch?«

Frau Hauser nickte, stand auf und strich sich eine Haarsträhne aus der Stirn. »Ich hole sie.«

Haas blieb sitzen und dachte an Frau Hausers erste Reaktion. »Mit einer Diebin will ich nichts zu tun haben, sagen Sie ihr das!« Es schien, als sei Magda, die andere Tochter, das Sorgenkind der Familie. Ganz anders hatte Frau Hauser bei dem Namen Dora reagiert; sie musste eine böse Vorahnung gehabt haben. »Sie war ein hübsches Mädchen. Das fand wohl auch der gnädige Herr.« Haas dachte an den toten Körper der jungen Frau, an Professor Wieseler und seine Schneidwerkzeuge, an den Bluterguss am Brustkorb und die Ballspende.

»Bitte sehr.« Frau Hauser war mit einem Packen Kuverts in die Küche zurück gekommen und reichte ihn Haas.

Er zog einen der Briefe heraus und besah sich die Schrift.

Dora Hausers Schrift war krakelig und unsicher. Sie schrieb wie jemand, der nicht allzu oft mit Papier und Tinte hantierte. Haas hielt die Briefe in die Höhe.

»Die nehme ich mit, wir müssen den Inhalt sichten, um den Tod Ihrer Tochter aufzuklären.«

Frau Hauser nickte ergeben.

»Ich sorge dafür, dass Sie alles nach Abschluss der Ermittlungen wiederbekommen«, sicherte er ihr zu. »Darum kümmere ich mich persönlich!« Er steckte die Briefe in seine linke Manteltasche. Aus der rechten zog er die Ballspende und legte sie auf den Tisch.

»Was ist das?« Frau Hauser zögerte, danach zu greifen.

»Das haben wir im Kleid Ihrer Tochter gefunden«, erklärte Haas. »Hat ihre Tochter gern getanzt?«

Frau Hauser nickte. Ihre Augen füllten sich erneut mit Tränen. Sie runzelte die Stirn, als sie die Aufschrift auf dem rotsamtenen Umschlag las. »Ball der Mediziner?« Frau Hauser sah Haas verständnislos an. »Was hatte Dora denn dort zu suchen? Sie hätte sich doch nie im Leben eine Karte für so eine feine Veranstaltung leisten können.«

»Das ist die Frage«, sinnierte Haas und öffnete die Fächerseiten. »Nach allem, was Sie mir erzählt haben, wäre es trotzdem möglich, dass sie dort war«, sagte er und tippte auf den Namen Dora Hauser. Er blätterte zur letzten Seite und legte das offene Büchlein vor Frau Hauser auf den Tisch. »Und zwar in Begleitung.«

Sie las den Namen und sah ihn verständnislos an. »Johann Strauss.«

61

»Liebste Mutter, ich glaube, ich habe mein Glück gefunden!«

Haas saß an seinem Schreibtisch. Dora Hausers Briefe lagen ausgebreitet vor ihm, sorgfältig nach Datum sortiert. Er griff nach dem ersten.

»Nun bin ich tatsächlich ein Dienstmädchen bei feinen Herrschaften, genau wie du es vorausgesagt hast! Ich musste viele Stunden vor dem Dienstbotenamt warten, aber jetzt arbeite ich in einem angesehenen Haus! Schreibe bald mehr, Kuss, Dora«

Kurze Sätze in einfacher Sprache. Das Papier war dünn, die Buchstaben hastig mit Bleistift hingekritzelt. Dora Hauser hatte wenig Zeit gehabt, um ihrer Mutter zu schreiben.

Haas legte den Brief beiseite und nahm sich einen anderen vor.

»Liebste Mutter, ich bin nun in der Kumpfgasse untergebracht. Es gibt eine Köchin, die Karla heißt, und vier Kinder, bald fünf. Die gnädige Frau ist sehr streng, ihr Bauch ist schon sehr dick. Ich bin Mädchen für alles und habe viel zu tun. Der gnädige Herr ist sehr lieb zu mir. Kuss, Dora«

Haas blies die Backen auf und legte den Brief beiseite. Kein Wunder, dass Frau Hauser um ihre Tochter besorgt war angesichts dieser Zeilen. Ein Klopfen riss ihn aus seinen Gedanken. »Herein!«

Zimmerl streckte den Kopf zur Tür herein. »Mein Patenonkel schickt mich. Ich soll fragen, ob ich Ihnen bei dringenden Aufgaben zur Hand gehen kann.« Er blieb abwartend in der Tür stehen.

Das war Ambergs Art, sich nach dem aktuellen Stand der Dinge zu erkundigen. Er schickte seinen Patensohn vor. Haas ließ den Brief sinken und winkte seinen Assistenten herein.

»Haben Sie schon einmal einen Bericht geschrieben, Zimmerl?«

Der junge Polizist schüttelte den Kopf.

»Dann findet Ihre Premiere heute statt!« Haas lächelte und schob ihm Papier und Stift zu.

»Worüber soll ich schreiben?« Zimmerl wirkte ratlos.

»Listen Sie alle Geschehnisse seit dem Leichenfund im Eiskeller auf«, ordnete Haas an. »Und lassen Sie nichts aus! Die Namen der Zeugen müssen ebenso enthalten sein wie die genauen Adressen der Tatorte. Nicht zu vergessen die Gespräche, die stattgefunden haben!«

Zimmerls Augen weiteten sich. »Alle Namen? Und Adressen?«

Haas nickte. »So ist es. Ein Bericht ist wesentlicher Bestandteil der Ermittlungsarbeit, Zimmerl! Manches, das einem unwichtig erscheint, erhält erst mit der Niederschrift Bedeutung!«

Zimmerl schien mit dieser Aussage nicht viel anfangen zu können. »Wie meinen Sie das, Wachtmeister?«

Haas seufzte. »Ich meine, dass das geschriebene Wort ebenso bedeutsam ist wie Theorien, über die man nachdenkt! In einem Mordfall ist beides wichtig: der erste Gedanke und akribisch festgehaltene Daten.«

Noch immer war der Gesichtsausdruck seines Assistenten ratlos. »Fangen Sie einfach an!«, munterte Haas ihn auf und griff nach dem nächsten Brief. Diesmal waren die Buchstaben regelmäßiger, die Bögen feiner ausgeführt. Dora hatte sich mehr Zeit genommen oder war in einem anderen Gemütszustand gewesen als bei den Briefen zuvor.

»Liebste Mutter! Der vergangene Abend war der glücklichste meines Lebens, aber dann hat uns die gnädige Frau erwischt! Ich habe Angst!«

62

Kaunitz hatte wenig geschlafen. Die Kratzgeräusche waren diesmal ganz nahe an seinem Bett zu hören gewesen und hatten ihn die ganze Nacht wach gehalten. In den frühen Morgenstunden hatte er die Petroleumlampe angezündet und war auf allen vieren durch die gesamte Wohnung gekrochen. Er war fest entschlossen, den Plagegeist unschädlich zu machen.

»Deine letzte Stunde hat geschlagen«, murmelte er, als er auf dem Holzboden kniete. »Du weißt es nur noch nicht.«

Doch alles Suchen hatte nichts genützt; Kaunitz hatte weder angebissene Lebensmittel noch Mäusekot entdeckt. Auch ein Mausloch war nicht zu finden gewesen. Erst kurz vor sechs Uhr war das Kratzen verstummt.

Beim Brunnen im Innenhof traf er auf Pauline. Das Mädchen aus einer der benachbarten Wohnungen hopste zu einem Zählreim an der Hausmauer entlang. Diesmal winkte sie Kaunitz zu. Er winkte matt zurück.

»Ich glaube, das Haus ist von Ratten oder Mäusen befallen«, brummte er verschlafen. »Höchste Zeit, Gift zu besorgen, bevor die Viecher sich an meine Vorräte machen!«

Am Vorabend hatte er Kaffee, eine Stange Hartwurst und einen Laib Brot erstanden. Er hatte nicht vor, ungebetene Gäste damit zu ernähren.

»Ich weiß nicht, wovon Sie reden.« Paulines Gesichtsausdruck war verwundert. »Das hier ist ein ordentliches Haus! Ich lebe seit zwei Jahren hier, in dieser Zeit habe ich weder eine Ratte gehört noch gesehen!« Sie pumpte Wasser in ihren Eimer und wischte sich eine Strähne aus der Stirn. »Glauben Sie mir, wenn in meiner Wohnung eines von den Viechern auftauchen würde, wäre ich längst über alle Berge!«

»Hm.« Kaunitz betrachtete sie verstohlen und dachte an Elisabeth. Seine Frau war eine Schönheit gewesen. Zierlich, beinahe zerbrechlich zart, bevor sich ihr Bauch während der Schwangerschaft gerundet hatte. Kaunitz hatte sich vom ersten Moment an in ihre großen dunklen Augen verliebt. Pauline hingegen war kräftig gebaut, ihr Teint war rosig und das Haar störrisch. Dennoch blieben die Blicke der Männer an ihr haften, das war Kaunitz bereits aufgefallen. Sie war der Typ Frau, der man nichts vormachen konnte. Eine, die wusste, was sie wollte.

»Die meisten Apotheken führen Strychnin«, riss sie ihn aus seinen Gedanken. »Allerdings wird man sich erkundigen, wofür Sie es brauchen.« Pauline hievte ihren Kübel vom Brunnenrand und legte den Kopf schief. »Es könnte schließlich sein, dass Sie jemanden damit um die Ecke bringen wollen.«

»Um die Ecke bringen?« Kaunitz brach in schallendes Gelächter aus. »Ich wüsste nicht, wen!«

»Einen lahmarschigen Beamten von der Fiakerbehörde zum Beispiel?« Sie grinste frech.

»Gar keine schlechte Idee«, spann er den Gedanken weiter, »die Paragrafenreiter machen einem wirklich das Leben schwer.« Kaunitz betrachtete Pauline amüsiert. Sie hatte ihn tatsächlich zum Lachen gebracht. Nach all der Zeit tat es gut, wieder ein bisschen herumzualbern.

»Wie geht es eigentlich Ihrem Vater?«, wechselte er das Thema. »Und wer führt seine Geschäfte, während er krank ist?« Er dachte an das Lager im Erdgeschoss, das vollgepfercht mit Stoffballen und Zwirnen war. »Könnten Sie nicht seine Schneiderei übernehmen?«

»Ich glaube nicht, dass er mit meiner Arbeit zufrieden wäre.« Pauline winkte ab. »Die Sache ist übel, ich muss mich täglich um ihn kümmern. Mittlerweile kann er nicht mehr aufstehen und ist ans Bett gefesselt!« Sie schleppte ihren Wasservorrat zum Hauseingang.

Kaunitz stellte seinen Kübel unter die Leierpumpe und sah ihr nach. »Er kann von Glück reden, dass sich seine Tochter um ihn sorgt!«

»Das finde ich allerdings auch«, rief sie über die Schulter zurück. Mittlerweile war sie beim Stiegenaufgang angekommen. »Leider sagt er nicht besonders viel dazu.«

Kaunitz pumpte Wasser in seinen Eimer und schleppte ihn in den ersten Stock. Vor seiner Wohnungstür hielt er inne und streckte den Rücken durch. Das Bett in der Wohnung tat ihm nicht gut. Als sein Blick auf Paulines Türschild fiel, erstarrte er.

63

Kindergetrappel und das Brüllen eines Babys drangen durch die Wohnungstür nach draußen. Wachtmeister Haas klingelte ein zweites und drittes Mal. Niemand schien sich um den unangekündigten Besuch zu scheren. Es dauerte einige weitere Augenblicke, bis sich das Schlurfen von müden Füßen näherte. Eine korpulente Mittfünfzigerin mit strenger Frisur und weißer Schürze öffnete die Tür einen Spalt breit.

»Ja, bitte?«

»Wachtmeister Theo Haas, Kriminalabteilung«, stellte er sich vor. »Ist Frau Trampusch zu sprechen?«

Die Frau musterte ihn eingehend und nickte dann wortlos. Sie öffnete die Tür ganz und ließ Haas eintreten.

»Sind Sie das Dienstmädchen in diesem Haushalt?«

»Eigentlich bin ich die Köchin«, brummte sie unwirsch, »aber seit Dora, das verdammte Luder, sich aus dem Staub gemacht hat, bin ich hier wohl Mädchen für alles!« Sie fuhr sich mit dem Handrücken über die Nase. »Ich bringe Sie in den Salon.« Der Weg vom Eingang zum Salon war keine drei Meter lang. Haas stieg über Puppen und Bausteine, die am Boden verstreut lagen, und blieb in der Tür stehen.

»Bitte sehr, die gnädige Frau!«, murmelte die Köchin und trollte sich in Richtung Küche.

Emilie Trampusch ging im Raum auf und ab. Sie hielt einen weinenden Säugling im Arm den sie sanft wiegte, um ihn zu beruhigen. Als sie Haas' Anwesenheit bemerkte, blieb sie stehen und lächelte.

»Wachtmeister Haas, richtig?« Emilie Trampuschs Gesicht war müde, ihre Haut fahl. Sie deutete auf einen der Stühle am Tisch. Benutztes Geschirr stand herum, die Vorhänge waren halb zugezogen. Haas ließ sich auf dem Medaillonsessel nieder. Er holte Block und Stift aus seinem Mantel und musterte Emilie Trampusch, die immer noch versuchte, das Kind zu besänftigen. Die Hausherrin trug ein einfaches Kleid aus blassrosa Baumwolle und kleine Perlenohrringe. Etliche Strähnen hatten sich aus ihrer Hochsteckfrisur gelöst, dennoch war sie eine attraktive Erscheinung. Ihre Lippen waren voll und leicht geöffnet, die dunklen Augen von einem dichten Wimpernkranz umgeben. Sie summte ihrem Kind eine Melodie vor und setzte sich, als das Schreien endlich zu einem Wimmern abebbte, mit dem Säugling im Arm zu ihrem Gast an den Tisch. Haas betrachtete sie. Hinter vorgehaltener Hand wurde genügend Tratsch über »den Schani und die Trampusch« durch Wien getragen. Beinahe täglich kursierten neue Gerüchte, füllten sich Zeitungsspalten mit brandheißen Neuigkeiten aus dem Hause Strauss. Haas betrachtete die junge Frau und begann zu grübeln. Emilie Trampusch erhob nicht den Anspruch, die Geschäfte des Walzerkönigs zu leiten und die Fäden seiner Unterhaltungsmaschinerie zu ziehen, vielleicht besaß sie auch gar nicht die Fähigkeiten dazu. Sie genoss nicht den gesellschaftlichen Status wie Anna Strauss. Das Nest, das Johann Strauss für seine Zweitfamilie in der Kumpfgasse geschaffen hatte, war wesentlich kleiner als die großzügig geschnittene Wohnung im *Hirschenhaus*. Es roch nach Windeln, und der Haushalt war unorganisiert. Doch in diesem Augenblick begriff Haas, warum der Komponist sich für Emilie Trampusch entschieden hatte. Obwohl manche sie als falsche Schlange, als Schlampe und sogar Luder bezeichneten, strahlte sie Herzenswärme aus. Eine Eigenschaft, die Anna Strauss fehlte. Die legitime Ehefrau des Walzerkönigs war eine damenhafte Erscheinung. Ihr Engagement um die Karriere ihres Mannes verdiente Respekt, zweifellos. Aber Anna Strauss wirkte kühl und unnahbar. Emilie Trampusch dagegen war erfrischend freundlich und natürlich.

Sie zwinkerte Haas zu. »Was kann die Polizei von einer unschuldigen Modistin wollen?« Mittlerweile war das Kind eingeschlafen. Vorsichtig erhob sich Emilie Trampusch und bettete es in den Stubenwagen neben dem Tisch. »Theresia ist erst wenige Wochen alt«, erklärte sie und kehrte zu ihrem Stuhl zurück. »Sie müssen das Benehmen meiner Köchin entschuldigen. Karlas Revier ist die Küche, und sie ist nicht gewillt, ihr Aufgabengebiet auszudehnen.« Emilie Trampusch strich sich eine Haarsträhne aus der Stirn. »Leider bleibt ihr nichts anderes übrig, bis Dora wieder aufgetaucht ist.«

»Dora Hauser?«, hakte Haas nach.

»Ja!« Emilie Trampusch wirkte verblüfft. »Woher kennen Sie ihren Namen?« Sie runzelte die Stirn. »Hat sie sich etwas zuschulden kommen lassen? Besucht mich deshalb die Polizei?«

»Dora Hauser ist der Name der Toten, die gestern im Eiskeller unter der Hofburg gefunden wurde«, stellte er richtig. Emilie Trampusch war wie vom Donner gerührt.

»Unsere Dora? Im Eiskeller?« Sie schlug die Hand vor den Mund und wirkte ehrlich schockiert. Haas beobachtete jede ihrer Regungen. Ihre Augen glänzten feucht; die Bestürzung schien echt zu sein.

»Karla!«, rief sie mit zittriger Stimme, woraufhin die Köchin in der Tür erschien. »Karla, bring uns bitte zwei Gläser Sliwowitz!«

Die Köchin blieb wie angewurzelt stehen. »Vor dem Essen,

gnädige Frau?« Sie zog überrascht die Augenbrauen hoch. »Sind Sie sicher?«

»Die Entscheidung über den Zeitpunkt überlassen Sie bitte mir!« Emilie Trampusch wedelte ungeduldig mit der Hand. »Sliwowitz, Karla! Am besten gleich die ganze Flasche!«

»Wie Sie meinen, gnädige Frau!« Karla schüttelte verwundert den Kopf und machte kehrt.

»Sie ist eine wunderbare Köchin, aber als Dienstmädchen vollkommen unbrauchbar.« Emilie Trampusch seufzte und schüttelte den Kopf. Erneut wimmerte der Säugling. »Was macht Sie so sicher, dass es sich bei der Toten tatsächlich um unser Dienstmädchen handelt?« Emilie Trampusch streckte die Hand aus und schaukelte sanft den Stubenwagen; die kleine Theresia beruhigte sich. »Dora ist ein häufiger Name.«

»Mag sein. Aber wir haben eine Tanzkarte in der Tasche ihres Kleides gefunden«, erklärte Haas und legte die Ballspende auf den Tisch. »Sie lautet auf den Namen Dora Hauser.« Haas musterte sein Gegenüber genau. Er rief sich die Briefe ins Gedächtnis, die Dora an ihre Mutter geschickt hatte.

Emilie Trampusch griff nach dem Büchlein.

»Der Ball der Mediziner.« Sie lächelte versonnen, als sie die Buchstaben auf dem rotsamtenen Einband der Ballspende las. »Ich kann mich noch genau an den Abend erinnern.«

»Sie waren dort?«

»Nein«, kam es wie aus der Pistole geschossen. »Wir hatten an diesem Abend einen heftigen Streit.« Sie fächerte die Seiten auf und las beide Einträge. Ihre Miene verriet keinerlei Erregung. »Ich wollte tatsächlich dorthin gehen. Aber leider ist es uns Musikerfrauen nicht vergönnt, an der Seite unserer Männer zu glänzen.« Sie sah Haas direkt ins Gesicht. »Ist das nicht ironisch? Der Walzerkönig zeigt sich nie mit den wichtigsten Frauen seines Lebens, einzig um den Mythos als Frauenheld aufrechtzuerhalten.«

»Und?«, hakte Haas nach. Er konnte sein Erstaunen nicht verbergen. Emilie Trampusch hatte etwas Unverfrorenes an sich, gepaart mit naiver Liebenswürdigkeit. Sie war schwer einzuschätzen; etwas, womit Haas nicht gut zurechtkam.

»Ja, natürlich. Ich weiß, was Sie jetzt denken: Was redet die Trampusch da, immerhin hat sie Anna Strauss den Mann ausgespannt! Wie kann sie sich da solidarisch mit ihr erklären, wo sie doch eine ganze Familie zerstört hat, das junge Luder!« Sie hob neckisch die Schultern. »Ganz Wien denkt das von mir. Die Wahrheit ist …«, sie schob das Büchlein von sich weg, »Anna ist nicht die einzige Betrogene.« Emilie Trampusch lehnte sich zurück und sah Haas abwartend an. »Glauben Sie tatsächlich, ein Mann wie Johann Strauss würde sich für *eine* Frau entscheiden?« Ihr mildes Lächeln war irritierend. »Warum sollte er? Wiens Weiblichkeit liegt ihm zu Füßen, er ist ein Mann im besten Alter, gut aussehend und charmant. Er hat keinen Grund, sich einschränken.«

»Soll das heißen …«, Haas konnten seine Verblüffung nicht verbergen, »Sie wussten also, dass …«

»… dass Schani und Dora, sagen wir, die Zeiten genutzt haben, in denen ich außer Haus war?« Sie hob die Augenbrauen. »Natürlich wusste ich das, Herr Wachtmeister!«

Sie seufzte abgrundtief. »Allerdings muss ich zugeben, dass mir die Sache nicht gefallen hat.«

Sie verstummte, als Karla den Salon betrat. Die Köchin balancierte mehr schlecht als recht ein Tablett mit einer Flasche Sliwowitz und zwei Gläsern zum Tisch. Ein Zinnsoldat, der am Boden lag, brachte sie ins Stolpern, das Tablett geriet in Schräglage, Flasche und Gläser rutschten bedenklich zur Seite.

»Ich mache das schon, Karla, danke!« Emilie Trampusch winkte ab, als Karla die Gläser mit der klaren Flüssigkeit füllen wollte. »Sie dürfen sich jetzt entfernen!«

»Sehr wohl, gnädige Frau!«

»Sie denken also«, fuhr Emilie Trampusch fort, als Karla zurück in die Küche geschlurft war, »dass ich etwas mit Doras Tod zu tun habe?« Sie schenkte sich und Haas Sliwowitz ein und prostete ihm zu. In ihrer Miene lag etwas Kokettes. Kein Wunder, dass sie Schani Strauss den Kopf verdreht hatte, dachte Haas und konzentrierte sich auf den Schnaps. Emilie Trampusch senkte die Augen und atmete tief durch. Dann sah sie Haas direkt in die Augen.

»Und?« Er nahm sein Glas und hielt ihrem Blick stand.

»Haben Sie?«

Emilie Trampusch kippte die Flüssigkeit auf einmal hinunter und schloss kurz die Augen. »Nein.« Sie starrte zuerst auf das Glas und dann Haas ins Gesicht. Selten hatte sich Haas bei einer Befragung dermaßen die Zähne ausgebissen. Diese Frau schlug Haken wie ein Hase; immer wieder entwischte sie ihm. Er beschloss, seine Taktik zu ändern. Statt Fragen zu stellen würde er sein Gegenüber mit dem Inhalt von Doras Briefen konfrontieren und abwarten, wie Emilie Trampusch reagierte. Die erste Reaktion war meist die ehrlichste.

»Dora Hauser hatte Angst vor Ihnen.«

Erneut überraschte ihn Emilie Trampusch: Sie begann zu lachen. »Angst? Vor mir?« Sie lachte so laut, dass die kleine Theresia wieder erwachte und zu quengeln begann. »Ich bitte Sie, Dora war beinahe zwei Köpfe größer als ich. Außerdem habe ich vor wenigen Wochen entbunden und bin noch geschwächt.«

»Wahrscheinlich dachte sie, Sie könnten aus Eifersucht Ihre Beherrschung verlieren und ...«

»... und sie umbringen«, vollendete Emilie Trampusch den Satz. »Und weil in diesem Büchlein der Name Johann Strauss steht denken Sie, ich hätte mich an ihr gerächt?« Sie kicherte erneut und tippte auf die Ballspende, die immer noch am Tisch lag. »Weil ich sie in flagranti mit meinem Schani erwischt habe?«

»Eifersucht ist ein häufiges Mordmotiv.« Langsam wurde Haas ungehalten. Was führte diese Frau im Schilde? Er konnte sich keinen Reim darauf machen.

»Wenn Ihre Theorie stimmt, Herr Wachtmeister, dann hätte Anna Strauss bereits halb Wien ausrotten müssen.« Sie streckte wieder die Hand nach dem Stubenwagen aus, um Theresia in den Schlaf zu wiegen.

Haas erhob sich. »Was könnte Dora im Eiskeller unter der Hofburg gewollt haben?«

Emilie Trampusch hob die Schultern. »Was meine Angestellten an ihren freien Tagen machen, geht mich nichts an, Herr Wachtmeister.« Sie strich sich eine Strähne aus der Stirn. »Aber das allein ist Beweis genug, dass Schani nichts mit der Sache zu tun haben kann. Nie im Leben hätte er sich mit jemandem in einem Eiskeller verabredet.« Sie schüttelte energisch den Kopf.

»Warum nicht?«

»Er hasst Kälte.«

Haas zog sein Notizbüchlein aus der Manteltasche und notierte sich im Stehen ein paar Worte.

»Wo finde ich Herrn Strauss jetzt?«

»Der studiert mit seinem Orchester die neuesten Kompositionen ein.« Sie machte eine kurze Pause. »Sie wissen von der Sache im *Dommayer*?«

»Nein. Was soll dort sein?«

»Der junge Schani gibt dort ein Konzert.«

»Im *Dommayer*?« Haas hatte selbst an einigen Abenden Strauss-Konzerte in Hietzing besucht, allerdings konnte er sich nicht an einen Auftritt des Sohnes erinnern. »Ist er denn schon jemals im *Dommayer* aufgetreten?«

»Ich bitte Sie!« Emilie Trampusch lachte trocken. »Das wird eine Eintagsfliege! Der Bub ist doch leicht zu durchschauen! Den Rang ablaufen will er ihm, aber jeder weiß, dass Anna dahintersteckt und die Fäden zieht. Er soll den eigenen Vater vom Thron stoßen!«

Emilie Trampusch goss sich ein weiteres Mal Schnaps ein. »Aber daraus wird nichts! Und wenn wir alle Hebel dafür in Bewegung setzen müssen!« Sie hieb mit der Faust auf den Tisch. »Das *Dommayer* ist und bleibt das Revier des Walzerkönigs!« Sie hob das Glas. »Prost!«

64

Kaunitz war zum *Hirschenhaus* bestellt worden und näherte sich dem Wohnsitz der Familie Strauss. Trotz der frühen Morgenstunde war die Taborstraße schon voller Leben.

Nur wenige Meter vom Haus Nummer 17 entfernt hielt der Lieferwagen eines Schlachtbetriebes vor dem Lieferanteneingang eines Wirtshauses. Zwei Metzgergesellen mit blutverschmierten Schürzen luden große Fleischstücke aus und trugen sie unter der strengen Aufsicht des Wirts in die Küche. Die Stellwagenlinie vom Nordbahnhof in die Innere Stadt fuhr bimmelnd an Kaunitz vorbei. Männer und Frauen mit abgewetzten Koffern und schlichter Kleidung drängten sich auf dem offenen pferdegezogenen Wagen. Ihre Gesichter waren müde, dennoch hatten die meisten von ihnen einen hoffnungsvollen Ausdruck. Es waren Leute, die aus den böhmischen Kronländern in die Hauptstadt drängten, um hier ihr Glück zu versuchen. Die meisten von ihnen würden die nächsten Stunden in den Gängen des Dienstbotenamtes zubringen, um eine Stelle als Köchin, Hausmädchen oder Beschließer zu ergattern. Wer weniger Glück hatte, musste sich in den Ziegelwerken der Vorstadt Favoriten sein Brot verdienen. Kaunitz sah der Menschentraube nach, die die Reise ins Ungewisse angetreten hatte, und kam ins Grübeln. Zwar hatte ihn die Trunksucht seines Vaters vor Probleme gestellt, seit er denken konnte. Geldnot, Streit und Krankheit waren an der Tagesordnung gewesen. Dennoch hatte Kaunitz immer gewusst, wo sein Platz war. Er hatte keinen Moment daran gezweifelt, wie sein Vater Fiakerfahrer zu werden und mit Pferden zu arbeiten. Ohne Sterz, das wusste Kaunitz, hätte er seine schwierige Kindheit allerdings kaum überlebt. Lautes Geplapper riss ihn aus seinen Gedanken, als er den Wagen zum Stehen brachte.

Strauss wartete bereits am Haustor. Dicht neben ihm stand eine ältere Dame, deren Puffärmel so voluminös waren, dass ohne Schwierigkeiten ein Ball oder Kürbis darin Platz gehabt hätte. Kaunitz schnappte einen Teil der Konversation auf, als er vom Kutschbock stieg, um die Kabinentür zu öffnen.

»Lass dich nicht über den Tisch ziehen, wenn es ans Verhandeln geht!« Die Dame strich Strauss' Gehrock an den Schultern glatt und überprüfte den Sitz seiner Halsbinde. Ihr Blick war streng. »Es ist immer besser, einen Pauschalpreis auszuhandeln, als die Musiker nach gespielten Stücken zu bezahlen!« Sie bemerkte Kaunitz und nickte ihm kurz zu, dann konzentrierte sie sich wieder auf den jungen Mann. »Noch bist du unbekannt; das solltest du als Vorteil für dich nutzen! Keiner der Musiker hat bisher für dich gearbeitet. Sie wissen nicht, worauf sie sich einlassen. Ob das Publikum dich nach wenigen Liedern aus dem Saal komplimentiert oder auf zahlreichen Zugaben besteht. Sie werden dir nicht zutrauen, dass du das Publikum begeistern kannst und dein Programm einen ganzen Abend füllt. Daher werden sie ohne Bedenken zustimmen, wenn du eine Pauschale für die Soireé vorschlägst.«

Strauss hörte aufmerksam zu und nickte immer wieder.

»Und halte dich fern von Wickerl Haimburger!«, raunte die Dame und hob mahnend den Zeigefinger. Ihre Stimme hatte jetzt einen warnenden Unterton. »Er ist ein langjähriger Weggefährte deines Vaters und tratschsüchtig wie ein altes Waschweib! Alles, was er über den Abend beim *Dommayer* in Erfahrung bringen kann, wird er sofort deinem Vater berichten!«

»Gut!« Strauss atmete tief durch.

»Weißt du was?« Sie drehte sich zum Eingang und deutete ihm, kurz auf sie zu warten. »Am besten, ich komme mit und handele die Verträge selbst für dich aus! Ich hole nur schnell meine Jacke und ……«

»Nein!«, unterbrach Strauss sie heftig. Die Dame blieb stehen und zog eine Augenbraue hoch. Kaunitz schmunzelte, als er sah, dass der Musiker vor Verlegenheit rot anlief.

»Ich weiß deine Hilfe wirklich sehr zu schätzen, Tante Pepi«, schwächte Strauss tapfer ab, »aber das ist nicht notwendig! Ich bin Manns genug, um mein erstes Orchester selbst auf die Beine zu stellen!«

Sie schien nicht überzeugt und schüttelte den Kopf. »Nimm's mir nicht übel, Schani, aber wenn's ums Geld geht, bist du deinem Vater ähnlicher, als dir guttut! Der hat seine Einnahmen oft ausgegeben, noch bevor er die Musiker bezahlt hat! Und deine Mutter säße längst auf der Straße, wenn ich nicht hart durchgegriffen und ihm immer wieder das Geld für die Miete abgenommen hätte.«

Eine schwarz gekleidete Dame stand etwas abseits und starrte zu ihnen herüber. Ihr Gesicht war verschleiert, die Hände steckten in fingerlosen Spitzenhandschuhen. Kaunitz musterte sie neugierig. War sie zu einem Begräbnis unterwegs? Dafür war es noch zu früh. Begräbnisse fanden in Wien selten vor dem frühen Nachmittag statt.

»Servus, Kaunitz!« Das laute Zurufen von Strauss riss ihn aus seinen Gedanken. Er wandte sich wieder dem jungen Musiker an der Haustür zu.

»Du bist ein bisserl zu streng mit Papa, Tante Pepi«, Strauss küsste die Dame auf beide Wangen. »Vater hat bestimmt viele Fehler, aber er war der Erste, der fixe Eintrittspreise für Konzerte eingeführt hat! Ohne seine Idee müssten Wiens Musiker immer noch mit einem Teller durchs Publikum schleichen und um den Obolus betteln!«

»Jaja, schon gut!« Tante Pepi fuhr ihrem Neffen durch das dichte schwarze Haar und sah ihn liebevoll an. »Setz ihm ruhig einen Heiligenschein auf, dem Herrn Walzerkönig.« Sie seufzte. »Aber denk an das, was ich dir gesagt habe, Schani-Bub!« Sie winkte ihm zu und verschwand durch das Tor im Inneren des *Hirschenhauses*.

Kaunitz hielt die Kabinentür auf und wartete, bis Strauss eingestiegen war.

»Wie viele Musiker haben Sie für den Abend beim *Dommayer* ausgesucht?«

»Bis jetzt sind es 25, aber dabei wird es nicht bleiben!«

»Sie brauchen noch mehr?« Kaunitz zeigte sich beeindruckt. Er hatte keine Ahnung, wie viele Musiker man für ein Orchester benötigte, geschweige denn wie hoch der Verdienst an einem Abend war.

»Eher weniger.« Strauss lächelte verschmitzt. »25 sind zu viel. Mir kommen nur die besten ins Orchester! Ich darf bei der Vorbereitung für diesen Abend nichts dem Zufall überlassen!«

»Das bedeutet, Sie wollen noch aussieben?«

»So ist es! Und es gibt noch viel mehr zu tun!« Strauss hielt einen dünnen Umschlag in die Höhe. »Darin sind alle Unterlagen, die ich für die *Soireé Dansante* benötige. Die Namen der Musiker, Texte für die Presse und fertig gesetzte Noten. Bis zum 15. Oktober ist nicht mehr viel Zeit!«

»Also dann!« Kaunitz kletterte auf den Kutschbock und griff nach den Zügeln. »Wohin geht's zuerst?«

»Zum Musikantenbeisl in die Josefstadt!«

Aus den Augenwinkeln konnte Kaunitz die schwarze Dame erkennen. Immer noch stand sie reglos an der Straßenecke, ungeachtet des geschäftigen Treibens in der Taborstraße.

»Worauf warten Sie, Kaunitz?«, rief Strauss aus der Kabine nach vorn. »Wollen Sie riskieren, dass mir mein Vater die besten Musiker vor der Nase wegschnappt?«

65

Haas schwirrte der Kopf. Sämtliche von Dora Hausers Briefen an ihre Mutter hatten von Johann Strauss gehandelt. Seit seinem Gespräch mit Emilie Trampusch war er überzeugt, dass nur Johann Strauss Vater gemeint sein konnt. Der Name Strauss begleitete ihn mittlerweile überall hin, verfolgte ihn bis in seine Träume und füllte seine Arbeitstage aus.

Kribbelnde Unruhe breitete sich in ihm aus. Zu viele Fragen waren offen. Welche Verbindung gab es zwischen Dora Hauser und Margarethe Grimm? In welcher Beziehung standen die beiden wirklich zu Johann Strauss? War der Mord an Franziska Michalek ebenfalls Teil der Causa? Und warum lagen die Tatorte so weit auseinander? Anna Strauss und Emilie Trampusch, die wichtigsten Frauen im Musiker-Clan, hatte er bereits befragt. Dennoch musste er unbedingt mit den beiden Musikern sprechen. Das hätte er längst tun sollen.

Haas spürte, dass die Ermittlungen ins Stocken gerieten. Er drehte sich im Kreis. In Wahrheit hatte er Zimmerl das Schreiben des Berichtes nur aufgehalst, weil er selbst auf der Stelle trat. Keinesfalls durfte der Assistent die Ratlosigkeit seines Vorgesetzten bemerken. Er musste sich erst selbst Überblick verschaffen, ehe er Zimmerl die weitere Vorgehensweise mitteilen konnte. Bei jedem seiner Fälle empfand er die Phase, in der alle Informationen auf ihn eintrommelten und ihn nicht zur Ruhe kommen ließen, als die anstrengendste. War es ihm erst einmal gelungen, das Knäuel aus Rätseln und vagen Vermutungen zu sortieren, konnte er konzentriert weiterarbeiten. Chaos und Unordnung waren der Hemmschuh jeder Ermittlung; die einzige Voraussetzung für effiziente Kriminalarbeit war ein klarer Kopf.

Zimmerl hatte sich, nach anfänglichen Schwierigkeiten, ins Schreiben seines Berichtes vertieft und war für die nächsten Stunden beschäftigt. Haas nutzte die Zeit, um seine Gedanken zu ordnen. Das gelang ihm am besten bei einem Spaziergang auf der Bastei.

Die »Bastei«, wie die Wiener umgangssprachlich die gesamte Stadtbefestigung nannten, umgab als massives Bauwerk die gesamte Innere Stadt. Das Bauwerk war über die Jahrhunderte gewachsen, gestürmt, niedergerissen und wieder aufgebaut worden. Anfangs dienten die Mauern ausschließlich militärischen Zwecken zur Verteidigung und durften nicht betreten werden. Nach und nach wurde die Bastei belebt; erst durch kleine Häuschen, die die Stadtwache als Quartiere nutzte. Nach Auflösung der Stadtwache erwarben Private die kleinen Gebäude und funktionierten sie zu Wohnsitzen um. Kaiser Joseph II. erlaubte schließlich der Wiener Bevölkerung, die gesamte Bastei als Spazierweg zu nutzen. Die breite Befestigungsanlage wurde bepflanzt, mit Bäumen, Wegen und Alleen gärtnerisch gestaltet und diente den Wienern als Naherholungsgebiet mit traumhafter Aussicht.

Haas liebte den Blick von der erhöhten Bastei auf die Innere Stadt und die Vorstädte. Er entschied sich für seine Lieblingsroute. Er betrat die Bastei beim *Müller'schen Gebäude* an der Rotenturmstraße und wandte sich westwärts auf den Stadtwall. Vor ihm lagen das Invalidenhaus, die Kanonenbohrerei und das Tierarznei-Institut sowie das große Münzgebäude. Hinter dem Sommerpalast des Fürsten Schwarzenberg erhoben sich das Belvedere und die Karlskirche. Haas blieb stehen und betrachtete den pompösen

Barockbau. Er konnte weder der Karlskirche noch einem anderen Gotteshaus etwas abgewinnen. Ob heilige Beichte oder Vater-Unser – für Haas waren es nicht mehr als Rituale ohne Inhalt. So kalt ihn die immer gleichen Abläufe der Gottesdienste ließen, so beklemmend war das Gefühl, das ihn beim Anblick einer Kirche beschlich. Sein Vater war Geistlicher gewesen, die Mutter eine einfache Magd. Während seiner gesamten Kindheit war der Vater ein namenloses Phantom geblieben, das ihm, dem ledigen Kind, nichts als Spott und Häme eingebracht hatte. Die Mutter war, obgleich von der Kirche als Sünderin an den Pranger gestellt, als fromme und gottesfürchtige Frau gestorben. Erst nach ihrem Tod waren in einer Truhe Briefe aufgetaucht, vom Geistlichen für seine Geliebte und das unbekannte Kind verfasst. Der Inhalt war nichtssagend und oberflächlich gewesen, mit keinem Wort hatte der Herr Pfarrer den Willen bekundet, zu seiner Familie zu stehen. Haas hatte sie allesamt verbrannt, sobald seine Mutter zu Grabe getragen worden war.

Er setzte seinen Spaziergang fort und rief sich die Gespräche mit den Hinterbliebenen der Toten ins Gedächtnis. Ihre Reaktionen auf den Namen Strauss. »Der verdirbt mir das Mädel noch mit seiner Musik«, hatte Bäckermeister Grimm gewettert. »Ich hätte es wissen müssen«, waren Frau Hausers erste Worte gewesen. Nichts davon war wohlwollend. Der Ball der Mediziner. Bei beiden Morden tauchte die Ballspende dieser Veranstaltung auf; sie war, neben dem Namen Johann Strauss, das Verbindungsglied. Der Ball in den Redoutensälen musste eine zentrale Rolle im Leben der Opfer gespielt haben, aber welche? Haas konnte sich keinen Reim darauf machen. Weder Dora Hauser noch Margarethe Grimm waren dort gewesen. Mittlerweile konnte er von der Bastei aus das *Theater an der Wien* sehen, den Palast des Fürsten Auersperg, das neue Kriminalgefängnis am Alsergrund und das Allgemeine Krankenhaus. Ruckartig hielt Haas an. Das Allgemeine Krankenhaus! Arbeitsplatz Dutzender Mediziner! Louise Hofstätter, die kurz vor der Niederkunft vergiftet worden war? Haas massierte seine Schläfen, um die beginnenden Kopfschmerzen zu vertreiben. Louise Hofstätter hatte das Allgemeine Krankenhaus mit heftigen Blutungen erreicht und war wenig später verstorben. Ihr eigener Mann, ein hoch angesehener Mediziner, hatte sie nicht retten können. Haas spürte, wie sein Puls sich beschleunigte. Zwar war bei Louise Hofstätters Leiche keine Ballspende gefunden worden, dennoch war die Verbindung unübersehbar! Louise war die Frau eines Mediziners. Gemeinsam hatten sie den Ball in den Redoutensälen besucht. Der Mörder hatte eine Spur gelegt und er, Haas, hatte sie übersehen. Endlich blinkte im dunklen Chaos ein heller Funken auf. Haas beeilte sich, von der Bastei wieder hinab in die Stadt zu gelangen. Das Motiv der Morde musste mit Musik und Tanz zu tun haben. Doktor Hofstätter war als Schirmherr des Medizinerballes und begeisterter Tänzer seit Jahren jedes Mal in den Redoutensälen anzutreffen. Haas erinnerte sich an den Artikel im *Wanderer*: »Der Abend war ein voller Erfolg, die Kapelle hatte das Publikum aufgeputscht und in tänzerische Ekstase versetzt.« Er schauderte, als ihm die Tragweite der Causa bewusst wurde. Niemand geringerer als Johann Strauss hatte die Musiker dirigiert. Ein Mann, der nicht einmal seiner eigenen Geliebten die Treue hielt. Neun Monate später war eine Frau hochschwanger vergiftet worden.

66

Aus dem Wirtshaus *Zur Stadt Belgrad* strömte trotz der frühen Stunde ein Duftgemisch aus Zwiebeln, Bierdunst, Gulasch und Schweiß. Die dreckigen Fenster waren von innen verdunkelt, auf dem Trottoir hatte jemand direkt vor dem Eingang seine Notdurft verrichtet. Das Musikantenbeisl wirkte von außen wie eine jener Stätten, aus denen bereits zu Sonnenaufgang Saufbolde torkelten. Hätte Kaunitz nicht gewusst, dass hinter den schmierigen Fenstern nicht nur die besten Geiger der Stadt, sondern auch sein Freund aus Kindertagen zu finden waren, er hätte einen großen Bogen um das Lokal gemacht. Ein Hauch von Bienenwachs hatte sich unter die derbe Duftfahne gemischt und verriet, dass das Lokal voller blank polierter Instrumente war. Strauss und Kaunitz betraten das Wirtshaus. Diesmal gestaltete sich der Empfang weitaus angenehmer als bei ihrem ersten Besuch. Die Musiker grüßten und zollten Strauss mit dem Klopfen auf ihre Instrumentenkoffer Respekt. Der teilte mitgebrachte Noten aus, fachsimpelte mit dem einen oder anderen Streicher und griff zu seiner eigenen Violine. Wie sein Vater hatte er es sich angeeignet, abwechselnd mit dem Geigenbogen zu dirigieren und selbst zu spielen. Tische wurden zur Seite geschoben und Stühle im Halbkreis aufgestellt. Die Musiker nahmen Platz und harrten der Anweisungen des jungen Schani. Der berüchtigte Wickerl Haimburger, vor dem Tante Pepi gewarnt hatte, war nicht unter den Anwesenden.

Strauss stellte den geplanten Ablauf des Abends vor und feilte dann hoch konzentriert an der Idealbesetzung seines jungen Orchesters. Immer wieder probte er einige seiner Kompositionen mit unterschiedlichen Musikern, verfeinerte gewisse Stellen und machte sich dabei Notizen. Einige Violinisten polierten zwischendurch ihre Instrumente, andere zogen neue Saiten auf oder unterhielten sich bei einem Glas Wein oder Bier. Kaunitz hatte eigentlich vorgehabt, während der Proben in die Stadt zurückzukehren und sich nach seiner beantragten Plakette zu erkundigen. Doch Josef Klampfl, der Wirt mit der Vorliebe für spontane Reime, empfing ihn freudestrahlend und stellte zwei Gläser frisch gezapftes Bier vor ihn auf den Tresen. Daneben lag die neueste Ausgabe der *Wiener Zeitung*. Kaunitz wollte sie aufschlagen und ein bisschen darin lesen, aber Klampfl plauderte wie ein Wasserfall und beanspruchte seine ganze Aufmerksamkeit.

»Wie geht's dem alten Sterz?«, fragte er, griff zu seinem Glas und reimte.

»Leidet einer deiner Gäule
an Kolik oder Fäule,
der Sterz und seine Kräuter
die helfen sicher weiter!«

Kaunitz nippte an seinem Glas und grinste. »Sterz ist immer noch der Alte, die Pferde sind das Wichtigste in seinem Leben! Ohne die Viecher wäre es schlecht um ihn bestellt.« Noch bevor er den Satz zu Ende gesprochen hatte, überkamen ihn Gewissensbisse. Wenn er genau wusste, was Sterz glücklich machte, warum hatte er es ihm dann genommen? War es die richtige Entscheidung gewesen, den alten Stallmeister in Mariahilf zurückzulassen? Warum hatte er nicht darauf bestanden, dass Sterz ihn in die Leopoldstadt begleitete? Er wusste nicht, wie lange ihm Sandor als Stallgehilfe zur Verfügung stand. Ohne ihn würde es schwierig werden, allein vier Tiere zu versorgen und sich zugleich um das Fiakergeschäft zu kümmern. Kaunitz drehte sein Glas in den Händen und fühlte sich mit einem Mal elend. Sterz hatte immer nur das Beste für ihn gewollt. Er hatte liebevoller für ihn gesorgt als sein eigener Vater, war für ihn da gewesen, wann immer er Hilfe benötigt hatte. Jetzt war es an der Zeit zurückzugeben, was er bekommen hatte. Und was hatte er getan? War in seinem Selbstmitleid versunken, ohne an das Leid anderer zu denken.

»Wenn Läuse über deine Leber laufen
dann sollst du reden und nicht saufen!
Probleme kann man nicht ertränken,
auch wenn's die meisten Leute denken.«

Klampfl sah ihn eindringlich an. »He, Fünfundzwanziger!« Er stupste ihn am Oberarm. »Was hast du?«

Kaunitz schüttelte den Kopf so heftig, als könne er seine Probleme damit vertreiben. »Nichts«, er winkte ab, »ich denke nur nach.« Er trank sein Glas halb leer und wischte sich mit dem Handrücken Schaum von den Lippen. Dann kam ihm eine Idee. Klampfl kannte halb Wien; vielleicht konnte er ihm etwas über die Ballspenden sagen, die bei den ermordeten Frauen gefunden worden waren.

»Kennst du den Ball der Mediziner?«, wechselte er das Thema. Der Wirt lachte auf. »Wer kennt den nicht? Der findet jedes Jahr in den Redoutensälen statt. Aber«, er neigte sich über die Bar zu Kaunitz, »für diese Art von Vergnügen haben wir beide den Arsch zu weit beim Boden! Der ist für die Großkopferten!« Er griff nach seinem Geschirrtuch, das er lässig über die Schulter geworfen hatte, und begann, Gläser zu polieren. »Warum fragst du? Soll ich dir eine Karte organisieren?« Er lachte trocken.

Kaunitz wehrte ab und griff in seine Manteltasche, um die Ballspende herauszuholen. Klampfl hatte zwar noch nicht in den Redoutensälen getanzt, kannte aber vielleicht jemanden, der Ballspenden dieser Art herstellte. Kaunitz' Finger griffen jedoch ins Leere; er hatte vergessen, dass Haas ihm das Notizbüchlein in der Polizei-Oberdirektion abgenommen hatte. »Verdammt«, fluchte er.

»Was ist?«

»Ich wollte dir ein Buch zeigen«, murmelte er, mehr zu sich selbst, »bin auf der Suche nach etwas. Komplizierte Sache.« Er griff nach seinem Glas und trank es in einem Zug leer. »Ist aber nicht so wichtig. Vergiss es.« Es war besser, nicht auch noch Klampfl in die Sache hinein zu ziehen.

»Sag einmal, hast du heute schlecht geschlafen?« Klampfls Laune sank augenblicklich. »Was ist denn mit dir los? Brabbelst lauter unzusammenhängendes Zeug!« Offenbar hatte er sich den Plausch mit seinem Jugendfreund anders vorgestellt. Klampfl warf sich das Geschirrtuch wieder über die Schulter und verschwand im Getränkelager hinter der Theke. Kaunitz griff nun doch zur Zeitung und überflog die Schlagzeilen.

»Am dritten Oktober fand die erste Probefahrt der k.k. Staatseisenbahn zwischen Graz und Bruck mit dem zweiten Dampfwagen statt«, stand dort. »Milde Gaben für die durch beispiellosen Hagelschlag gänzlich verarmten Bewohner des Ortes Gastern werden im Comptoir dieser Zeitung noch immer bereitwilligst angenommen.«

Die Musiker spielten einen Walzer. Auf den Noten des nächstgelegenen Notenständers konnte Kaunitz den Titel *Loreley-Rheinklänge* entziffern. Eine der beliebtesten Kompositionen von Johann Strauss Vater. Klampfl polierte mittlerweile lustlos die Theke und ignorierte Kaunitz.

»Nein, nein, nein!« Strauss unterbrach jäh das Stück und tippte mit seinem Geigenbogen auf das Notenblatt. »Wir brauchen hier unbedingt Klarinette und Horn! Ganz besonderes Augenmerk bitte auf die Einleitung!«

Kaunitz seufzte. Er würde hier noch länger festsitzen. So hatte er sich den Vormittag nicht vorgestellt. Wieder blätterte er um und überflog lustlos die Zeitung. Bei einer Anzeige blieb sein Blick hängen:

»Pferde-Besitzern höchst unentbehrlich! Tendler & Schäfer, Buchhändler in Wien, am Graben, Trattnerhofe Nr. 618, erhielten soeben ...«

Die restlichen Zeilen las er nicht mehr. Kaunitz faltete die Zeitung zusammen und verließ grußlos das Lokal. Er hatte eine Idee.

67

Die Bürotür wurde aufgerissen. Nussbaum salutierte zackig.
»Zwei Damen möchten Sie sprechen!«
»Nussbaum!« Haas, soeben noch in eine Akte vertieft, schreckte hoch und schlug verärgert mit der Handfläche auf seinen Schreibtisch. »Wann lernen Sie es endlich?«
Der junge Polizist zuckte zusammen und lief bis über beide Ohren rot an. »Bitte um Verzeihung, Wachtmeister Haas, ich dachte, es sei dringend.« Er wirkte zerknirscht.
»Auch bei dringenden Angelegenheiten betreten Sie mein Büro nicht, ohne vorher anzuklopfen! Habe ich mich klar ausgedrückt?«
Nussbaums Gesicht war mittlerweile purpurrot vor Scham. Er nickte. Seufzend schob Haas die Akte beiseite.
»Um wen handelt es sich bei der ersten Dame?«
»Um Anna Strauss.«
Haas runzelte die Stirn. »Die Ehefrau oder die Tochter des Walzerkönigs?«
»Die Ehefrau, Wachtmeister!«
Damit hatte er gerechnet. »Und wer ist die zweite?«
»Maria Pospischil, Hilfsköchin in der Hofburg«, kam es wie aus der Pistole geschossen.
Haas überlegte kurz. »Hat Maria Pospischil gesagt, weshalb sie mich sprechen will?«
Nussbaum lief rot an und senkte beschämt den Blick.
»Was?«, hakte Haas nach. Mittlerweile hatten sich sogar

die Ohren des Aspiranten dunkelrot gefärbt. Haas trat näher an den jungen Polizisten heran. »Nussbaum?« Der junge Mann blinzelte nervös. Haas hatte einen Verdacht. »Sie kennen Maria Pospischil, habe ich Recht?«

Immer noch vermied Nussbaum es, Haas anzusehen. Er nickte stumm.

»Schließen Sie die Tür!«

Der Aspirant tat, wie ihm geheißen.

»Und jetzt raus mit der Sprache!«

»Maria und mein Bruder ... also ...«, Nussbaum stockte und knetete nervös seine Finger. Er nahm einen neuen Anlauf. »Mein Bruder ist ebenfalls Polizist.«

»Wo ist er stationiert?«

»Er ist Aspirant«, korrigierte Nussbaum sich. »Während der nächsten Monate leistet er Bereitschaftsdienst.«

»Wo ist er stationiert?«, hakte Haas ungeduldig nach.

Nussbaum sackte mehr und mehr in sich zusammen. »Am Eingang des Eiskellers unter der Hofburg.«

Haas erinnerte sich an den Tag, als er mit Zimmerl in den Eiskeller hinabgestiegen war. Maria Pospischil hatte sie zu Dora Hausers Leiche geführt. Er sog scharf die Luft ein, als ein Bild vor seinem geistigen Auge auftauchte: Der kantige Kerl mit den stechend blauen Augen. Haas war sicher gewesen, dass er dem jungen Mann schon zuvor begegnet war. Er musterte Nussbaum, der immer noch mit gesenktem Haupt vor ihm stand und schwieg.

»Maria und Ihr Bruder«, wiederholte er Nussbaums Worte und rief sich die Situation ins Gedächtnis. Er hatte Maria Pospischil gefragt, ob jemand sie in den Eiskeller begleitet hatte. Sie hatte verneint und es vermieden, ihn anzusehen. Der junge Mann – offensichtlich Nussbaums Bruder – war errötet.

»Maria war gar nicht im Keller, um die Fleischvorräte zu überprüfen«, schlussfolgerte Haas.

Nussbaum schüttelte den Kopf.

»Sie hat gelogen. Ich hätte es wissen müssen!« Haas seufzte und massierte mit Daumen und Zeigefinger die Nasenwurzel. »Niemand schickt eine junge Frau alleine in einen Eiskeller! Es ist unmöglich, alleine einen Lastenaufzug zu bedienen, um Vorräte aus einem tiefer gelegenen Keller zu holen. Man muss mindestens zu zweit sein.«

»Sie waren zu zweit«, wisperte Nussbaum.

»Ja, allerdings!« Haas schüttelte tadelnd den Kopf. »Maria war nicht allein im Eiskeller, sondern mit Ihrem Bruder! Er hat seinen Posten verlassen und sie hat sich unter einem Vorwand aus der Hofküche gestohlen. Was auch immer sie dort gemacht haben: es hatte nichts mit Vorräten zu tun!«

Er runzelte die Stirn. »Sind Sie sicher, dass Maria mir *das* beichten wollte?«

»Die beiden waren abgelenkt.« Nussbaum räusperte sich. »Sie haben erst später bemerkt, dass in der Zwischenzeit noch jemand außer ihnen den Eiskeller betreten haben muss.«

Haas erstarrte. »Sie meinen, der Mörder konnte ungehindert im Eiskeller aus und ein gehen?« Er sah Nussbaum fassungslos an. »Dora Hauser wurde vielleicht ermordet, als ihr Bruder und Maria im Keller waren?« Er versuchte, ruhig zu bleiben.

»Bitte verraten Sie sie nicht, Wachtmeister!« Nussbaum blickte Haas flehentlich an. »Die beiden wollen im nächsten Jahr heiraten! Wenn jemand erfährt dass sie ihre Pflichten vernachlässigt haben, verlieren beide ihre Anstellung!«

»Ich denke darüber nach!« Haas seufzte. »Schicken Sie Maria nach Hause«, er gab Nussbaum einen Wink, »und führen Sie Anna Strauss herein!«

Der Polizist nickte eifrig und huschte nach draußen.

Haas stand auf und umrundete seinen Schreibtisch. Zaghaftes Klopfen war zu vernehmen. Nussbaum war zurückgekommen. Er blickte schuldbewusst drein und führte die erste Besucherin ins Büro. »Frau Strauss, Wachtmeister Haas.« Er nickte den Anwesenden zu, zog sich diskret zurück und schloss so leise wie möglich die Tür.

»Frau Strauss!«, Haas deutete eine Verbeugung an, »was kann ich für Sie tun?«

Ohne seine Begrüßung zu erwidern oder auf eine einladende Geste zu warten, nahm Anna Strauss am Besucherstuhl vor dem Schreibtisch Platz. »Wann hört das endlich auf?«

Haas musterte sie. Auch heute trug die Ehefrau des Walzerkönigs ein schwarzes hochgeschlossenes Kleid. Sie wirkte nervös und übermüdet; ihre Wangen waren eingefallen. Dennoch war ihre Haltung aufrecht und stolz.

»Wovon reden Sie?« Er setzte sich ebenfalls und verschränkte die Hände auf der Tischplatte. »Wann hört was endlich auf?«

Frau Strauss legte ein in Seidenpapier eingeschlagenes Päckchen neben den Aktenstapel und deutete mit dem Kinn darauf. »Sehen Sie selbst!« Sie schob es Haas zu.

Er schlug das Papier zurück und runzelte die Stirn. Vor ihm lag eine weitere Ballspende; ein Buch mit rotsamtenem Einband. »Woher haben Sie das?«

»Es lag auf dem Nachtkästchen meiner Tochter Anna.«

Frau Strauss sah Haas abwartend an. »Erklären Sie mir, was das soll?«

Haas hob abwehrend die Hände. »Ich wünschte, das könnte ich, Frau Strauss.« Er öffnete den Fächer; auf der letzten Seite stand, wie bei allen anderen Ballspenden, die bisher aufgetaucht waren, der Name »Johann Strauss«.

»Sie haben mir also nichts zu sagen?« Anna Strauss' Oberkörper war nach vorne gebeugt; ihre dunklen Augen funkelten vor Zorn. Ehe Haas antworten konnte, stand sie auf. »Dann sage ich Ihnen etwas.« Sie stützte sich auf die Sessellehne. »Meine Tochter Anna ist verschwunden. Sie hat sich weder von ihrer Familie verabschiedet noch hat sie eine Nachricht über ihren Verbleib hinterlassen.« Rote Flecken breiteten sich auf ihren Wangen aus. Sie atmete einige Male tief ein und aus, bevor sie weitersprach. »Ein Mörder geht um, und die Polizei tritt auf der Stelle! Die Frauen in Wien fürchten sich, Herr Wachtmeister! Verstehen Sie das denn nicht?«

»Ich verstehe Ihre Besorgnis, Frau Strauss, aber ...«

»Nein!« Sie schüttelte energisch den Kopf. »Nein! Sie verstehen überhaupt nichts!« Ihre Stimme wurde lauter.

»Die ganze Stadt spricht von den Frauenmorden! Alle anderen Gesprächsthemen treten in den Hintergrund. Ein Mörder zieht durch Wien, und niemand weiß, wen er als Nächstes ins Jenseits befördert! Und was am schlimmsten ist: Der Name Johann Strauss ist eng mit den Morden verbunden!« Ihre Kiefermuskeln traten hervor. »In wenigen Tagen soll die *Soireé Dansante* meines Sohnes beim *Dommayer* in Hietzing stattfinden. Auf dem Weg zu Ihrem Büro wollte ich eine Annonce aufgeben, um das Ereignis anzukündigen. Wissen Sie, was man mir mitteilte?«

Haas schüttelte den Kopf.

»Ich solle mich vorrangig darum kümmern, den Namen Johann Strauss wieder reinzuwaschen!« Anna Strauss' Stimme kippte. »Für einen Musiker, dessen Name in Zusammenhang mit Frauenmorden steht, wolle man nicht werben!«

Haas verstand. Er atmete tief ein und aus, bevor er antwortete. »Das Leben der jungen Frauen ist also zweitrangig, wenn ich Sie richtig verstehe. Der Ruf Ihres Sohnes hat oberste Priorität.«

Anna Strauss starrte ihn entgeistert an. »Es mag Ihnen seltsam erscheinen«, ihre Stimme war eisig, »aber das Leben meines Sohnes Johann ist mir ebenso wichtig wie das meiner Tochter Anna! Johann lebt für die Musik. Wenn es Ihnen nicht gelingt, den Mörder zu finden, bleibt der Name Strauss in den Köpfen der Leute auf ewig mit den Morden verbunden. Ich bin nicht gewillt, Schanis Traum Ihrer Unfähigkeit zu opfern!«

»Was ist mit Ihrem Mann?«, warf Haas eine neue Theorie in den Ring. »Sehr wahrscheinlich wird er es nicht dulden, dass sein Sohn ihm den Rang streitig macht. Könnte der Täter in seinen Reihen zu finden sein?«

Anna Strauss zog die Brauen zusammen. »Sie fragen mich um Rat?«

Haas ignorierte den Hohn in ihrer Stimme. »Möglicherweise greift er zu unlauteren Mitteln, um die Konkurrenz kleinzuhalten. Sie kennen das Umfeld Ihres Mannes. Könnten Sie sich vorstellen, dass unter den aufgezählten Personen ein Mörder zu finden ist?«

Anna Strauss schüttelte heftig den Kopf. »Keinesfalls. Ich kenne alle Geschäftspartner meines Mannes persönlich. Hin und wieder gibt es Differenzen; das Musikgeschäft ist beinhart, man muss seinen Mann stehen. Die Revierstreitigkeiten zwischen meinem Gatten und Josef Lanner waren teils nervenaufreibend und wollten kein Ende nehmen, dennoch ...«

»Josef Lanner ist im Vorjahr verstorben, wenn ich mich recht entsinne.« Haas sah Anna Strauss prüfend an.

»Sie sollten sich besser informieren, Wachtmeister.« Anna Strauss lachte trocken. »Josef Lanner ist an Nervenfieber verstorben. Typhus. Mein Mann hatte damit nichts zu tun.«

Haas drehte den Bleistift zwischen den Fingern.

»Sie sagen, das Musikgeschäft ist enervierend und verlangt nach größtmöglichem Einsatz. Was ist mit Anna?«, hakte Haas nach. »Hat sie ebenfalls einen Traum, für den Sie kämpfen?«

Anna Strauss sah ihn entgeistert an. »Ich bin froh, wenn sie überlebt, Wachtmeister! Bisher mussten alle Frauen, die diese

Ballspende erhalten haben, sterben! Dieses Büchlein bedeutet den Tod!« Ihr Zorn war verflogen; jetzt war ihr Blick angsterfüllt. »Es ist des Teufels! Ein Vorbote des Todes! Was würden Sie an meiner Stelle tun, wenn Ihre Tochter verschwunden wäre und dieses Teufelszeug auf ihrem Nachttisch läge?«

Haas hob beschwichtigend die Hände. »Wir ermitteln in alle Richtungen, Frau Strauss.« Haas wusste, wie wenig beruhigend das klang. Es war nur eine andere Art zu sagen, dass er im Dunkeln tappte. Er überlegte kurz. »Gibt es denn gar keinen Ort, an dem sich Ihre Tochter aufhalten könnte? Haben Sie schon überall nach ihr gesucht?«

Sie ließ sich erschöpft zurück auf den Stuhl sinken. Aller Stolz war aus ihr gewichen. Vor Haas saß eine gebrochene, rasch gealterte Frau.

»Anna ist eine Rebellin.«

»Was meinen Sie damit?«

Frau Strauss vergrub das Gesicht kurz in den Händen, bevor sie weitersprach. »Sie ist nicht auf meiner Seite, was den Konflikt mit meinem Mann betrifft.«

Haas lehnte sich zurück. Die Nachricht, dass Anna Strauss die Scheidung eingereicht hatte, war erst durch alle Amtsstuben und dann durch ganz Wien geistert.

»Sie meinen, Ihre Tochter könnte bei ihrem Vater untergekommen sein?«

Anna Strauss nickte matt. »Das wäre möglich.«

»Wusste sie, dass Sie die Scheidung eingereicht haben?«

»Natürlich. Ich habe meine Kinder darüber informiert. Ich wollte nicht, dass sie es von jemand anderem erfahren.«

»Bisher wurden diese Ballspenden«, er deutete auf das Büchlein, das immer noch zwischen ihnen am Tisch lag, »tatsächlich ausschließlich bei ermordeten Frauen gefunden.«

Haas drehte seinen Bleistift in den Händen und überlegte fieberhaft. Warum auch die Tochter des Walzerkönigs eine Ballspende erhalten hatte, konnte er sich nicht erklären. Bisher hatte der Mörder nur Außenstehende bedacht. Mit der jungen Anna Strauss rückte das Verbrechen näher an die Familie des Komponisten heran. Er konnte beim besten Willen kein Muster erkennen.

»Gesetzt den Fall, dass Ihre Tochter sich tatsächlich bei ihrem Vater aufhält, aus welchen Gründen auch immer«, er sah Anna Strauss in die Augen, »dann wäre sie dort am sichersten.«

»Wie bitte?« Sie lachte trocken. »Das kann unmöglich Ihr Ernst sein, Herr Wachtmeister!« Sie wartete, dass er etwas entgegnete. Als er nichts sagte, schüttelte sie ungläubig den Kopf. »Ich fasse es nicht! Mein Mann hockt mit dieser Schlampe Trampusch und ihrer Brut in einer Stadtwohnung. Er hat jahrelang alles getan, um seine legitime Familie zu zerstören. Er lässt uns finanziell ausbluten, schert sich einen Dreck um mich und die Kinder. Und Sie wollen mir weismachen, meine Tochter wäre dort gut aufgehoben?«

Haar verschränkte die Arme. »Ihr Mann hat Sie betrogen, verlassen und Ihnen den Geldhahn abgedreht.«

Anna Strauss wollte ihm ins Wort fallen, aber Haas hob die Hand. »Er lässt keine Gelegenheit aus, um Sie öffentlich zu demütigen. In all diesen Punkten stimme ich Ihnen zu. Aber er hat zu keinem Zeitpunkt Ihr Leben oder das Ihrer Kinder bedroht, ist das richtig?«

Anna Strauss funkelte ihn zornig an und presste die Lippen aufeinander. Ihre Nasenflügel bebten.

»Wie Sie bereits sagten: Das Leben Ihrer Tochter ist bedroht. Das lässt sich nicht beschönigen. Wer auch immer ihr das Büchlein zugesteckt hat, will ihr an den Kragen. Im besten Fall weiß der Mörder jedoch nicht, wo sich Ihre Tochter momentan aufhält.«

»Ich weiß es *auch* nicht!«, presste Anna Strauss hervor.

»Aber Sie haben einen Verdacht!«, korrigierte Haas. »Wenn Anna sich tatsächlich in der Kumpfgasse aufhält, ist sie vor dem Mörder sicher!«

Frau Strauss erhob sich und strich ihr Kleid glatt. »Was werden Sie tun, um meine Tochter zu schützen?«

Haas erhob sich ebenfalls. »Zunächst gilt es herauszufinden, woher sie das Büchlein hat. Vielleicht hat jemand es ihr geschenkt, lange bevor diese Exemplare bei Frauenmorden aufgetaucht sind.«

Anna Strauss war nicht überzeugt; auch er selbst glaubte nicht an diese Möglichkeit. »Man darf nichts ausschließen. Ihre Tochter ist die einzig Lebende, bei der die Ballspende gefunden wurde. Noch können wir sie fragen, wer es ihr zugesteckt hat.«

»Und danach?«

»Danach sollten Sie Frau Trampusch bitten, Ihrer Tochter Anna so lange wie möglich Unterschlupf zu gewähren!«

»Ha!« Anna Strauss legte den Kopf in den Nacken. »Den Teufel werde ich tun, diese Schlampe um etwas zu bitten!«

»Dann übernehme ich das«, lenkte Haas ein. »Vielleicht werden Sie Emilie Trampusch eines Tages dankbar sein.« Er sah Anna Strauss eindringlich an. »Das ist die einzige Möglichkeit, um Ihre Tochter am Leben zu erhalten.«

68

Haas verstaute das Büchlein in einer Lade seines Schreibtisches, sobald Anna Strauss das Büro verlassen hatte. Dann erhob er sich und sah aus dem Fenster. Sein Büro im obersten Stock des Gebäudes war direkt zur Kuppel der Peterskirche ausgerichtet. Die Peterskirche war eine der beliebtesten der Stadt; in der Karwoche strömten Tausende Wiener hierher, um ihre Andacht zu verrichten. Wann hatte er eigentlich zuletzt die heilige Messe besucht? Haas konnte sich nicht erinnern. Er verschränkte die Hände hinter dem Rücken und begann, im Zimmer auf und ab zu gehen. Es lief nicht gut für ihn. Alles andere als gut. Er hatte vorgehabt, Amberg in der *Causa Strauss* mit Ergebnissen zu beeindrucken und den Fall schnellstmöglich zu lösen. Um überhaupt Chancen auf eine Versetzung nach Triest zu haben, musste ihm sein Vorgesetzter wohlgesonnen sein. Das Gegenteil war der Fall. Durch die Befragung dieses Fiakerfahrers hatte er sich Ambergs Ärger zugezogen. Die Aktion war überstürzt gewesen, unüberlegt und impulsiv. Unvereinbar mit jeglicher Ermittlungs-Etikette. Diesmal hatte Amberg ihn noch mit Konsequenzen verschont; eine zweite Panne konnte er sich nicht leisten. Er musste in der Causa vorwärtskommen. Haas warf einen Blick auf Zimmerls Bericht und stöhnte. Sein Assistent war tatsächlich unbrauchbar für jegliche Büroarbeit. Die Zeilen waren unleserlich hingekrakelt, die zeitliche Abfolge wies etliche Lücken auf. Haas legte das Blatt beiseite und setzte sich an den Schreibtisch. Er griff zu einem leeren Blatt Papier und einem Bleistift. In Gedanken trug er zusammen, was er bereits wusste.

»Opfer bisher alle weiblich. Hinweise auf Ball der Mediziner. Kein persönlicher Kontakt zwischen Opfern und Täter.« Er setzte den Stift ab und überlegte. War es wirklich so? Oder hatten die Opfer ihren Mörder gekannt, ihm vielleicht sogar vertraut? »Ballspenden als Beigabe.« Er hielt inne und sah zur Kuppel der Peterskirche. »Bisher wurden die Ballspenden bei Frauenleichen gefunden«, murmelte er zu sich selbst und tippte mit dem Stift auf das Papier, »entweder in ihrer Kleidung, wie bei Dora Hauser, oder …«

Erneut wurde die Tür aufgerissen. Haas schreckte hoch. »Nussbaum!«, wollte er brüllen, doch das Wort blieb ihm im Hals stecken. Niemand geringerer als Josef von Amberg stand in der Tür, seinen Patensohn Zimmerl hatte er im Schlepptau. Ambergs Miene war finster.

»Wir müssen reden, Haas!« Amberg baute sich vor Haas' Schreibtisch auf. Zimmerl, der ebenfalls das Büro betreten hatte, schloss die Tür hinter sich. Der Assistent war um eine neutrale Miene bemüht, dennoch war seine Erregung unübersehbar. Seine Ohren waren rot gefärbt, der Blick unruhig.

»Wie viele Frauen sollen noch sterben, bis Sie endlich den Täter finden?« Ambergs Stimme donnerte durch den kleinen Raum. Haas schluckte. Nun war eingetreten, was er befürchtet hatte: Amberg verlor die Geduld. Er konnte es ihm nicht verdenken. Metternich hatte die Zügel straff angezogen, der Polizei-Oberdirektor stand selbst unter Druck und musste dem Staatskanzler täglich Bericht erstatten. Er wollte Ergebnisse sehen, Haas jedoch konnte keine liefern.

Haas' Herzschlag beschleunigte sich. Sollte er Amberg beichten, dass er auf der Stelle trat? Wo sollte er ansetzen, um einen weiteren Mord zu verhindern? Noch eine Frauenleiche konnte er sich nicht leisten, so viel war sicher. Im schlimmsten Fall wäre Johann Strauss' Tochter die Nächste, die man aus einem kalten Gewässer oder Keller fischen würde; dann wäre seine Karriere beendet. Ihm blieb nur eine Chance: Er musste bei Amberg auf Zeit spielen und in der Zwischenzeit das Leben der jungen Anna Strauss schützen.

»Nussbaum hat berichtet, dass er soeben Frau Strauss in Ihr Büro geführt hat!« Ambergs Augen verengten sich zu Schlitzen. »Was war der Grund ihres Besuchs?«

Nussbaum. Haas spürte das Blut in seinen Ohren rauschen. Dieses kleine, verschlagene Landei hatte ihn ans Messer geliefert. Spekulierte er etwa auf eine Beförderung? Er würde ihn sich später vorknöpfen.

Haas vermied es, seinen Vorgesetzten anzusehen, und tat, als suche er eine wichtige Notiz auf seinem Tisch. Seine Hände zitterten. Amberg ballte ungeduldig die Hände zu Fäusten und stützte sich auf die Schreibtischplatte. Der intensive Duft seines Herrenparfums nahm Haas beinahe den Atem.

»Was der Grund ihres Besuches war, habe ich Sie gefragt!«

Zimmerl zuckte zusammen und kaute an seinen Nägeln.

Haas überlegte fieberhaft. Ihm blieb nur die Flucht nach vorn. »Eine weitere Ballspende ist aufgetaucht!«

»Sie meinen eine weitere Leiche?« Amberg war angespannt bis in die letzte Faser seines Körpers.

»Nein, dem Himmel sei Dank.« Haas schüttelte den Kopf. »Anna Strauss hat mir soeben berichtet, dass sie das Büchlein am Nachttisch ihrer Tochter gefunden hat.«

»Wo ist die Tochter jetzt?«

»Sehr wahrscheinlich hält sie sich in der Kumpfgasse auf. Ihr Vater bewohnt dort mit Emilie Trampusch und den gemeinsamen Kindern ...«

»Wäschermädel-Tratsch interessiert mich nicht! Konzentrieren Sie sich auf die Fakten, Haas!« Amberg schnaubte.

»Und streichen Sie Phrasen wie ›dem Himmel sei Dank‹ aus Ihrem Vokabular!« Er schüttelte fassungslos den Kopf. »Wir sind hier bei der Polizei, nicht in der Kirche!«

Einige Augenblicke herrschte Stille.

»Ich wollte soeben meinen Assistenten in die Kumpfgasse schicken«, nahm Haas den Faden wieder auf, »um sich vom Wohlbefinden der jungen Anna Strauss zu überzeugen!«

Amberg hob fragend eine Augenbraue, Haas hielt seinem Blick stand. Zimmerl ließ im Hintergrund vom Nägelkauen ab und straffte sich.

»Ich werde dem Lieferanten der Ballspenden einen Besuch abstatten, um an die Kundenkartei zu gelangen. Weiters bin ich soeben damit beschäftigt, die wesentlichen Charakterzüge des Täters zu deuten«, log Haas, der wusste, wie sehr Amberg fortschrittliche Kriminalistik bewunderte. Aus den Eigenschaften des Täters ein Profil zu formen, um gezielter nach ihm suchen zu können, war eine Neuheit auf dem Gebiet der kriminaltechnischen Arbeit.

»In weniger als«, Haas sah auf seine Taschenuhr, »einer Stunde bin ich zu einer Besprechung im Pathologischen Institut verabredet.«

Ambergs Blick war schwer zu deuten. Hatte er erkannt, dass Haas sich seine vermeintlich gut durchdachten Ermittlungsschritte aus dem Finger sog? Dass er nur vorgaukelte, alles im Griff zu haben, um seinen Kopf zu retten? Oder hatte er angebissen?

»Dünnes Eis, Haas!« Der Polizei-Oberdirektor stieß sich vom Schreibtisch ab und richtete sich auf. »Sie bewegen sich auf dünnem Eis!«

69

Kaunitz trieb seine Pferde von der Alservorstadt Richtung Stadtmitte. Er hatte zu viel Zeit im Musikantenbeisl vertrödelt. Schnell überschlug er die Fahrzeiten:
Von der Alservorstadt zum Graben war er 20 Minuten unterwegs gewesen, die Rückfahrt würde ebenso lange dauern. Strauss wollte ein letztes Mal vor der Soireé zum *Dommayer* fahren, dafür musste er eine Stunde einkalkulieren. Danach musste Sandor pünktlich zurück in die Strafanstalt gebracht werden. Ein straffer Zeitplan, den er nicht sprengen durfte. Kaunitz ermahnte sich zur Ruhe. Er wollte herausfinden, wo die Büchlein mit dem rotsamtenen Einband hergestellt worden waren. Es war nicht schwer zu erkennen, dass Wachtmeister Haas in dieser Hinsicht ebenso im Dunkeln tappte. Vielleicht gelang es ihm, der Polizei einen Schritt voraus zu sein.

Kaunitz hatte beschlossen, der Sache selbst auf den Grund zu gehen. Ein weiteres Mal würde er sich nicht in den Befragungskeller sperren lassen. Dazu musste er allerdings herausfinden, woher die Ballspenden tatsächlich kamen. Einige Wiener Buchhandlungen verfügten über angeschlossene Buchbinderei-Werkstätten. Wenn er in Erfahrung bringen konnte, wer der Hersteller dieser exklusiven Damenspende war, konnte er vielleicht das Kundenverzeichnis einsehen.

Bei *Singer und Göring* in der Wollzeile hatte er kein Glück gehabt. Ebenso wenig bei *Mörschner* am Kohlmarkt. Keiner der beiden verfügte über eine Werkstätte oder konnte ihm mit Namen weiterhelfen.

Kaunitz brachte die Pferde am Graben zum Stehen. Von Weitem winkte ihm Hahnreiter zu, der in der Fiakerreihe am Standplatz seine Pferde tränkte. Kaunitz winkte zurück und betrat eilig die Buchhandlung; er hatte heute keine Zeit zum Plaudern.

Die *Buchhandlung Franz Tendler und Schäfer* im Trattnerhof vereinte Verlag und Buchhandlung ein einem Gebäude.

Tendler und Schäfer war unter Pferdezüchtern und Fiakerfahrern bekannt für das große Angebot an Fachliteratur und Ratgebern. Holzregale waren bis unter die Decke gefüllt mit Büchern, an einer Wand prangte ein monströser, mit Blattgold verzierter Spiegelrahmen. Auf einem niedrigen Tisch waren Exemplare gestapelt, die frisch in der Buchhandlung eingetroffen waren.

»Matthias Blumhofer's theoretisch-practische Darstellung der Pferde- und Maultierzucht«, las Kaunitz. Daneben fanden sich Ratgeber zur »Pferdearznei-Wissenschaft«. Sterz war hier etliche Male stehen geblieben, hatte in den Büchern geschmökert und mit Gleichgesinnten gefachsimpelt, erinnerte sich Kaunitz. Einige der Angestellten waren bereits mit ihm gefahren. Warum hatte er nicht früher an das Geschäft gedacht?

»Wie kann ich Ihnen behilflich sein?« Ein näselnder Herr mit blauer Weste unter einem karierten Gehrock tauchte wie aus dem Nichts neben Kaunitz auf. Er neigte unterwürfig den Kopf. »Darf ich Ihnen eine unserer Neuerscheinungen ans Herz legen?« Er wieselte zu den Stapeln neben dem Eingang, doch Kaunitz schüttelte den Kopf.

»Ich brauche lediglich eine Auskunft.«

»Eine Auskunft?«, wiederholte der Angestellte pikiert.

»Ja. Werden in diesem Geschäft auch Damenspenden für Bälle hergestellt?«

Der Verkäufer lachte gekünstelt und winkte ab. »Wo denken Sie hin, mein Herr. Wir sind eine seriöse Buchhandlung, weitum bekannt für unser exquisites Sortiment! Damenspenden für Bälle gehören ins Schmuckkästchen, nicht ins Bücherregal! Ramsch und Kitsch führen wir hier nicht!«

Es fiel Kaunitz schwer, ruhig zu bleiben. Was bildete sich dieser Schnösel ein? »Vielleicht könnten Sie mir mit einem Namen weiterhelfen?«, fragte er. »Ist Ihnen ein Buchbinder bekannt, der winzige Büchlein als Damenspenden herstellt? Es ist wirklich wichtig, bitte!«

Der Verkäufer grinste schief. »Ich fürchte, Sie sind im falschen Geschäft, mein Herr! Mit weibischem Tand haben wir nichts am Hut! Auf Wiedersehen!«

»Das glaube ich kaum!«, presste Kaunitz hervor und verließ eilig das Geschäft. Wut brodelte in seinem Bauch. Was für eine Zeitverschwendung, sich von diesem Lackaffen belächeln zu lassen! Schon häufig hatten ihm Reisende ihr Leid mit den unfreundlichen Wienern geklagt. Er konnte ihnen nur beipflichten. Kaunitz stieß einen derben Fluch aus und kletterte auf den Kutschbock. Gerade als er seine Pferde vom Platz lenken wollte, hörte er jemanden rufen.

»Halt!«

Die Stimme kam aus der Buchhandlung. Kaunitz drehte sich um und sah, wie ein junger Mann mit Hosenträgern und aufgekrempelten Hemdsärmeln auf ihn zulief. Der Kerl war nicht älter als 20 Jahre. Strähniges Haar fiel ihm ins Gesicht. Völlig außer Atem blieb er dicht neben dem Kutschbock stehen, stützte seine Hände auf die Knie und verschnaufte kurz.

»Es war nicht zu vermeiden, Ihr Gespräch vorhin mitanzuhören«, japste der junge Mann und stützte sich mit der Hand an der Seitenwand der Kutsche ab. »Sie sind auf der Suche nach einem Buchbinder, der Damenspenden herstellt?«

Kaunitz nickte. »Es geht um ein bestimmtes Exemplar«, begann er zu erklären, aber der junge Mann hob die Hand.

»Falls Sie das Büchlein mit dem rotsamtenen Einband meinen ...«

Kaunitz riss die Augen auf. »Ja, genau dieses meine ich!«

»Da sind Sie ein paar Tage zu spät dran, fürchte ich. Anscheinend hat dieses Modell einen hohen Sammlerwert.« Er zuckte mit den Schultern. »Die gab es bei der *Schönen Wienerin* am Stock-im-Eisen-Platz. Das Geschäft stattet jedes Jahr mehrere Bälle mit exquisiten Ballspenden aus.«

»Bei der *Schönen Wienerin*?«, hakte Kaunitz nach und erinnerte sich an die Schaufensterpuppe, die er mit Elisabeth verwechselt hatte. »Woher wissen Sie das?«

»Meine Schwester ist dort Verschleißerin und hat es mir erzählt. Die Geschäftsleitung gibt die Damenspenden bei einer Manufaktur in Auftrag und stattet Bälle damit aus. Von den bestellten Exemplaren bleiben jedes Jahr ein paar Stücke übrig.«

»Und? Was ist damit?«

»Weg.« Sein Gegenüber zuckte mit den Schultern. »Sie sind alle weg.«

»Wurden sie verkauft? An wen?« Kaunitz riss die Augen auf.

»Nicht verkauft, sondern verschenkt.« Der junge Mann strich sich eine Haarsträhne aus der Stirn. »Die überzähligen Exemplare werden im Lager aufbewahrt und an besonders treue Kundschaften verschenkt.« Er kratzte sich am Kopf. »Es gibt tatsächlich Leute, die Ballspenden sammeln.«

»Und jetzt sind alle weg?«

»Nicht alle. Nur die mit dem rotsamtenen Einband.«

70

Haas brauchte ein paar Momente, um wieder klare Gedanken fassen zu können. Er stützte die Stirn in die Hand und schloss die Augen. Systematisches Vorgehen war gefragt, wenn er in der *Causa Strauss* nicht als Versager dastehen wollte. Er rief sich das Gespräch mit Doktor Hofstätter und Professor Wieseler ins Gedächtnis. Was waren die letzten Worte von Louise Hofstätter gewesen? Wienerin? Oder Dienerin? Etwas klingelte in seinem Kopf. Wienerin. So abwegig er das im ersten Moment als Hinweis empfunden hatte – immerhin lebten in dieser Stadt mehrere tausend Wienerinnen – so sehr beschäftigte ihn das Wort jetzt. Vielleicht waren damit nicht die Einwohnerinnen der Hauptstadt gemeint, sondern etwas anderes. Er zog die Liste zu sich heran, die ihm Amberg am Tag zuvor ausgehändigt hatte. Das Verzeichnis, auf dem die Lieferanten von Ballspenden aufgelistet waren. Haas fuhr mit dem Finger über die Zeilen und hielt den Atem an. Da war es!

Vor der Bürotür hallten Schritte auf dem Gang. Diesmal reagierte er, noch bevor ein Klopfen zu vernehmen war. »Herein!«

Zimmerl betrat das Büro. Er wirkte ratlos.

»Habe ich das vorhin richtig verstanden? Ich soll mich bei Emilie Trampusch über den Verbleib von Anna Strauss erkundigen?«

Haas nickte und seufzte. »Schließen Sie die Tür, Zimmerl!«

Der Assistent tat, wie ihm geheißen, und blieb vor dem Schreibtisch seines Vorgesetzten stehen. Haas erklärte ihm so knapp wie möglich den Auftrag.

»Überzeugen Sie sich auf jeden Fall selbst von der Anwesenheit der jungen Dame!«, warnte er. »Und schärfen Sie ihr ein, unter keinen Umständen das Haus in der Kumpfgasse zu verlassen, solange der Mörder nicht gefasst ist!«

Zimmerl nickte zögernd. »Bei dieser Gelegenheit ...«, begann er, doch Haas ließ ihn nicht zu Wort kommen.

»Anschließend begeben Sie sich ins Allgemeine Krankenhaus«, wies er an. »Ich möchte, dass Sie bei der Besprechung mit Professor Wieseler anwesend sind!«

»Tatsächlich?« Das Gesicht seines Assistenten begann zu leuchten. »Sehr gerne!« Er deutete Haas, kurz zu warten, und begab sich zu seinem eigenen Schreibtisch.

»Margarethe Grimms Geheimnis«, sagte er nur.

Haas legte die Stirn in Falten und überlegte. »Die Cousine«, erinnerte er sich, »die junge Dame, die Sie bei Schloss Rothmühle befragt haben!«

Zimmerl nickte. »Exakt. Margarethe Grimm war eine glühende Verehrerin von Johann Strauss.«

»Alle Frauen im Alter zwischen 17 und 70 sind das«, knurrte Haas und winkte ab.

»In diesem Fall war die Schwärmerei nicht einseitig«, beharrte Zimmerl, »zumindest hat das ihre Cousine berichtet. Bei Schloss Rothmühle, Sie erinnern sich?«

Haas zog fragend die Augenbrauen hoch.

»Margarethe Grimm hat einen Brief von ihm erhalten.«

»Wie bitte? Der Walzerkönig und ein Bäckermädel?«

»Ich habe es auch nicht für möglich gehalten, aber sehen Sie selbst!« Er reichte Haas ein zerknittertes Blatt Papier. »Das hat Margarethe ihrer Cousine anvertraut!«

»Liebste Margarethe! In der Bäckerei wage ich es nicht,

dich anzusprechen. Ich muss dich sehen! Triff mich am Kalten Gang bei Schloss Rothmühle, morgen vor Sonnenaufgang! In Liebe J.S.«

Haas ließ das Blatt sinken und starrte seinen Assistenten ungläubig an. Er las die Zeilen erneut. Wortlos öffnete er die Lade seines Schreibtisches und holte das Büchlein hervor, das Anna Strauss ihm soeben überlassen hatte.

Er blätterte zur letzten Seite, verglich die beiden Schriften miteinander und nickte. »Dieselbe Handschrift!«

71

Haas hatte nichts übrig für Bekleidungsgeschäfte und noch weniger für die neueste Mode aus Paris. Stünde das Geschäft *Zur Schönen Wienerin* nicht mit der *Causa Strauss* in Verbindung, er hätte niemals freiwillig einen Fuß in das Geschäft gesetzt.

»Der Herr wünschen?« Ein rotwangiges Fräulein mit ungewöhnlich großen Augen und leichtem Silberblick fing ihn gleich an der Tür ab. »Ein Geschenk für die Gattin? Oder vielleicht für die Frau Mama?«

»Danke, nein, ich bin auf der Suche nach der Geschäftsleitung!«

»Wiener Blusen könnt' ich empfehlen«, plapperte das Fräulein eifrig weiter, »eine Spezialität der Wiener Mode. Strenger Hemdblusenschnitt, echter Spitzenbesatz und mit Handstickerei verziert. Kleidsam für Frauen jeden Alters!«

»Wachtmeister Haas von der Kriminalabteilung«, unterbrach er, »ich habe dringende Fragen an Frau Schoberlechner.«

»Kriminalabteilung?« Sie riss die riesigen Augen noch weiter auf. »Zur Chefin?«

Haas nickte. »Wie gesagt: Es ist dringend!«

»Sofort, der Herr, bitte nehmen Sie kurz Platz!« Sie wies auf eine niedrige Bank, die mit violettem Samt bezogen war, und eilte über eine Stiege ins obere Stockwerk. Haas hörte, wie sie über den Holzboden trippelte, an eine Tür klopfte und diese knarrend öffnete. Stimmen waren zu vernehmen: eine weibliche sehr ungehaltene, dazu die der rotwangigen Verkäuferin. Und eine Männerstimme, die ihm bekannt vorkam. Noch bevor er überlegen konnte, wo er die Stimme schon einmal gehört hatte, kam Frau Schoberlechner, die Besitzerin des Bekleidungsgeschäftes, über die Stiege herunter.

»Verzeihen Sie, dass ich Sie habe warten lassen, Wachtmeister! Endlich lernen wir uns persönlich kennen; Ihre Mutter hat mir oft von Ihnen erzählt!«

Frau Schoberlechner war eine elegante Dame Ende 60. Ihr graues Haar war kunstvoll aufgesteckt, an ihrem tiefen Ausschnitt prangte eine auffällige Brosche. Sie war eine noble Erscheinung, dennoch glitt Haas' Blick an ihr vorbei zur Person, die hinter Frau Schoberlechner über die Stufen ging. Es war der Fiakerfahrer Heinrich Kaunitz.

72

»Bitte nicht!«, murmelte Kaunitz, als er hinter Frau Schoberlechner die Treppen ins Erdgeschoss hinabstieg.

Es hatte eine gefühlte Ewigkeit gedauert, bis ihn die Angestellte endlich zu ihrer Chefin vorgelassen hatte. Viel zu viel von der knappen Zeit, die Kaunitz zur Verfügung stand, war vergangen. Zu allem Übel stand nun auch noch Wachtmeister Haas im Verkaufsraum der *Schönen Wienerin*. Der Mann, der ihn im Verhörkeller der Polizei-Oberdirektion festgehalten hatte.

Offenbar hatte der Polizeibeamte ihn ebenfalls erkannt.

»Wie schön, Sie so schnell wiederzusehen!«, feixte Haas.

»Das meinen Sie doch nicht im Ernst!« Kaunitz fuhr mit den Fingern an der Krempe seines Zylinders entlang.

Haas ging nicht darauf ein und wandte sich an Frau Schoberlechner. »Ich habe ein paar dringende Fragen in der *Causa Strauss* an Sie, gnädige Frau!«

Frau Schoberlechner sah erstaunt zwischen den beiden Männern hin und her. »Sie beide kommen in derselben Angelegenheit zu mir?«

»Dieselbe Angelegenheit?« Haas stutzte. »Nicht, dass ich wüsste!«

Frau Schoberlechner hielt eine Ballspende in die Höhe. »Herr Kaunitz hat mich soeben zu diesem Exemplar befragt. Angeblich hat jemand rotsamtene Büchlein bei den Frauenleichen abgelegt, die in den letzten Tagen gefunden wurden.«

Kaunitz atmete tief durch. Er hatte nicht mit Frau Schoberlechners Mitteilungsbedürfnis gerechnet. Sie bot dem Wachtmeister soeben eine neue Gelegenheit, ihn mit den Morden in Verbindung zu bringen. Womöglich nahm Haas ihn hier und jetzt in Haft und würde ihn erneut in den Verhörraum sperren. Kaunitz wurde heiß und kalt, als er an die Konsequenzen dachte; nicht nur ihn selbst betreffend, sondern auch seine Kundschaft und seinen Gehilfen. Strauss hatte keine Ahnung, wo sein Fahrer sich befand. Der Musiker saß in der Alservorstadt fest; Kaunitz hatte das Lokal grußlos verlassen. Sandor musste pünktlich in der Strafanstalt abgeliefert werden. Die Pferde mussten versorgt werden.

»Es ist nicht so, wie Sie denken«, wandte er sich an den Polizeibeamten.

»So?« Haas blickte ihn mit gespieltem Erstaunen an. »Was denke ich denn?«

»Hören Sie«, begann Kaunitz und knetete die Krempe seines Zylinders schneller, »ein Kollege hat mir eines dieser rotsamtenen Büchlein zugesteckt. Er sagte, eine Frau habe es bei ihm in der Kabine verloren.« Kaunitz schluckte. »Die Frau war eine Gebärfuhre. Sie ließ sich zur Gebärstation des Allgemeinen Krankenhauses bringen, ist aber nach der Ankunft verstorben.«

Haas starrte ihn elektrisiert an. »Sie reden von Louise Hofstätter?«

»Weder ich noch mein Kollege kennen den Namen der Dame, sie wollte anonym bleiben. Tatsache ist, dass das Büchlein das gleiche Exemplar war, das angeblich bei den Frauenleichen der letzten Tage gefunden wurde.«

»Wie heißt Ihr Kollege?«, fragte Haas streng.

»Das tut nichts zur Sache!«

»Sie irren sich, Kaunitz! Polizeiliche Ermittlungsarbeiten zu behindern ist strafbar! Es macht sich nicht bezahlt, für jemanden auf diese Art und Weise in die Bresche zu springen! Außerdem«, er grinste wieder schief, »wäre es doch schade für Sandor Németh, wenn er seine neue Dienststelle so schnell wieder aufgeben müsste! Nach so kurzer Zeit.«

»Woher wissen Sie davon?« Kaunitz war ehrlich erstaunt.

»Ich habe Ihnen doch gesagt: Es ist Teil meines Berufes, gut informiert zu sein, Kaunitz!«

»Vielleicht gelingt es mir dennoch, Sie zu überraschen, Herr Wachtmeister. Ich hatte Gelegenheit, mir die Schrift auf der letzten Seite des Büchleins anzusehen, bevor Sie es mir abgenommen haben!«

Frau Schoberlechner sah entsetzt in Kaunitz' Richtung, aber der hob beschwichtigend die Hände. »An meinen Händen klebt kein Blut! Mir ist ebenso viel daran gelegen, diese Mordserie zu beenden, wie der Polizei!« Er wandte sich an Haas und zeigte ihm ein handbeschriebenes Türschild. »Vergleichen Sie die Buchstaben«, forderte er ihn auf, »und sagen Sie mir, was Sie davon halten!«

Haas nahm das Schild aus festem Karton, das Kaunitz ihm entgegenstreckte. Dann zog er das Büchlein aus seiner Tasche und fächerte die letzte Seite auf.

»Woher haben Sie dieses Schild, Kaunitz?«

»Von der Wohnungstür meiner Nachbarin. Ich habe es abmontiert, als ich ihre Handschrift erkannt habe.«

Frau Schoberlechner beugte sich zu ihm und erstarrte, als sie die Buchstaben las. »Gott steh mir bei!«

73

»Pauline Goldmann hat einige Jahre in unserem Geschäft gearbeitet. Nach mehreren Vorfällen musste ich sie allerdings aufgrund unangemessenen Verhaltens entlassen!«

Frau Schoberlechner hatte Haas und Kaunitz zum vertraulichen Gespräch in ihr Büro gebeten und an ihrem Schreibtisch Platz genommen. Kaunitz saß auf einem Besucherstuhl, Haas stand am Fenster.

»Sie war eine engagierte Verkäuferin, aber ihr Benehmen war ... bedenklich.« Sie zupfte an ihrem Ausschnitt. »Zumindest manchen Kundinnen gegenüber«, schränkte sie ein.

Haas hatte die Arme vor der Brust verschränkt. »Welchen Kundinnen gegenüber?«, fragte er. »Können Sie sich an die Damen erinnern?«

»Erinnern?« Schoberlechner lachte trocken auf. »Ich werde ihre Namen nie vergessen! Einige haben sogar gedroht, die Vorfälle an die Presse weiterzuleiten!«

Haas löste sich von der Fensterbank und kam zum Schreibtisch. »Namen! Ich brauche Namen!«

»Diskretion ist Teil meines Geschäftes, Herr Wachtmeister!«

»So leid es mir tut«, Haas schüttelte den Kopf, »darauf kann ich in diesem Fall keine Rücksicht nehmen.«

Frau Schoberlechner seufzte und griff zu Stift und Papier. Sie überlegte, schrieb einige Zeilen und schob Haas das Blatt zu. Der pfiff leise durch die Zähne.

»Die Crème de la Crème der Wiener Gesellschaft!«

»Unser Geschäft ist eine Institution, Wachtmeister Haas!« Schoberlechners Stimme war eisig. »Hier gehen gekrönte Häupter ein und aus!«

Kaunitz erhob sich und warf ebenfalls einen Blick auf die Liste. Haas schüttelte empört den Kopf.

»Wenn ich mir eine Bemerkung erlauben darf«, Kaunitz deutete mit dem Kinn auf die Namen, unter denen sich Prinzessinnen aus aller Herren Länder ebenso fanden wie Angehörige des Wiener Hofes, »diese Damen sind alle quietschlebendig und wohlauf!« Er blickte zu Haas.

»Das stimmt allerdings«, knurrte der Polizist und überlegte kurz. »Gibt es irgendetwas, das diese Damen verbunden hat? Irgendeine Gemeinsamkeit? Abgesehen von ihrem erlesenen Geschmack für Bekleidung, natürlich?«

»Wie überaus schmeichelhaft!« Schoberlechner lächelte säuerlich. »Eine Gemeinsamkeit ...« Sie holte ein dünnes Büchlein aus einer Schreibtischschublade und blätterte darin.

»Was ist das?« Haas beugte sich über das Büchlein.

»Es ist auch Teil *meines* Berufes, gut informiert zu sein, Herr Wachtmeister!«

Kaunitz konnte ein Grinsen nicht unterdrücken.

»In diesem Heft habe ich alle Vorlieben und Besonderheiten eingetragen, die meine Kundinnen betreffen.« Schoberlechner tippte auf eine Seite. »Ihre Lieblingsfarben, Körpermaße, bevorzugte Accessoires, Geburtstage, ihren Musikgeschmack ...« Sie blätterte weiter. »Und natürlich die Anlässe, zu denen sie sich bei uns im Geschäft einkleiden! Information ist alles, meine Herren!«

Kaunitz beugte sich über Schoberlechners Schulter und warf einen Blick in das Allerheiligste.

»Ich muss wohl nicht erwähnen, dass es sich hierbei um streng Vertrauliches handelt!«, ermahnte sie ihn.

»Hier!« Kaunitz tippte auf einen Namen. »Fürstin Schwarzenberg hat sich für eine Soireé eingekleidet, auf der Johann Strauss seine neuesten Piècen präsentiert hat!«

Haas nickte und stellte sich dicht neben Kaunitz. »Da!« Er hatte ebenfalls etwas entdeckt. »Gräfin Hirschbrühl! Kauf eines Ballkleides für Konzertabend von Johann Strauss!«

»Ich erinnere mich.« Schoberlechner nickte und blätterte weiter. »Vor allem an den letzten Fall, der dazu geführt hat, dass ich Pauline Goldmann endgültig entlassen musste.«

»Was ist damals vorgefallen?«

Schoberlechner schloss das Büchlein und steckte es zurück in die Schreibtischlade. »Pauline hat sich abfällig über die Frauen im Leben des Walzerkönigs geäußert.« Sie schüttelte den Kopf. »Sie war besessen von der Idee, dass er wesentlich schneller zu Ruhm und Ehre gekommen wäre, wenn er die richtige Frau an seiner Seite hätte.«

Kaunitz rief sich seine Nachbarin ins Gedächtnis. Pauline. Ihre Gespräche am Brunnen. Ihm war kein unangemessenes Verhalten aufgefallen. Allerdings kannte er sie nicht gut genug, um ihren Charakter zu beurteilen.

»Damit nicht genug, hat sie auch noch eine junge Kollegin mit ihrer Idee verrückt gemacht!« Schoberlechner seufzte. »Franziska war ihr hörig!«

Haas horchte auf. »Franziska?«

»Ja, Franziska Michalek. Ein liebes Mädel, allerdings ein bisschen orientierungslos. Das hat sich geändert, als sie sich mit Pauline Goldmann angefreundet hat. Ich musste im Endeffekt beide entlassen.«

»Und nach der Kündigung sind sie gemeinsam in die *Shawl-Handlung* im *Elefantenhaus* gewechselt?«

Schoberlechner nickte. »Seitdem fehlte ein Schlüssel zum Haupteingang.«

»Wer war die letzte Dame, die Sie vorhin erwähnt haben?«, fragte Haas.

»Emilie Trampusch.«

Haas sog scharf die Luft ein.

»Und wie viele Exemplare des Büchleins wurden gestohlen?«

»Sechs Stück.«

74

Das *Griechenbeisl* war bis auf den letzten Platz besetzt. Kaunitz und Haas hatten den hintersten Tisch ergattert.

Eine Zeit lang saßen sie schweigend beisammen und nippten an ihren Getränken.

»Die Handschriften in den Ballspenden stimmen also mit dem Brief an Margarethe Grimm und dem Türschild überein«, begann Kaunitz. »Sie alle stammen von Pauline Goldmann.«

Was seine Nachbarin wohl unternahm, wenn sie erfuhr, dass er ihr auf die Schliche gekommen war?

»Wir wissen, dass alle Schriften von ihr stammen. Aber ist sie tatsächlich eine Mörderin?«

Haas zuckte die Schultern. »Gehen wir davon aus.«

»Und gehen wir weiter davon aus«, er zog sein Notizbuch aus der Tasche und blätterte darin, »dass Pauline Goldmann abnormes Verhalten aufweist.«

Kaunitz nickte. »Das würde erklären, warum sie bei allen Leichen ein Büchlein mit ihrer Handschrift hinterlässt. Üblicherweise wollen Mörder Spuren verwischen und unerkannt bleiben; sie dagegen legt Wert darauf, dass alle Morde ihr zugeordnet werden können.«

Haas nickte. »Bisher wurden vier Frauen ermordet. Louise Hofstätter«, begann er aufzuzählen, »Margarethe Grimm, Dora Hauser und Franziska Michalek.« Er nahm einen Schluck Bier und wischte sich Schaum von den Lippen. »Vier Frauen, vier Büchlein.«

»Frau Schoberlechner hat erwähnt, dass alle verbliebenen sechs Exemplare gestohlen wurden. Das bedeutet, dass noch zwei übrig sind.« Kaunitz wischte sich übers Gesicht. »Zwei, die womöglich bei weiteren Frauenleichen gefunden werden, wenn Pauline nicht aufgehalten wird.«

Haas schüttelte den Kopf. »Insgesamt hat sie bereits fünf Stück verteilt. Eines davon wurde bei Anna Strauss gefunden. Aber nach dem Gespräch mit Frau Schoberlechner bin ich sicher, dass das Büchlein für Emilie Trampusch gedacht war.« Haas schrieb den Namen Trampusch unter die vier anderen. »Pauline Goldmann ist davon überzeugt, dass alle Frauen in Johann Strauss' Leben ihn nur bremsen. Ich habe mich heute Nachmittag mit einem Mediziner darüber unterhalten. Professor Wieseler sagt, solches Verhalten beruht auf Kränkung oder Zurückweisung. Es kann sich zu einem Wahn entwickeln; die Betroffenen sind der Realität entrückt. Wenn es stimmt, was Frau Schoberlechner sagt, dann wollte Pauline alle Frauen beseitigen, die ihrer Ansicht nach dem Walzerkönig schaden.«

Am Nebentisch wurde Beuschel mit Knödel serviert.

»… um den Weg für sich selbst frei zu machen«, setzte er nach und starrte sehnsüchtig auf die dampfenden Teller.

»Halb Wien meint, dass Emilie Trampusch dem Walzerkönig schadet«, erwiderte Kaunitz trocken. »Sie meinen, Emilie Trampusch hat die Ballspende zwar erhalten, aber den Zusammenhang mit den Morden nicht erkannt?«

Haas zuckte mit den Schultern. »Möglicherweise war sie die Erste, der Pauline ihre ›Visitenkarte‹ untergejubelt hat. Sie hat das Büchlein vielleicht an die junge Anna Strauss weiterverschenkt; die beiden haben ein gutes Verhältnis zueinander.«

»Das klingt plausibel.« Kaunitz nickte. »Aber in welcher Beziehung standen die anderen Frauen zu Johann Strauss?«

»Dora Hauser war Mädchen für alles im Haushalt Strauss-Trampusch in der Kumpfgasse. Sie hatte tatsächlich ein Verhältnis mit dem Walzerkönig.«

Kaunitz zog erstaunt die Augenbrauen hoch. »Neben seiner Geliebten?«

Haas nickte. »Emilie Trampusch hat mir gegenüber erwähnt, dass sie davon wusste. Margarethe Grimm war in ihn verliebt, die Schwärmerei war allerdings einseitig.«

»Pauline hat das arme Mädel mit einem gefälschten Brief an den Kalten Gang gelockt«, ergänzte Kaunitz. »Aber was war mit Louise Hofstätter?«

»Ihr Mann war Schirmherr des Balls der Mediziner. Strauss und sein Orchester haben an diesem Abend in den Redoutensälen musiziert; neun Monate später stand Louise Hofstätter kurz vor der Niederkunft. In ihrem Wahn muss Pauline Goldmann gedacht haben, Johann Strauss sei der Vater des Kindes.«

Kaunitz schüttelt ungläubig den Kopf. »Woher sollte Pauline von Louise Hofstätters Schwangerschaft gewusst haben?«

»Pauline war zu diesem Zeitpunkt noch bei der *Schönen Wienerin* angestellt, Louise Hofstätter war dort Kundin.«

Ein kalter Schauer überlief Kaunitz.

»Sie hat Louise Hofstätter aufgelauert, als sie zum Spital fahren wollte, und ihr einen Schlag in den Rücken verpasst. Louise Hofstätter erlitt eine Plazentaablösung, an der sie innerlich verblutet ist. Das Kind ist ebenfalls verstorben.«

Die Erinnerung an Elisabeth und das Kind tauchten wieder auf. Kaunitz brauchte ein paar Augenblicke, um weitersprechen zu können.

»Was ist mit Franziska Michalek? Bei ihr wurde keine Ballspende gefunden. Außerdem wurde sie an ihrem Arbeitsplatz getötet, nicht außerhalb ihres Umfeldes wie die anderen. Die Vorgehensweise passt nicht zu den restlichen Morden.«

Haas blätterte erneut in den Seiten. »Stich in den Bauch mit einer Schere«, las er vor. »Laut Frau Schoberlechner war Franziska Pauline Goldmann hörig. Vielleicht wusste sie über die Morde Bescheid und musste deshalb sterben. Dazu können wir Franziska allerdings nicht mehr befragen.«

»Sie meinen, Pauline hat Franziska damit beauftragt, die Büchlein zu stehlen, Franziska wollte den Grund dafür erfahren und musste, nach ausgeführtem Auftrag, deshalb sterben?« Das zarte, stille Mädchen im Verkaufsraum der *Shawl-Handlung* fiel ihm ein.

»Möglich.« Haas streckte den Rücken durch. Es war ein langer Arbeitstag gewesen. »Pauline Goldmann wird noch heute Nacht verhaftet, dafür sorge ich.« Er wedelte mit seinen Notizen. »Bleibt noch die Frage: Wer hat das sechste Buch erhalten? Und wann?«

75

Strauss betrat das *Griechenbeisl*. Er hatte vieles erreicht an diesem Tag; die endgültige Besetzung seines Orchesters war fixiert, sämtliche Musikerverträge waren unterschrieben, die Abfolge der Musikstücke festgelegt, die Details mit Ferdinand Dommayer besprochen. Er war müde und aufgekratzt zugleich; in 24 Stunden war sein Debüt schon wieder Geschichte. Alles fieberte auf den Moment hin, von dem so vieles abhing. Mutters Nervosität war nicht auszuhalten, kurzerhand hatte er beschlossen, aus dem *Hirschenhaus* in die Innere Stadt zu fliehen.

Im hintersten Teil des Lokals entdeckte er Kaunitz mit einem anderen Mann an einem Tisch sitzen. Er winkte, aber die beiden waren in ein Gespräch vertieft. Strauss blieb vor den beiden stehen und grinste. »Kaunitz, Sie untreue Seele! Das hätten S' mir doch sagen können, dass Sie sich im *Griechenbeisl* noch einen hinter die Binde gießen!«

Er nahm Platz und bestellte einen Grünen Veltliner. »Immer noch am Arbeiten?« Strauss deutete mit dem Kinn auf Haas' Notizbuch.

»Und immer noch nicht fertig.« Haas erhob sich und winkte der Kellnerin, um sein Bier zu bezahlen.

»Sie sind eingeladen! Kaunitz, Sie auch!« Gut gelaunt kramte Strauss in der Tasche seines Mantels nach dem Portemonnaie. Dabei fiel etwas auf den Boden. Ein Büchlein mit rotsamtenem Einband.

76

Paulines Wohnung war leer. Haas hatte einen Trupp Polizisten in die Josefsgasse geschickt, um die Vierfach-Mörderin festzunehmen. Als nach dreimaligem Läuten die Tür immer noch verschlossen blieb, hatten die Beamten kurzerhand die Tür aufgebrochen und die Wohnung gestürmt. Doch Pauline war verschwunden.

»Verdammt!« Haas fluchte und sah sich in der Wohnung um. »Sie wusste, dass man ihr auf den Fersen ist!«

»Eigentlich kein Wunder, wenn man bedenkt, was sie bisher alles ausgekundschaftet hat.« Kaunitz trat neben Haas. Er hatte darauf bestanden, bei der Wohnungsöffnung dabei zu sein. Die Tatsache, dass er Paulines direkter Nachbar war und über die Morde Bescheid wusste, brachte ihn in Lebensgefahr. Er wollte selbst sehen, mit wem er da Tür an Tür gelebt hatte. Anfangs hatte sich Haas geweigert, einen »Externen«, wie er Kaunitz nannte, in die Ermittlungsarbeit einzubeziehen. Schließlich hatte er nachgegeben. Wie Haas und die übrigen Beamten trug Kaunitz eine Gaslampe und schritt damit durch Paulines Wohnung. Ein seltsames Gefühl, ungefragt durch die Räume eines anderen Menschen zu schleichen und nach verdächtigem Material zu suchen.

Fahles Mondlicht fiel durchs Fenster. Auf einem Regal sah Kaunitz etwas Silbernes glitzern. Er griff danach.

»Meine Marke!«, rief er aus. Er hielt das Metallplättchen mit der Nummer 25 in die Höhe und präsentierte es Haas.

»So ein Luder!«, schimpfte Haas.

»Pauline hat zur Vorsicht gleich zwei meiner Plaketten gestohlen. Eine hat sie beim Lieferanteneingang der *Shawl-Handlung* hinterlegt, um den Verdacht auf mich zu lenken. Die andere wollte sie sich wohl für einen besonderen Anlass aufheben.« Kaunitz steckte die Plakette ein.

»Ich muss mich wohl bei Ihnen entschuldigen.« Haas tippte sich an den Zylinder. »Pauline Goldmann wollte Sie aus dem Rennen nehmen.« Er erstarrte. »Aus dem Rennen«, wiederholte er tonlos. »Pauline Goldmann weiß über Ihre Fahrten Bescheid?«

Kaunitz verstand. »Sie will alle vernichten, die ihrer Meinung nach dem Walzerkönig im Weg stehen.« Er hob die Gaslaternen und sah zu Haas. »Strauss junior hat das sechste Buch erhalten. Sie will das Konzert beim *Dommayer* verhindern!«

Haas nickte. »Um jeden Preis!«

77

15. Oktober 1844

»Nie im Leben fahre ich mit einer Nummer 13!«

Strauss schüttelte heftig den Kopf und presste sich an die Wand der Polizei-Oberdirektion. Haas hatte den jungen Musiker und Kaunitz über Nacht kurzerhand in seinem Büro einquartiert. Solange Pauline Goldmann nicht auffindbar war, war dies der sicherste Ort in ganz Wien. Er würde kein Risiko für einen weiteres Mordopfer eingehen. Zum Schutz von Emilie Trampusch und der jungen Anna Strauss hatte er zwei Wachen in der Kumpfgasse postiert. Frau Strauss hatte sich im Nachteil gesehen und so lange Gift und Galle gespuckt, bis auch vor ihrer Tür in der Taborstraße Wachen abgestellt wurden.

»Eine Vierfach-Mörderin will Ihnen ans Leder, Strauss!« Kaunitz redete auf den Musiker ein. »Sie sind der Letzte auf Paulines Liste. Sie will unter allen Umständen verhindern, dass die Soireé heute Abend beim *Dommayer* stattfindet!«

Erneut schüttelte Strauss den Kopf und schielte aus dem Augenwinkel zu Sandor. Wachtmeister Haas hatte sich persönlich darum gekümmert, dass Kaunitz' neuer Stallgehilfe Freigang bekam, obwohl er am Vortag zu spät ins Zuchthaus zurückgebracht worden war.

»Sandor ist ein exzellenter Fahrer!«, beteuerte Haas. »Ihnen wird nichts passieren!«

»Er hat die Nummer 13.« Strauss war nicht zu überzeugen. »Eine Unglückszahl! Sie glauben doch nicht im Ernst, dass ich an einem so wichtigen Tag mit jemandem fahre, der die Nummer 13 am Körper trägt!«

Haas seufzte und wandte sich an Sandor. »Sie dürfen sich umziehen, nur für diesen einen Abend. Ich kümmere mich darum.«

Sandor grinste. Kaunitz sah auf seine Taschenuhr. Sie zeigte 4 Uhr nachmittags.

»In zwei Stunden beginnt die Soireé beim *Dommayer*«, warf er ein. »Wir sollten aufbrechen!«

Zimmerl straffte sich und tastete nach seiner Waffe am Gürtel. Die Tür wurde geöffnet; Polizei-Oberdirektor Amberg betrat das Büro.

»Kaunitz, Sie fahren voran. Statt Strauss wird Wachtmeister Haas in der Kutsche sitzen; falls Pauline Goldmann Sie auf der Fahrt überraschen will, wird sie nicht Strauss, sondern die Polizei in der Kutsche vorfinden.«

Er wandte sich an Sandor. »Németh, Sie fahren zehn Minuten später als Kaunitz Richtung Hietzing. Bringen Sie den jungen Strauss sicher ans Ziel, haben Sie mich verstanden?«

Sandor nickte ernst. Amberg wandte sich an seinen Patensohn. »Wir sorgen zusammen mit einem Trupp im *Dommayer* für Sicherheit!« Er atmete tief ein. »Also dann: Los!«

78

Kaunitz lenkte den Wagen über Graben und Kohlmarkt auf die Stadtmauer zu. Er dachte an die Frauen, deren Leben Pauline ausgelöscht hatte. An deren Familien und das Leid. Er dachte an Elisabeth, an das ungeborene Kind und an Sterz, den er besuchen würde, sobald das hier vorbei war. Sobald der junge Strauss die Welt von seinem Talent überzeugt hatte. In Mariahilf plagten ihn Gewissensbisse, als er dicht an Sterz' Haus vorbeifuhr, ohne nach dem alten Stallknecht zu sehen.

»Sie werden doch nicht sentimental werden, Kaunitz?«, meldete sich Haas aus der Kabine. Er hatte das Fenster geöffnet, um sich mit Kaunitz unterhalten zu können oder ihn zu warnen, sollte Pauline auf dem Weg auftauchen.

»Nein.« Kaunitz musste plötzlich schmunzeln. »Sie waren derjenige, der mich damals am Graben erkannt und an die Zensurbehörde verraten hat, oder?«

Haas schwieg einige Augenblicke lang. »Sie meinen, als Sie sich an der Hintertür der *Shawl-Handlung* zu schaffen gemacht haben?«

»Ich habe mir nicht zu schaffen gemacht«, korrigierte Kaunitz, »ich habe auf jemanden gewartet.«

»Ich ebenso«, gestand Haas und kicherte.

»Also doch!« Kaunitz lachte trocken. »Ich wusste, dass wir etwas gemeinsam haben.« Er lenkte die Pferde in Richtung Hietzing. »Haben Sie schon zu lesen begonnen?«

Haas kicherte. »Ich bin gerade an der Stelle, an der Edmond Dantès aus Chateau d'If flieht.«

»Der gute alte Alexandre Dumas. Es geht doch nichts über Damnatur-Lesestoff, Herr Wachtmeister.«

»Alles Theater!« Haas winkte ab. »Sogar Metternich liest am liebsten Bücher, die er selbst unter Zensur gestellt hat!«

Sie schwiegen und hingen ihren Gedanken nach.

»Wussten sie, dass dies die Lieblingsstrecke des Räuberhauptmanns Grasel war?«, wechselte Haas das Thema und durchbrach die Stille.

»Er hielt sich für einen edlen Räuber, hat mehr als 200 Überfälle auf Postkutschen im Umland von Wien und im Waldviertel verübt.«

»Nein, das wusste ich nicht.« Kaunitz kniff die Augen zusammen. Hatte sich am Straßenrand etwas bewegt? Das Gebüsch war dicht und lag im Schatten. Es war unmöglich zu erkennen, ob sich darin jemand versteckt hielt. Er schnalzte mit der Zunge und trieb die Rösser an.

»Grasel und seine Genossen machten sämtliche Landstraßen in der Gegend unsicher«, fuhr Haas in der Kabine fort, »er hatte alles um sich geschart, was in der Unterwelt Rang und Namen hatte.«

Kaunitz horchte auf. War das Hufgetrappel? Er drehte sich auf dem Kutschbock um, konnte aber nichts erkennen. Kam die Kutsche mit Strauss etwa schon näher? Sandor sollte ihm doch einen Vorsprung lassen. So war es abgemacht.

»Eine Kutsche!« Auch Haas hatte das Getrappel vernommen.

»Aber da ist nichts!« Kaunitz lenkte den Wagen ein Stück weit nach rechts, weg vom Gebüsch. Ein Schatten tauchte auf, ein Pferd wieherte. Kaunitz' Rösser begannen nervös zu tänzeln, er hatte Mühe, sie in der Spur zu halten. »Hooo!«, rief er und hörte zeitgleich das Klicken einer Pistole. Haas hatte soeben den Lauf entsichert. Offensichtlich brachte er sich in Stellung. Aus dem Augenwinkel sah Kaunitz eine schwarz gekleidete Gestalt auf sich zu preschen: Pauline. Sie saß fest in einem Damensattel, ihr Kleid flatterte hinter ihr her. Sie kam seitlich auf die Kutsche zu geritten, erhöhte das Tempo, ohne die Richtung zu ändern. Pauline trieb ihr Pferd direkt auf seinen Fiaker zu, ihr Gesicht war zu einer Fratze verzerrt. Jetzt erst erkannte Kaunitz das Messer in ihrer Hand. Er musste ihr ausweichen oder das Tempo erhöhen, andernfalls würde sie ihm in wenigen Sekunden die Klinge in den Leib rammen. Er ließ die Peitsche knallen und trieb seine beiden Braunen an. Eines der Pferde wieherte und bäumte sich auf. Kaunitz fluchte. Er hatte Mühe, die Pferde ruhig zu halten und dennoch voran zu treiben. Haas zielte mit dem Lauf aus dem Fenster. Paulines Pferd scheute und warf seine Reiterin ab. Kaunitz riss an den Zügeln, versuchte, dem Körper auszuweichen. Die Räder rumpelten, aus Haas' Pistole löste sich ein Schuss. Das Nächste, das Kaunitz hörte, war das Knacken von Paulines Schädelknochen.

79

Einen Tag später

Die Zeitung lag vor Anna Strauss auf dem Tisch ausgebreitet.
»Das Debut des jungen Strauss in *Dommayer's Casino* in Hietzing war ein Triumph«, las sie vor. »Obwohl der Abend als *Soireé Dansante* angekündigt worden war, war an Tanzen nicht zu denken. Der große Saal im exklusiven *Dommayer* war zum Bersten gefüllt. Strauss überzeugte mit eigenen Kompositionen und Opernpiècen. Als Verneigung vor seinem Vater gab er dessen Walzer *Loreley-Rheinklänge* zum Besten. Das begeisterte Publikum spendete frenetischen Beifall und verlangte 19 Zugaben vom jungen Kapellmeister, der eine glänzende Karriere vor sich hat. Alles in allem darf man wohl sagen:
 Gute Nacht, Lanner! Guten Abend, Strauss Vater! Guten Morgen, Strauss Sohn!«

Nachwort und Dank

Manche Biografien sind weltbekannt und haben dennoch weiße, unentdeckte Flecken. Diese Lücken mit eigenen Geschichten füllen zu dürfen bereitet unheimliche Freude, ist aber auch mit viel Verantwortung verbunden. Umso mehr, wenn es sich um ein Genie wie Johann Strauss Sohn handelt.

Besonders fasziniert hat mich am Lebenslauf dieses Ausnahmekünstlers die Zeit unmittelbar vor dem Musikduell mit seinem Vater im Oktober 1844.

Die Tatsache, dass sowohl Johann Strauss Vater als auch Sohn ungemeinen Anklang bei der Damenwelt fanden, habe ich mir zunutze gemacht. Den Begriff »Stalking« gab es 1844 freilich nicht, das Verhalten allerdings schon.

Als Autorin mit Vorliebe zur gewissenhaften Recherche war mir wichtig, so nahe wie möglich an der Realität zu bleiben. Die Familienverhältnisse im Hause Strauss und so manche Eigenheiten habe ich, gemäß erhaltenen und gesammelten Briefen und Dokumenten, so gut wie möglich widergespiegelt. Demnach war Johann Strauss Sohn extrem abergläubisch, reiste nur ungern und konnte nicht tanzen. Auch die Atmosphäre im Wien des Jahres 1844 habe ich bestmöglich in diese Geschichte eingeflochten.

Kaiser Ferdinand I, geistig und körperlich stark beeinträchtigt, stand zwar offiziell an der Spitze der Monarchie, war aber als Regent ungeeignet. Das Metternichregime zog indessen die Fäden und hielt die Bevölkerung an der kurzen

Leine. Es war die Zeit des Vormärz; Literatur, Zeitungen und sogar Grabinschriften waren streng zensiert. Wiens Bevölkerungszahlen stiegen rasend schnell, immer mehr Industriebetriebe ließen sich in den Vorstädten und im Umland nieder, Männer und Frauen arbeiteten unter teils unmenschlichen Bedingungen für einen Hungerlohn. Zugleich war ganz Wien im Walzerfieber. Die Melodien der Familie Strauss begeisterten die Massen quer durch alle Gesellschaftsschichten. In einfachen Wirtshäusern wie in den noblen Redoutensälen regierte der Dreivierteltakt.

Fast alle Orte in diesem Buch gab es tatsächlich. So war die Polizei-Oberdirektion am Petersplatz ein Sammelsurium an Amtsstuben und Entscheidungsträgern. Auch das neue Kriminalgebäude am Glacis, die anonyme Geburtenstation im Allgemeinen Krankenhaus und die Musikantenbörse im Gasthaus *Zur Stadt Belgrad* existierten. Das *Griechenbeisl* und die *Bäckerei Grimm* gibt es heute noch.

Dommayers Casino in Hietzing war eine Institution, quasi der Vergnügungsolymp vor den Toren Wiens. Motto-Veranstaltungen wie der beschriebene Täuberlball fanden hier statt und Johann Strauss Sohn begeisterte Hunderte Wiener mit seinem musikalischen Debüt am 15. Oktober 1844.

Das *Elefantenhaus* am Graben wurde 1866 abgerissen, um mehr Platz für den stetig ansteigenden Verkehr zu schaffen. Die beschriebene Josefsgasse in der Leopoldstadt ist die heutige Karmelitergasse.

Nicht nur Orte, auch reale Personen finden sich in dieser Geschichte. Neben den Mitgliedern der Familie Strauss habe ich einige andere Personen in dieses Buch geschrieben: Josef von Amberg war von 1832 bis 1845 Polizei-Oberdirektor. Jeremias Bermann betrieb tatsächlich im *Elefantenhaus* einen Antiquitätenhandel, Cäcilia Schoberlechner führte das exquisite Modegeschäft *Zur Schönen Wienerin* und präsentierte als Erste die neuesten Kollektionen auf einer Schaufensterpuppe aus Wachs. Ballspenden wurden zu jener Zeit als aufwendig gestaltete Präsente an Damen ausgegeben und entwickelten sich zu Sammlerstücken. Eine Tanzkarte als Büchlein mit rotsamtenem Einband gab es tatsächlich, ebenso den Ball der Mediziner im Jänner 1844 in den Redoutensälen.

Die Recherchen zu diesem Roman waren äußerst umfangreich. Besonderen Dank möchte ich Dr. Michaela Lindinger und Dr. Sandor Békési vom Wien Museum aussprechen, ebenso dem Historiker Dr. Joachim Steinlechner und Werner Sabitzer.

Unverzichtbar beim Schreiben von Krimis sind Kontakte zur Exekutive. Danke an Dr. Georg Angerer, einen gut gesinnten Freund bei der Salzburger Polizei. Den Charakter der Pauline konnte ich dank Beratung von Dr. Corinna Perchtold-Stefan von der Uni Graz zur Stalkerin entwickeln.

Ohne eine umfangreiche Stadtplansammlung des Jahres 1844 hätte ich Strauss und Kaunitz nicht so detailliert durch Wien und die Vorstädte schicken können – ein herzliches Danke an meinen Vater Peter Stadlober. Meine Liebe zum Recherchieren geht wohl auf sein Konto.

Als sehr hilfreich hat sich auch das Zeitungsarchiv ANNO der Österreichischen Nationalbibliothek erwiesen, ebenso ein Wiener Stadtführer für Reisende aus dem Jahre 1843.

Danke an meine Lektorin Claudia Senghaas und das Team vom Gmeiner-Verlag, die sich mit mir an dieses Projekt gewagt haben. Bevor ich ein Manuskript in die Umlaufbahn schicke, lasse ich meine TestleserInnen ran. Peter Stadlober, Ulrike Thaller-Wen, Barbara Brunner, Corinna Perchtold-Stefan und Peggy Richter danke ich für akribisches Fehlersuchen und hilfreiche Hinweise. Und damit ein Projekt zum Buch wird, bedarf es viel Unterstützung aus der Familie – ihr seid die Besten!

Alle Bücher von Katharina Eigner:

Arzthelferin Rosemarie Dorn ermittelt:
1. Fall: Salzburger Rippenstich
ISBN 978-3-8392-0074-2

2. Fall: Salzburger Dirndlstich
ISBN 978-3-8392-0297-5

3. Fall: Salzburger Saitenstich
ISBN 978-3-8392-0442-9

Restauratorin Rosina Gamper ermittelt:
1. Fall: Diva del Garda
ISBN 978-3-8392-0348-4

2. Fall: Oliva del Garda
ISBN 978-3-8392-0634-8

Weitere:
Johann Strauss – Walzertod
ISBN 978-3-8392-0746-8

WWW.GMEINER-VERLAG.DE
Wir machen's spannend